STAR TREK™
DISCOVERY
GEGEN DIE ZEIT

Von

DAVID MACK

Based on
Star Trek
created by Gene Roddenberry
and
Star Trek: Discovery
created by Bryan Fuller and Alex Kurtzman

Ins Deutsche übertragen von
Helga Parmiter

Die deutsche Ausgabe von STAR TREK – DISCOVERY: GEGEN DIE ZEIT
wird herausgegeben von Amigo Grafik, Teinacher Straße 72, 71634 Ludwigsburg.
Herausgeber: Andreas Mergenthaler und Hardy Hellstern, Übersetzung: Helga Parmiter;
verantwortlicher Redakteur und Lektorat: Markus Rohde; Lektorat: Katrin Aust ; Korrektorat: Katja Wetzel;
Satz: Rowan Rüster/Amigo Grafik; Cover Artwork: CBS Studios Inc.;
Print-Ausgabe gedruckt von CPI books GmbH, Leck. Printed in the Germany.

Titel der Originalausgabe: STAR TREK – DISCOVERY: DESPERATE HOURS

This book is published by arrangement with Pocket Books, a Division of Simon & Schuster, Inc.,
pursuant to an exclusive license from CBS Studios Inc.

Print ISBN 978-3-95981-190-3 (September 2017) · E-Book ISBN 978-3-95981-191-0 (September 2017)

WWW.CROSS-CULT.DE • WWW.STARTREKROMANE.DE • WWW.STARTREK.COM

Für all diejenigen, die darum kämpfen,
den Traum am Leben zu erhalten.

HISTORISCHE ANMERKUNG

Diese Geschichte findet im Mai 2255 statt, ungefähr ein Jahr vor der historischen Mission der *Shenzhou* zu den binären Sternen und ein Jahr nach der ersten Mission der *Enterprise* auf Talos IV.

Zwischen Recht und Urteil liegen oft Welten.

– Emmeline Pankhurst
Britische Suffragette,
Die Geschichte meines Lebens (1914)

1

Verdammt noch mal. Was ist jetzt wieder los? Jon Bowen nahm zwei Stufen auf einmal, während er das Treppenhaus hinaufschoss, als stünden dieses und sein Hintern in Flammen. Die Operationsebene befand sich vier Etagen über seinem Quartier und er war nach zwei Stockwerken bereits außer Atem. An den meisten Tagen hätte er auf den Lift gewartet, aber an den meisten Tagen wurde die Bohrinsel *Arkadia Explorer* auf Sirsa III auch nicht von einem tropischen Wirbelsturm durchgeschüttelt, der dafür sorgte, dass ihr Unterwasserbohrer eine Flut von Alarmmeldungen ausspie.

Eine Dreiergruppe Mechaniker raste die Treppen hinunter an Bowen vorbei. Er drückte sich mit dem Rücken an die Wand, um sie vorbeizulassen, da sie Werkzeuge, Kabel und klobige Notfallausrüstungen trugen. Keiner der Werkzeugschwinger nahm ihn zur Kenntnis, während sie vorbeirannten. Das war ihm nur recht. Schweiß rann aus seinem schütteren blonden Haar über seine Stirn, während er nach Atem rang. Sobald das Treppenhaus frei war, setzte er seinen

Aufstieg fort und fluchte leise über den Schmerz in seinem Kreuz, die Muskelkrämpfe in seinen Oberschenkeln und den Schwindel in seinem Kopf.

Je näher er dem oberen Ende der Treppe kam, desto deutlicher hörte er die Alarmsirenen der Plattform – ein summender Schallangriff, der von den Klangtechnikern so optimiert worden war, dass er heulende Winde und heranrollende Wellen übertönte. Das Deck nahe der Tür, die nach draußen führte, war nass und der Flur zur Ops war erfüllt mit dem Hintergrundrauschen des Regens, der gegen das Äußere der Plattform klatschte. Bowen ignorierte die flackernden orangen Lichter und fortwährend heulenden Sirenen und eilte den engen Durchgang entlang in die überfüllte Ops.

Das blaue Licht der Anzeigenreihen stand in starkem Kontrast zu den flackernden, gelben Notfallleuchten über seinem Kopf. Besatzungsmitglieder bemannten jede Station, was mitten in der Nacht eher selten vorkam. Bowen ging auf den zentralen Besprechungstisch zu und rief: »Was zur Hölle ist hier los?«

Die Nachtschichtführerin, Lewa Omalu, überließ ihren Platz am Besprechungstisch Bowen und gab ihm das Headset des Koordinators, als sie beiseitetrat. »Der Bohrer hat irgendetwas getroffen.«

»Das soll er doch auch, oder nicht?«

Omalu zeigte auf eine blinkende Fehleranzeige auf dem Hauptsystemmonitor. »Er steckt fest.«

»Verfluchter Mist!« Bowen grollte leise noch einige unflätige Ausdrücke und vergrößerte das Sensorbild vom unteren Ende der Bohrwelle. »Was zur Hölle kann einen Plasmabohrer anhalten?«

»Dieselbe mit Duranium angereicherte Gesteinszusammensetzung, die uns überhaupt erst hierhergebracht hat.« Sie zeigte mit einem dunkelbraunen Finger auf einen

Querschnitt des Meeresbodens. »Wir hatten gerade die letzte Sedimentschicht durchbrochen, als der Bohrer sich festfraß.«

Keine der Zahlen auf der Anzeige ergab für Bowen einen Sinn. »Dann ziehen Sie ihn heraus.«

»Welchen Teil von ›feststecken‹ haben Sie nicht verstanden?« Omalu bemerkte Bowens scharfen Blick und zügelte ihr Temperament wieder. »Ich habe alle Werkzeugschwinger, die ich entbehren kann, damit beauftragt, die Reserveenergie umzuleiten. Sobald wir den Bohrer im Rückwärtsgang wieder freibekommen, werde ich ihn zur Begutachtung des Schadens hochbringen. Danach schicke ich eine Sonde hinunter, um nachzusehen, was wir da vor uns haben.«

»Klingt gut.« Bowen schüttelte seine schlechte Laune ab. Es war eine ganz normale Nacht, eine der üblichen Pannen – nichts, worüber man sich aufregen musste. »Wird der Sturm zum Problem werden?«

Omalu blickte zu dem breiten Fenster aus transparentem Aluminium, das sich am südlichen Ende der Ops befand, und betrachtete den von Blitzen durchzogenen Ansturm von Wind und Regen, der auf die Bohrinsel *Arkadia Explorer* eintrommelte. Sie warf Bowen einen skeptischen Blick zu. »Sie machen Witze, oder? Das ist nur ein Regensturm. In Lagos bin ich jeden Sommer durch Schlimmeres gesegelt, als ich noch ein kleines Mädchen war.«

»Dachte ich mir. Ich wollte nur sichergehen.« Er fragte sich, ob er wohl wieder einschlafen könnte, wenn er jetzt in sein Quartier zurückkehrte, oder ob er wach bleiben sollte, da in ein paar Stunden ohnehin Tagesanbruch war. Er fragte Omalu: »Ist in der Küche noch Kaffee?«

»Was glauben Sie?«

»Ich glaube, dass die Leute auf dieser Bohrinsel lernen müssen, neuen Kaffee aufzusetzen, wenn sie den letzten Tropfen ausgetrunken haben. Das gehört einfach zum guten

Ton, verdammt noch mal! Sie wissen, was ich ...« Die Lichter über ihren Köpfen erloschen. Das Deck schwankte auf und ab und warf Bowen gegen den Besprechungstisch. Omalu und ein halbes Dutzend andere Mitglieder des Ops-Teams taumelten und prallten zusammen gegen eine Konsolenbank. Der summende Alarm wurde durch eine brüllende Sirene ersetzt und beinahe jede Anzeige auf dem Hauptsystemmonitor schaltete von einer Sekunde auf die andere auf kritisch Rot.

Draußen vor dem südlichen Fenster schoss ein Feuerball aus einem der Kraftstofftanks und ein Lastenkran schwang von der Plattform weg und kippte zur Hälfte ins Meer.

Bowen erreichte den Besprechungstisch und öffnete einen internen Kanal. »Maschinenraum, Ops hier! Lagebericht!« Er hörte nur statisches Rauschen aus dem Kanal. Er schaltete auf einen anderen Kanal um. »Bohrerteam, Ops hier! Bericht!« Totenstille.

Omalu kämpfte sich zurück an Bowens Seite. »Hat uns etwas getroffen?«

»Woher soll ich das wissen?« Bowen hatte Schwierigkeiten, aus dem Chaos, das sich auf den Monitoren der Plattform entfaltete, schlau zu werden. »Wir haben verschiedene Brände auf den unteren Ebenen sechs und sieben. Keine Anzeigen von weiter unten.« Er wirbelte um die eigene Achse und sah den Bohrleiter an. »Ramayan! Was ist los?«

»Seismische Aktivität direkt unter uns«, sagte der Bohrleiter, der aus Mumbai stammte. Seine Stimme überschlug sich, weil er den Lärm der Alarmsirenen und ein seltsames Grollen übertönen musste, das sich durch die Aufbauten der Plattform fortpflanzte. »Der Meeresboden hebt sich sehr schnell! Der Bohrer wird zurückgedrückt ...« Sein Bericht wurde von einer weiteren Explosion vor dem Fenster abgeschnitten. Das verbogene und eingerissene Bohrgehäuse schoss durch die Plattform hindurch nach oben, durchbrach ihr Dach und löste an verschiedenen Stellen Strukturversagen aus. Bowen beobachtete entsetzt, wie die Mitte der *Arkadia Explorer* in dem neu entstandenen Loch verschwand, das durch den Ausstoß der riesigen Bohrvorrichtung entstanden war.

»Heilige Scheiße!«, murmelte Bowen. Lauter verlangte er: »Schadensberichte! Jetzt!«

Omalu antwortete als Erste: »Anstieg des Meeresbodens bestätigt. Alle unsere Stützpylonen sind gebrochen.« Sie schaltete eine Aufnahme von einem Sicherheitssensor auf der Außenseite zu. Ein Bild der Plattform tauchte über dem Besprechungstisch auf und zeigte, dass die beiden untersten Ebenen der gewaltigen Anlage bereits eingestürzt und in der tosenden See unter ihnen verschwunden waren. Sie hatten mehr als zweihundert Mitarbeiter – einschließlich dem größten Teil der Ingenieure – mitgerissen. Das Bild kippte, als die Plattform erneut ruckte und Bowen von den Füßen riss. Omalu umklammerte mit weiß hervortretenden Fingerknöcheln den Tisch. »Wenn diese Bohrinsel mehr als sechs Meter in irgendeine Richtung kippt, wird sie sinken.«

Entsetzen wirbelte Bowens Gedanken durcheinander. Die *Arkadia Explorer* stand auf Pylonen aus Thermobeton, der mit Duranium verstärkt war. Sie hätten jeder Naturkatastrophe, mit der dieser Planet aufwarten konnte, standhalten müssen. Jetzt war die ganze Anlage kurz davor, im zweitausendvierhundert Meter tiefen Wasser zu verschwinden.

Es blieb keine Zeit, um Reparaturen zu veranlassen, und da der größte Teil der Ingenieure bereits tot war, gab es auch niemanden, der sie hätte ausführen können. Bowen hatte keine andere Wahl. Er drückte seine Handfläche auf ein biometrisches Feld auf dem Hauptsystemmonitor. »Computer, Evakuierungsalarm für alle Decks auslösen!«

»Bestätigt«, antwortete die männliche Computerstimme mit trockenem Londoner Akzent.

Bowen wandte sich von der Konsole ab und richtete sich auf. »Sehen Sie zu, dass Sie schleunigst hier rauskommen! Gehen Sie in eine Fluchtkapsel, ein Shuttle, irgendetwas! Los!« Der Raum leerte sich innerhalb von Sekunden. Bowen musste Omalu anstoßen, damit sie den Hauptsystemmonitor verließ. »Es ist vorbei, Lewa! Wir müssen los! Jetzt!« Sie fielen beinahe übereinander, als sie sich auf den Weg zum nächsten Ausgang machten. Ramayan Chandra folgte ihnen auf dem Fuße, als sie die Ops hinter sich ließen und nach draußen in den Sturm rannten.

Omalu erstarrte an einer T-Kreuzung auf dem Laufgang. Bowen zeigte nach rechts, doch dann zog Chandra beide in die entgegengesetzte Richtung. »Hier entlang!«

Bowen protestierte: »Aber die Kapseln ...«

»Sind zu weit weg«, sagte Chandra. »Das Shuttle ist näher! Kommen Sie!« Der schlanke Ingenieur übernahm die Spitze und führte sie durch Regenschauer, die ihnen die Sicht nahmen. Die Tropfen waren wie Nadelstiche auf Bowens Gesicht.

Genau wie Chandra es versprochen hatte, befand sich um die nächste Ecke eine schmale Brücke, die zu einer Landeplattform führte, auf der eine Raumfähre parkte.

Die drei rannten darauf zu und kämpften darum, nicht das Gleichgewicht zu verlieren, als die Bohrinsel sich erneut verlagerte. Omalu rutschte auf der nassen Metallbrücke aus und stürzte beinahe über die Reling, unter der ein Gewirr aus zerborstenen Metallstreben über dem tosenden, schwarzen Wasser aufragte. »Sind Sie in Ordnung?« Regen prasselte auf ihr Gesicht. Sie nickte. Er zerrte an ihr, damit sie sich in Bewegung setzte, und sie rannten weiter auf die Raumfähre zu.

Chandra erreichte als Erster das kleine Schiff und warf sich auf den Pilotensitz. Omalu blieb zurück, um die Luke zu verschließen. Bowen schnallte sich auf dem Kommandosessel an. »Bringen Sie uns in die Luft«, blaffte er Chandra an, »bevor das ...«

Das Unheil griff seiner Warnung vor. Donnernd glitt die Bohrinsel von ihren zerschmetterten Pylonen und neigte sich dem Meer entgegen. Außerhalb der Cockpitkanzel spielte sich ein Albtraum ab. Ganze Bereiche der Bohrinsel rissen auseinander. Metall und Körper ergossen sich ins Meer.

Von anderen Landeplattformen glitten Raumfähren und andere kleine Raumschiffe über den Rand und versanken im tobenden Meer. Bowen spürte, wie die Schwerkraft seine eigene Raumfähre festhielt, und ihm wurde klar, dass er sehr wahrscheinlich einen Blick auf sein eigenes unmittelbar bevorstehendes Schicksal warf.

»Ramayan!«

»Ich weiß, Jon! Halten Sie die Klappe!«

Chandra führte einen Kaltstart des Antriebs durch und zündete die Manövrierdüsen. Bowen klammerte sich an der Konsole der Raumfähre fest. Das winzige Schiff schoss auf das Wasser zu ... und dann biss er die Zähne zusammen, als Chandra den Steuerknüppel anzog und das Schiff in einen Steilflug mit hoher g-Kraft zwang. Der Rumpf und die Stabilisierungsflosse am Heck der Raumfähre berührten die Wasseroberfläche und ließen Gischt aufspritzen.

Dann sahen Bowen und Chandra, wie der Hauptteil der *Arkadia Explorer* in ihre Richtung stürzte. Die Zeit schien sich zu verlangsamen und ihre Eingeweide zogen sich zusammen, während Chandra eine scharfe Wende flog, dabei beschleunigte und gleichzeitig eine Seitwärtsrolle vollführte. Er steuerte die Raumfähre durch eine Lücke, die sich in den Aufbauten der Bohrinsel aufgetan hatte, als würde er einen zarten Faden durch das Nadelöhr des Todes führen. Blitze zuckten über den schwarzen Himmel vor ihnen und einen halben Atemzug lang dachte Bowen, sie wären explodiert ...

Dann ließ die blendende Helligkeit nach, seine Augen passten sich an und er wusste, sie hatten es lebend hinausgeschafft.

Die Raumfähre legte sich in eine Steilkurve. Bowen warf einen Blick hinunter und sah, wie der Rest der Bohrinsel auseinanderbrach und im Feuer der Explosionen verschwand. Innerhalb von Sekunden wurde sie vom Meer verschlungen. Ölige Wolken schwebten auf den Schaumkronen der Wogen, wo die Bohrinsel noch vor wenigen Minuten gestanden hatte.

Das Wasser schien zu kochen und teilte sich dann. Es gab den Blick frei auf eine riesige, fremdartige und unförmige Gestalt – wie ein grässlicher Leviathan aus uralten Legenden, der sich aus der Umarmung des Ozeans befreit hatte. Teile der Bohrinsel stürzten von seinem gekrümmten Rücken und glitten dann in die salzigen Tiefen.

»Mein Gott!« Bowen zeigte hinunter auf das Ungetüm. Chandra betrachtete es verwirrt und erstaunt. Omalu reagierte mit völligem Entsetzen. Bevor sie die Chance hatten, es in allen Einzelheiten zu studieren, hatte der Sturm ihre Raumfähre verschluckt. Umgeben von Dunkelheit, Donner und reinigendem Regen schossen sie von der Katastrophe weg.

Omalu ließ sich zwischen Bowen und Chandra aufs Deck fallen. »Was war das für ein Ding?«

»Ich habe keine Ahnung«, gab Bowen zu. »Aber wir sollten lieber eine gute Antwort auf diese Frage finden, bevor wir vor die Gouverneurin treten, oder wir sind im Eimer.«

2

Es war ein Privileg des kommandierenden Offiziers, zu spät zu kommen, und an diesem Abend nutzte Captain Philippa Georgiou dieses Vorrecht nach allen Regeln der Kunst aus. Sie war sich irgendwie der Tatsache bewusst, dass die penible Vorbereitung ihrer Galauniform ein Versuch war, einen Umstand hinauszuzögern, vor dem sie am liebsten immer noch die Augen verschloss. Derselbe Grund war auch für ihren schleppenden Schritt verantwortlich, mit dem sie ihr Quartier verlassen und sich in einen Aufzug zur Offiziersmesse begeben hatte. Diese befand sich auf einem unteren Deck der Untertassensektion des Raumschiffs *Shenzhou.* Jetzt näherte sie sich der Tür zur Messe und fand jeden Schritt schwieriger als den vorherigen.

Dann öffnete sich die Tür vor ihr und eine lebhafte Jazzmelodie aus Klavier, Klarinette, Bass und Schlagzeugbesen schwebte zusammen mit dem Gemurmel vieler Stimmen, die höfliche Unterhaltungen führten, in den Korridor.

Unteroffiziere aus der Serviceabteilung liefen mit Tabletts voller Getränke und Appetithäppchen umher und erfüllten die Wünsche ihrer Gäste. Es war eine lebhafte und doch würdevolle Abendgesellschaft, die den Ehrengästen und dem Anlass angemessen war.

Georgiou bemerkte, dass die meisten anderen Offiziere bereits gefüllte Champagnerflöten in der Hand hielten, also schnappte sie sich im Vorbeigehen eine von einem Tablett und bedankte sich beim Kellner mit einem Lächeln. Sie drehte sich langsam um die eigene Achse und ließ den Raum auf sich wirken. In einer Ecke erduldete der neue Kommunikationsoffizier, Ensign Mary Fan, schüchtern die Flirtversuche des schlaksigen Chefingenieurs, Lieutenant Commander Saladin Johar. Auf der anderen Seite – in der Nähe der Aussichtsfenster mit Blick auf die dämmrige Nordhalbkugel von Ligot IV – entspann sich eine gut gelaunte Diskussion zwischen dem jungen taktischen Offizier, Lieutenant Kamran Gant, dem Offizier der Flugkontrolle, Ensign Keyla Detmer, und dem Ops-Offizier, Lieutenant Belin Oliveira. Ganz gleich was Gant vorbrachte, die beiden Frauen schüttelten abwechselnd den Kopf und brachen in schallendes Gelächter aus.

Durch die Menge der Junior-Offiziere hindurch entdeckte Georgiou den leitenden medizinischen Offizier, Doktor Anton Nambue, einen Mann der leisen Töne, der sich mit dem taktischen Führungsoffizier, Lieutenant Michael Burnham, unterhielt. Es kam Georgiou merkwürdig vor, dass die normalerweise wortkarge Burnham – die Georgious Schützling war, seit Botschafter Sarek die auf Vulkan aufgewachsene menschliche Frau vor sechs Jahren davon überzeugt hatte, das Offizierspatent der Sternenflotte zu erwerben – sich auf ein vergnügtes Geplänkel mit dem guten Doktor einließ. *Vielleicht lernt sie allmählich, sich etwas zu entspannen*, dachte Georgiou hoffnungsvoll. *Das wäre ein längst überfälliges Wunder.*

Gegenüber von Burnham stand ihr langjähriger beruflicher Konkurrent und rhetorischer Widerpart, Lieutenant Saru. Die beeindruckende Größe des kelpianischen Wissenschaftsoffiziers von knapp über zwei Metern, sein von Furchen und Kämmen durchzogenes, totenschädelähnliches Gesicht und seine irgendwie seltsam anmutende, leicht nach hinten gebogene Haltung machten es sogar in einer Menschenmenge schwer, ihn zu übersehen. Saru schien entschlossen, die gesamte Aufmerksamkeit der beiden Ehrengäste der Party für sich zu vereinnahmen. Diese waren der Erste Offizier, Commander Sonnisar ch'Theloh, und der zweite Offizier, Lieutenant Commander Itzel Garcia. Das Lächeln des Andorianers wirkte etwas angestrengt und Garcias Aufmerksamkeit wechselte zwischen Sarus ständigem Geplapper höflicher Banalitäten und der Leere in ihrem Glas hin und her.

Mir scheint, hier ist eine Rettungsmission angebracht, erkannte Georgiou.

Sie schnappte sich ein weiteres Glas Champagner auf ihrem Weg durch die Messe und schob sich mit stillem Selbstvertrauen elegant zwischen Saru und seine Konversationsgeiseln.

»Wie man sich also vorstellen kann«, sagte Saru, der Georgious Anwesenheit noch nicht bemerkt hatte, »wurde meine Entscheidung, die Ästhetik kelpianischer Innenarchitektur dem Quartier, das für den Botschafter von Pahkwathanh vorgesehenen war, zuteilwerden zu lassen, mit wenig Begeisterung aufgenommen ...« Seine Anekdote brach ab, als er merkte, wie die Aufmerksamkeit von ch'Theloh und Garcia sich verlagerte. Er drehte sich um die eigene Achse und sah Georgiou. Dann wich er mit einem leichten Zucken zurück. »Captain! Verzeihen Sie, ich hatte nicht bemerkt, dass Sie sich zu uns gesellt haben.«

»Das schien mir nötig zu sein.« Sie gab ihre zusätzliche Champagnerflöte Garcia. »Sie wirkten, als ob Sie noch einen gebrauchen können.«

Garcia stellte ihr leeres Glas beiseite und nahm das frische Glas mit dankbarem Nicken entgegen. »Sie sind zu freundlich, Captain.« Sie nippte einmal und fragte dann: »Es ist also Zeit für Ihre große Rede?«

»Erwartet man von mir eine Rede?« Georgiou täuschte Überraschung vor, doch ch'Thelohs und Garcias amüsiertes Grinsen machte deutlich, dass sie ihr das kleine Schauspiel nicht abnahmen. Saru begegnete diesem Moment allerdings mit der für ihn typischen ausdruckslosen Miene, als könnte er ohne ausdrückliche Erlaubnis oder direkten Befehl nicht lachen. »Also schön«, sagte Georgiou und schob sich an ihren beiden Führungsoffizieren vorbei, damit sie sich mit dem Rücken zum Aussichtsfenster stellen und alle im Raum ansprechen konnte.

Sie nahm einen Teelöffel von einem in der Nähe stehenden Tisch und tippte damit gegen ihr Glas.

Das helle Klingen brachte die meisten im Raum zum Schweigen, bis auf eine kleine Gruppe Junior-Offiziere im hinteren Bereich, die zu sehr mit Lachen beschäftigt waren, um das Signal zu hören. Lieutenant Saru nahm sich umgehend dieses Fauxpas an. Er wandte sich der Gruppe frischgebackener Offiziere zu, nahm eine gebieterische Haltung ein und rief: »Ensigns! Seien Sie still! Der Captain möchte etwas sagen!« Sein Befehl brachte die Erheiterung in der Ecke zum Erliegen – und um es noch schlimmer zu machen, fror die Stimmung im restlichen Raum ebenfalls ein.

Georgiou überspielte ihr Unbehagen. *Die schlimmste Eröffnung aller Zeiten.*

Sie setzte ein Lächeln auf, um die Spannung zu lösen. »Zunächst einmal möchte ich Ihnen allen für Ihr Kommen am heutigen Abend danken. Wie Sie sicherlich alle inzwischen wissen, haben wir uns hier versammelt, um uns von unserem hochgeschätzten Ersten Offizier, Commander ch'Theloh, zu verabschieden, der uns verlässt, um sein erstes eigenes Kommando auf dem Raumschiff *Gagarin* zu übernehmen. Und als ob es noch nicht schmerzlich genug ist, meines Ersten Offiziers beraubt zu werden, dem ich seit vier Jahren rückhaltlos vertraue, hat er auch noch unseren zweiten Offizier, Lieutenant Commander Garcia, abgeworben, die fortan auf der *Gagarin* als Erster Offizier ihren Dienst verrichten wird.« Sie sah ch'Theloh an. »Sonny, Sie waren ein großartiger Stellvertreter und Sie waren mir ein guter Freund. So sehr ich es hasse, Sie ziehen zu sehen, so glücklich macht es mich, zu wissen, dass die *Gagarin* einen großartigen kommandierenden Offizier bekommen wird.« Sie drehte sich weiter zu Garcia und fuhr fort: »Itzel, Sie haben in so kurzer Zeit so viel erreicht. Mit sechzehn haben Sie Ihr kleines Dorf in Yucatán verlassen, um an die Sternenflottenakademie zu gehen. Und es scheint, als sei es gestern gewesen, dass Sie als Ablösung für die Ops auf die *Shenzhou* versetzt wurden. Jetzt werden Sie auf einem der geschichtsträchtigsten Schiffe der Flotte als Erster Offizier Dienst tun. Ich bin unglaublich stolz auf Sie.« Dann warf sie ch'Theloh einen Blick zu und fügte hinzu: »Auf Sie beide.« Sie erhob ihr Glas und die anderen Offiziere im Raum taten es ihr gleich. »Unser Verlust ist der Gewinn der *Gagarin.* Wünschen Sie mit mir *Captain* ch'Theloh und *Commander* Garcia viele Jahre grenzenloser Wunder, während sie gemeinsam zu ihrem nächsten großen Abenteuer aufbrechen. Prost!«

Die Menge antwortete in einem donnernden Chor: »Prost!« Dann wurden die Gläser an die Lippen gehoben und die Offiziere der *Shenzhou* tranken auf ihre scheidenden Schiffskollegen.

Georgiou war überzeugt, ihren Verpflichtungen Genüge getan zu haben, und mischte sich wieder unter die Menge. Sie entdeckte Burnham, die alleine war, und ging zu ihr hin. Gerade als sie neben der jüngeren Frau angekommen war, tauchte Saru aus der Menge auf und stellte sich zwischen sie. »Eine rührende Lobrede, Captain«, sagte der Kelpianer. »Ein äußerst passender Abschiedsgruß.«

Burnham hob eine Augenbraue in Sarus Richtung. »In der Tat. Und ihre Leistung ist umso bemerkenswerter, wenn man bedenkt, dass sie gezwungen war, nach Ihrem aufrüttelnden Ruf zu den Waffen zu sprechen.«

Saru spannte sich an und betrachtete Burnham mit kaum verhohlener Verachtung. »Was soll das bedeuten?«

»Nur, dass ich hoffe, niemals nach solch einer denkwürdigen Einleitung sprechen zu müssen.«

»Ich bezweifle, dass Sie eine solche jemals verdienen werden«, konterte Saru.

»Wie freundlich von Ihnen, das zu sagen, Mister Saru.«

Es dauerte einen Moment, bis Saru erkannte, dass er innerhalb weniger Sekunden zweimal beleidigt worden war. Er ballte seine Fäuste und zitterte wie ein überängstlicher kleiner Hund. Da er kurz davorstand, die Fassung zu verlieren, nahm Georgiou das als Zeichen dafür, die beiden zu trennen, bevor es mitten in einer ansonsten angenehmen Abschiedsfeier zu einer weiteren der berüchtigten Szenen zwischen Burnham und ihm kommen konnte.

Sie übte sanften Druck auf Burnhams Oberarm aus und führte sie zum Ausgang. »Gehen wir ein Stück, Lieutenant. Wir müssen etwas besprechen.«

»Natürlich, Sir.« Burnham warf ihrem Rivalen einen Abschiedsblick über die Schulter hinweg zu. »Bleiben Sie wachsam, Saru. Ich glaube, einer der Gäste klaut das Besteck.«

Saru wirbelte schnell herum und suchte den Raum mit Blicken nach dem angeblichen Täter ab, bis ihm klar wurde, dass Burnham ihn zum x-ten Mal hereingelegt hatte.

Georgiou wusste, dass man Burnhams Verhöhnung von Saru in der verschlüsselten Militärjuristensprache der Sternenflotte als »einem Offizier unangemessenes Verhalten« bezeichnen würde. Doch dasselbe würde für das Gelächter des Captains über Sarus missmutigen Blick gelten, der die beiden Frauen auf dem gesamten Weg durch die Messe verfolgte, bevor sie die Feier hinter sich ließen und in einen leeren Korridor entflohen.

Eine der schwierigsten Lektionen, die Michael Burnham während ihrer Erziehung auf Vulkan verinnerlicht hatte, war, den Wunsch nach Befriedigung ihrer Neugier im Zaum zu halten. Jedes Mal, wenn sie sich neuen Informationen oder neuen Fragen gegenübersah, wollte sie umgehend der Wahrheit auf den Grund gehen. Es hatte sie viel Zeit und Mühe gekostet, zu lernen, dass es unter bestimmten Umständen klüger und produktiver war, geduldig zu sein und zuzulassen, dass die Tatsachen sich von allein im richtigen Kontext offenbarten.

Dieses hart erkämpfte Stück Weisheit stand gedanklich bei ihr im Vordergrund, während Captain Georgiou sie aus der Offiziersmesse und den gewundenen Korridor der *Shenzhou* entlangführte. Die Einladung des Captains war beinahe sofort nach Burnhams verbalem Schlagabtausch mit Lieutenant Saru erfolgt. Hieß das, dass diese Unterhaltung sich darum drehen würde?

Heute Abend war nicht das erste Mal, dass Burnham und Saru rhetorisch aneinandergeraten waren. Dennoch hatten ihr verschiedene Schiffskollegen gesagt, dass sie hin und wieder über die Grenzen des von Sternenoffizieren erwarteten Verhaltens hinausging. Einige ihrer Kollegen schrieben diese Unzulänglichkeit der Tatsache zu, dass sie nicht an der Sternenflottenakademie gelernt hatte. Stattdessen hatte sie ihr Offizierspatent nach ihrem Abschluss an der Vulkanischen Akademie der Wissenschaften erhalten. Tatsächlich hatte Burnham allerdings den größten Teil ihres Lebens unter Vulkaniern verbracht. Die Folge war, dass die menschliche Kultur und ihre Gebräuche ihr oft fremd erschienen. Captain Georgiou hatte die letzten sechs Jahre damit verbracht, ihr dabei zu helfen, diese Hürde zu überwinden. *Mit gemischten Ergebnissen*, gestand sie sich selbst ein.

Als sie den Bug des Schiffs erreichten, blieb Georgiou vor einem breiten Aussichtsfenster stehen. Der Captain stand bequem, hielt ihre Hände hinter dem Rücken gefaltet und starrte hinaus auf Ligot IV. »In weniger als neunzig Minuten wird die *Gagarin* sich im Orbit zu uns gesellen und ch'Theloh und Garcia werden hinüberbeamen und ihre neuen Kommandoposten einnehmen. Was bedeutet, dass ich eine Wahl zu treffen habe.«

»Eine Wahl, Captain?«

»Eine ziemlich wichtige.« Georgiou musterte sie mit einem langen Seitenblick. »Der Natur ist ein Vakuum zuwider. Anscheinend gilt das auch für das Sternenflottenkommando.« Ein listiges Lächeln. »Admiral Anderson hat Sie mit sofortiger Wirkung zum kommissarischen Ersten Offizier der *Shenzhou* ernannt.«

Burnham dachte über die Worte des Captains nach. »*Kommissarischer* Erster Offizier? Soll ich das so deuten, dass meine Beförderung nur zeitweilig ist?«

»Nicht unbedingt«, sagte der Captain. »Ich würde sagen, der Posten ist ... an gewisse Bedingungen geknüpft.«

Es war untypisch für Georgiou, auszuweichen. Das machte Burnham misstrauisch. »Darf ich fragen, wie diese Bedingungen aussehen?«

»Das liegt vollkommen in meinem Ermessen. Obwohl ich glaube, dass ich als erstes Kriterium in Betracht ziehen würde, ob Sie den Job überhaupt wollen?«

Wieso fragt sie mich das? Burnham ließ die sechs Jahre, in denen sie und der Captain gemeinsam gedient hatten, an sich vorbeiziehen. Sie hatten zahllose Krisen überstanden und der Captain hatte geduldig so viel Weisheit an sie weitergegeben. Sie hatte als Mentor dort weitergemacht, wo Sarek aufgehört hatte – und auf vielfältige Weise war ihre geistige Führung schwieriger zu meistern gewesen. *Aber zweifelt sie immer noch an mir?*

Sie wollte weder übereifrig noch ablehnend erscheinen und versuchte, weitere Informationen zu erhalten. »Weshalb würden Sie glauben, dass ich nicht Erster Offizier werden will?«

Georgiou runzelte die Stirn und dachte über ihre Antwort nach. »Um ehrlich zu sein, Michael, sind Sie mir nie besonders ehrgeizig erschienen. Das soll nicht heißen, dass Sie nicht überall, wo ich Sie eingesetzt habe, ausgezeichnete Arbeit geleistet haben. Doch jede Ihrer Beförderungen, seit Sie an Bord gekommen sind, war das Ergebnis einer Empfehlung von Commander ch'Theloh oder mir.«

»Sie glauben, Sie könnten einen Fehler gemacht haben, indem Sie mich beförderten?«

»Ganz und gar nicht. Ich stelle lediglich fest, dass Sie sich niemals um eine Beförderung beworben haben. Sie haben niemals versucht, Ihre Karriere voranzutreiben, wie es viele Ihrer Kollegen so schamlos tun.«

Burnham nickte. »Das ist wahr.«

Obwohl Burnham bereits seit Jahren an Bord der *Shenzhou* war, fühlte sie sich doch immer noch fremd gegenüber der überwiegend menschlichen Besatzung und der emotionalen Art, mit der diese ihre Entscheidungen fällte. Da sie der ständigen Isolation müde war, hatte sie nachgeforscht, ob eine Versetzung auf das Raumschiff *Intrepid* möglich wäre, dessen Besatzung inzwischen nur noch aus Vulkaniern bestand. Die Anfrage war natürlich nach hinten losgegangen. Der Kommandant der *Intrepid* hatte deutlich gemacht, dass sie an Bord nicht willkommen wäre, ganz gleich wie sehr sie darauf bestand, sich als »kulturell vulkanisch« zu bezeichnen. Unerwünscht unter den Leuten, die sie verstand ... Und so fand sie sich dazu verdammt, im Exil unter den Leuten zu dienen, die *sie* niemals verstehen würden.

Georgiou fuhr fort: »Sie verstehen also meine Bedenken? Ein Erster Offizier ist für mehr verantwortlich als nur die Verwaltung des Schiffs und seiner Mannschaft. Er ist verantwortlich für die Moral der Besatzung und er muss das Kommando übernehmen können, wenn dem Captain etwas zustößt. Das ist kein Posten, den man leichtfertig annehmen sollte.« Besorgnis huschte wie ein Schatten über das Gesicht des Captains. »Andererseits gibt es jene, die sagen, dass jemand, der diesen Job aggressiv verfolgt, sehr wahrscheinlich nicht die Art Person ist, der man ihn geben sollte.«

Die unterschwellige Bedeutung von Georgious Bemerkung schienen Burnham klar zu sein. »Eigentlich hat Lieutenant Saru das höhere Dienstalter, Captain. Außerdem hat er – im Gegensatz zu mir – die Sternenflottenakademie besucht.«

»Und doch hat Admiral Anderson Sie für den Posten empfohlen«, sagte Georgiou.

»Hat er gesagt, weshalb?«

»Es steht mir nicht zu, die Entscheidungen des Admirals zu hinterfragen.« Der Captain sah sie an. »Meine Aufgabe ist es, zu entscheiden, ob Sie diese neue Rolle bekleiden können oder nicht. Wenn ja, werde ich dafür sorgen, dass es von Dauer ist. Wenn nicht …« Sie brachte ein bedauerndes Stirnrunzeln zustande. »Dann müssen Sie Ihre Provokationen von Mister Saru einschränken.«

Saru als Erstem Offizier zu unterstehen war eine düstere Aussicht. Sie brachte Burnham dazu, diese Veränderung der Umstände als die Gelegenheit anzusehen, die sie war. Sie sah den Captain an. »Ich werde Sie nicht enttäuschen.«

»Darauf zähle ich.« Georgiou streckte ihre Hand aus und drückte Burnhams Bizeps sanft und ermutigend. »Sorgen Sie dafür, dass es so bleibt, *Nummer Eins.*« Sie ließ Burnham los, trat zurück und glättete die Vorderseite ihrer Uniformjacke. »Wenn Sie mich jetzt entschuldigen wollen …« Sie drehte sich um und ging zurück in die Richtung, aus der sie gekommen waren. »Ich muss eine weitaus unschönere Version dieser Unterhaltung mit meinem neuen zweiten Offizier führen.«

Die Abschiedsfeier war immer noch in vollem Gange, als Lieutenant Saru sich entschuldigte. Niemand hatte ihn aufgehalten, als er den Raum durchquerte. Niemand hatte hinter ihm hergerufen oder versucht, ihn in die geschlossenen Unterhaltungskreise einzubinden. Seine Offizierskollegen hatten seinen Abgang einfach ignoriert.

Die Entscheidung, die Feier zu verlassen, war Saru leichtgefallen. Nachdem der Captain und Burnham sich in den Korridor davongeschlichen hatten, wusste er, dass es Zeit war, zu gehen. Als Angehöriger einer Beutespezies fand Saru manchmal, dass große Zusammenkünfte etwas Tröstliches für ihn hatten, denn sie erinnerten ihn an die Neigung seines Volks, sich zur Verteidigung zusammenzurotten. Doch viel zu oft bemerkte er, dass man ihn an den Rand von sozialen Zusammenkünften drängte, und seine kelpianischen

Instinkte sagten ihm, dass Raubtiere von den Randzonen her die schwächsten Mitglieder einer Herde ausmachten.

Das habe ich davon, wenn ich versuche, mit den Jägern zu verkehren, grübelte er auf dem Weg zurück zu seinem Quartier. Natürlich verhielten sich nicht alle seiner Schiffskameraden wie Spitzenprädatoren, doch es war eine vorherrschende Eigenschaft bei den meisten Besatzungsmitgliedern. Er schätzte die seltenen Ausnahmen in der Mannschaft der *Shenzhou*: Doktor Nambues Handlungen waren immer von einer friedfertigen Ausstrahlung begleitet und der Ops-Offizier Belin Oliveira war sehr sanftmütig. Saru vermutete, dass dies eine Folge der strikten vegetarischen Ernährungsweise der menschlichen Frau war.

Und dann gab es Burnham.

Sie war Saru ein Rätsel. Sie war als Mensch geboren, aber den größten Teil ihres Lebens von Vulkaniern aufgezogen worden. Auch Burnham hielt sich – wie die meisten Vulkanier – strikt an eine vegetarische Ernährung und sie verehrte deren mentale Disziplin und ihre typischerweise gewaltlose Natur. Sie war eine Person, in deren Nähe er sich normalerweise wohlgefühlt hätte. Stattdessen war sie ihm vom ersten Tag an ein Dorn im Auge gewesen. Sie war als frischgebackener Ensign an Bord gekommen und stand unter der Obhut des Captains. Seit Jahren war sie ihm auf den Fersen, verfolgte ihn verbissen die Karriereleiter hinauf und übertraf ihn in Sachen kalter Logik und gnadenloser Vernunft.

Weniger als ein Jahr war vergangen, seit sie ihn rangmäßig eingeholt hatte. Er hatte sich mit dem Gedanken getröstet, dass er immer noch in der Kommandokette über ihr stand, da er der Führungsoffizier der Wissenschaftsabteilung des Schiffs war. Dann kam Burnhams Beförderung zum taktischen Führungsoffizier. Er hatte ihr selbstverständlich gratuliert, denn das gehörte sich so. Doch sie als Gleichgestellte zu akzeptieren, war ihm bitter aufgestoßen.

Jetzt spürte er eine Veränderung in der Luft und wusste, dass schlechte Nachrichten sich anbahnten. Seine Basalganglien oberhalb seiner Ohren traten hervor und schmeckten das elektrische Aroma bevorstehender Gefahr.

Es war eine Gabe – oder vielleicht ein Fluch – seiner Spezies, Gefahr spüren zu können. Auf seiner Welt wäre ein solch tief sitzendes Aufkeimen von Furcht ein Grund, in Deckung zu gehen, das Stichwort, sich in Sicherheit zu bringen, weil die Raubtiere auf der Jagd waren. Doch hier, in der relativen Sicherheit der *Shenzhou,* warnte diese instinktive Wahrnehmung eines Verhängnisses ihn nicht vor einer lebensbedrohlichen, sondern vor einer beruflichen Gefahr. Er streckte die Hand nach oben und stupste die empfindlichen, zweigähnlichen Fasern an, bis sie sich zurückzogen.

Jetzt konnte er nichts weiter tun, als auf das Herabsausen des Fallbeils zu warten.

Er saß alleine an einem Tisch unter einem schrägen Aussichtsfenster im Hauptraum seines Quartiers. Auf dem Tisch stand sein dreidimensionales Schachbrett. Er dachte an all die Jahre, die er gebraucht hatte, um das Spiel zu meistern – zunächst an der Akademie und dann in den Jahren, seit er das Offizierspatent erlangt hatte. So viel Zeit, in der er den Unterschied zwischen Strategie und Taktik gelernt hatte, all die Anstrengungen, die er unternommen hatte, um ein unglaublich komplexes Spiel zu begreifen, das in eine militärische Metapher eingebettet war. Jetzt war es nur eine Figurensammlung auf Schachbrettern, die an einem gebogenen Ständer befestigt waren – eine sinnlose Ablenkung.

Der Türsummer ertönte. Er wusste, wer das sein musste.

Saru seufzte einmal tief und rief dann: »Herein!«

Die Tür glitt auf und Captain Georgiou trat ein. »Sie hatten keinen Spaß an der Feier?«

Er konnte ihr nicht in die Augen sehen. »Ich sah keinen Sinn darin, noch länger zu verweilen.«

Der Captain kam auf ihn zu und die Tür schloss sich hinter ihr. Sie setzte sich ihm am Tisch gegenüber und nickte in Richtung des Schachspiels. »Wer ist Ihr Gegner?«

»Das spielt keine Rolle mehr. Der Sieger steht fest.«

Georgiou betrachtete die Aufstellung der Figuren auf den Brettern. »Vielleicht auch nicht. Nach dem, was ich hier sehe, ist das Spiel höchstens halb gespielt. Es gibt eine Menge ...«

»Captain, bitte.« Saru war zu müde, um eine der für den Captain typischen Abschweifungen zu erdulden. »Wir wissen beide, weshalb Sie hier sind.«

Sie versuchte, ihre stoische Fassade aufrechtzuerhalten. »Tun wir das?«

»Burnham wird vor mir befördert.«

Die laut ausgesprochene Wahrheit ließ Georgiou das Gesicht verziehen. »Ja.«

»Obwohl ich der Dienstältere bin. Und trotz meiner Kommandoausbildung an der Akademie.«

Jetzt war es am Captain, seinem Blick auszuweichen. »Ja.«

Galle stieg in Sarus Kehle auf und seine Muskeln spannten sich an. Jeder Teil von ihm wollte davonrennen, sich zurückziehen. Doch er konnte nirgendwohin, es gab keinen Ort, der besser war als der, an dem er sich bereits befand – und diese Wahrheit verunsicherte ihn nur noch mehr. »Darf ich fragen, weshalb?«

»Ich weiß ehrlich gesagt nicht, was ich Ihnen sagen soll. Die Entscheidung kam von Admiral Anderson.«

»Wirklich?« Er sprang von seinem Stuhl auf. Seine Verbitterung und der verletzte Stolz brachen aus ihm hervor, wie eine Flut durch einen beschädigten Damm. »Zweifellos hatte

Botschafter Sarek etwas damit zu tun.«

Der Captain war angesichts dieser Anschuldigung verärgert. »Wenn Sie dafür keinen Beweis haben, schlage ich vor, dass Sie diesen Gedanken für sich behalten, Mister.«

»Wie könnte es anders sein? Welche andere Erklärung ergibt einen Sinn?« Er lief auf und ab, weil er das Gefühl hatte, in einem Käfig eingesperrt zu sein. »Sehen Sie sich meine Personalakte an und dann ihre! Meine Eignungsbeurteilungen sind vorbildlich!«

»Das sind sie«, bestätigte Georgiou.

»Ihre strotzen nur so vor Ermahnungen. Zusammenstöße mit vorgesetzten Offizieren, mit Gleichgestellten ...«

»Aber auch großartige Erfolge«, sagte der Captain. »Augenblicke der Intuition. Tapfere Taten. Ich bin sicher, der Admiral hat diese ebenfalls berücksichtigt.«

Saru blieb stehen. »Durften Sie bei der Entscheidung mitreden?«

»Ich werde entscheiden, ob es dauerhaft ist. Für den Moment ist sie der kommissarische Erste Offizier.«

Er konnte es kaum glauben. »Erster Offizier! Glauben Sie, dass sie für den Job geeignet ist?«

»Das tue ich.«

»Warum?«

Georgiou wog ihre Antwort sorgfältig ab. »Ich glaube, sie hat das Zeug zu einem großartigen Kommandooffizier. Nicht nur die technischen Fähigkeiten, sondern auch ein gutes Gespür, ganz abgesehen von Selbstbewusstsein.«

»Glauben Sie, dass mir diese Qualitäten fehlen?«

»Ganz und gar nicht, Saru. Aber manchmal sind diese Beurteilungen zwangsläufig subjektiv.«

Er schüttelte den Kopf. »Das ist nicht fair. Wenn man meine Jahre an der Akademie mitrechnet, diene ich fast doppelt so lange in der Sternenflotte wie sie.«

»Das stimmt. Aber ich glaube, Sie konzentrieren sich zu sehr auf das Negative.«

»Soll ich hier etwas Positives sehen?«

Der Captain stand auf. »Sie werden ebenfalls befördert. Zum kommissarischen zweiten Offizier.«

Er erstarrte und zwang sich, nicht verächtlich mit den Augen zu rollen. »Verzeihen Sie mir, Captain, aber das empfinde ich als äußerst schwachen Trost.«

Sie schlug einen versöhnlichen Tonfall an. »Ich verstehe Ihre Enttäuschung, Saru. Ich musste das selbst einmal durchmachen und ich weiß, es wird nicht leicht zu akzeptieren sein.« Sie kam näher. »Aber wenn ich Ihnen einen Rat geben darf, als Ihr Captain?«

Er zwang sich so gut es ging zur Ruhe und sagte: »Selbstverständlich.«

»Keiner von uns kann die Hand des Schicksals kontrollieren – oder die Handlungen anderer. Wir können nur kontrollieren, wie wir darauf reagieren. Und genau das müssen Sie jetzt tun, Saru. Wenn Sie alleine in den vier Wänden Ihres Quartiers sind, nehmen Sie sich so viel Zeit, wie Sie brauchen, und finden Sie einen konstruktiven Weg, um sich von diesem Ärger und dieser Enttäuschung zu befreien.« Ihr sanfter Tonfall wurde scharf. »Aber bringen Sie nicht einen Hauch davon mit, wenn Sie Dienst haben. Habe ich mich deutlich ausgedrückt?«

Eingeschüchtert senkte er das Kinn und betrachtete seine Füße. »Absolut, Captain.«

»Sehr schön.« Sie ging an ihm vorbei zur Tür. »Gute Nacht, Lieutenant.«

Er stand wie eine Statue da und sah nicht hoch, bis er hörte, wie sie hinausging und die Tür sich schloss.

Ihre Worte schwärten in seinem Gedächtnis und ihre Warnung versetzte seine Eingeweide in Aufruhr. Nichts von dem, was sie gesagt hatte, war falsch, doch nichts davon hatte ihm Trost gespendet. Er hatte großen Respekt vor Captain Georgiou, der schon fast an Verehrung grenzte. Und genau deshalb ärgerte er sich über die ständige Aufmerksamkeit, die sie Burnham widmete. Obwohl Burnham höchstwahrscheinlich der gescheiteste Offizier war, dem Saru je begegnet war, schien sie doch ständig die Aufmerksamkeit des Captains zu brauchen. Das ging so weit, dass Georgiou niemals einen Moment für Saru erübrigen konnte.

Ich wollte doch nur, dass der Captain einen Bruchteil der Bewunderung, die ich ihr in all diesen Jahren entgegengebracht habe, erwidert. Das erneute Durchleben bitterer Erinnerungen fühlte sich so an, als liefe er über Glasscherben. *Wenn sie mich doch nur so unter ihre Fittiche genommen hätte, wie sie Burnham bemuttert …!*

Saru wirbelte zum Tisch herum und mit einer Armbewegung fegte er sein Schachspiel durchs Zimmer. Der zerbrechliche Bogen, der die drei Bretter miteinander verband, brach in der Mitte durch, als er gegen die Wand prallte. Die Einzelteile verteilten sich auf dem Boden. Er beobachtete, wie ein Turm zurückprallte und unter sein Sofa rollte. Ein Läufer schoss als Querschläger um eine Ecke und verschwand in seinem Badezimmer.

Er stand in dem von ihm verursachten Schaden und kam zu einer trostlosen Erkenntnis: *Ich fühle mich immer noch schrecklich und jetzt ist mein Quartier unordentlich.* Saru war entmutigt und fühlte sich irgendwie wie ein Narr. Dann machte er sich an die Arbeit, um das jüngste Chaos, das er selbst angerichtet hatte, wieder in Ordnung zu bringen.

3

Zwei bewaffnete Wachen in gestärkten Uniformen und ein Gehilfe der Gouverneurin, der einen zerknitterten Anzug trug, führten Bowen, Omalu und Chandra einen trostlosen Flur im Exekutivgebäude entlang. Wie die übrige Siedlung auf Sirsa III war der Sitz der Kolonialregierung nur wenige Jahre alt. In dieser Zeit hatte noch niemand es für nötig gehalten, ihn zu dekorieren. Die einzigen Verzierungen an den Wänden waren allgemeine Beschilderungen mit Etagennummern oder Raumbezeichnungen.

Bowen fand, das alles habe den Charme eines Gefängnisses.

Der Gehilfe öffnete eine Tür zu einem Konferenzraum und trat beiseite. Er bedeutete dem Trio, hineinzugehen. »Bitte nehmen Sie Platz. Gouverneurin Kolova kommt sofort.«

»Danke«, sagte Bowen. Er führte seine Kollegen in den Konferenzraum. Der Gehilfe schloss hinter ihnen die Tür. Bowen hielt inne und lauschte, ob abgeschlossen wurde, aber er hörte nichts.

Ein billiger, rechteckiger Tisch nahm den meisten Platz ein. Zwölf unbequem aussehende Stühle standen darum – fünf auf jeder Seite und jeweils einer an den Kopfenden. An der Wand gegenüber der Tür gab eine Reihe Fenster den Blick auf Neu Astana frei, die Hauptstadt der Kolonie auf Sirsa III. Wie bei den meisten geplanten Kolonialstädten lagen die Regierungsgebäude im Zentrum. Von dort aus gingen große Durchgangsstraßen wie Radspeichen ab. Der größte Teil der Gebäude waren Fertighäuser, die in Einzelteilen verschifft und dann hastig vor Ort über einem Netzwerk aus Versorgungsstollen und Wartungstunneln wieder zusammengebaut worden waren. Das war nicht schön, aber effizient.

Omalu musterte den Raum erst argwöhnisch und dann gereizt. »Sie hätten uns wenigstens etwas Wasser hinstellen können.«

»Das würde voraussetzen, dass sie sich etwas aus uns machen«, sagte Chandra.

Omalu stellte sich neben Bowen an die Fenster. »Ich glaube immer noch, dass es ein Fehler war, hierherzukommen.« Sie senkte ihre Stimme, als wäre sie besorgt, dass man sie bespitzelte. »Wir hätten erst die Firma anrufen sollen und nicht die Regierung.«

»Ach, wirklich?« Bowen fragte sich, ob Omalu sich ihre augenblickliche Zwangslage wirklich bewusst gemacht hatte. »Sie glauben, wir wären besser dran, wenn wir uns mit der Firma auf einen Schlagabtausch einlassen? Danke, aber nein danke.«

Chandra setzte sich auf einen Stuhl hinter ihnen. »Und was, glauben Sie, kann Kolova für uns tun?«

»Wenn wir sie auf unsere Seite bekommen«, erwiderte Bowen, »werden wir einen Regierungsbericht haben, in dem steht, dass die Bohrinsel aufgrund höherer Gewalt gesunken ist. Das wird uns davor schützen, wegen Fahrlässigkeit angeklagt zu werden, und die Firma davon abhalten, unsere Verträge zu annullieren.«

»Ich glaube nicht, dass es eine Rolle spielt, wer der Firma die Nachricht überbringt«, beharrte Chandra. »Sobald sie hören, dass wir die Bohrinsel verloren haben, stehen wir alle auf der Abschussliste.«

»Nicht, wenn Kolova unsere Geschichte bestätigt«, widersprach Bowen. »Wir müssen nur ...« Die Tür öffnete sich und schnitt ihm das Wort ab. Die Gouverneurin und ihr Gefolge traten ein.

Gouverneurin Gretchen Kolova war eine Frau von klassischer Schönheit. Ihr platinfarbenes Haar war streng zurückgekämmt und im Nacken zu einem Knoten gebunden und ihre Miene war so streng wie ihr Blick. Sie kam mit stolzen Schritten herein und setzte sich auf ihren Platz am Kopfende des Tischs. Ihr Sicherheitsteam verteilte sich im Raum, während ihr Gefolge sich auf den anderen Stühlen am Tisch niederließ. Bowen und seine Mannschaftskollegen nahmen das zum Anlass, sich ebenfalls zu setzen.

»Mister Bowen«, sagte Kolova. »Miss Omalu. Mister Chandra. Danke, dass Sie gewartet haben.« Sie zeigte auf einen älteren Mann mit Glatze, der zu ihrer Rechten saß. »Dies ist mein Stabschef, Tojiro Ishii.« Dann folgte eine kurze Handbewegung in Richtung des jungen Mannes, der Ishii gegenübersaß: »Und mein wissenschaftlicher Berater, Hamid Medina.« Kolova faltete die Hände vor sich, beugte sich vor und richtete ihren eindringlichen Blick auf Bowen. »Wenn Sie so freundlich wären, Mister Bowen: Erzählen Sie uns noch einmal, was mit Ihrer Bohrinsel passiert ist.«

»Kurz nach vier heute Morgen hat unser Bohrer irgendetwas unter dem Meeresboden getroffen.«

Medina schnitt ihm das Wort ab: »Das war an der Bohrstelle, für die Sie im letzten Frühling die Bohrerlaubnis erhalten haben?«

»Ja«, sagte Bowen und war ungeduldig, fortzufahren. »Unser Bohrkopf blieb stecken und wir leiteten Notfallbergungsmaßnahmen ein. Doch bevor wir ihn befreien konnten, erhob sich …« Er stolperte über die ungeheuerliche Wahrheit, als würde ihm zum ersten Mal bewusst, dass es mehr als nur ein bisschen verrückt klang, wenn man es aussprach. »Etwas erhob sich unter uns vom Meeresgrund.«

Bowens Bericht löste zweifelnde Blicke bei den Politikern aus. Ishii fragte Omalu und Chandra: »Wollen Sie beide diese Darstellung des Vorfalls so bestätigen?«

»Genau das ist passiert«, antwortete Omalu in einem plötzlich defensiven Tonfall.

Chandra antwortete Ishii nicht. Stattdessen sagte er zu Bowen: »Das hier ist ein abgekartetes Spiel.«

Erst da bemerkte Bowen, dass die Stimmung im Raum wesentlich mehr auf Konfrontation aus war, als er erwartet hatte. »Moment mal …«

»Mister Bowen«, fragte Medina, »wann war die letzte Sicherheitsüberprüfung der *Arkadia Explorer*?«

Die machten doch Witze. »Sie wollen uns doch nicht die Schuld dafür geben? Hören Sie gut zu, was wir Ihnen sagen: Etwas Großes, wie ein riesiger Käfer oder ein Reptil, kam vom Meeresgrund hoch und drückte mit Gewalt unsere Bohrwelle durch unsere Aufbauten hinauf …«

»Tatsache ist«, fuhr Medina fort, »Ihre Bohrinsel war drei Monate überfällig für eine Routinesicherheitsinspektion, nicht wahr, Mister Bowen?«

Sie versuchten auf klassische Weise, ihnen den Schwarzen Peter zuzuschieben. Bowen hatte nicht vor, da mitzuspielen. »Jetzt tun Sie nicht so, als ob das ungewöhnlich wäre. Ihre

Leute setzen diese Inspektionen an, nicht wir.« An Ishii gewandt fügte er hinzu: »Und das war keine mechanische Fehlfunktion. Ich sage Ihnen, etwas hat unsere Bohrinsel zerstört und was immer das war, es war riesig. Und wir reden hier von mindestens ein paar Kilometern Länge. Kapieren Sie das?«

Es war deutlich, dass Ishii und Medina nicht überzeugt waren.

Der Stabschef seufzte. »Versetzen Sie sich einmal in unsere Lage. Ihre Bohrinsel ist vor zehn Stunden gesunken und hat beinahe neunhundert Leute mitgerissen. Wir können ihren Notfalldatenspeicher nicht finden und es gibt keine eindeutigen visuellen Aufzeichnungen der Vorkommnisse.« Er zuckte mit den Schultern und hielt seine Hand hoch, als wollte er seine Hilflosigkeit demonstrieren. »Wenn Sie an unserer Stelle wären, was würden Sie davon halten?«

Chandra antwortete: »Ich würde denken, dass eine Bohrinsel, die eine auf Schwerkraft basierende Betontiefseestruktur ist und mehr Masse besitzt als die meisten Raumschiffe, nicht wegen eines Bohrunfalls einfach so umkippt und sinkt.« Er hielt Medinas Starren stand. »Benutzen Sie Ihren Kopf. Bohrinseln wie die *Arkadia Explorer* wurden von Eisbergen gerammt und haben keinen Millimeter nachgegeben. Sie wurde dafür konstruiert, Erdbeben zu überstehen. Das war kein Materialversagen. Etwas hat uns *getroffen* – und ich an Ihrer Stelle würde meinen Arsch in Bewegung setzen, um herauszufinden, was das war.«

Ishii ging in die Luft. »Wollen Sie uns drohen, Mister Chandra?«

Bowen sagte: »Nein. Wenn wir Ihnen drohen wollten, würden wir ein ziemlich heikles Thema auf den Tisch bringen und Sie daran erinnern, dass eine Datei voller hässlicher Wahrheiten an den Föderationsrat geschickt werden wird, wenn Sie uns für den Verlust der Bohrinsel verantwortlich machen wollen.« Kolova, Ishii und Medina lehnten sich gleichzeitig zurück, spannten sich an und machten deutlich, dass sie seine Botschaft verstanden hatten.

Besser als Knoblauch gegen Vampire, dachte Bowen hämisch.

»Ich glaube, es wäre das Beste«, beschwichtigte Ishii und achtete sorgsam auf einen neutralen Tonfall, »wenn wir an diesem Punkt alle dafür sorgen, nichts zu sagen, das unnötig Öl ins Feuer ...«

Eine Explosion grollte in der Ferne und ließ die Fenster hinter Bowen erzittern. Er und alle anderen sahen zu den Fenstern, durch die ein kleines Fluggerät mit einer bizarren, insektenartigen Form zu erkennen war, das über die äußeren Grenzen Neu Astanas flog. Im Zentrum der Hauptstadt, nicht weit vom Exekutivgebäude entfernt, stiegen Rauch und Flammen aus einem Gebäude auf, das gerade angegriffen worden war. Das kleine fremde Schiff kam für einen weiteren Anflug zurück.

Kolova starrte das schnelle Raumschiff, das sie bedrohte, an. »Was ist das?«

»Wenn ich raten müsste«, entgegnete Omalu, »würde ich sagen, dass es von demselben Ding geschickt wurde, das unsere Bohrinsel versenkt hat.«

Einer von Kolovas Sicherheitsleuten drückte einen Finger an sein Ohr, eilte dann an die Seite der Gouverneurin und flüsterte ihr etwas zu. Sie hörte zu und antwortete dann: »Abschießen.« Als er beiseitetrat, um den Befehl weiterzuleiten, sagte Kolova zu den anderen im Raum: »Es handelt sich um eine Drohne. Es ist niemand an Bord.«

Draußen schoss die Drohne als verschwommener, grüngrauer Streifen vorbei und hinterließ eine Feuerwalze. Das Exekutivgebäude bebte und die Lichter über ihren Köpfen flackerten und erloschen.

Eine Frau vom Sicherheitsdienst verkündete: »Das Gebäude wurde getroffen und der Strom ist ausgefallen.« Sie stellte sich neben Kolova. »Gouverneurin, wir müssen Sie sofort in den Bunker bringen.«

»Also gut.« Kolova zeigte auf Bowen, Omalu und Chandra. »Nehmen Sie sie mit.«

Die Agentin nickte. »Ja, Ma'am.« Sie hob ihre Stimme und veranlasste die restlichen Insassen des Raums, sich in Bewegung zu setzen. »Alle raus hier! Wir gehen den Flur links entlang, dann durchs Treppenhaus B sechs Etagen hinunter. Beeilung, Leute!«

Die Beamten der Kolonie und die Überlebenden der Bohrinsel wurden in eine Reihe gedrängt und verließen im Gänsemarsch den Konferenzraum. Sie folgten den Sicherheitsleuten den Flur entlang bis zum Treppenhaus. Während sie die Treppen hinunter zur untersten Etage gingen, sagte Bowen zu Kolova: »Danke, dass Sie uns nicht zurückgelassen haben.«

»Danken Sie mir nicht«, entgegnete sie. »Das ist keine Wohltätigkeit. Ich brauche Sie lebend, bis wir herausfinden, was zum Teufel dieses Ding ist – und was Sie getan haben, um ihm die Laune zu verderben.«

Chandra hatte recht, grübelte Bowen. *Auf die eine oder andere Art werden sie uns das anhängen.*

Heilige Scheiße, ist das Ding schnell! Seit fünfzehn Jahren flog Mikki Bolander Abfangjäger für die Zivile Luftkontrolle der Kolonie, doch sie hatte noch nie etwas gesehen, das sich wie die außerirdische Drohne bewegte, die über Neu Astana hinwegschwirrte. Das unbemannte Schiff flog Wendungen und Kurven, bei denen sie nicht einmal ansatzweise mithalten konnte – nicht einmal mithilfe der Trägheitsdämpfer. Jedes Mal, wenn sie versuchte, zu zielen, schlug die Drohne abrupt einen Haken und wich dem Zielcomputer ihres Abfangjägers aus.

Sie drückte auf eine Taste am Empfänger ihres Helms. »An alle, hier ist der ZLK-Führer. Hat jemand das Ding im Visier?«

Außerhalb ihrer Pilotenkanzel raste die Stadtlandschaft verschwommen vorbei und der Horizont rotierte, während sie die Drohne in einer aufsteigenden Spiralkurve jagte und jede Sekunde weiter zurückfiel.

»ZLK-Führer, hier ist ZLK-Drei. Hatte das Ziel beinahe erfasst, dann aber wieder verloren.«

»Hier ist ZLK-Zwei. Ich kann Sie nicht einmal sehen, ZLK-Führer.«

»Wir sind in den Wolken, ZLK-Zwei.« Bolander zwang sich, ihren Blick nicht von den Instrumenten abzuwenden. Wenn man versuchte, in einer Wolkenbank nach Sicht zu fliegen, war eine Katastrophe eigentlich auch für die erfahrensten Raketenjockeys vorprogrammiert. Sie war nicht in der Reichweite für eine saubere Zielerfassung der Drohne. »Wir wenden mit Peilung drei acht Komma vier, hoch auf zehn Uhr für Sie. Sehen Sie gut hin.«

Die Drohne beschrieb eine scharfe Wendung und tauchte weg. Dann schossen sie und Bolanders Abfangjäger wie zwei Pfeile aus den Wolken und rasten auf die Oberfläche des Planeten zu.

Ein Sturm aus geladenem Plasma näherte sich der Drohne, als ZLK-Zwei und -Drei ihr Bestes gaben, um das fremde Schiff in Schlacke zu verwandeln. Stattdessen vollführte die wendige, käferähnliche Todesmaschine eine Seitwärtsrolle durch ihre Feuertaufe hindurch, schoss dann senkrecht nach oben, beschrieb eine graziöse Wendung, während sie mitten in der Luft stehen blieb, und zerfetzte dann ZLK-Zwei mit einer Reihe blauweißer Energiestöße.

»ZLK-Zwei wurde abgeschossen«, meldete Bolander demjenigen, der den Luftkampf beim ZLK-Kommando verfolgte und aufzeichnete. »ZLK-Drei, hart nach links abdrehen und ...« Sie beobachtete, wie die Drohne ihren zweiten Flügelmann während ihres Hochgeschwindigkeitsflugs pulverisierte.

Trauer und Angst dehnten die Zeit, während Bolander zusah, wie zwei rauchende Wracks abstürzten und in den Außenbezirken der Stadt explodierten.

»Kommando ... ZLK-Drei wurde abgeschossen.«

Jae Barnes, der Flugkoordinator, klang panisch. *»Angriff abbrechen, ZLK-Führer. Wir schicken jetzt ZLK-Vier und -Fünf los. Sie werden in drei Minuten bei Ihnen sein.«*

Bolander verfolgte mit ihren Blicken die Drohne, die wieder wendete, und berechnete blitzschnell die Ziele für ihren nächsten Angriff, der in wenigen Sekunden erfolgen würde. »Ich habe keine drei Minuten. Und zwei weitere Flieger werden hier oben nichts bewirken. Sagen Sie Vier und Fünf, sie sollen zurückbleiben.«

»Das ist nicht Ihre Entscheidung, Mikki.«

»Und ob es das ist, Jae. Ich werde dieses Ding vom Himmel holen oder bei dem Versuch sterben. Lassen Sie Ling und Sogobu am Boden. ZLK-Führer Ende.«

Als Letztes, bevor sie das Funkgerät ihres Abfangjägers abschaltete, hörte sie von Jae nur: *»Verdammt, Mikki, lassen Sie ...«* Sie wusste, wie der Rest lauten würde, aber sie hatte keine Zeit für eine Debatte.

Die Drohne richtete sich für ihren nächsten Überflug über das Zentrum von Neu Astana aus.

Das muss ich wohl nach Augenmaß machen, erkannte Bolander. Das taktische System des Abfangjägers basierte auf der computergesteuerten Zielerfassung der geladenen Plasmakanonen. Jede Taktik, die von dieser Methode abwich, überstieg die Hilfsmöglichkeiten des Jägers.

Einige Hundert Meter unter ihr und einige Kilometer nordöstlich ging die Drohne in ihr Angriffsmuster über und beschleunigte auf Höchstgeschwindigkeit. Bolander schätzte den Zeitpunkt so gut es ging – und ließ den Jäger dann steil nach unten schnellen. Dabei gab sie vollen Schub.

Die Beschleunigung presste sie fest in ihren Sitz. Sie spürte, wie ihr von der g-Kraft schwindelig wurde, doch sie konnte es sich nicht leisten, nachzugeben. Wenn sie einknickte ... wenn sie schwach war ... würde sie nicht treffen.

Sie würde ihr Ziel nicht verfehlen. Sie weigerte sich, das zu tun.

Bei sechs g konnte sie kaum noch atmen. Bei acht versuchte sie es gar nicht mehr. Bei zehn war sie sich sicher, dass ihre Augen ihr gleich aus den Höhlen und ihr Skelett in tausend Stücke springen würden.

Dann kam die Drohne für den Bruchteil einer Sekunde in Sicht.

Sie war so nah, dass sie das Gefühl hatte, sie könne die Hand ausstrecken und diese berühren.

Rammgeschwindigkeit!

Der Sieg gehörte beinahe ihr ...

Dann loderte etwas blau auf und sie spürte, wie ihre Welt in Fetzen gerissen wurde und die Leere enthüllte, die hinter jedem Partikel des Seins gähnte – das große entropische Nichts, das sich hinter der zerbrechlichen Verkleidung von Raum und Zeit verbarg. Während dieses kurzen Aufblitzens wusste Bolander, dass sie versagt hatte – doch sie wusste auch, dass sie ihr Versprechen gehalten hatte ... und sogar die Dunkelheit am Ende konnte ihr das nicht nehmen.

Es war eine Katastrophe. Rauchsäulen stiegen aus den verwüsteten Straßen Neu Astanas auf. Gouverneurin Gretchen Kolova war speiübel. Sie beobachtete, wie die fremde

Drohne ein weiteres Mal über die Hauptstadt hinwegflog. Das winzige Schiff schien unschlagbar. Es musste einen Weg geben, es aufzuhalten, aber keine der Verteidigungsmaßnahmen, die ihrer Kolonie zur Verfügung standen, waren der Aufgabe gewachsen gewesen – eine Tatsache, die der insektoiden Tötungsmaschine freie Bahn für ihre Verwüstungen gab.

Sie warf ihrem Stabschef einen vernichtenden Blick zu. »Verdammt, Tojiro, wir müssen doch etwas tun können!« Gemeinsam starrten sie bestürzt auf die Bildschirmreihe, die eine Wand des Notfallbunkers einnahm. »Wie holen wir das Ding runter?«

Ishii schüttelte den Kopf. »Ich wünschte, ich wüsste es, Gouverneurin.«

Medina löste sich aus einer Gruppe auf der anderen Seite des Befehlszentrums des Bunkers und kehrte zu Kolova und Ishii zurück. »Gouverneurin, zumindest ein Teil des Berichts von Mister Bowen wurde bestätigt. Es gibt irgendeinen außerirdischen Koloss, der über den registrierten Koordinaten der *Arkadia Explorer* schwebt.«

Kolova sprang auf die Nachricht an, als könnte sie einen Hinweis auf ihre Rettung bieten. »Was können Sie mir sonst noch über diesen Koloss sagen, Hamid?«

»Er ist ziemlich groß«, berichtete Medina. »Einige Kilometer lang, plus/minus. Und seine allgemeine Struktur ähnelt der dieser Drohne, die über die Hauptstadt schwirrt. Also scheint er das Mutterschiff der Drohne zu sein. Wir haben allerdings immer noch keine Ahnung, ob sich eine Besatzung an Bord des Kolosses befindet.«

Der Stabschef schlug einen skeptischen Tonfall an. »Koloss? Nennen wir das Ding so? Offiziell, meine ich?«

»Bis uns etwas Besseres einfällt«, beantwortete Kolova die Frage. Sie hakte bei Medina nach: »Sonst noch etwas?«

»Er stößt eine Reihe Impulse auf verschiedenen Frequenzen aus. Einige weisen ein sich wiederholendes Muster auf, was auf Kommunikation hinweist, doch andere wurden analysiert und scheinen eine Art Countdown zu sein. Das würde darauf hindeuten, dass er sich darauf vorbereitet, noch eine oder mehrere dieser Drohnen loszuschicken.«

Quer durch das Kommandozentrum richtete Bowen, der Kommandant der Bohrinsel, einen anklagenden Blick auf Kolova, der einfach nur *Ich habe es Ihnen ja gesagt* zu schreien schien.

»Ich will unsere Optionen kennen – und zwar alle!«, forderte Kolova von Ishii.

Der erschöpfte ältere Mann schüttelte seinen Kopf. »Ich weiß nicht, ob wir überhaupt welche haben, Gouverneurin. Die Zivile Luftkontrolle gibt zu, dass sie unterlegen sind. Und das Erste, was die Drohne neutralisiert hat, waren unsere automatischen Verteidigungsbatterien. Der einzige Grund, weshalb die Stadt noch nicht dem Erdboden gleichgemacht wurde, ist, dass die Drohne nur dann zu feuern scheint, wenn sie ein bewegliches Ziel hat oder ein wichtiges Gebäude identifiziert.«

»Was ist mit tragbaren Boden-Luft-Raketen? Haben wir so etwas?«

»Tut mir leid, Gouverneurin«, sagte Ishii. »Derartige Technologie steht nur der Sternenflotte zur Verfügung – und wir haben bei unserem Antrag auf Gründung einer Kolonie sehr deutlich gemacht, dass wir weder auf der Oberfläche noch im Orbit Personal der Sternenflotte haben wollen. Was bedeutet, dass unsere Verteidigungsmöglichkeiten ähnlich eingeschränkt sind.«

Verzweifelt, aber immer noch hoffnungsvoll sah Kolova Medina an. »Was ist mit einer nichtmilitärischen Lösung? Können wir ein Kraftfeld erzeugen, das die Kontrollsysteme der Drohne stört?«

»Sie meinen so etwas wie einen Energiedämpfer oder einen zur Waffe umfunktionierten elektromagnetischen Impuls?« Der wissenschaftliche Berater zuckte mit den Schultern. »Vielleicht, aber es ist gut möglich, dass wir damit unseren einzigen Fusionsreaktor zerschießen – und es gibt keine Garantie dafür, dass die Drohne durch so einen Angriff überhaupt verwundbar wäre.«

Es war so lächerlich. Für welches Problem gab es keine Lösung? Kolova war entschlossen, mit ihrem Verstand einen Ausweg aus diesem Chaos zu finden, ganz gleich wie. »Und was, wenn wir uns ergeben? Wir müssen es ja nicht unbedingt so meinen, aber wenn wir die weiße Fahne hissen, könnte uns das etwas Zeit verschaffen.«

Ihr Vorschlag veranlasste Cameron Le Fevre, den Polizeichef der Hauptstadt, dazu, sich einzuschalten. Der dünne, glatt rasierte Mann rückte seine schmale Brille zurecht. »Das ist keine schlechte Idee, Gouverneurin, aber wenn ich etwas Pessimismus verbreiten darf: Wir haben keine Ahnung, ob diese fremdartige Vorrichtung überhaupt unsere Sprache spricht oder ob sie eine Kapitulation respektieren wird, wenn es so ist. Das ist natürlich wohlgemerkt kein Grund, es nicht zu versuchen. Allerdings sollten wir uns auf eine längere Belagerung einrichten.«

Kolova wandte sich erneut an Ishii. »Wie lange kann die Hauptstadt durchhalten?«

»Wenn der Reaktor und die kommunale Infrastruktur nicht versagen? Vielleicht eine Woche.«

»Und wenn wir den Reaktor verlieren?«

»Dann sind wir im Eimer«, mischte Medina sich ein. »Die Reservebatterien werden in zwei Tagen leer sein. Außerdem werden wir die Kommunikationssysteme verlieren – vorausgesetzt, die Drohne nimmt die Subraumantennen nicht schon vorher ins Visier.«

Bowen und seine beiden Kollegen von der Bohrinsel näherten sich Kolovas Kreis. »Gouverneurin? Dürfen wir einen Vorschlag machen?«

Kolova war so weit, jede Idee, die hilfreich sein könnte, zu akzeptieren und winkte den Bohrinselingenieur und seine Freunde heran. »Ich bin ganz Ohr, Mister Bowen.«

»Haben Sie in Betracht gezogen, eine Evakuierung anzuordnen?«

So viel zu der Ansicht, dass es keine blöden Ideen gibt.

»Ja, das haben wir. Aber falls es Ihrer Aufmerksamkeit entgangen ist, diese Drohne schießt bewaffnete Hochgeschwindigkeitsjäger ab. Welche Chance hätte da ein langsamer Personentransporter?«

Medina fügte hinzu: »Das würde ohnehin keine Rolle spielen, da sich mehr als dreihundertsechzigtausend Leute in dieser Kolonie befinden, es aber nur weniger als ein paar Dutzend funktionierender Transportschiffe gibt, die jeweils nur einige Hundert Passagiere aufnehmen können. Oder haben Sie vergessen, dass wir unser Hauptschiff zerlegt haben, um die Hauptstadt und andere Schlüsselsiedlungen zu errichten?«

Bowen nickte zerknirscht. »Also schön. Wir laufen also nicht weg, aber wir sind auch nicht in der Verfassung, uns ihm in einem direkten Kampf zu stellen. Also was sollen wir jetzt tun? Uns unterhaken und ›Kumbaya‹ singen?«

»Das könnte auch nicht schlechter sein als das, was wir bisher versucht haben«, murmelte Chandra.

Das war genau die Art Situation, die Kolova und ihre langjährigen Berater – ganz zu schweigen von den maßgeblichen Interessenvertretern der Sirsa-III-Kolonie – schon seit Langem zu vermeiden hofften. Sie hatten gewusst, dass größere Unabhängigkeit von der Aufsicht der Föderation erhöhte Risiken barg, insbesondere dann, wenn etwas furchtbar schiefging. Jetzt würde die Frage, ob das eine schlechte Idee gewesen war, im Vordergrund stehen – vorausgesetzt, sie lebten lange genug, um sich den Konsequenzen ihrer Entscheidungen zu stellen.

»Ich glaube, wir müssen der Wahrheit ins Auge sehen«, sagte Kolova zu allen im Raum. »Was immer dieses Ding ist, wir haben nicht die Ausrüstung, um es alleine zu bekämpfen. Und je länger wir warten, bevor wir um Hilfe bitten, desto größer ist die Chance, dass es uns alle töten und unsere Kolonie dem Erdboden gleichmachen wird.«

Ishii und Le Fevre spannten sich an. Der Stabschef sagte: »Gouverneurin, bitte sagen Sie mir, dass Sie nicht das vorschlagen, was ich glaube.«

»Es tut mir leid, Tojiro, aber ich sehe nicht, dass wir im Moment eine andere Wahl haben. Wir werden alles daransetzen, den Schaden abzuwenden ... aber es ist Zeit, einen Notruf abzusetzen. Und zu beten, dass die Sternenflotte ein Schiff in unserer Nähe hat, das rechtzeitig darauf reagieren kann.«

4

Georgiou war sicher, dass sie die Frau, deren holografisches Abbild vor dem Hauptschirm der *Shenzhou* – auf dem ein Tunnel aus warpverzerrtem Sternenlicht zu sehen war – schwebte, falsch verstanden haben musste. Den Regeln des Anstands folgend behielt der Captain einen neutralen Tonfall vor ihren Brückenoffizieren bei. »Könnten Sie das bitte noch einmal wiederholen, Gouverneurin?«

»Er erhob sich von unter dem Meeresboden.« Kolova war zu Beginn der Unterhaltung schon angespannt gewesen, doch je länger diese dauerte, desto deutlicher wurde ihre Bestürzung. *»Wir hatten eine Bohrplattform da draußen, die nach wertvollen Mineralvorkommen suchte. Der Leiter der Bohrinsel sagt, dass der Bohrkopf auf etwas traf und dann stecken blieb. Als sie versuchten, ihn wieder freizubekommen ...«*

»... hat er die Bohrinsel versenkt«, beendete Georgiou den Satz der Gouverneurin. »Ich verstehe, danke. Wie lange nach diesem Vorfall auf der Bohrinsel begann der Angriff auf die Hauptstadt?«

»Ungefähr zehn Stunden.« Nach einem gedämpften Rumpeln rieselte Staub auf Kolovas Kopf herab. *»Die Drohne beharkt uns jetzt seit mehr als einer Stunde. Wenn wir nicht bald etwas unternehmen, könnte sie die gesamte Hauptstadt in Schutt und Asche legen.«* Wieder ließ ein entfernter Knall die Lichter flackern und das Subraumsignal aus Kolovas Bunker wurde einen Moment lang gestört. *»Wie schnell können Sie hier sein, Captain?«*

»Sehr schnell.« Sie warf Detmer einen Blick zu. Diese sah nicht von der Flugkontrolle hoch, sondern teilte Georgiou ihre voraussichtliche Ankunftszeit durch Handzeichen mit. »In ungefähr drei Stunden.«

Sie hatte das für gute Nachrichten gehalten, aber Kolova wurde noch panischer. *»Drei Stunden? Und währenddessen lässt dieses Ding Feuer und Schwefel auf unsere Köpfe herabregnen? Ist das Ihr Ernst?«*

»Ganz ruhig, Gouverneurin«, beschwichtigte Georgiou. »Wir haben uns Ihre Sensorlogs angesehen und das Angriffsverhalten der Drohne analysiert. Sie wird möglicherweise vor unserem Eintreffen noch weitere Gebäude beschädigen, aber nichts, bei dessen Reparatur wir Ihnen nicht helfen könnten. Solange Ihre Leute in den Schutzräumen bleiben, sollte ihnen nichts zustoßen.«

Aus dem Augenwinkel bemerkte Georgiou den Ausdruck auf Burnhams Gesicht. Dieser ließ ahnen, dass ihr neuer kommissarischer Erster Offizier etwas wenig Hilfreiches sagen wollte. An ihrer Seite – wo der Bildschirmsensor es nicht erfassen konnte – hielt sie Burnham ihre gestreckte Handfläche entgegen, um jede spontane Bemerkung, die der jungen Frau auf den Lippen liegen mochte, im Keim zu ersticken.

Dann äußerte Lieutenant Saru von seinem Posten zur Rechten Georgious seine Meinung: »Es sei denn, die Drohne beschließt, den Fusionsreaktor der Hauptstadt aufs Korn zu nehmen. Dann wären die Auswirkungen auf …« Der Kelpianer brach seine düstere Spekulation ab, als er Georgious giftigen Blick in seine Richtung bemerkte.

Georgiou hoffte, den verbalen Fehlgriff ihres Untergebenen begraben zu können, setzte ihre beruhigendste Miene auf und schlug einen beschwichtigenden und beinahe mütterlichen Tonfall an. »Halten Sie durch, Gouverneurin. Mein Schiff wird in drei Stunden eintreffen und wir werden alles Nötige veranlassen, um die Sicherheit Ihrer Kolonie und ihrer Einwohner zu gewährleisten. Sie haben mein Wort darauf.«

»Ich danke Ihnen, Captain.« Eine weitere Explosion – näher als die anderen zuvor – erschütterte den Bunker und bedeckte sie mit grauem Staub. *»Wir werden bis dahin versuchen, die Köpfe einzuziehen. Kolova Ende.«* Das Hologramm der Gouverneurin verschwand.

Georgiou erhob sich aus ihrem Kommandosessel und ging nach vorn, bis sie zwischen Detmer und Oliveira stand. »Keyla, wie schnell können Sie uns nach Sirsa III bringen?«

Die rothaarige Düsseldorferin warf einen prüfenden Blick auf ihre Konsole. »Ich könnte vielleicht noch ein paar Minuten herausschlagen.« Ein schlitzohriges Lächeln erschien auf ihrem Gesicht. »Vielleicht noch etwas mehr, wenn ich ein paar Vorschriften umgehe.«

»Dann umgehen Sie mal, Ensign.« An den Ops-Offizier gewandt sagte Georgiou: »Belin, sobald wir die Drohne ausgeschaltet haben, sollen alle Abteilungen den Koloss analysieren, der sie ausgeschickt hat.«

Oliveira nickte. »Verstanden, Captain. Ich habe bereits den Zeitplan für die Hauptsensorbänke frei gemacht und alle forensischen Teams in Bereitschaft versetzt.«

»Gut gemacht.« Die wesentlichen Dinge waren unter Kontrolle. Jetzt war es Zeit, dass Georgiou ihre wichtigsten

Leute auf das Hauptziel einschwor. »Nummer Eins, Mister Saru – in meinen Bereitschaftsraum, bitte. Lieutenant Gant, Sie haben die Brücke.« Der Captain ging nach achtern in ihr Privatbüro. Gant, der frischgebackene taktische Führungsoffizier der *Shenzhou*, nahm auf dem Kommandosessel Platz. Burnham und Saru wechselten skeptische Blicke und folgten Georgiou.

Im Bereitschaftsraum nahm Georgiou auf dem Sessel hinter ihrem Schreibtisch Platz. Burnham und Saru standen beide davor stramm. Georgiou ließ sie ein paar Minuten schmoren. Für eine weniger förmliche Unterhaltung hätte sie den Konferenztisch auf der anderen Seite des Raums wählen können, an dem sechs Leute Platz fanden. Doch sie wusste, dass Burnham und Saru Offiziere waren, die auf eine gewisse Förmlichkeit positiv reagierten. *Man muss sich an das halten, was funktioniert.*

»Vor uns liegt eine Krise«, sagte Georgiou. »Und wir haben nicht viel Zeit, uns darauf vorzubereiten.«

»Und nur wenige Anhaltspunkte«, fiel Saru ihr ins Wort. »Die Sensorlogs über die Drohne sind bestenfalls bruchstückhaft. Und die Informationen der Kolonie über das Gebilde, das man dort ›Koloss‹ nennt, sind ziemlich dürftig.«

Ein strenger Blick von Georgiou brachte Saru zum Schweigen. Zufrieden, dass sie wieder das Wort hatte, fuhr sie fort. »Wir sind das Sternenflottenschiff, das sich am nächsten an Sirsa III befindet, und diese Leute zählen auf uns. Ich wiederum werde auf Sie beide zählen, um eine schnelle und erfolgreiche Lösung für diese missliche Lage zu finden. Habe ich mich deutlich ausgedrückt?«

Beide nickten. Das war ermutigend – bis Burnham das Wort ergriff. »Darf ich fragen, Captain, wieso die Sternenflotte unbedingt einer Kolonie zu Hilfe eilen will, die so viel Mühe darauf verwendet hat, sich von ihr zu distanzieren?«

»Weil die Sternenflotte unabhängig von politischen Neigungen der jeweiligen Kolonien keine politischen Spielchen treibt, wenn Gefahr für Leib und Leben droht, Nummer Eins. Um ehrlich zu sein, wäre es mir vollkommen egal, wenn die Kolonie ihre Unabhängigkeit erklärt hätte. Mir geht es nur darum, dass Leute in Gefahr sind. Und wir sind ihre beste und nächstmögliche Chance, Hilfe zu bekommen. Ergibt das für Sie einen Sinn?«

Burnham senkte ihr Kinn. Das sollte sowohl Bestätigung als auch Demut zum Ausdruck bringen. »Ja, Captain.«

Man musste Saru zugutehalten, dass er den Moment besser gedeutet hatte als Burnham. »Gesetzt den Fall, dass Lieutenant Oliveira unsere Ressourcen an Bord des Schiffs koordiniert, wäre es richtig, anzunehmen, dass Sie von mir eine detaillierte Analyse aller Sensordaten im Zusammenhang mit der Drohne und dem Koloss erwarten und diese mit allen Analysen unserer Wissenschaftler abgeglichen werden sollen?«

»Sie haben meine Gedanken gelesen, Mister Saru.« An Burnham gewandt fügte sie hinzu: »Nummer Eins, sorgen Sie dafür, dass die Krankenstation und der Maschinenraum auf einen Kampf vorbereitet sind. Dann sehen Sie sich das Angriffsverhalten der Drohne an und erarbeiten ein taktisches Gegenangriffsprofil. Ich will das Ziel so schnell wie möglich angreifen können, wenn wir den Orbit erreicht haben. Verstanden?«

»Aye, Sir.«

»Halten Sie sich gegenseitig über Ihre Bemühungen auf dem Laufenden. Ich will Ihren neuesten Lagebericht in zwei Stunden.« Sobald sie ihr bestätigendes Nicken gesehen hatte, sagte sie: »Wegtreten.«

Burnham und Saru verließen schnell den Raum und sprachen kein Wort miteinander. Georgiou konnte nur hoffen, dass das eisige Gehabe der beiden kein Vorbote für ihre Arbeitsbeziehung in den kommenden Jahren war. *Die beiden dazu zu bringen, als Einheit zu funktionieren, wird nicht einfach werden,* grübelte sie. *Ich hoffe nur, dass ich am Ende nicht einen von ihnen versetzen lassen muss.*

Sie bemerkte, wie die Zeit bis zur Ankunft der *Shenzhou* auf Sirsa III verstrich, und schaltete den Computer auf ihrem Schreibtisch ein. Genau wie ihre Führungsoffiziere musste auch sie vorbereitende Aufgaben erfüllen – und sie hätte gerne mit jedem von ihnen getauscht, wenn das möglich gewesen wäre.

Ihre Aufgabe war es, alle Möglichkeiten für eine diplomatische Lösung dieses Fiaskos auszuloten – nicht nur mit dem Koloss, sondern auch mit der Kolonie. Sie freute sich ganz und gar nicht auf diese Mission, denn ihre Zeit bei der Sternenflotte hatte sie gelehrt, dass es nur wenige Dinge gab, die so gefährlich waren wie eine stolze, unabhängige Kolonie, die dazu gezwungen wurde, Hilfe von der Regierung zu erbitten, die sie hinter sich gelassen hatte.

Jetzt ist es zu spät. Georgiou stellte sich vor, wie sie das Kolova und ihrem Volk sagte. *Sie haben um Hilfe gebeten und jetzt werden Sie sie bekommen, ob es Ihnen gefällt oder nicht.*

Ein automatischer Alarm hatte Captain Christopher Pike aus dem Tiefschlaf gerissen. Das Schiffschronometer zeigte an, dass es mitten in der Nacht war – Gamma-Schicht dem Dienstplan nach –, doch als Pike aus dem Turbolift auf die Brücke der *Enterprise* trat, schlug ihm die übliche eifrige Bereitschaft entgegen, die auch seine normale Alpha-Schicht auszeichnete.

Sein Erster Offizier, Commander Una, war bereits dort und ging von einer Dienststation zur nächsten, um Informationen zu sammeln. Als die schöne, dunkelhaarige Illyrianerin den Kommunikationsoffizier verließ, bemerkte sie Pikes Ankunft und richtete sich auf. »Captain auf der Brücke!«

»Lassen Sie das Protokoll beiseite«, sagte Pike. »Was ist los?«

Una traf ihn am Kommandosessel und trat beiseite, während er sich um die eigene Achse drehte und sich hineinfallen ließ. »Notrufsignal, Sir. Oberste Priorität. Ursprung: die Sirsa-III-Kolonie.«

Oberste Priorität hieß, dass die Kolonie angegriffen wurde. Das erklärte auch, weshalb der Schiffscomputer Pike nach Erhalt der Nachricht geweckt hatte. »Was wissen wir bisher?«

Una nickte dem taktischen Offizier zu, der eine Sensorübertragung auf den Hauptbildschirm schaltete. Pike beobachtete, wie ein Fluggerät, das wie ein Insekt aussah, über eine Hauptstadt im Fertigbaustil hinwegschwirrte und diese mit unregelmäßigem Sperrfeuer aus aufgeladenem Plasma eindeckte. Im Laufe der Übertragung war zu sehen, wie Abfangjäger zerstört wurden, als sie versuchten, das fremdartige Schiff anzugreifen.

Er beugte sich konzentriert vor und seine Verteidigungs- und Racheinstinkte wurden wachgerufen. »Was wissen wir über den Angreifer? Ursprung? Forderungen? Fähigkeiten?«

»Nicht viel«, erwiderte Una. »Der Bericht der Kolonie deutet an, dass der Angreifer eine Drohne ist. Diese wurde von einem größeren Schiff gestartet, das unter einer geologischen Forschungsbohrinsel auf hoher See aufgetaucht ist.«

»Haben wir irgendwelche Informationen über das Mutterschiff?«

Lieutenant Spock drehte sich auf seinem Stuhl von der Wissenschaftskonsole weg, um zu antworten. »Bisher nicht, Sir. Die Bohrinsel der Kolonie ist vor ungefähr zwölf Stunden untergegangen und mit ihr alle Sensorlogs.« Der halb menschliche, halb vulkanische Wissenschaftsoffizier schaltete einige Daten von seiner Konsole auf den Hauptbildschirm. »Die Analyse der Drohne, die Neu Astana angreift, hat bisher keine Treffer in unseren Speicherdatenbänken ergeben – weder was ihre Rumpfstruktur angeht noch ihre Energiesignatur.«

Pike fragte Spock: »Wie viel Durchschlagskraft hat diese Drohne, Lieutenant?«

»Der Hauptplasmaemitter kann beträchtlichen Schaden an Gebäuden, die nicht durch Schilde geschützt sind, und zivilen Patrouillenschiffen mit nur leichten Schilden anrichten. Meine Analyse der Deflektorgeometrie und Gesamtenergie deutet allerdings darauf hin, dass sie für die *Enterprise* nur eine geringe Bedrohung darstellt.«

»Gut zu wissen«, stellte Pike fest. »Steuermann, wie weit sind wir von Sirsa III entfernt?«

»Etwas über zehn Stunden bei Warp sechs«, antwortete Ensign Datlow.

Una beugte sich vertraulich zu Pike. »Sir, die *Shenzhou* hat bereits bestätigt, dass sie unterwegs nach Sirsa III ist. Sie wird in weniger als drei Stunden dort eintreffen. Möchten Sie den Kurs ändern und Captain Georgiou und ihrer Besatzung Unterstützung anbieten?«

Sein Erster Offizier hatte die Frage äußerst geschickt formuliert, wie Pike feststellte. Sie hatte einem möglichen Befehl, den Kurs zu ändern, um zu der belagerten Kolonie zu fliegen, weder widersprochen, noch ging sie davon aus, dass ein solcher unwiderruflich feststand. Sie hatte ihre Information neutral vorgetragen und dabei unterschwellig suggeriert, dass die ungefragte Einmischung der *Enterprise* überflüssig wäre. Außerdem hatte sie Pike daran erinnert, dass Captain Georgiou ein höheres Dienstalter und somit mehr Erfahrung als er hatte.

Die Entscheidung war einfach, doch er ließ die Frage für einige Sekunden in der Luft hängen, um den Eindruck zu erwecken, dass er die Angelegenheit ernsthaft überdachte.

»Steuermann«, sagte Pike schließlich, »behalten Sie Kurs und Geschwindigkeit bei. Nummer Eins, weisen Sie alle Abteilungen an, die Sensordaten von Sirsa III zu analysieren und für alle Fälle Gegenmaßnahmen zu erarbeiten. Ensign O'Friel, nehmen Sie Kontakt mit der *Shenzhou* auf und sagen Sie Bescheid, dass wir uns bereithalten, falls sie Unterstützung benötigen. Mister Spock, überwachen Sie die Lage auf Sirsa III und melden Sie mir sofort, wenn die Situation sich maßgeblich ändert und unser Eingreifen womöglich notwendig macht.«

Er stand auf, ging zum Turbolift und erwartete, dass Una seinen Platz auf dem Kommandosessel einnehmen würde. Stattdessen folgte sie ihm und holte ihn ein, als er den Rufknopf für den Lift betätigte. »Captain, wäre es nicht vielleicht angebracht, unseren Kurs zu ändern, damit wir nicht so lange zur Kolonie brauchen?«

»Ich bin sicher, dass Captain Georgiou die Sache im Griff hat, Nummer Eins.« Er rief den Lift. »Sie befehligte schon ein Raumschiff, als ich noch ein kleiner Deckoffizier war.«

»Wie dem auch sei«, sagte Una, »es handelt sich hier um ein Notrufsignal oberster Priorität. Und wenn die Daten über das Mutterschiff der Drohne sich als verlässlich erweisen, könnte die Krise die Aufmerksamkeit von mehr als einem Raumschiff erfordern.«

Pike nickte, war aber nicht überzeugt. »Vielleicht, Nummer Eins. Und wenn Captain Georgiou um unsere Hilfe bittet, wird sie diese bekommen. Aber jetzt ist erst mal sie am Ball.«

»›Am Ball‹, Sir?«

Er fragte sich, ob Una während ihrer Zeit an der Akademie diesem geflügelten Wort aus der Welt des Sports wirklich nicht begegnet war oder ob sie einfach darauf ansprang, um sein Urteil infrage zu stellen. »Sobald ein Schiff der Sternenflotte seine Reaktion auf eine derartige Krise bestätigt hat – auch wenn es sich um so eine ernste Sache wie einen Notruf oberster Priorität handelt –, gibt es keinen Grund für andere Schiffe, von ihrem Kurs abzuweichen.« Er kniff seine Augen zusammen und sah sie an. »Aber das muss ich Ihnen doch nicht sagen, Nummer Eins, nicht wahr?«

Seine Kritik schien Una unangenehm zu sein. »Sie können mich für töricht halten, Captain ... aber ich habe das Gefühl, dass es dieses Mal anders ist. Dass wir *jetzt* reagieren müssen.«

»Ich werde darüber nachdenken, Nummer Eins.« Die Turbolifttüren glitten vor Pike auseinander. Er ging hinein und drehte sich zu Una um. »Setzen Sie die Sternenflotte von meiner Entscheidung in Kenntnis.«

»Verstanden, Sir.«

Die Lifttüren schlossen sich und Pike ergriff den Kontrollhebel. »Deck fünf«, sagte er. Die Bewegung war kaum zu spüren, aber der Turbolift beschleunigte abwärts in die Untertassensektion der *Enterprise*. Dabei summte er hörbar und wurde immer lauter, bevor er zu einer Seitwärtsbewegung um den inneren Kern herum überging und Pike zu dem Abschnitt brachte, der seinem Quartier am nächsten lag.

Jetzt, da Pike mit seinen Gedanken alleine war, beunruhigte ihn Unas Warnung, dass an diesem Notfall etwas anders war. Oberflächlich betrachtet handelte es sich nur um ein Routinenotfall, um den sich ein Raumschiff kümmerte, das nicht so weit entfernt war wie seins, und der seiner Aufmerksamkeit nicht länger bedurfte.

Doch selbst, als er sich für seinen dringend benötigten Schlaf auf sein Bett fallen ließ, nagte beharrlich ein bedrückendes Gefühl an Pike, dass er nicht zum letzten Mal von der Krise auf Sirsa III gehört hatte.

Mehr als alles andere strebte Michael Burnham danach, ihre Arbeit gründlich zu machen. Die gestrengen Lehrmeister im Lernzentrum von ShiKahr auf Vulkan hatten ihr von Kindesbeinen an eingebläut, auf Einzelheiten zu achten. Unvollständige Antworten waren den Vulkaniern ein Gräuel. Ihre Mentoren und Tutoren hatten ihr beigebracht, jederzeit ihre Berechnungen Zeile für Zeile vortragen zu können oder Quellen für alle Antworten anführen zu können, die sie während einer Prüfung unterbreitete. Da man nie im Voraus wusste, welche ihrer Antworten hinterfragt werden würden, hatte Burnham von klein auf gelernt, immer bereit zu sein, all ihre Schlussfolgerungen präzise und zuverlässig zu verteidigen, damit ihre Logik oder ihre Intelligenz nicht durch die Kritik ihrer vulkanischen Kollegen infrage gestellt werden konnten.

Sie ging an ihre Pflichten als Sternenflottenoffizier mit derselben Überzeugung heran.

Dem Befehl Captain Georgious folgend hatte sie mit den Abteilungsleitern des Schiffs zusammengearbeitet, um Reaktionspläne für den Notfall auf Sirsa III auszuarbeiten. Doktor Nambue, der leitende medizinische Offizier, führte Einsatzbesprechungen mit Teams aus Sanitätern und Pflegern durch, falls sie zahlreiche Verwundete in der Hauptstadt vorfinden würden. Lieutenant Commander Johar, der Chefingenieur, stellte bereits technische Teams zusammen, um forensische Analysen der Drohne und aller anderen fremdartigen Technologien vorzunehmen, auf die sie womöglich im Laufe der Mission stießen. In der Zwischenzeit hatte Lieutenant Gant auf der Brücke ein halbes Dutzend taktischer Reaktionsszenarien durchgespielt. Die Hälfte davon hatte Burnham vor

Monaten während ihrer als Zeit als taktischer Führungsoffizier des Schiffs entwickelt.

Nun lag nur noch die unangenehme Aufgabe vor ihr, die Bereitschaft der wissenschaftlichen Abteilungen zu überprüfen, die unter der Aufsicht von Lieutenant Saru standen.

Seit Burnham ihr Offizierspatent der Sternenflotte erworben hatte, hatte sie sich die größte Mühe gegeben, sich ihre vulkanische Gesinnung emotionsloser Logik zu bewahren. Sie wusste, dass sie deshalb unter ihren Kollegen als Sonderling galt. Weil sie hoch in der Gunst des Captains stand, hatte sie sich Sarus Unmut zugezogen. Seit sie das erste Mal einen Fuß auf die *Shenzhou* gesetzt hatte, wurde Burnham das Gefühl nicht los, dass Saru sie an guten Tagen geflissentlich übersah und sie an allen anderen Tagen schlichtweg verachtete. Sie waren ständig Rivalen – bei jeder Gelegenheit, bei jeder Beförderung, bei denselben Ehrungen ... auf jedem Schritt ihrer Laufbahnen.

Jetzt hatte Burnham den Rang des kommissarischen Ersten Offiziers inne und Saru unterstand ihr. In gewisser Weise beneidete Burnham den Kelpianer, denn er würde nicht dafür verantwortlich gemacht werden, wenn ihre Arbeitsdynamik scheiterte. Wenn er sich Burnhams Führungsstil dauerhaft widersetzte, lag die Bürde der Verantwortung auf ihren Schultern, nicht auf seinen. Sie fragte sich, ob ihm überhaupt bewusst war, dass er jetzt, nachdem man ihm die von ihm angestrebte Beförderung vorenthalten hatte, mehr Einfluss auf Burnhams Schicksal hatte, als er jemals geahnt hätte.

Sie fand ihn im Wissenschaftslabor 3, umgeben von einem Halbkreis aus Bildschirmen. Darauf waren Sensordaten und beigefügte Berichte seiner Untergebenen zu sehen. Er schien zur Abwechslung einmal in seinem Element zu sein – er schwamm in Wissen und versteckte sich in den Schatten.

Burnham bedauerte beinahe, ihn zu stören, aber die Pflicht zwang sie dazu.

»Ähem«, räusperte sie sich.

Er riss sich von den Bildschirmen los und starrte sie mit halb geschlossenen Augen verächtlich und abschätzig an. »Oh, *Sie* sind das.« Er drehte sich wieder zu der Wand mit Rohdaten und fragte: »Was brauchen Sie, *Sir*?«

War er schon immer so respektlos gewesen? Sie ließ es auf sich beruhen. »Ihre Zusammenfassung, was die Wissenschaftsabteilung bei ihrem Abgleich der Daten über die fremdartige Drohne und das mutmaßliche Mutterschiff herausgefunden hat.«

Er gestikulierte mit ausgestreckten Händen in Richtung der Lawine aus Rohinformationen auf seinen Bildschirmen. »Wir haben Tonnen von Material. Ich bedaure, dass nichts davon bisher eine vernünftige Schlussfolgerung auf den Ursprung oder die besonderen Fähigkeiten der Bedrohung auf Sirsa III erlaubt.«

Burnham spürte Sarus Abneigung. Sie vergiftete jedes Wort, das er an sie richtete. Sie bemühte sich nach Kräften, professionell zu bleiben. »Können Sie irgendwelche Empfehlungen zur Neutralisierung der Drohne aussprechen?«

»Nur das, was Lieutenant Gant bereits vorgeschlagen hat.«

Burnham wusste, dass es nicht produktiv war, Sarus Abneigung ihr gegenüber einfach so hinzunehmen. Sie musste sie überwinden. Nach dem, was sie über die Kelpianer als Spezies im Allgemeinen und über Saru als Individuum wusste, war der beste Weg, ihn durch eine gemeinsame Sache an Bord zu holen. »Mister Saru, ich schätze Ihren Rat als Abteilungsleiter. Welche Angriffsmethode sollen wir Ihrer Meinung nach bei der Drohne und ihrem Mutterschiff anwenden, wenn wir den Planeten erreichen?«

Saru sah von seiner Konsole hoch und drehte sich dann langsam zu Burnham um, als erwarte er, dass ihre Anfrage nur das Vorspiel für einen rhetorischen Fallstrick sei. »Wollen Sie damit andeuten, dass Sie tatsächlich meinen Rat unvoreingenommen in Betracht ziehen würden, bevor Sie dem Captain Ihre Empfehlung aussprechen?« Er stand auf und überragte sie. »Oder ist das nur eine leere Geste, um mein Vertrauen zu gewinnen?«

»Solange ich mit Ihrer Kooperation rechnen kann«, erklärte Burnham, »ist Ihr Vertrauen unerheblich.«

Er wollte angesichts ihrer Ehrlichkeit in die Luft gehen. Doch dann richtete er sich kerzengerade auf, damit er noch größer wirkte. »Basierend auf dem, was ich bisher von der Drohne gesehen habe, würde ich einen schnellen und überwältigenden Angriff auf sie und ihr Mutterschiff empfehlen, und zwar so früh wie möglich.«

»Interessant«, sagte Burnham. »Ich hätte nicht erwartet, dass Sie so ein Handeln befürworten würden.«

»Warum? Weil ich ein Kelpianer bin? Eine Beutespezies? Glauben Sie, ich kann deswegen nur hilflos und naiv auf den kalten Kuss des Todes warten?« Er machte einen Schritt auf sie zu und kam ihr eindeutig zu nahe. Sie reichte ihm bis zur Brust, was seine Präsenz noch etwas einschüchternder machte. »Nur, weil mein Volk sich im Laufe der Evolution zu Opfern der Jagd entwickelt hat, heißt das nicht, dass wir uns nicht verteidigen können.«

Das war eine berechtigte Feststellung und Burnham gab das durch ein Senken ihres Kinns zu erkennen. »Sie haben recht, Lieutenant. Und ich betrachte Ihre Empfehlung als eine Möglichkeit, auch wenn ich anderer Meinung bin.«

Sarus Miene wurde finster. »Wieso?«

»Bitte verstehen Sie mich nicht falsch«, sagte sie. »Die Drohne stellt eine ernste Bedrohung dar und muss als solche behandelt werden. Das Mutterschiff – seine Beschaffenheit und seine Beweggründe – sind allerdings unbekannt. Es könnte in unserem eigenen Interesse sein, zunächst einmal diplomatisch vorzugehen und den Versuch zu unternehmen, mit ihm Kontakt aufzunehmen. Wenn wir weitere Gewalt abwenden können, indem wir …«

»Sind Sie von Sinnen?« Saru hatte jeden Anschein von Respekt fahren lassen. Burnham hatte schon lange vermutet, dass der Kelpianer diese Fassade nur im Beisein von Georgiou aufrechterhielt. »Die Drohne hat in der Hauptstadt viele Leben vernichtet. Ihr Mutterschiff hat eine Bohrinsel mit neunhundert Mitarbeitern an Bord auf hoher See zerstört. Die wenigsten von ihnen haben überlebt. Diese Dinger stellen eine klare und unmittelbare Gefahr dar und sie müssen so schnell wie irgend möglich zerstört werden!«

Burnham nahm Sarus Zurechtweisung unbewegt zur Kenntnis. »Sie scheinen zu vergessen, Mister Saru, dass der Grund für das Handeln des Kolosses in Bezug auf die Bohrinsel weiterhin unbekannt ist. Ebenso wenig wissen wir, warum die Drohne die Hauptstadt angreift. Die gesamte Situation könnte durch ein Missverständnis entstanden sein. Der Vorarbeiter der Bohrinsel hat zugegeben, dass ihr Bohrkopf, kurz bevor der Koloss sich erhob und seine Plattform versenkte, in etwas stecken geblieben war. Es ist wahrscheinlich, dass der Bohrer den Rumpf des fremden Schiffs getroffen hat – ein Aufprall, der womöglich als aggressive Handlung fehlinterpretiert wurde. Wenn das der Fall ist, sollten wir nicht voreilig ein Urteil fällen, nicht, solange es vielleicht noch eine Möglichkeit gibt, friedlichen Kontakt mit einer bisher unbekannten, fremden Intelligenz aufzunehmen.«

Saru streckte seine Hand nach hinten aus, schaltete die Bildschirme ab, die seinen Arbeitsplatz im Labor umgaben, und betrachtete Burnham mürrisch. »Das ist eine ziemlich nachsichtige Einschätzung.« Er trug seinen Widerwillen wie einen Orden vor sich her und fügte mit grimmiger Offenheit beim Verlassen des Labors hinzu: »Ich frage mich, ob Sie immer noch dieser Meinung sind, nachdem er versucht hat, uns zu töten.«

5

Nach ein paar Stunden Belagerung wusste Jon Bowen sein friedliches Leben auf See wieder neu zu schätzen. Er hatte diese Annehmlichkeit bis zu dem Moment als selbstverständlich hingenommen, als man sie ihm unter den Füßen weggezogen hatte. Er, Omalu und Chandra drängten sich wie Flüchtlinge in einer Ecke von Kolovas Bunker zusammen und waren umgeben von mehreren Dutzend Fremden, deren verstohlene Blicke und verschwörerisches Flüstern ihm allmählich Sorgen machten. Sein Bauchgefühl sagte ihm, dass er und seine Leute hier rausmussten. Doch sie konnten nirgendwohin, solange die fremdartige Drohne weiterhin ihre Tieffliegerangriffe auf die Hauptstadt flog.

Omalu warf einen Blick auf die Reihe gleichgeschalteter Chronometer im Raum. »Wie lange dauert es noch, bis die Sternenflotte hier eintrifft und uns hilft, verdammt noch mal?!«

»Nicht mehr lange«, sagte Chandra. »Sie werden jeden Moment hier sein.«

Unregelmäßige Explosionen an der Oberfläche ließen den Bunker erzittern. Ein winziger Riss erschien und erstreckte sich über die Hälfte der Decke. Staub rieselte aus dem Haarriss. Er war nicht sehr breit, aber alleine seine Existenz sorgte für nervöse Blicke von Kolova und ihren Leuten sowie von Bowen und seiner Mannschaft. Ganz gleich wie viel Sicherheit der Bunker bot, er war auf keinen Fall unzerstörbar. Die Drohne brauchte nur genügend Zeit oder vielleicht einen genauen Treffer, um ihn in Trümmer zu legen.

Bowen warf Chandra einen furchtsamen Blick zu. »Wenn das noch länger dauert, wird nicht mehr viel übrig sein, was sie retten können.«

Kolova, Ishii, Medina und eine Handvoll städtische Beamte saßen um den Besprechungstisch in der Mitte des Raums. Dort war eine verkleinerte holografische Darstellung der Hauptstadt zu sehen. Alle paar Sekunden flackerte ein anderer Bereich rot und blinkte anschließend – ein Anzeichen für den jüngsten Angriff der Drohne. Nach dem letzten Alarm schlug Kolova mit der Faust auf den Tisch. »Verdammt! Jetzt schießt die Drohne unsere Feuerwehr ab!«

»Sie ist nicht bösartig«, gab Bowen zu bedenken. »Wenigstens glaube ich das nicht.« Er bewegte sich auf den Besprechungstisch zu und ignorierte die gereizten Blicke, die sein Vorstoß bei den Politikern auslöste. »Sie schießt nur auf alles, das sich bewegt, vorzugsweise auf Dinge mit biologischen Sensorprofilen.«

Ishii zeigte frustriert auf die Karte. »Also, was sollen wir Ihrer Meinung nach tun, Bowen? Uns zurücklehnen und die Stadt einfach niederbrennen lassen? Wie ist das für Ihre Bohrinsel ausgegangen?«

Das ging unter die Gürtellinie und Bowen war zu wütend, um sich eine Antwort einfallen zu lassen, bei der er Ishiis Nase nicht mit einem Faustschlag brach.

Während Bowen und Ishii sich wütend anstarrten, strich Le Fevre, der Polizeichef, sich über sein Kinn und betrachtete die Karte. »Interessant, dass die Drohne als Erstes Neu Astana angreift und nicht eine der weniger gut geschützten Küstenstädte, meinen Sie nicht?«

Seine Beobachtung brachte alle im Raum zum Schweigen. Plötzlich war er der Mittelpunkt der Aufmerksamkeit.

Kolova war gleichermaßen neugierig und argwöhnisch und fragte: »Wieso ist das interessant?«

Le Fevre zuckte mit den Schultern. »Dreihundertsechzigtausend Leute leben auf diesem Felsbrocken. Es gibt sechs Ballungszentren und ungefähr ein Dutzend kleinere Farmgemeinden, ganz zu schweigen von einem halben Dutzend Bohrinseln auf hoher See. Das sind viele Ziele, zwischen denen man wählen kann – einschließlich einiger, die sich näher am Koloss befinden als wir. Also, warum schwirrt die Drohne hier herum?«

Die Gouverneurin reagierte, als sei die Antwort offensichtlich. »Weil das hier die Hauptstadt ist.«

»Aber weiß die Drohne das?« Le Fevre wandte sich an Medina, den wissenschaftlichen Berater. »Neu Astana ist nicht wesentlich größer als die anderen fünf großen Städte, die wir gebaut haben. Und da alle unsere Städte ungefähr zur selben Zeit mit denselben Infrastrukturplänen und Fertigbaumodulen für Häuser gebaut wurden, gibt es keine wesentlichen Unterschiede, was Alter oder Ausrichtung angeht.« Er zeigte auf das Hologramm. »Zum Donner, wir haben nicht einmal eine Flagge gehisst!«

Erst langsam, dann mit größerem Nachdruck nickte Medina. »Ja, Sie haben recht.« Er tippte einige Befehle auf dem Besprechungstisch ein und das Hologramm von Neu Astana wurde durch ein Bild von Sirsa III ersetzt, das sich langsam drehte. »Wenn man die Geschwindigkeit der

Drohne zugrunde legt, hätte sie den Planeten schon mehrfach umrunden können. Wenn sie irgendeine der anderen Städte oder Plattformen hätte treffen wollen, hätte sie das mit Leichtigkeit tun können. Doch in den letzten drei Stunden und mehr hat sie nur uns das Leben zur Hölle gemacht.«

»Das bringt uns zu der Frage«, sagte Le Fevre, »... *wieso?*«

Der Polizeichef ließ die Frage in der Luft hängen, als wollte er den anderen im Raum die Gelegenheit geben, darüber nachzudenken und ihre eigenen Schlüsse zu ziehen. Doch Bowen erkannte eine Falle, wenn er sah, wie sie aufgestellt wurde. Er schüttelte seinen Kopf und sah Le Fevre an. »Ich weiß, was Sie vorhaben, Chief, und es gefällt mir nicht.«

Le Fevre drehte sich um, um Kolova seinen Standpunkt weiter zu verdeutlichen. »Gouverneurin, denken Sie darüber nach. Der erste Vorfall mit dem Koloss wurde durch Bowens Bohrinsel ausgelöst. Bis auf eine Handvoll seiner Besatzung sind alle mit der Plattform untergegangen, doch Bowen und seine beiden langjährigsten Mitarbeiter sind entkommen – und kamen direkt zu uns. Kann es wirklich Zufall sein, dass die Drohne des Kolosses ihren Angriff nun auf uns richtet?«

»Selbst, wenn Sie recht haben«, sagte Kolova, »was spielt das für eine Rolle?«

»Vielleicht gibt es einen Weg, den Drohnenangriff aufzuhalten«, erwiderte Le Fevre. »Vielleicht lenkt sie deswegen nicht ein oder fliegt woandershin«, er bedachte Bowen, Omalu und Chandra mit einem bedeutungsschweren Blick, »weil sie die Ziele, nach denen sie sucht, noch nicht gefunden hat.«

Chandra und Omalu drängten sich noch dichter an Bowen, der seine Hände abwehrend den Stadtbewohnern entgegenstreckte. »Jetzt halten Sie aber mal die Luft an! Will dieser Dummkopf wirklich damit sagen, dass man mich und meine Leute der Drohne wie Fischköder einem Hai zum Fraß vorwerfen soll?« An Kolova gewandt fügte er hinzu: »Sagen Sie mir, dass das nicht passieren wird.« Zu seinem Entsetzen zögerte sie mit der Antwort, was einer Bestätigung dieses fortschreitenden Albtraums gleichkam. Er richtete seine Aufmerksamkeit auf Le Fevre. »Ist Ihnen schon mal in den Sinn gekommen, dass die Drohne einfach nur hinter unserer Raumfähre her ist und nicht hinter uns?«

»Ja«, sagte der Chief, »die Möglichkeit habe ich in Betracht gezogen. Doch ich glaube an Gründlichkeit.«

Omalu blaffte ihn an: »Und wenn sie uns tötet und trotzdem weiterhin die Stadt angreift? Was dann?«

Le Fevres Schulterzucken brachte Gleichgültigkeit zum Ausdruck. »Dann haben wir immerhin einige Variablen aus der schrecklichen Gleichung eliminiert.«

Um den Raum herum legte das Sicherheitspersonal die Hände an die Griffe ihrer Schockschlagstöcke. Bowen hatte nicht die Absicht, darauf zu warten, dass sie sich auf ihn stürzten. Er marschierte direkt auf Le Fevre zu und ballte die Faust. »Das Einzige, das hier eliminiert wird, sind deine Zähne, du verfluchter Mist...«

Über ihren Köpfen donnerte eine Explosion, die die Lampen im Bunker für eine halbe Sekunde beinahe zum Erlöschen brachte. Als die Energie vollends wiederhergestellt war, schaltete Ishii das Hologramm des Besprechungstischs wieder auf das Bild der Stadt um – die nicht länger von der kreisenden Drohne heimgesucht wurde. Dann kam eine blecherne Stimme aus den von den Explosionen beschädigten Lautsprechern:

»Achtung, Gouverneurin Kolova. Hier spricht Captain Philippa Georgiou, Kommandantin des Raumschiffs Shenzhou. *Wir haben die Drohne, die Ihre Stadt angegriffen hat, neutralisiert. Wie ist Ihre Lage? Bitte antworten Sie.«*

Kolova drückte auf den Antwortknopf. »Captain, hier ist Gouverneurin Kolova. Mein Stab und ich sind unverletzt, doch die Stadt hat umfangreiche Schäden erlitten und es gibt eine unbekannte Anzahl Opfer. Außerdem wurde ein großer Teil unserer Ersthelfer getötet und ihre Ausrüstung bei den Angriffen zerstört.«

»Verstanden. Halten Sie sich für den Empfang medizinischer und technischer Notfallteams bereit. Außerdem möchte ich Ihnen mitteilen, dass wir einen Landetrupp hinunterschicken werden, um den Koloss zu untersuchen.«

»Verstanden, Captain. Und bevor ich es vergesse: danke.«

»Das gehört alles zum Service, Gouverneurin. Shenzhou *Ende.«*

Der Kanal wurde mit einem sanften Klicken geschlossen und erleichterter Applaus erfüllte den Raum.

Bowen drehte sich um, holte Omalu und Chandra zu sich und führte sie zum Ausgang. »Machen wir, dass wir im Eiltempo hier rauskommen.«

Chandra fragte leise: »Bevor sie ihre Meinung über uns ändern?«

»Nein«, antwortete Bowen, »bevor ich es mir anders überlege und Le Fevre eine neue Visage verpasse.«

Doktor Anton Nambue musste sich um ein halbes Dutzend wichtiger Aufgaben kümmern, bevor er mit den medizinischen Einsatzteams nach Sirsa III hinunterbeamte. Die neurotischen Forderungen eines nicht zwingend benötigten Mannschaftsmitglieds zu beschwichtigen, hätte normalerweise nicht dazugehört, doch Doktor Spyropoulos hatte Nambue am Revers gepackt.

»Bitte!«, flehte Spyropoulos beinahe manisch.

Nambue versuchte, sich loszureißen, doch der Griff des älteren Mannes war wie ein Schraubstock. *Ich muss an seine*

Vernunft appellieren. »Greg, es tut mir leid, aber Sie wurden nicht für diese Mission eingeteilt.«

»Ich werde *nie* eingeteilt«, beharrte Spyropoulos. »Das versuche ich Ihnen gerade zu sagen! Seit drei Jahren bin ich auf diesem Schiff und ich war noch nie für einen Landetrupp eingeteilt.«

»Natürlich nicht«, entgegnete Nambue. »Sie sind *Zahnarzt.*«

Diese Feststellung brachte Spyropoulos noch mehr auf. »Und? Ich weiß, dass ich ein verfluchter Zahnarzt bin. Das heißt nicht, dass ich einem Landetrupp nicht nützen kann. Ich habe eine medizinische Ausbildung.«

»Die Zulassung für orale Chirurgie kann man eigentlich nicht als ›medizinische Ausbildung‹ bezeichnen, Greg.« Nambue hob seine weiße Einsatztasche hoch und legte sich ihren Riemen um, der sich diagonal über seinen Rumpf spannte, während das Medikit bequem an seiner Hüfte baumelte. »Hören Sie. Als jemand, der Mitglied von mehr Landetrupps gewesen ist, als ihm lieb ist, kann ich Ihnen versichern: Sie sind hier auf dem Schiff besser dran.«

Spyropoulos sah so frustriert aus, dass Nambue das Gefühl hatte, der Mann mit der beginnenden Glatze würde direkt hier, mitten in der makellos antiseptischen Krankenstation, spontan in Flammen aufgehen. »Ich will nicht *›besser dran‹* sein, Anton! Ich will für *Beförderungen berücksichtigt* werden. Sie wissen genauso gut wie ich, dass Erfahrung in Landetrupps bei den Personalbeurteilungen eine große Rolle spielt. Ich bin jetzt mehr als sechzehn Jahre in der Sternenflotte und ich bin immer noch ein verdammter Lieutenant. Wenn ich jemals meinen 0-4-Rang haben will, dann muss ich etwas tun, damit man mich wahrnimmt. Wie zum Beispiel Teil eines anspruchsvollen ärztlichen Hilfsteams in einer Kolonie zu sein.«

»Sie wissen schon, dass die Hauptstadt selbst über mehr als zweihundert Zahnärzte verfügt, oder? Und wenn nicht jeder Einzelne von denen gerade beschäftigt ist, weil jemand dringend eine Wurzelbehandlung braucht ...«

»Verspotten Sie mich nicht, Anton. Geben Sie mir irgendeine niedere Arbeit. Machen Sie mich zum Auszubildenden bei den Sanitätern. Es ist mir egal was ich tue, solange ich Teil der Bemühungen sein darf.«

Neunzig Sekunden Diskussion mit Spyropoulos hatten Nambue so ausgelaugt wie sonst ein langer Arbeitstag. Er musste aus diesem Karussell aussteigen und seine Einwilligung schien der schnellste und unproblematischste Weg zu sein, sich aus diesem emotionalen Tauziehen zu befreien.

»Also schön, gehen Sie und packen Sie Ihre Feldausrüstung zusammen.«

Spyropoulos klatschte in die Hände und grinste dann. »Danke!« Der Zahnarzt sprintete auf die Doppeltür des Haupteingangs zur Krankenstation zu.

»Melden Sie sich in zehn Minuten im Transporterraum«, rief Nambue hinter ihm her.

»Ich werde in fünf Minuten dort sein! Sie werden das nicht bereuen, Anton!«

Nambue wartete, bis die Türen sich geschlossen hatten, und seufzte dann. »Das bezweifle ich ernsthaft.«

»Roter Alarm beendet«, sagte Georgiou, »aber halten Sie weiterhin Gelben Alarm aufrecht, bis wir die Sonde geborgen haben.« Sie drehte sich mit ihrem Sessel und sah ihren neuen taktischen Führungsoffizier an. »Guter Schuss, Lieutenant.«

»Danke, Captain«, antwortete Gant lächelnd und senkte dann bescheiden den Blick. »Aber der Zielcomputer hat die meiste Arbeit gemacht.«

»Unfug. Ich habe schon Veteranen gesehen, die leichtere Ziele verfehlt haben. Lernen Sie, ein Kompliment anzunehmen.«

»Aye, Sir.« Überall auf der Brücke der *Shenzhou* wurde ihm nickend gratuliert.

»Davon abgesehen hoffe ich für Sie, dass die Drohne wirklich neutralisiert wurde.«

»Oh, ich garantiere Ihnen, Captain«, sagte Gant, »das Ding ist Toast.«

Georgiou stand aus ihrem Kommandosessel auf und ging zu den Aussichtsfenstern der Brücke, die den Blick auf den Planeten Sirsa III freigaben. Sie hatte immer die Aussicht von der unterbauten Brücke der *Shenzhou* bewundert. Die Brücke befand sich auf der Unterseite des untertassenförmigen Hauptrumpfs des Schiffs der *Walker*-Klasse. Sie erlaubte einen ungehinderten Blick auf das All unterhalb des Schiffs. Diese Position hatte für Georgiou immer die Illusion heraufbeschworen, rittlings über dem Kosmos zu stehen und nicht nur zu ihm aufzublicken – wie es bei einer Brücke auf der Oberseite eines Raumschiffs der Fall war.

Jetzt sah sie hinunter auf die vermeintlich friedliche Oberfläche von Sirsa III, einer Welt, die bisher kaum durch die Besiedlung intelligenter Wesen berührt worden war. Auch wenn sie sich anstrengte, konnte sie die Hauptstadt der Kolonie, Neu Astana, nicht ausmachen oder sie von den natürlichen Gegebenheiten auf der Oberfläche des Planeten unterscheiden. »Ops, haben wir eine genaue Position, wo die fremde Sonde abgestürzt ist?«

»Ja«, antwortete Oliveira. »Neununddreißig Komma drei Kilometer südsüdöstlich der Hauptstadt in einem unbewohnten Streifen überfluteter Hochebenen nahe der Küste.« Die in Lissabon geborene Frau sah über ihre Schulter hinweg Georgiou an. »Ich kann sie auf dem Bildschirm vergrößern, wenn Sie möchten.«

»Das wird nicht nötig sein. Scannen Sie sie, um sicherzugehen, dass sie stabil ist, und setzen Sie dann einen Frachttransporter ein, um sie in den Hauptfrachtraum zu beamen. Wenn Sie irgendeine Spur toxischer oder radioaktiver Materialien entdecken …«

»Wird der Frachtraum unter Quarantäne gestellt und alle forensischen Techniker angewiesen, die Sicherheitsvorschriften für gefährliche Substanzen zu beachten.«

»Danke, Belin«, sagte Georgiou und legte ihre Hand kurz als flüchtige Geste des Lobes auf die Schulter der jüngeren Frau. Dann kehrte Georgiou zu ihrem Kommandosessel zurück und öffnete mithilfe des Bedienfelds auf der Armlehne einen Kanal zum Maschinenraum. »Mister Johar. Ensign Oliveira wird in Kürze etwas zu Ihnen schicken. Ist Ihr Team bereit?«

»Sie können es kaum erwarten, Captain«, antwortete Johar.

»Ich bin froh, das zu hören. Sobald wir das Wrack der Drohne an Bord geholt haben, werden Sie und Ihre Leute das Ding in seine Einzelteile zerlegen und mir über alles Wissenswerte Bericht erstatten. Was treibt sie an? Woher kommt ihr Mutterschiff? Könnten wir womöglich auf mehrere gleichzeitig treffen? Alles!«

»Verstanden. Wenn es sein muss, werde ich ihr ein Elektronenmikroskop in die hinteren Auspuffrohre stecken.«

»Danke, Commander. Ich bin sicher, dieses Bild wird mich noch tagelang verfolgen. Brücke Ende.« Sie schloss den Kanal und sah sich nach ihren beiden Führungsoffizieren um. Aufgrund ihrer konfliktreichen Vergangenheit hatte sie erwartet, die beiden an entgegengesetzten Punkten der Brücke zu finden. Stattdessen standen sie Seite an Seite und beugten sich gemeinsam über eine taktische Hilfsanzeige am hinteren Ende der Brücke. Sie war neugierig, wie die beiden am ersten Tag nach ihrer Beförderung zusammenarbeiteten, und näherte sich ihnen unauffällig von hinten wie ein Geist. Dann lungerte sie hinter ihnen herum und lauschte.

»Ich höre nichts außer einem Countdown zu noch mehr Ärger«, sagte Saru.

Burnhams Antwort war kühl, aber bestimmt. »Das ist offensichtlich ein Signal von dem Koloss.«

»Ein Signal, ja. Aber das bedeutet nicht, dass er versucht, zu kommunizieren. Pulsare strahlen regelmäßige, sich wiederholende Signale aus, aber sie sind nicht gerade als gewandte Gesprächspartner bekannt. Das Universum ist überflutet mit zusammenhängenden Signalen, die keine Bedeutung haben oder belanglos sind.«

»So wie diese Diskussion«, kommentierte Burnham mit trockener Verachtung.

Sie vertragen sich so wenig wie eh und je, erkannte Georgiou und war leicht enttäuscht. Sie trat vor und machte die beiden auf ihre Anwesenheit aufmerksam. Sie traten beiseite und Georgiou sagte: »Was können Sie beide mir über den Koloss erzählen?«

»Er ist immer noch draußen auf dem Meer«, sagte Saru, »und schwebt über denselben Koordinaten, an denen er an die Oberfläche gekommen ist und die Bohrinsel *Arkadia Explorer* auseinandergebrochen hat.« Er sprach schnell, als hätte er Angst, man könne ihn unterbrechen. »Er gibt ungewöhnliche Schall- und elektromagnetische Impulse von sich. Die Sensorlogs der Kolonie bestätigen, dass die Impulse begannen, nachdem das Schiff aufgetaucht war. Eine flüchtige Analyse der Impulse deutet darauf hin, dass sie einen Countdown darstellen – möglicherweise, bis zum Abschuss einer weiteren Drohne oder vielleicht auch bis zu seinem eigenen Einsatz.«

Georgiou nickte und sah dann Burnham an. »Wo ist er hergekommen?«

»Er war unterhalb des Meeresbodens, wie der Vorarbeiter der Bohrinsel behauptet hat.« Burnham rief einige Sensorbilder vom Meeresgrund unterhalb des Kolosses auf. »Der Bohrer hat hier den Meeresboden durchbrochen. In einer Tiefe von ungefähr sechshundertelf Metern traf er auf Widerstand. Das war der Rumpf des Kolosses, der daraufhin auftauchte und die Bohrplattform zerstörte.«

Es war ungewöhnlich für Burnham, dass sie alles so schrecklich wörtlich nahm. »Ich meinte, Nummer Eins, wo er ursprünglich herstammte? Ich nehme an, dass er nicht einheimisch ist.«

»Das scheint unwahrscheinlich«, bestätigte Burnham. »Unsere Daten über Sirsa III enthalten keinerlei Hinweise darauf, dass der Planet vor Gründung der Kolonie bewohnt war. Die Struktur und Rumpfzusammensetzung des Kolosses und seiner Drohne sind uns jedoch unbekannt. Beide entsprechen keinem in unseren Speicherbänken enthaltenen Profil.«

»Was uns zu der Frage bringt, was wir als Nächstes tun sollen«, sagte Georgiou.

Saru richtete sich auf. »Der Koloss hat bereits eine Bohrinsel auf hoher See zerstört, was den Verlust von neunhundert Leben zur Folge hatte. Außerdem hat er eine Drohne ausgeschickt, die eine unbekannte Anzahl Zivilisten in der Hauptstadt tötete, und anscheinend ist er bereit, das zu wiederholen. Deshalb würde ich dazu raten, sofort zuzuschlagen, solange wir noch im Vorteil sind, und ihn zu zerstören.«

Das war ein leidenschaftlicher Appell, der für Sarus Verhältnisse ungewöhnlich lautstark vorgetragen wurde. Georgiou nickte einmal. »Das ist ein vernünftiger Vorschlag, Mister Saru, aber die Anwendung von Gewalt ist vielleicht ein wenig voreilig.« Sie sah Burnham an. »Ich hörte, wie Sie zu Saru sagten, dass Sie glauben, die vom Koloss ausgehenden Signale könnten ein Kommunikationsversuch sein. Wie wahrscheinlich ist das?«

»Das kann ich nicht sagen, Captain. Mister Saru hat recht, wenn er sagt, dass die Signale natürliche Nebenprodukte anderer Prozesse sein könnten, die in dem Schiff ablaufen. Dennoch, wenn sich eine Gelegenheit bietet, Kontakt aufzunehmen, wäre es nachlässig, das nicht näher zu untersuchen.«

Saru trat vor. »Captain, bitte ... jetzt ist der richtige Zeitpunkt, um diese Bedrohung zu vernichten, bevor sie eine weitere Chance hat, die Kolonie oder sogar uns anzugreifen.«

Georgiou fühlte sich gefangen zwischen Idealismus und Pragmatismus. In ihrer jahrzehntelangen Dienstzeit in der Sternenflotte hatte sie zu oft – und aus zu großer Nähe – die albtraumhafte Tragödie von Krieg und gedankenlosen Konflikten erlebt. *Michael hatte noch nie Probleme, ihre Meinung zu verteidigen. Wieso wirkt es im Moment so, als ob sie sich zurückhält?*

Die Diskussion wurde durch einen neuen Lagebericht von Oliveira unterbrochen. »Captain? Doktor Nambue und sein medizinisches Team sind bereit, hinunterzubeamen.«

»Haben Sie eine Sicherheitseskorte dabei?«

»Aye, Sir.«

»Dann beamen Sie sie hinunter und unterrichten Sie Gouverneurin Kolova über ihre Ankunft.« Georgiou wandte sich wieder Burnham und Saru zu. »Ich will keine Waffen auf den Koloss abfeuern, solange wir nicht mehr über ihn wissen. Seine Hülle hat einem Industriebohrer widerstanden. Finden wir heraus, woraus sie besteht, bevor wir uns auf einen erbitterten Zweikampf einlassen. Nummer Eins, stellen Sie einen Landetrupp zusammen und sehen Sie sich das an.«

»Aye, Sir. Saru, Gant, Sie kommen mit mir. Oliveira, sorgen Sie dafür, dass zwei bewaffnete Sicherheitsoffiziere uns in drei Minuten im Transporterraum treffen.« Sie ging mit schnellen Schritten auf den Turbolift zu. Gant schloss sich ihr an, als sie an seiner Station vorbeiging. Nur Saru schien an der Stelle Wurzeln geschlagen zu haben, wo sie ihn verlassen hatte. »Nun setzen Sie sich schon in Bewegung, Mister Saru«, forderte Burnham, während sie und Gant auf den Turbolift zugingen. »Die Zeit läuft.«

Erschrocken eilte Saru hinter Burnham und Gant her. Der Lift traf ein, als er sie einholte, und das Trio ging hinein. Die Tür schloss sich und sie verschwanden mit einem Brummen des elektromagnetischen Antriebs.

So kenne ich Burnham, grübelte Georgiou. *Aber warum ist sie so zögerlich? Worauf wartet sie?*

Die Lösungen für diese Rätsel, so fürchtete Georgiou, würden noch etwas auf sich warten lassen.

6

Im Gegensatz zu einigen seiner Kollegen in der Sternenflotte gefiel Saru das Gefühl, gebeamt zu werden. Während er auf der Plattform vor der Steuerkonsole im Transporterraum der *Shenzhou* stand, hatte der Druck des ringförmigen Eindämmungsstrahls eine beruhigende Wirkung auf seine oftmals überreizten Nerven. Wenn er spürte, wie er sich während der Entmaterialisierungssequenz auflöste, stellte er sich vor, unsichtbar zu werden ... unfassbar ... körperlos. Für einen ganz kurzen Moment war er versteckt und unerreichbar.

Er fühlte sich sicher.

Dann kam die Reizüberflutung des Materialisierens. Schimmerndes Licht gepaart mit einer musikalischen Geräuschkulisse. Die Sinneseindrücke kehrten zurück, während seine Umgebung – hell und unbekannt – wieder auftauchte. Und dann waren er und sein Landetrupp wieder körperlich und allem ungeschützt ausgesetzt.

Angreifbar.

Im Laufe der Jahre hatte Saru sich beigebracht, seine Angst zu verstecken. Er nahm seinen Trikorder von seiner Hüfte und schaltete ihn ein. Langsam drehte er sich im Kreis und führte die üblichen empfohlenen Scans durch. »Lufttemperatur und -qualität sind normal und frei von Toxinen«, verkündete er, obwohl niemand gefragt hatte. Außer dem Landetrupp – der aus ihm selbst, Burnham, Gant und den Sicherheitsoffizieren Temkin und Rogers bestand – entdeckte er keine Lebenszeichen auf oder in dem Koloss. »Scheint, als ob wir allein hier draußen sind«, sagte er zu Burnham. »Es gibt keine Hinweise auf intelligentes Leben außer uns selbst.«

Der Erste Offizier nickte. »Sehr gut. Mister Gant, führen Sie eine eingehende Analyse der Hülle dieses Schiffs durch. Wenn Sie können, versuchen Sie, eine Probe des Materials zu nehmen.«

»Aye, Sir«, erwiderte Gant, der ein kleines Röhrchen mit Meerwasser und Sediment vom Rücken des Schiffs füllte. Er bemerkte Sarus Blick und sagte: »Für meine Sammlung.«

»Ich hatte nicht vor, zu fragen.« Saru sah zu, wie Gant das Röhrchen verlegen wegsteckte.

Als Gant zu einem Ende des Kolosses ging, erregte Burnham die Aufmerksamkeit eines der Sicherheitsoffiziere. »Temkin, gehen Sie mit ihm und bleiben Sie wachsam.« An den anderen gewandt sagte sie: »Rogers, bleiben Sie in Sarus Nähe.« Dann wandte sie sich an Saru. »Führen Sie einen neuen Scan der akustischen und elektromagnetischen Signale durch, die der Koloss aussendet.« Sie runzelte die Stirn, während sie über etwas nachdachte. »Fügen Sie Filter hinzu, um herauszufinden, wie diese Signale sich in diesem Ozean unter Wasser verbreiten und empfangen werden würden. Berücksichtigen Sie dabei Dichte, Salzgehalt, Tiefe und Wassertemperaturabweichungen.«

»Ja, Sir.« Das war eine äußerst vernünftige Anordnung. Saru nahm die notwendigen Einstellungen an seinem Trikorder vor und war leicht verärgert, weil ihm das nicht selbst eingefallen war. *Ich bin der dienstälteste Wissenschaftsoffizier hier*, tadelte er sich selbst. *Ich hätte daran denken müssen, lokale Bedingungen in meine Untersuchungen einzubeziehen.*

Er sah hoch und sein Blick fiel auf Burnham, die sich bereits alleine auf den Weg zum anderen Ende des Kolosses gemacht hatte, wo Gant seine Untersuchungen durchführte. Obwohl sie einen Trikorder mit sich führte, schien sie ihn nicht zu benutzen. Stattdessen verließ sie sich – wie so oft – auf ihre Sinne und ihr vulkanisch ausgebildetes Gedächtnis. Ihr scharfer Verstand beeindruckte – und verunsicherte – ihn immer wieder. Er bewunderte sie dafür und gleichzeitig nahm er ihn ihr übel, wie so vieles anderes.

Beschattet von Sicherheitsoffizier Rogers beschränkte Saru seine Messungen auf den mittleren Bereich des Kolossrückens. Er blinzelte gegen das gleißende Sonnenlicht an, das auf dem Meer reflektierte. Seine Blicke streiften über die Wellen in dem vergeblichen Versuch, Überreste der zerstörten Bohrinsel zu finden. *Was habe ich denn gedacht, was ich in diesen tiefen Gewässern finden würde?* In seiner Fantasie hatte er brennende Treibstofflachen überall auf der mit Treibgut und Trümmern übersäten Wasseroberfläche gesehen. Stattdessen gab es nur den Koloss, umgeben von den unendlichen Weiten des Ozeans und des Himmels, und den endlosen Horizont. Eine steife Brise ließ den Stoff von Sarus Uniform flattern und besprenkelte sein Gesicht mit einer Prise Salzwasser.

Konzentriere dich auf die Mission. Er schloss die Einstellungen seines Trikorders ab. Der neue Scan und die Simulation liefen, während er einen neuen Test durchführte: Er programmierte den Trikorder darauf, eigene akustische

Impulse auszusenden. Die Konfigurationen entsprachen denen des Kolosses.

Weniger als vier Sekunden später erhielt seine unbewusste Botschaft eine Antwort.

Er konnte sie nicht hören, doch er spürte sie – in den Sohlen seiner Füße, in seinen Knochen, in seinem Rückgrat, seinen Zähnen. Infraschallimpulse, die zu tief waren, um hörbar zu sein, aber stark genug, um seine Organe zittern zu lassen. Eine Erinnerung, älter als er, wurde dadurch wachgerüttelt. Sie war in seiner kelpianischen DNA verankert. Es war die Angst vor den donnernden Schritten riesiger Tiere ... das Wissen, dass der Tod nicht weit entfernt war, wenn dieses Beben auftrat.

Seine Bedrohungsganglien traten hervor und bewegten sich hektisch. Er zog sie mit reiner Willensstärke wieder ein.

Jeder Widerhall durch die Hülle des Kolosses steigerte Sarus Angst. Seine Atmung wurde flach. Sein Puls raste – er spürte ihn in seinen Schläfen und seinen Handgelenken. Innerhalb von Sekunden war sein Mund trockener als Burnhams Sarkasmus und seine Kehle war wie mit einem Druckverband zugeschnürt. Er wollte rufen, einen Alarm aussenden, aber seine Gliedmaßen weigerten sich, ihm zu gehorchen. Steif wie eine Statue kämpfte er darum, den Kopf zu drehen. Als es ihm gelang, war er bestürzt, zu sehen, dass keiner der anderen die Vorboten des Untergangs bemerkt zu haben schienen, die das fremde Schiff unter ihren Füßen durchliefen.

Ensign Rogers machte einen Schritt auf ihn zu. Sie wirkte neugierig. »Sir? Geht es Ihnen gut?« Als sie keine Antwort erhielt, kam sie näher. Die schlanke Frau musterte ihn von Kopf bis Fuß und wurde dabei immer besorgter. Sie stellte sich direkt vor ihn. »Lieutenant Saru? Stimmt etwas nicht?«

Saru brachte mit Mühe ein Flüstern hervor. »*Spüren* Sie das nicht?«

Sie schüttelte den Kopf. »Was spüren?«

Eine weitere Impulsreihe ließ Sarus Zähne klappern. »Das!«

Verwirrung huschte über das Gesicht der Frau. »Sie meinen diese schwache Vibration?«

»Nein«, sagte er und war ratlos, weil er den Grund für seine Aufregung nicht vermitteln konnte. »Es ist mehr als das. Ich ... es ...«

»Sir, vielleicht sollte ich den XO holen.« Rogers drehte sich um und wollte nach Burnham rufen.

Verzweiflung siegte über Angst: Saru streckte seine Hand aus und legte sie auf Rogers Schulter. »Nein, Ensign. Das wird ... wird nicht nötig sein.« Er zwang sich, trotz der aufsteigenden Panik eine Maske der Gelassenheit aufzusetzen. »Setzen Sie Ihre Patrouille fort. Mir geht es gut.«

Widerwillig trat Rogers beiseite, um Saru Raum zu geben. Er drehte ihr den Rücken zu und tat so, als ob er Feineinstellungen an seinem Trikorder vornahm, während er sich sammelte.

Ich kann nicht zulassen, dass sie denken, ich wäre in Panik verfallen, erkannte er. *Wenn ich die Fassung verliere, wird man mich niemals als Ersten Offizier in Betracht ziehen – auf diesem Schiff oder irgendeinem anderen.* Er beendete sein Schauspiel der Feinjustierung und befestigte das Gerät wieder an seiner Seite, wo es hingehörte. *Noch ein paar Minuten und wir sind wieder zurück auf dem Schiff.* Ein tiefer Atemzug trug nur wenig zur Beruhigung seiner steigenden Angst bei. *Sobald wir in Sicherheit sind, werde ich ein vernünftiges Argument dafür finden, weshalb dieses Ding ein Albtraum ist, der versuchen wird, uns alle zu töten.*

Lieutenant Commander Saladin Johar stand abseits an einem hohen Schott im Hauptfrachtraum der *Shenzhou*. Vor dem Chefingenieur und einem Team seiner besten Spezialisten für forensische Technologie lag ausgebreitet das verbrannte, verdrehte Wrack der fremden Drohne, die nur Minuten zuvor über der Hauptstadt von Sirsa III abgeschossen worden war. Er schüttelte den Kopf und sah den Ops-Offizier Oliveira von der Seite her an. Sie war nach unten gekommen, um ihm bei der Wiederzusammensetzung und Analyse der Drohne zu helfen.

»Ich nehme an, es wäre zu viel verlangt gewesen, das Teil unversehrt einzufangen, nicht wahr?«

Sie schürzte die Lippen. »Eins muss man Gant lassen – er ist ein verdammt guter Schütze.«

In einigen Metern Entfernung kündete das Schimmern des breiten Frachttransporterstrahls die Ankunft der letzten Ladung Trümmer an, die man auf der Oberfläche gefunden hatte. Alles war einer Einteilung nach Gitterkoordinaten folgend heraufgebeamt worden und im Frachtraum materialisiert. So blieben die relativen Positionen der einzelnen Drohnenteile gewahrt. Der Vorteil dieser Methode lag darin, dass sie sich ein Bild von der Stabilität der Drohnenüberreste bei ihrem Absturz machen konnten. Der Nachteil war, dass man jede Menge Platz im Frachtraum benötigte und bei jeder Gittereinteilung einen halben Meter Erdreich mitbrachte.

Das Besatzungsmitglied, das hier morgen putzen darf, tut mir leid, dachte Johar.

Chief Petty Officer Shull – ein kräftiger Mann mit beginnender Glatze, der die Transporterkonsole bediente – schaltete diese ab und rief hinüber zu Johar: »Das war alles, Sir.«

»Danke, Chief. Sie dürfen wegtreten.« Shull trottete davon und Johar streckte seine Hand nach einem Bedienfeld an der Wand hinter ihm aus und öffnete einen internen

Kanal zum nächsten Frachtraum. »Zeit, anzufangen.« Er schaltete den Kanal mit seinem Daumen wieder aus, ohne auf eine Antwort zu warten.

Breite, hohe Türen, die den Hauptfrachtraum vom nächsten Frachtraum nach achtern trennten, teilten sich mit einem Keuchen der Hydraulik und einem Summen der Servomotoren. Sie glitten auseinander und ein Team aus sieben forensischen Technikern und Mechanikern trat ein. Alle gingen in einer Reihe Seite an Seite und schleppten ihre Werkzeuge wie Kriegswaffen herein.

Oliveira nahm ihre Ankunft grinsend zur Kenntnis und stieß Johar an. »Dreimal dürfen Sie raten, wer alte Astronautenheldenfilme im Freizeitraum angesehen hat.«

»Wenn man jetzt *so* aussehen muss, dann stecken wir echt in Schwierigkeiten.«

Die beiden gingen ins Zentrum des Frachtraums, um die eintreffenden Spezialisten zu begrüßen. »Guten Tag, meine Freunde«, sagte Johar. »Sie sehen hier überall die Überreste einer fremdartigen Drohne, deren Ursprung unbekannt ist.« Er zeigte auf die weit verteilten Vierecke aus Trümmern, die beinahe die gesamte Länge des Frachtraums einnahmen. »Ich hoffe, es macht Ihnen nichts aus, dass wir sie Ihnen in Form einer *Explosions*darstellung zur Verfügung stellen.« Er wartete darauf, dass sie den Witz verstanden. Niemand reagierte, nicht einmal mit dem Hauch eines Lächelns. Johar runzelte die Stirn. »Och, nun kommen Sie schon. Das war ein erstklassiges Wortspiel, Leute. Besser geht's nicht.«

»Ich glaube, das ist es, was ihnen Angst macht«, erklärte Oliveira.

Perlen vor die Säue, beklagte er insgeheim. »Also schön. Hören Sie gut zu. Hier ist Ihre Diensteinteilung. Esposito: Sie katalogisieren das Zeug bis hin zu jedem letzten Chip und Kabel. Payne, Reddick: Materialanalyse. Woraus bestehen die Teile und woher ist das Zeug wahrscheinlich gekommen? Coniff: Sie sind für die Herkunftsforschung zuständig. Stammt das Ding von diesem Felsen oder kommt es von anderswoher? Finden Sie es heraus. Wierzbeski: Sie müssen die internen Baupläne rückentwickeln. Ich will in der Lage sein, aus den Ersatzteilen, die wir haben, eine Drohne komplett neu aufzubauen. McShane, Bloom: Auf welchen Frequenzen arbeitet dieses Ding? Ist es eigenständig oder wird es ferngesteuert? Wenn es ferngesteuert wird, können wir das Signal stören? Wenn es ein Hybridsystem ist, können wir es stören und dann abschalten?« Er sah den Teammitgliedern nacheinander in die Augen, die seinen Blick kühl und professionell erwiderten. »Fragen? Nein? Dann an die Arbeit – und sagen Sie mir auf der Stelle Bescheid, wenn Sie *irgendetwas* finden.«

Die Spezialisten schwärmten aus und suchten sich einen Weg durch die verschiedenen Stapel der kaputten, fremdartigen Maschine. Bald hallten die oszillierenden Töne verschiedener Trikorder im Frachtraum wider.

Oliveira und Johar gingen an einem großen Bruchstück der Drohne vorbei. Die inneren Mechanismen waren zwar freigelegt, aber immer noch an Ort und Stelle. »Dieses Ding sieht ziemlich komplex aus«, sagte Oliveira. »Würden Sie es als weniger fortschrittlich, fortschrittlicher oder auf derselben Stufe wie unsere Technologie einordnen?«

»Solange wir nicht mehr darüber wissen, kann ich dazu nichts sagen.« Johar trat ein Trümmerstück der Hülle aus dem Weg, als sie vorbeischlenderten. »Sie ist schnell und wendig. Das reicht, um zivile Abfangjäger auszuschalten. Andererseits haben wir sie mit einem einzigen, direkten Treffer aus dem Orbit aus dem Verkehr gezogen.«

»Also ist sie bei einem Nahkampf gut, aber nicht zäh genug, um Treffer von unseren Phasern zu überstehen. Scheint mir etwas zufallsabhängig zu sein.«

»Vielleicht«, sagte Johar. »Vielleicht auch nicht. Einige Ionenantriebe sind superschnell und können auf kleinstem Raum wenden. Das ist bei Luftkämpfen großartig. Aber im Vakuum könnten sie nicht manövrieren, wenn ihr Leben davon abhinge. Und soweit wir wissen, könnte der Fehler auch beim Kommando- und Steuersystem der Drohne liegen. Wenn sie ein stumpfsinniger Kampfhund ist, der eine beschränkte Anzahl taktischer Reaktionen ausführt, könnte man sie darauf programmiert haben, es mit dieser Kolonie aufzunehmen, aber nicht mit einem Raumschiff. Wenn der Koloss, der sie abgeschossen hat, dergleichen umprogrammieren kann ... wer weiß, ob er seine nächste Drohne nicht für einen Kampf gegen die *Shenzhou* einstellen kann?«

Oliveira nickte. »Ich verstehe, was Sie meinen. Der Koloss könnte seine Drohnen den neuen Bedrohungen anpassen, wie die Kapseln eines sibellianischen Jagdbaums.«

»Genau. Aber ohne das widerlich stinkende Harz. Hoffe ich.«

Er wollte gerade vorschlagen, ihre Unterhaltung beim Mittagessen in der Offiziersmesse fortzusetzen, da kam Ensign Coniff hinter ihnen hergerannt. »Sir! Ich glaube, ich habe etwas.«

»Jetzt schon? Das ging schnell.«

»Nun, es ist nur ein Teilergebnis«, sagte der eifrige junge Offizier. »Aber sehen Sie sich das an.« Er drehte seinen Trikorder um, sodass Johar und Oliveira die Anzeige sehen konnten. »Um die Frage der Herkunft zu beantworten, beschloss ich, nachzusehen, ob ich herausfinden kann, wie alt sie ist. Danach wollte ich prüfen, ob es einen Unterschied zwischen ihrem wahrscheinlichen Alter und dem des Meeresgrunds gibt, aus dem sie aufgetaucht ist. Wenn man die Halbwertszeit diverser Elemente zugrunde legt, die ich in ihrer Hülle gefunden habe, sowie einige Sedimentfragmente – ich vermute, die haben sich angesammelt, während sie sich in einem Abteil des Kolosses, das nicht wasserdicht war, befunden hat – würde ich schätzen, dass diese Drohne etwa neun Millionen Jahre alt ist. Was bedeutet, dass dieses Ding wirklich *sehr* lange da unten gewartet hat. Und ...« Er langte über Johars Schulter, um die Anzeige auf andere Daten umzuschalten. »Zu guter Letzt befinden sich in seiner Hülle Elemente, die nicht auf Sirsa III existieren – also stammt sie mit ziemlicher Sicherheit nicht von dieser Welt.«

»Gute Arbeit, Ensign.« Johar gab ihm den Trikorder zurück. »Laden Sie diese Scans in den Hauptcomputer hoch, und zwar schnell.«

»Ja, Sir.«

Coniff ging davon, um seine Arbeit fortzusetzen. Johar wandte sich an Oliveira. »Derartig exotische Bestandteile wären bei einer gründlichen Analyse des Planeten nur schwer zu übersehen, oder?«

»Beinahe unmöglich«, stimmte Oliveira zu.

Finstere Wolken des Misstrauens zogen sich in Johars Gedanken zusammen. »Wir sollten das dem Captain sagen. Nennen Sie mich verrückt, aber ich glaube, das wird sie sich näher ansehen wollen.«

Georgiou hatte den Ausdruck »Wasser aus einem Stein pressen« schon sehr oft gehört. Dennoch hatte sie ihn nie so gut verstanden wie in diesem Moment, als sie versuchte, die Wahrheit aus der gewählten Anführerin der Kolonialregierung von Sirsa III herauszubekommen. »Gouverneurin Kolova, mein Team hat diese Scans mehrfach überprüft. Zweifellos hat der Koloss seit mehr als neun Millionen Jahren unter dem Meeresboden dieses Planeten geruht.«

Das Bild der Frau mit dem ernsten Gesicht und den platinfarbenen Haaren wurde als hochauflösendes Hologramm vor das vordere Aussichtsfenster der Brücke projiziert und so weit vergrößert, dass jedes noch so kleine Detail sichtbar war. *»Das sagten Sie bereits, Captain. Aber ich glaube, das Schlüsselwort hier lautet ›geruht‹, meinen Sie nicht auch?«*

»Ich bin nicht an Ihrer Wortklauberei interessiert, Gouverneurin. Dieser Planet ist vor der Ansiedelung der Kolonie angeblich einer flächendeckenden Suche nach jeglichen Anzeichen früherer Zivilisationen oder intelligenter Lebensformen unterzogen worden.«

Kolova zuckte gleichgültig mit den Schultern. *»Wurde er auch.«*

Je hochmütiger das Verhalten der Gouverneurin wurde, desto schwerer fiel es Georgiou, nicht die Beherrschung zu verlieren. »Und es war eine vollständige, unterirdische Bildgebung gefordert, bevor irgendwelche Bewilligungen für Bergbau an Land oder auf hoher See erteilt werden durften. Und dennoch hat eine Ihrer Bohrplattformen einen Plasmabohrer in etwas versenkt, das aussieht wie die Hülle eines uralten Raumschiffs, das unter dem Meeresboden ruhte. Haben Ihre Oberflächenscans dieses riesige Raumschiff irrtümlich übersehen? Oder wurden die Hinweise auf seine Anwesenheit verheimlicht?«

Angesichts der direkten Beschuldigung ging Kolova in die Defensive. *»Ich versichere Ihnen, Captain, weder ich noch irgendjemand in meinem Büro hat dergleichen verheimlicht. Wir wussten nicht, dass eine intelligente Lebensform oder Zivilisationen der Vergangenheit jemals auf Sirsa III existiert haben. Und wenn das der Fall gewesen wäre, hätten wir es dem Föderationsrat mitgeteilt, wie das Gesetz es vorschreibt.«*

Georgiou war sicher, dass sie in Kolovas Melodie der Tugend einen Missklang wahrgenommen hatte. »Und wie viele der planetarischen Begutachtungen haben Sie oder die

Mitglieder Ihres Büros überprüft, bevor sie zur Bewilligung vorgelegt wurden?«

»Keine – aber nur, weil die Gutachten lange vor meiner Ernennung für diesen Posten angefertigt wurden.« Kolova schien Georgious misstrauische Reaktion zu bemerken und fügte hinzu: *»Alle Gutachten wurden von Mitarbeitern der Kayo-Bergbaugesellschaft angefertigt, und zwar vor ungefähr fünf oder sechs Jahren.«*

Das war eine neue Einzelheit, die Georgious Auffassung, dass bei dieser Kolonie etwas ganz und gar nicht stimmte, unterstrich. »Entschuldigen Sie mich einen Moment, Gouverneurin.« Sie warf ihrem Kommunikationsoffizier Mary Fan einen Blick zu und bedeutete ihr mit einer unauffälligen Handbewegung unterhalb des Bildes, das sie an Kolova sendeten, dass der Kanal stummgeschaltet werden sollte.

Fan legte einen Schalter um und sagte: »Stummgeschaltet, Sir.«

Georgiou drehte sich nach Backbord um und sah dort ihren neuen Yeoman, Ensign Danby Connor. Der junge Mann mit dem lockigen Haar war eine Naturgewalt. Er bemerkte ihren suchenden Blick aus dem Augenwinkel, drehte sich um und widmete ihr seine ungeteilte Aufmerksamkeit. »Sir.«

»Connor, fischen Sie die Dateien der Kolonie aus unseren Speicherbänken. Zeigen Sie mir alles – angefangen bei ihrem Antrag auf eine Kolonialbewilligung. Legen Sie es auf den Hauptbildschirm an Steuerbord, sodass nur wir es sehen können.«

»Aye, Sir.« Connor eilte zur nächsten freien Dienststation und rief die Informationen der Kolonie mit unglaublicher Geschwindigkeit auf. Georgiou wurde klar, dass er ihre Bitte schon vor Stunden vorhergesehen haben musste und die Daten bereitgehalten hatte. Bevor sie ihm ein Lob für seine

Weitsicht aussprechen konnte, hatte er die Informationen bereits über das vordere Aussichtsfenster zur Rechten des Hauptbildschirms projiziert. Was sie sah, bestätigte Kolovas Version der Tatsachen – aber es warf auch neue Fragen auf.

Ein weiterer Blick in Fans Richtung. »Öffnen Sie den Kanal wieder.« Fan stellte die zweiseitige Verbindung wieder her und nickte Georgiou dann zu, um zu bestätigen, dass alles bereit war.

»Gouverneurin«, sagte Georgiou, »die Antragsakte Ihrer Kolonie ist ziemlich unvollständig.«

Kolova nickte wissend. *»Soweit ich weiß, wollte die KBG die Lizenz unbedingt einem Mitbewerber wegschnappen, also hat man einen unvollständigen Antrag mit der Bitte auf beschleunigte Genehmigung vorgelegt. Die fehlenden planetarischen Gutachten wurden später direkt an das Verwaltungsbüro für Kolonien in Peking auf der Erde gesandt.«*

»Das ist eine ziemlich ernste Verletzung des Protokolls«, mahnte Georgiou.

»Es ist alles vollkommen legal, Captain. Die erforderlichen Verzichtserklärungen wurden alle zu den Akten genommen und genehmigt.«

Das war eine ausweichende Antwort, aber als Georgiou Connor ansah, runzelte dieser die Stirn und bestätigte mit einem Nicken Kolovas Behauptung. »Wie dem auch sei«, sagte der Captain, »wir müssen immer noch die vollständigen Unterlagen der planetarischen Gutachten sehen. Bitte übermitteln Sie uns diese so bald wie möglich ...«

»Ich fürchte, die haben wir nicht«, entgegnete Kolova.

Das klang für Georgiou wie eine Lüge. »Wie ist es möglich, dass Sie keine Kopien der Gutachten haben? Wie können Sie ohne diese Ihre Bergbauaktivitäten verwalten?«

»Die Bergleute bohren und graben dort, wo die KBG es ihnen sagt.« Kolova legte ein unehrliches Lächeln auf und zog

gleichzeitig herablassend die Augenbraue hoch. *»Das ist der Preis, den wir für politische Unabhängigkeit zahlen. Wenn das dann alles wäre …?«*

»Wir sind fertig. Für den Moment. *Shenzhou* Ende.« Der Kanal wurde geschlossen und das holografische Bild vor dem vorderen Aussichtsfenster verschwand und ließ nur die majestätische Rundung des Planeten zurück, die unter der Brücke der *Shenzhou* abfiel.

Georgiou hatte während ihrer langen Dienstjahre bei der Sternenflotte schon oft erlebt, wie jemand mauerte. Sie hasste es heute genauso wie damals, als sie noch ein junger Offizier war – aber jetzt, als Captain, hatte sie wenigstens die Autorität, etwas dagegen zu unternehmen. »Mister Connor!«

Ihr Yeoman nahm Haltung an. »Sir.«

»Holen Sie das Verwaltungsbüro für Kolonien ans Rohr und benutzen Sie den Prioritätssubraumkanal. Sagen Sie denen, ich will alles an Daten, das sie über die Sirsa-III-Kolonie haben – *und zwar auf der Stelle.* Wenn irgendjemand Sie vertrösten will, sagen Sie ihm, dass die nächste Person, von der sie hören werden, Admiral Anderson persönlich sein wird.«

»Aye, Sir.« Connor wirbelte wieder zu seiner Station und machte sich an die Arbeit. Georgiou bewunderte insgeheim ein wenig seine jugendliche Energie und seine Konzentration auf eine einzige Sache.

Gerade, als Georgiou wieder auf ihrem Kommandosessel Platz nahm, drehte sich die Ops-Ablösung, Ensign Troy Januzzi – der seinen Nachnamen dank einer obskuren Sprachverschiebung »Januusie« aussprach –, an seiner Station um und sah sie an. »Captain, wir haben den Sensorscan des Kolosses abgeschlossen. Alle Daten wurden zur Analyse ans Wissenschaftslabor geschickt.«

»Gute Arbeit, Mister Januzzi.« Georgiou fiel etwas ein.

»Übermitteln Sie unsere Sensordaten an das Kommando der Sternenflotte. Vielleicht sehen die ja etwas, das wir nicht sehen.«

»Vier Augen sehen mehr als zwei, nicht wahr, Captain?«

»Das ist richtig, Ensign. Und wenn es eine Lektion gibt, die ich gelernt habe und die nie aus der Mode kommt, dann diese: Immer alle Hilfe annehmen, die man bekommen kann.«

Nur wenige Höflichkeitsirrtümer zogen schlimmere Strafen nach sich, als einen Flaggoffizier warten zu lassen. Weder das Vergehen noch seine Auswirkungen waren natürlich in irgendeiner Weise offizieller Natur. Es war nur eine der vielen Tatsachen des Lebens, die sich für alle, die eine Laufbahn in Diensten der Sternenflotte anstrebten, von selbst verstand: Die Zeit eines Admirals zu verschwenden war ein todsicherer Weg, sich die schlimmsten Versetzungen einzuhandeln.

Captain Christopher Pike hatte in seiner Zeit einige niedere Arbeiten erdulden müssen und er hatte nicht vor, sein Schiff und dessen Besatzung so einer Schande auszusetzen – nicht, wenn er es vermeiden konnte. Also rannte er wie verrückt durch die Flure der *Enterprise* zu seinem Quartier.

Im Gegensatz zu vielen anderen Raumschiffen der Flotte hatten Schiffe der *Constitution*-Klasse keine Bereitschaftsräume für ihre Captains. An den meisten Tagen fand Pike es nicht weiter schlimm, keinen Bereitschaftsraum zu haben – nur bei den Gelegenheiten, wenn er eine geheime Mitteilung erhielt, die die Sicherheitsfreigabe seiner Brückenbesatzung überstieg und ihn dazu zwang, sich für den Empfang in seine Unterkunft zurückzuziehen.

Heute hatte er das Pech, eine solche Botschaft zu erhalten, die auch noch live und in Echtzeit übermittelt wurde – und zwar von dem für seinen Sektor zuständigen Admiral. Außerdem wurde seine Rückkehr in sein Quartier durch einen langsamen Turbolift und dichtes Gedränge in den Fluren behindert.

Pikes Tür glitt vor ihm auf und er schoss in sein Quartier. Ohne anzuhalten, um das Licht einzuschalten, ging er zu seinem Schreibtisch und fuhr seinen sicheren Computerterminal hoch. Nachdem er sich einen Moment gegönnt hatte, um wieder zu Atem zu kommen, öffnete er mit dem Daumen einen Kanal zur Brücke. »Chief Garison, stellen Sie das Signal an mein Quartier durch.«

»Aye, Sir«, antwortete sein Kommunikationsoffizier. *»Bereithalten.«*

Der Bildschirm auf Pikes Terminal erwachte zum Leben und die scharfen Gesichtszüge von Admiral Brett Anderson wurden sichtbar. Seine eingefallenen Wangen und stechenden Augen wurden von einer gefurchten Stirn betont, die auf seine jahrzehntelange Dienstzeit schließen ließ. Sein kurz geschnittenes goldenes Haar war seine letzte Bastion der Jugendlichkeit. *»Ich dachte schon, Sie hätten mich vergessen, Captain.«*

»Bitte verzeihen Sie die Wartezeit, Admiral.«

»Ist diese Verbindung wirklich sicher?«

Er überprüfte den Status seines Kanals. »Ja, Sir. Was kann ich für Sie tun?«

»Analysten beim Sternenflottenkommando haben gerade einige Sensordaten erhalten, die die Shenzhou *von Sirsa III übermittelt hat. Kurz gesagt: ein Albtraum.«*

Übertreibungen hatten Pike noch nie gefallen. »Könnten Sie das näher ausführen, Sir?«

»Ich schicke Ihnen gerade die Originaldaten und unsere Analyse. Sehen Sie sich alles sofort mit Ihrem XO und Ihrem Wissenschaftsoffizier an und dann nehmen Sie mit maximaler Warpgeschwindigkeit Kurs auf Sirsa III. Wir brauchen Ihr Schiff dort so bald wie möglich im Orbit.«

Das klang mysteriös. »Darf ich fragen, zu welchem Zweck, Admiral?«

»Sie müssen für mich eine Mission durchführen, gegen die Captain Georgiou vermutlich ... Einspruch einlegen würde.«

Kalter Wind blies vom Meer heran und brannte wie eisige Nadeln auf Burnhams Gesicht. Sie lief auf der glanzlosen, schartigen schwarzen Oberfläche der rückwärtigen Hülle des Kolosses entlang und fühlte sich an uralte Mythen und Legenden der Menschen erinnert, die sich um ein Tier drehten, das als Kraken bekannt war – ein riesiges Meerungeheuer von der Größe einer Insel. Dieses Monster erhob sich aus den Tiefen des Meeres und Seeleute strandeten, weil ihre Schiffe auf seinem Rücken festsaßen. Wie so viele andere Geschichten aus uralten Zeiten war das Seemannsgarn, das seinetwegen gesponnen wurde, Burnham immer absurd und unglaubhaft erschienen. Doch jetzt war sie dazu gezwungen, sich zu fragen, ob ein Schiff wie dieses womöglich die Wogen der irdischen Meere geteilt hatte und dadurch eine Legende geboren worden war, die sich weigerte, zu sterben.

Der größte Teil des sichtbaren Äußeren des Kolosses war unscheinbar, doch es gab einige bemerkenswerte Eigenschaften, die – wie Burnham feststellte – symmetrisch und paarweise angeordnet waren. Jede größere Abweichung von der glatten Oberfläche der Hülle hatte entweder ein spiegelbildliches Gegenstück auf der anderen Seite des Schiffs oder war so ungewöhnlich, dass man sie als Schaden abtun konnte. Was immer man sonst über die Erschaffer des Kolosses ableiten konnte, man würde behaupten wollen, dass diese einer Spezies entstammten, die entweder eine beidseitige Symmetrie aufwies – wie so viele andere intelligente Spezies überall im Weltraum – oder in ihrer Bauweise dem Konzept der Symmetrie huldigte.

Ein leises Zirpen ihres Trikorders erregte Burnhams Aufmerksamkeit. Das Gerät hatte seine passive, multispektrale Abtastung des Kolosses beendet, während sie seine gesamte Länge abgelaufen war. Jetzt verfügte sie über Unmengen an Rohinformationen, die sie studieren konnte, nachdem sie und der Landetrupp zur *Shenzhou* zurückgekehrt waren. Burnham schaltete den Warnton ab und warf dann einen Blick zurück in die Richtung, aus der sie gekommen war. Dort hielt sich der Rest ihrer Gruppe auf.

Von ihrem Standpunkt aus betrachtet am entgegengesetzten Ende des Kolosses befanden sich Gant und Temkin. Der Sicherheitsoffizier sicherte Gant, der die abgeschrägte Hülle des Kolosses bis fast zur Wasserlinie hinuntergeklettert war und nun dort hockte und eine Hand ins Wasser streckte, das gegen die dunkle Außenseite des fremden Schiffs schwappte. *Er wird wohl ein weiteres Röhrchen für seine Sammlung füllen*, erkannte Burnham.

Seit den frühen Tagen von Gants Sternenflottenlaufbahn hatte er großen Wert daraufgelegt, Wasser- oder Erdproben von jeder fremden Welt zu nehmen, die er besuchte. Sobald die Proben vom Quarantäneprotokoll der *Shenzhou* freigegeben wurden, erhielten sie einen Platz in einer vakuumversiegelten, gepolsterten Vitrine in Gants Quartier. Sein Hobby erschien Burnham albern und sentimental, doch sie konnte nicht abstreiten, dass es ihn glücklich zu machen schien und dass seine Sammlung für einzigartigen Gesprächsstoff sorgte.

Nahe der Mitte des riesigen Schiffs – dort, wo die Gruppe anfangs hinuntergebeamt war – standen Saru und Rogers. Die beiden waren einige Meter voneinander entfernt und schienen nicht nur eine Unterhaltung, sondern auch Blickkontakt zu vermeiden. Saru war damit beschäftigt, mit seinem Trikorder herumzufummeln. Rogers vertrieb sich die

Zeit, indem sie zum Horizont starrte. Dabei ruhte eine Hand auf dem Griff ihres Phasers.

Burnham trottete zurück zur Mitte des Kolosses. Sie zog ihren Kommunikator von ihrer Hüfte und klappte ihn mit einer schnellen Bewegung aus dem Handgelenk auf. Mit dem Daumen stellte sie ihn auf eine begrenzte Reichweite ein, die nur den Landetrupp erreichte. »Burnham an Landetrupp. Ich bin mit meiner Erfassung fertig. Sammeln Sie sich und bereiten Sie sich aufs Hinaufbeamen vor.«

Sie sah, wie Saru in der Ferne seinen Kommunikator aufschnappen ließ. Seine Stimme erklang aus ihrem Lautsprecher, was eine merkwürdige Rückkopplung verursachte. *»Bestätigt, Sir.«*

Am anderen Ende des Kolosses zog Temkin Gant von der Wasserlinie hoch, bis er wieder auf dem überwiegend flachen Rücken der hinteren Schiffshülle stand. Sobald beide sicher auf den Füßen standen, ließ Gant seinen Kommunikator aufschnappen und seine Stimme ertönte aus Burnhams Kommunikator. *»Verstanden, Sir. Machen uns auf den Rückweg.«*

Burnham erreichte die Mitte des Kolosses weit vor Gant und Temkin. Dort traf sie auf Rogers, die weiterhin Abstand zu Saru hielt. Dieser schien jeder noch so kleinen Umweltveränderung nervöse Aufmerksamkeit zu schenken. Unter normalen Umständen hätte sie Sarus Erregung der angeborenen Gabe seiner Spezies zugeschrieben, auch in den unschuldigsten Situationen Bedrohungen sehen zu können, doch etwas an seiner Unruhe wirkte dieses Mal anders.

Seine Angst war Burnhams Meinung nach nicht unbegründet. Schließlich hatte der Koloss eine komplette Bohrinsel vernichtet und dabei neunhundert Leben ausgelöscht. Doch als sie näher kam, bemerkte sie, dass Saru nicht nur vorsichtig war, er schien Angst zu haben.

Sie schlängelte sich zu ihm hin, schreckte aber davor zurück, ihn zu berühren. *Er ist ohnehin schon angespannt. Es ist vielleicht das Beste, ihn nicht noch zusätzlich zu erschrecken.* Mit tiefer Stimme sagte sie leise: »Saru? Alles in Ordnung?«

Der Kelpianer wandte sich ihr zu. Geweitete Pupillen betonten seine Furcht. »Verzeihung. Wie bitte?« Nach einer kurzen Pause sammelte er seine Gedanken. »Ja, Sir. Ich glaube schon.«

»Sie *glauben?*« Burnham prüfte, dass Rogers die beiden nicht belauschen konnte. Dann stellte sie sicher, dass Temkin und Gant noch weit genug entfernt waren, um das, was zwischen ihr und Saru besprochen wurde, nicht hören oder erahnen zu können. »Lieutenant, was spüren Sie? Gibt es etwas an diesem Schiff oder diesem Ort, das Ihnen Anlass zur Besorgnis gibt?«

Saru musterte sie misstrauisch, als dächte er, sie würde ihn in eine Falle locken. Burnham tadelte sich selbst: *Er glaubt, dass das eine List ist und dass ich versuche, ihn zu blamieren.*

Sie schob sich noch etwas näher zu ihm und achtete sorgfältig darauf, dass ihre Stimme tief und gleichmäßig blieb. »Saru, ich brauche Ihre Einschätzung. Ich bitte Sie von Erstem Offizier zu zweitem Offizier, mir zu sagen, was Sie wahrnehmen.«

Er atmete tief durch seine langen Nasenlöcher ein. Dann schloss er die Augen. Machte er etwas durch die Gerüche in der Luft ausfindig? Oder brauchte er Sauerstoff, um einen klaren Gedanken zu fassen? Burnham war nicht sicher und es war ihr eigentlich auch egal, solange Saru sich konzentrierte und ihr etwas Brauchbares gab.

»Vibrationen«, sagte er. »Infraschall. In regelmäßigen Abständen. Etwas Großes kommt.«

Burnham versuchte, das, was Saru beschrieb, ebenfalls wahrzunehmen, doch ihr fehlte die Begabung seiner Spezies,

Niederfrequenzimpulse zu spüren. Es war das erste Mal, dass sie den kelpianischen Offizier um eine Fähigkeit beneidete, obwohl sie sich schon oft das überragende Hochfrequenzgehör der Vulkanier gewünscht hatte. »Wenn Sie sagen ›etwas Großes kommt‹, Saru, meinen Sie dann aus dem Schiff heraus?«

Er nickte. »Die Intervalle werden kürzer. Genau wie die Intensität. Es ist ganz nah.«

»Können Sie mir genauer beschreiben, was ...«

Ein unheimliches Dröhnen erfüllte die Luft und ein merkwürdig an- und abschwellendes Heulen pflanzte sich durch die Hülle des Kolosses fort. Das ganze Schiff vibrierte unter Burnhams Füßen und sie und Saru stießen gegeneinander, als das riesige Schiff einen Satz vorwärts machte. In einigen Metern Entfernung taumelten Rogers, Temkin und Gant auseinander. Dann griffen alle drei nach Haltegriffen an der Schiffshülle.

Die Wellen zu einer Seite des Kolosses schäumten. Dann explodierten sie und eine Wand aus Gischt und heißem Dampf entstand, als der unheimliche Ton aus dem Inneren des Schiffs sich schlagartig nach draußen entlud. Drei lange, pfeilartige Gebilde schossen durch den plötzlich entstandenen Nebel, der den Landetrupp umfing, gen Himmel. Burnham wollte sehen, wo sie hergekommen waren, und kroch schnell über die Oberfläche des Kolosses hinweg. Sie sah gerade noch, wie drei Öffnungen in der Hülle, die vorher nicht dort gewesen waren, sich wieder zusammenzogen und verschlossen. Sie hinterließen keine Fugen oder Beweise für ihre Existenz.

Sie wandte sich an Gant. »Was war das?«

Dieser studierte bereits die Daten seines Trikorders. »Drei weitere Drohnen, Sir.« Er senkte das Gerät und warf einen furchtsamen Blick in Burnhams Richtung. »Und sie sind unterwegs zur *Shenzhou.*«

Burnham sah nach oben. Die Drohnen waren auf ihrem Weg in die Umlaufbahn bereits in den Wolken verschwunden. Sie zog ihren Kommunikator hervor, ließ ihn aufschnappen und stellte eine Verbindung zum Schiff her.

»Burnham an *Shenzhou*, oberste Priorität!«

Captain Georgiou antwortete: *»Sprechen Sie, Nummer Eins.«*

»Fahren Sie die Schilde hoch, Captain! Sie bekommen Gesellschaft.«

7

»Roter Alarm!«, ordnete Georgiou an und nahm auf ihrem Kommandosessel auf der Brücke Platz. »Schilde hochfahren, Waffen bereit machen. Sie benutzte das Bedienfeld auf der Armlehne ihres Sessels, um einen allgemeinen Kanal innerhalb der *Shenzhou* zu öffnen. »An alle Decks. Hier spricht der Captain. Alle Mann auf Kampfstation. Dies ist keine Übung. Löschtrupps und Reparaturteams, bereithalten.« Sie schaltete den Kanal ab und wandte ihre Aufmerksamkeit den drei Drohnen zu, die vom taktischen System des Schiffs verfolgt und als leuchtende Punkte holografisch über das vordere Aussichtsfenster gelegt wurden. »Taktische Station, Bericht!«

Ensign Troy Januzzi hatte Gants Posten an der taktischen Station übernommen. Ein Schweißfilm glänzte auf dem rasierten braunen Schädel des jungen Offiziers. »Drei feindliche Kontakte im Anflug, Captain. Sie fliegen mit einem Viertel Impulsgeschwindigkeit und beschleunigen.« Er schaltete einen trillernden Alarm seiner Konsole stumm. »Ihr

Kurs ist unterschiedlich. Eine ist weiterhin auf Abfangkurs, die anderen beiden versuchen, uns in die Flanken zu fallen.«

»Flugkontrolle, Ausweichmanöver. Verlassen Sie die Umlaufbahn, damit wir etwas Luft zum Atmen bekommen.«

»Aye, Sir«, bestätigte Ensign Detmer. Die junge Deutsche steuerte die *Shenzhou* von Sirsa III weg. »Beschleunige auf halbe Impulsgeschwindigkeit, wechsele zu Ausweichmanöver.«

Oliveira wandte sich von der Ops-Konsole ab und sah Georgiou an. »Captain, wenn wir den Orbit verlassen, lassen wir den Landetrupp auf dem Koloss zurück.«

»Das weiß ich, Lieutenant. Aber für den Moment müssen wir uns mit der Bedrohung auseinandersetzen, die sich direkt vor uns befindet.« Georgiou überprüfte die taktischen Daten, die auf das Fenster an Steuerbord projiziert wurden, und behielt die Tatsache für sich, dass sie den Landetrupp schon in dem Moment im Stich gelassen hatte, als sie befahl, die Schilde hochzufahren. Wenn die Schilde oben waren, gab es keine Möglichkeit, Burnham und die anderen zurück an Bord zu transportieren.

»Drohnen erhöhen weiterhin Geschwindigkeit«, meldete Januzzi. »Die flankierenden Einheiten passen ihren Kurs an und beginnen, uns in die Zange zu nehmen.«

»Noch nicht feuern, Mister Januzzi«, sagte Georgiou. »Detmer, volle Impulskraft voraus.«

»Volle Impulskraft, aye.« Detmer schaltete die Impulskraft der *Shenzhou* auf das vorgegebene Maximum hoch. Die Lautstärke des Dröhnens steigerte sich gleichmäßig, als das Schiff davonraste. Draußen vor dem vorderen Fenster wirbelte der Kosmos mit schwindelerregender Geschwindigkeit und Zufälligkeit vorbei. Das war ein Ergebnis der wilden Schrauben und bizarren Saltos über die X-Achse, die Detmer mit dem großen Raumschiff vollführte.

Georgiou beschloss, einer Ahnung nachzugehen. »Fan, fangen Sie Signalverkehr zwischen den Drohnen und dem Koloss auf? Irgendein Hinweis, dass sie ferngesteuert werden?«

Ensign Fan überprüfte die Anzeigen auf der Kommunikationskonsole. »Nichts, Captain.«

»Was ist mit Signalen zwischen den Drohnen selbst?«

Erneut befragte Fan ihr Abhörprogramm. »Negativ, Sir.«

»So viel zum Thema, sie ohne Kampf loszuwerden«, sagte Georgiou. »Waffenkontrolle, erfassen und feuern.«

Januzzi tippte den Befehl ein. Zielkreuze tauchten auf dem Bildschirm auf und legten sich über die Symbole, die die Drohnen darstellten. »Phaser haben Ziele erfasst. Fünf Sekunden bis zur optimalen Schussentfernung.«

»Feuern Sie, wenn Sie so weit sind, Ensign.« Georgiou atmete tief durch und wartete darauf, dass die Drohnen vom computergesteuerten Feuerleitsystem in tausend Stücke und freie Radikale zerschossen wurden. In Gedanken zählte sie ihre letzten Sekunden herunter: Drei ... zwei ... eins ...

»Wir haben die Zielerfassung verloren«, sagte Januzzi. Seine Bemühungen an der taktischen Konsole wurden hektisch. »Erfasse erneut.« Innerhalb weniger Sekunden wurde deutlich, dass er zu viel versprochen hatte. »Sir, sie strahlen eine Art Störfeld aus, das unsere Zielerfassungsscanner blockiert. Soll ich auf manuelle Erfassung umschalten?«

Explosionen erschütterten die *Shenzhou* von beiden Seiten, als die Drohnen sie unter Beschuss nahmen. Georgiou biss die Zähne zusammen und lauschte dem Klappern der Schiffshülle. »Tun Sie, was immer Sie tun müssen, Ensign, aber zerstören Sie diese Drohnen.«

»Aye, Sir.«

Zwei weitere Salven hämmerten auf die *Shenzhou* ein, dann schossen zwei der Drohnen wie feurige Streifen auf dem Vorhang der Nacht über den Hauptschirm. Ein drittes

Sperrfeuer folgte, dämpfte die Lichter und brachte die Konsolen auf der gesamten Brücke zum Stottern.

»Schadensbericht!«, forderte Georgiou.

»Energierelais auf Deck drei überladen«, sagte Oliveira, die neue Informationen auf ihrer Ops-Konsole abrief. »Einige Leichtverletzte auf den Maschinendecks.«

Ensign Britch Weeton meldete sich von der Maschinenkontrolle: »Captain? Energie ist um zehn Prozent gesunken, Schilde um vierzig Prozent. Ich leite Notfallumleitungen ein.«

Georgiou dämmerte allmählich, dass dieses neue Drohnentrio nicht so einfach zu zerstören sein würde wie ihr einsamer Vorgänger vor etwa einer Stunde. »Mister Januzzi …?«

»Fast«, war alles, was er mühsam zwischen zusammengebissenen Zähnen hervorpressen konnte. Dann tippte er dreimal schnell nacheinander auf ein Feuerfeld auf seiner Konsole und entfesselte einen wütenden Sturm aus Phaserstößen.

Georgiou sah zum Hauptfenster und beobachtete, wie der erste Schwall eine Drohne zu einer Wendung zwang. Der zweite schnitt dem fremden Angreifer den Weg ab und er musste erneut den Kurs ändern. Der letzte ging mitten in den Kern der Drohne und blies sie in tausend Stücke. Georgiou zog eine Grimasse. »Auf die Weise werden wir nie eine intakt einfangen.«

»Tut mir leid, Sir«, erwiderte Januzzi und war aufrichtig zerknirscht.

»Das muss es nicht«, sagte Georgiou. »Wiederholen Sie das, solange es nötig ist. Es gibt immer noch zwei Drohnen da …« Das Schiff machte einen Satz, als wäre es von einer Faust getroffen worden, was Georgious Antwort unterbrach. »Da draußen. Schalten Sie sie aus, egal wie, Ensign.«

»Aye, Sir«, bestätigte Januzzi. Er gab ein neues Angriffsmuster ein und setzte seine Jagd fort.

Sterne wirbelten vor dem Hauptfenster, als Detmer die *Shenzhou* in wilde Spiralen steuerte, die von plötzlichen Seitwärtsrollen und rapidem Absacken unterbrochen wurden. Alle belastenden Manöver, die die kühne junge Offizierin an der Flugkontrolle dem Schiff zumutete, lösten in dessen Kiel und Rahmen ein Stöhnen aus, wie bei einem alten Haus, das von einem Sturm geschüttelt wurde.

Die beiden verbliebenen Drohnen tauchten in der Mitte des vorderen Bildschirms auf. Die Waffen auf ihren Nasen luden sich auf, bis sie gleißend weiß leuchteten. Dann fegte ein majestätischer Vorhang aus Phaserfeuer über die Drohnen hinweg und reduzierte sie zu glühenden Trümmern, die sich über tausend Vektoren verteilten. Georgiou stieß einen tiefen, erleichterten Seufzer aus. »Guter Schuss, Mister Januzzi.«

»Danke, Captain.«

»Roter Alarm beendet«, sagte Georgiou und schaltete den Alarmstatus über ihre Armlehne aus. »Flugkontrolle, bringen Sie uns zurück in die Umlaufbahn, geosynchrone Position oberhalb des Kolosses. Taktische Station, senken Sie die Schilde, Waffen in Bereitschaft.« Sobald ihre Befehle bestätigt worden waren, stand sie auf und stellte sich hinter Oliveira an die Ops. »Habe ich mir das eingebildet oder waren diese Drohnen zäher als die, die wir über der Hauptstadt abgeschossen haben?«

»Die waren auf jeden Fall widerstandsfähiger.« Oliveira rief eine Anzeige der Kampfstatistiken der Drohnen auf, die der Computer während des Kampfes, den sie gerade überstanden hatten, gesammelt hatte. »Durchschnittliche Geschwindigkeit, Manövrierfähigkeit, Schildenergie, Rumpfstärke – alles deutlich höher als beim letzten Mal.«

»Analyse?«

»Entweder führt der Koloss verschiedene Klassen Angriffsdrohnen für verschiedene Gegner mit«, erklärte

Oliveira, »oder er passt sie an die Gegebenheiten an, je nach vermeintlicher Herausforderung oder dem Versagen vorheriger Drohnen. Angenommen, dass er noch nicht mit uns fertig ist …«

»Und genau darauf würde ich wetten«, unterbrach Georgiou.

»… dann sollten wir davon ausgehen, dass die nächste Welle Drohnen schneller, zahlreicher, besser bewaffnet, taktisch geschickter und mit besseren Schilden ausgestattet sein wird«, beendete Oliveira ihren Satz.

Bestürzt über die Aussichten dieses Berichts fragte Georgiou: »Wie lange könnte der Koloss uns neue und verbesserte Drohnen entgegenwerfen?«

»Schwer zu sagen. Je nach seinen Ressourcen könnte er schon am Ende sein – oder er kann uns bis zum Jüngsten Tag hetzen. Aber ich würde meinen Ruf verwetten, dass die Drohnen, je länger diese Situation anhält, immer mächtiger werden. Und früher oder später …«

»… werden sie uns überlegen sein«, sprach Georgiou die düstere und unausweichliche Schlussfolgerung aus. Sie wappnete sich gegen das, was voraussichtlich ein langer und gefährlicher Kampf mit äußerst unvorteilhaften Chancen werden würde. »In dem Fall, Lieutenant, schlage ich vor, dass Sie die Informationen an Mister Johar hinunterschicken, denn ich habe das Gefühl, dass wir ein Wunder brauchen, bis das hier überstanden ist – und die kann unser Chefingenieur am besten.«

8

Georgious Erfahrung nach war es keine gute Idee, wenn ein Captain auf der Brücke abgelenkt wirkte. Der verantwortliche Offizier musste stets auf dem Laufenden sein, was den Informationsfluss und die Stimmung der Besatzung anging. Es konnte negative Auswirkungen auf die Moral junger Offiziere haben, wenn sie merkten, dass sie ihren Captain unvermittelt überraschten, ganz gleich wie begründet eine solche Reaktion auch sein mochte. Das führte dazu, dass Captains der Sternenflotte nur ungern auf dem Kommandosessel mehrere Dinge gleichzeitig erledigten – und sei es nur, damit sie nichts verpassten.

Aus dem Grunde hatte die Sternenflotte den »Bereitschaftsraum« eingeführt. Obwohl noch nicht alle Schiffe in das Konzept eingebunden waren, erwies dieser sich als immer beliebter bei den aktiven kommandierenden Offizieren. Georgiou gehörte auch dazu.

Nachdem sie mit Schadensberichten und Reparatureinschätzungen eingedeckt worden war, hatte sie die Brücke der

Shenzhou in Lieutenant Oliveiras Hände gegeben und sich in ihren Bereitschaftsraum zurückgezogen. Das halbrunde Zimmer lag direkt hinter der Hauptbrücke. Im Verlauf der letzten Stunde hatte jeder Abteilungsleiter seine Berichte mindestens zweimal auf den neuesten Stand gebracht. Jedes Mal, wenn Georgiou glaubte, sie hätte das Ende des virtuellen Papierkrams erreicht, traf noch mehr ein. Gerade zeichnete sie die neuesten Zahlen des Maschinenraums ab und war sicher, dass sie sich eine Atempause verdient hatte – aber dann sah sie, dass sie Doktor Nambues aktualisierte Verlustliste erhalten hatte.

Engel und Boten Gottes steht uns bei …

Ihr Türsignal summte. Sie hoffte auf eine Abwechslung von der Eintönigkeit und sagte: »Herein.«

Die Tür glitt auf und Burnham kam herein, gefolgt von Saru. Sie nahmen vor Georgious Schreibtisch Aufstellung. Sie erwartete, dass Burnham einfach anfangen würde zu reden, aber stattdessen standen ihre beiden Führungsoffiziere vor ihr und warteten offensichtlich auf die Aufforderung des Captains, das Wort zu ergreifen.

»Willkommen zurück, Sie beide. Was haben Sie mir mitgebracht?«

Die beiden sahen sich verwirrt an. Burnham fragte: »Mitgebracht, Sir?«

»Nur ein kleiner Scherz, Nummer Eins.« Sie ließ das Unbehagen einen Moment so stehen, dann forderte sie Burnham auf: »Bericht. Was haben Sie über den Koloss in Erfahrung gebracht?«

»Wir konnten sein Alter anhand der Sedimentproben, die sich an seiner Hülle abgelagert hatten, ermitteln«, sagte Burnham. »Seine äußere Bauweise deutet darauf hin, dass seine Erschaffer eine starke Vorliebe für bilaterale Symmetrie hatten. Und seine Hülle scheint aus einer Art ›intelligentem

Metall‹ zu bestehen, das zwischen festem und flüssigem Zustand wechseln kann, um Öffnungen zu schaffen und anschließend wieder spur- und nahtlos zu verschließen.«

Georgiou nickte. »Ich verstehe.« Sie sah Saru an. »Haben Sie noch etwas hinzuzufügen?«

»Infraschallvibrationsmuster, die im Inneren des Schiffs erzeugt werden, standen anscheinend im Zusammenhang mit dem Abschuss neuer Angriffsdrohnen. Bevor wir hinaufbeamten, entdeckte ich einen neuen Vibrationszyklus – dieses Mal länger und komplizierter als die vorhergehenden. Meine Analyse deutet darauf hin, dass das Schiff zum Abschuss weiterer Drohnen in ungefähr drei bis fünf Stunden bereit sein dürfte.«

»Dann sollten wir uns lieber beeilen, um eine Lösung für diese Krise zu finden.« Georgiou richtete ihren Blick wieder auf Burnham. »Nummer Eins, wie sieht Ihre taktische Empfehlung aus?«

»Ich bin nicht sicher, ob ich genug Informationen besitze, um eine solche auszusprechen, Captain.«

Das war nicht die Antwort, die Georgiou erwartet hatte. Es war untypisch für Burnham, keinen Schlachtplan zu haben, nicht einmal einen einfachen. »Nun, wir müssen etwas tun.«

»Vielleicht ... wenn wir ins Innere des Kolosses gelangen könnten«, erwiderte Burnham, »könnte ich eventuell einen Überblick über seinen Zweck und seine Funktionen gewinnen. Dann könnte ich mir ein taktisches Vorgehen überlegen.«

Saru begegnete dem Vorschlag des Ersten Offiziers mit Entsetzen und Bestürzung. »Ins Innere? Haben Sie den Verstand verloren? Das ganze Schiff strahlt Tod aus und Sie wollen seine Eingeweide ausloten? Abgesehen von dem Wahnsinn, der hinter diesem Vorschlag steckt, wie wollen

Sie Zugang erhalten? Wir haben die gesamte Hülle vermessen, und zwar oberhalb und unterhalb der Wasserlinie. Dabei haben wir nichts gefunden, das wie ein Eingang aussieht.«

»Ich habe da so eine Ahnung«, sagte Burnham. »Eine, die ich gerne ausprobieren würde.«

Das klang schon eher wie die abenteuerlustige junge Offizierin, die Georgiou im Laufe der letzten sechs Jahre kennengelernt hatte. Es klang außerdem unklug. »Nummer Eins, sind Sie sicher, dass das ungefährlich wäre?«

»Ganz und gar nicht, Captain. Allerdings glaube ich, dass es vielleicht die wirkungsvollste Vorgehensweise ist.«

»Ich brauche mehr, als nur eine ›Ahnung‹ von Ihnen, wenn ich ...«

Oliveiras Stimme unterbrach sie über das Interkom. *»Captain, wir brauchen Sie auf der Brücke.«*

»Bin unterwegs.« Georgiou stand auf und ging zur Tür des Bereitschaftsraums. Burnham und Saru folgten ihr auf dem Fuße. Sobald sie die Brücke betreten hatten, trennten sich ihre Wege: Saru und Burnham gingen zu ihren Dienststationen und Georgiou ging zu ihrem Kommandosessel. Oliveira machte den Sessel frei und hielt ihn fest, während der Captain seinen Platz einnahm. »Bericht!«, forderte Georgiou.

»Die Sensoren haben einen gewaltigen Energieanstieg in dem Koloss festgestellt.« Oliveira nickte dem Offizier an der Ops zu, der die neuen Sensordaten auf den Hauptschirm an der Steuerbordseite übertrug. »Die Wellenform der Energie deutet darauf hin, dass die Energiequelle ein Materie-Antimaterie-Reaktor ist, oder vielleicht etwas noch Fortschrittlicheres, wie zum Beispiel eine künstliche Singularität. Die Energieleistung steigt an, was bedeutet, dass der Koloss sich auf etwas Großes vorbereitet.«

Burnham fragte: »So groß wie zum Beispiel ein direkter Angriff auf die *Shenzhou*?«

»Nein, Sir. Eher so groß wie ›einen ganzen Planeten dem Erdboden gleichmachen‹.«

»Danke, Lieutenant«, sagte Georgiou. »Gehen Sie wieder auf Ihren Posten.« Oliveira kehrte an ihre Station im Vordergrund der Brücke zurück und Georgiou sah Burnham an. »Wenn der Koloss sich bereit macht, um etwas Apokalyptisches zu tun, dann müssen wir dem vorgreifen. Vorschläge?«

»Ich glaube, es wäre zu früh, um eine diplomatische Lösung auszuschließen, Captain.«

Georgiou war sicher, dass sie sich verhört hatte. *»Eine diplomatische Lösung?«*

»Ich teile Ihre Skepsis, Captain«, sagte Saru. »Ich habe keinen Zweifel, dass der Koloss eine unmittelbare Gefahr für die Siedler und andere Lebensformen auf Sirsa III darstellt.«

Burnham nahm Sarus Kritik mit würdevoller Gelassenheit auf. »Das können wir unmöglich wissen. Dafür sind die Informationen, die wir besitzen, zu begrenzt und beeinflusst. Es ist möglich, dass die Intelligenz oder das Programm, das die Handlungen des Kolosses steuert, die Siedler und jetzt uns als Aggressoren wahrnimmt. Wenn das der Fall ist, liegt es an uns, eine friedliche Lösung zu suchen.«

Burnhams Argument entbehrte nicht einer gewissen Logik. Georgiou hätte auch nichts anderes erwartet. Doch sie fragte sich, ob hinter Burnhams neuer, zaghafter Haltung noch etwas anderes steckte. »Nummer Eins, ich weiß Ihr Engagement zu ...«

»Captain!«, unterbrach Ensign Fan. »Prioritätssignal vom Raumschiff *Enterprise*!«

Was ist denn jetzt los? Georgiou nickte Fan zu. »Auf den Schirm.«

Vorne auf der Brücke, vor dem vorderen Aussichtsfenster mit Blick auf Sirsa III, erschien ein lebensgroßes Hologramm des kommandierenden Offiziers der *Enterprise*. Das jugendliche, kantige Gesicht des Mannes war finster und ernst. *»Captain Georgiou, ich bin Captain Christopher Pike.«*

»Was verschafft mir das Vergnügen, Captain?«

»Wir gesellen uns bei Sirsa III zu Ihnen und bringen neue Befehle vom Sternenflottenkommando mit.«

Georgiou brauste auf, denn das hier roch geradezu nach schlechten Nachrichten. »Und warum erhalte ich die Befehle durch *Sie*, Captain? Wieso nicht direkt von der Sternenflotte?«

»Sie müssten sich schon an Admiral Anderson wenden, wenn Sie darauf eine Antwort möchten.«

Gant sah von der taktischen Konsole hoch. »Sir, die *Enterprise* verlässt den Warp und schwenkt dreißig Grad hinter uns in den Standardorbit ein.«

Sie warf Gant einen anklagenden Blick zu. »Und ich erfahre von dem Anflug erst *jetzt*?«

Verschämt warf Gant einen Blick auf ihr Bedienfeld, dann auf den jungen taktischen Offizier Narwani und schließlich wieder auf den Captain. »Unsere gesamte Aufmerksamkeit war auf den Koloss gerichtet, Captain.«

»Taktisches Bewusstsein heißt, dass man dem gesamten Einsatzgebiet seine Aufmerksamkeit schenkt, Mister Gant. Versuchen Sie, das in Zukunft zu beherzigen.«

»Aye, Captain.«

Sie wusste, dass es etwas unfair war, Gant die gesamte Verantwortung anzulasten. Die Überwachung des erweiterten Einsatzgebiets war genau genommen Narwanis Pflicht. Der Kopf des jungen taktischen Offiziers war von einem glänzenden metallischen VR-Helm umschlossen, der für diese Aufgabe konzipiert war. Doch es war Gants Aufgabe, sie zu überwachen, und in dieser Rolle hatte er versagt.

Georgiou setzte ihre Unterhaltung mit Pike fort. »Sie hätten Ihre Botschaft über Subraum übermitteln können,

Captain. Also warum befindet sich Ihr Schiff hinter mir im Orbit?«

Ihre Frage löste bei Pike sichtliches Unbehagen aus. *»Um die Worte des Admirals kurz wiederzugeben, mein Schiff ist hier, um sicherzustellen, dass Sie seinen Befehlen Folge leisten – sollten Sie sich weigern oder versagen, werde ich sie ausführen.«*

»Nun sagen Sie schon, *wie lauten* Admiral Andersons Befehle?«

Pike schluckte, bevor er antwortete. *»Den Koloss mit Phasern und Photonentorpedos zu bombardieren und unseren Angriff so lange weiterzuführen, bis von dem Schiff nichts mehr übrig ist.«*

Sie war entsetzt und versuchte nicht, das zu verbergen. »Photonentorpedos auf der Oberfläche eines bewohnten Planeten detonieren lassen? Captain, haben Sie und der Admiral irgendeine Vorstellung davon, wie viel Kollateralschaden das verursachen wird? Selbst ein begrenztes Sperrfeuer könnte die Atmosphäre des Planeten wegreißen.«

Pikes Kiefermuskeln spannten sich an, als er über die Antwort nachdachte.

»Der Admiral hat sich sehr deutlich ausgedrückt, Captain.«

»Aber die Kolonie ...!«

»... ist als entbehrlich zu betrachten«, sagte Pike. *»Auf Befehl des Sternenflottenkommandos.«*

Das Wort »entbehrlich« im Zusammenhang mit intelligentem Leben auszusprechen, ließ Pike speiübel werden. Er war sich immer der Tatsache bewusst gewesen, dass er im Rahmen seines Diensteids gelegentlich als Soldat herangezogen werden konnte. Doch im Herzen war er ein Forscher, ein Wissenschaftler, ein Träumer ... kein kaltblütiger Mörder.

Er leitete von dem Entsetzen auf Georgious Gesicht ab, dass sie genauso fühlte. *»Was meinen Sie mit ›entbehrlich‹, Captain? Wir sind hierhergekommen, um diesen Menschen zu helfen, nicht sie einzuäschern.«*

Pike drehte sich mit seinem Sessel so weit herum, dass er seinen Ersten Offizier, Commander Una, am Rande seines Sichtfelds wahrnehmen konnte. »Nummer Eins, schicken Sie die Sensoranalyse der Sternenflotte an die *Shenzhou.*«

»Aye, Sir«, bestätigte Una und delegierte den Befehl dann mit einem Nicken an Wissenschaftsoffizier Spock und Kommunikationsoffizier Garison.

»Sehen Sie sich an, was die Sternenflotte in Ihren Scans gefunden hat«, sagte Pike zu Georgiou. »Beweise, dass das Schiff, das Sie und die Einheimischen den Koloss nennen, einen gewaltigen Sternenantrieb hat. Das Biest ist zu Warpgeschwindigkeit fähig und wenn es nur die Hälfte der Energie aufbringt, die die Sternenflotte ihm zutraut, dann stellt es eine Bedrohung nicht nur für die Kolonie auf Sirsa III dar, sondern auch für alle bewohnten Planeten in den benachbarten Systemen.«

»Also verdammen wir Hunderttausende unschuldige Leben aufgrund einer hypothetischen Gefahr? Das scheint mir voreilig und reaktionär zu sein.«

»Sagen Sie das den achthunderttausend Siedlern auf Libros II. Oder den vier Millionen, die sich auf Corratus Prime häuslich niedergelassen haben. Oder den Regulanern – ihre Heimatwelt ist nur sieben Lichtjahre von hier entfernt und hat eine Bevölkerung von mehr als einer Milliarde.«

Georgious Miene wurde finster und trotzig. *»Wir spielen hier kein abstraktes Zahlenspiel.«*

»Manchmal schon«, widersprach Pike. »Mir gefällt das genauso wenig wie Ihnen, aber das hier ist die kalte, harte Realität und wir müssen damit leben.« Er drehte sich erneut auf seinem Kommandosessel herum und sagte zu Garison: »Schicken Sie der *Shenzhou* die beglaubigten Befehle von Admiral Anderson.« Er wandte sich wieder an Georgiou und legte eine entschuldigende Miene auf. »Ich möchte nicht kaltherzig erscheinen, Captain, aber wir haben einige besorgniserregende Energiemessungen von dem Koloss erhalten. Wenn wir nicht sofort handeln, lassen wir uns vielleicht die beste Chance entgehen, dieses Ding aufzuhalten, bevor es loslegt.«

»Moment«, entgegnete Georgiou und drehte sich um, damit sie sich mit einem ihrer Offiziere beraten konnte. Als sie Pike erneut ansah, schien sie etwas hoffnungsvoller. *»Was, wenn es einen Weg gäbe, die Mission abzuschließen, ohne die Siedler oder das Ökosystem von Sirsa III in Gefahr zu bringen?«*

Fasziniert beugte Pike sich vor. »Ich höre.«

»Wir verwenden Traktorstrahlen, um den Koloss von der Oberfläche herunterzuholen und vom Planeten wegzubringen. Dann vernichten wir ihn im Weltraum.«

Er versuchte, sich diese Taktik vorzustellen, und hatte große Zweifel. Er warf Una und Spock einen Seitenblick zu. »Haben wir genug Energie, um etwas so Großes von einer Schwerkraftquelle wegzuschleppen?«

»Alleine könnten die beiden Schiffe es nicht schaffen«, sagte Una. »Aber gemeinsam? Sollte es möglich sein.«

Spock hob eine Augenbraue und gab so zu verstehen, dass er von der Idee fasziniert war. »Wir müssen die Frequenz unserer Traktorstrahlen mit der der *Shenzhou* abgleichen, damit wir keine Gravitationsschere erzeugen, die den Halt beider Schiffe empfindlich stören würde. Außerdem gäbe es womöglich ein beträchtliches Risiko, dass die Impulsantriebe beider Schiffe überladen, es sei denn ...«

»Es sei denn, wir werfen die Energie unseres Warpantriebs in die Waagschale«, unterbrach Georgiou ihn, *»und gleichen die Belastung durch unsere Dilithium-Matritzen aus.«*

Ihr Vorschlag entlockte Spock ein zustimmendes Nicken. »Ein umsetzbarer Plan.«

Das genügte Pike. »Also schön, ich bin dabei. Wie bald können wir damit beginnen?«

»Wir werden einige Minuten brauchen, um die Kreuzverbindungen zwischen Warp- und Impulsantrieb herzustellen«, meldete Una und drehte sich zu ihrer Konsole um. »Ich leite die Befehle an den Maschinenraum weiter.«

»Ich werde die optimalen Winkel und Frequenzen für die Traktorstrahlen berechnen«, erklärte Spock.

Pike erfreute sich kurz an dem in ihm aufwallenden Stolz, als er seine Offiziere beobachtete, die sich voller Elan an die Arbeit machten. Er hoffte, dass Georgious Leute genauso zuverlässig waren wie seine. »Bereithalten, Captain«, sagte er zu ihr. »Wir senden die genauen Daten für den doppelten Traktorstrahl in ein paar Sekunden zu Ihnen hinüber.«

»Wir werden bereit sein. Meine Ingenieure haben bereits unseren Warp-Impuls-Übergang eingerichtet.«

Die schlimmsten Vorstellungen geisterten durch Pikes Gedanken. »Captain, wenn dieser Plan – aus welchen Gründen auch immer – nicht funktionieren sollte …«

»Darüber machen wir uns Gedanken, wenn es so weit ist«, antwortete Georgiou.

Spock sah von der Wissenschaftskonsole hoch. »Die technischen Daten sind fertig und an die *Shenzhou* übermittelt.«

»Gute Arbeit, Mister Spock. Nummer Eins, wie weit sind wir mit der Kreuzverbindung?«

Una zog diskret den Ingenieur zurate und sah dann Pike an. »Bereit.«

»Also gut. An alle. Machen Sie sich auf etwas gefasst. Das könnte ein wenig holprig werden.« Pike fügte an Spock gerichtet hinzu: »Leiten Sie die Notfallenergie um und richten Sie den Traktorstrahl auf das Ziel aus.«

Der halbvulkanische Wissenschaftsoffizier tippte die Befehle ein und berichtete dabei kontinuierlich: »Warpenergie eingebunden. Ausgleich der zusammengeführten Energieleistung. Koordinaten eingegeben.« Er sah Pike an. »Bereit, Sir.«

Pike fragte Georgiou: »Bereit, Captain?«

»Übergebe die Kontrolle unseres Traktorstrahls an Ihren Wissenschaftsoffizier ... jetzt. Viel Glück.«

»Danke gleichfalls, Captain. *Enterprise* Ende.« Der Hauptschirm schaltete wieder um und zeigte ein Bild der *Shenzhou* im Orbit vor der *Enterprise.* Pike sagte: »Mister Spock, schalten Sie den Traktorstrahl ein.«

Ein tiefes Brummen pflanzte sich durch die Hülle der *Enterprise* fort, als der Traktorstrahl aktiviert wurde. Er war mit mehr Energie geladen, als er jemals ausgestrahlt hatte. Es klang für Pike, als sei das Schiff eine Glocke, die man geschlagen hatte und von der jetzt nur noch die Erinnerung an die Vibration übrig war.

Auf dem Hauptschirm war ein blassblauer Strahl zu sehen, der von der Untertasse der *Shenzhou* ausging und neben dem Strahl der *Enterprise* hinunter in die Atmosphäre von Sirsa III verlief.

»Statusbericht«, sagte Pike. »Haben wir den Koloss im Griff?«

Spock passte die Einstellungen seiner Konsole an. »Beide Strahlen haben das Ziel erreicht.« Er zog seine Augenbraue scheinbar frustriert hoch. »Wir haben Schwierigkeiten, die Zielerfassung zu bestätigen.«

Pike warf Una einen Blick zu, die sich über den Sehschlitz einer Sensoranzeige beugte, um mehr Informationen zu erhalten. »Der Koloss bewegt sich kaum.«

Obwohl Pike mit Befehlen zu dieser Welt gekommen war, den Koloss an Ort und Stelle zu zerstören, wünschte er sich verzweifelt, dass Georgious Plan funktionierte. »Können wir die Energie erhöhen?«

»Energie ist bereits auf Maximum«, erklärte Spock. »Wenn wir sie weiter erhöhen, wird das die Hauptsysteme überladen.«

Garison mischte sich ein: »Sir? Captain Georgiou bittet uns, abzubrechen.«

Pike spürte, wie seine Schultern enttäuscht nach vorn sackten. »Traktorstrahl ausschalten«, sagte er zu Spock. Dann, an Garison gewandt: »Schalten Sie die *Shenzhou* auf den Schirm.«

Georgious schlankes, attraktives Gesicht füllte erneut den Hauptschirm aus. *»Captain, wir haben die Wechselwirkung zwischen unseren Traktorstrahlen und dem Koloss untersucht. Entweder liegt es an einem Bestandteil in der Hülle oder sie ist von einem Energiefeld umgeben, das dafür sorgt, dass sie unseren Traktorstrahlen widersteht.«*

»Was heißt ›widersteht‹? Werden sie zurückgeworfen?«

»Nicht ganz. Aber er ist wie ein glitschiger Fisch.«

»Ich verstehe«, sagte Pike. »Können wir das ausgleichen, indem wir die Frequenz der Strahlen anpassen? Oder noch ein wenig mehr Saft draufgeben?«

Georgiou schüttelte ihren Kopf. *»Mein Wissenschaftsoffizier hat den Koloss aus nächster Nähe studiert. Er sagt, seine Hülle ist sehr dicht und hat ableitende Fähigkeiten, die es schwer machen, sie zu durchbohren.«*

Das waren nicht die Nachrichten, die Pike hatte hören wollen. »Nun, wenn wir ihn nicht vom Planeten wegziehen können und ihn nicht mit Phasern aufschlitzen können, dann bleibt uns wohl keine andere Wahl, als uns wieder den Befehlen zuzuwenden, die wir bereits in der Hand halten.«

»Captain«, flehte Georgiou, *»wir haben immer noch Zeit, einen anderen Weg zu finden.«*

»Nein, Captain, ich fürchte, die haben wir nicht. Sie haben es selbst gesagt: Traktorstrahlen und Phaser sind beide vom Tisch. Das bedeutet, wir haben nur noch eine Karte, die wir ausspielen können.« Er ergab sich dem Unvermeidbaren. »Es wird Zeit, herauszufinden, was das Ding breit gestreuten Photonentorpedos entgegenzusetzen hat.«

Wie war nur alles so schnell so schiefgegangen? Burnham war angesichts der sich rapide verschlechternden Partnerschaft zwischen der *Shenzhou* und der *Enterprise* entgeistert. Eine Lösung war scheinbar greifbar gewesen – eine Antwort, die auf Logik und Zurückhaltung basierte –, doch beim ersten Zeichen eines Hindernisses ließ man jegliche Hoffnung fahren. Das hier war genau das, was sie in Hinsicht auf die Sternenflotte befürchtet hatte, als Sarek und Captain Georgiou versuchten, sie anzuwerben: Dass diese reaktionär, kurzsichtig und von dem reflexartigen Impuls geblendet war, nach Sicherheit zu streben und dafür Wissen zu opfern.

Dann hallte Sareks Ratschlag in ihrem Geist wider: *Wenn es das ist, was du findest, dann liegt es an dir, es zum Besseren zu ändern.* Sechs Jahre lang hatte sie sich dieser Idee verschrieben. In dieser Zeit hatte Captain Georgiou ihr nie einen Grund gegeben, sie in die Tat umzusetzen. Jetzt tat Captain Pike genau das.

Georgiou stand vor dem Kommandosessel und legte Pikes schimmerndem holografischem Abbild ihre Argumente vor. »Captain, ich dachte, ich hätte deutlich gemacht, dass ein Bombardement mit Torpedos auf der Oberfläche kein akzeptables Ergebnis ist.«

»Sie haben Ihre Meinung deutlich gemacht«, sagte Pike, *»aber Ihre persönlichen Vorlieben ändern die Befehle von Admiral Anderson nicht. Wir haben die Dinge auf Ihre Weise*

versucht und es hat nicht funktioniert. Jetzt müssen wir mit der besten Möglichkeit, die uns noch bleibt, weitermachen.«

Seine Unnachgiebigkeit stachelte Georgious Temperament an. »Ein Sperrfeuer aus Torpedos auf der Planetenoberfläche mag die einfachste Lösung sein, aber das heißt nicht, dass sie notwendigerweise auch die beste ist.« Sie riss sich zusammen und bemühte sich um einen weniger schneidenden Tonfall. »Bitte, wir haben Zeit, nach anderen Alternativen zu suchen. Tun Sie sich mit uns zusammen und vielleicht können wir immer noch eine Lösung finden, die nicht mit massenhaften Verlusten einhergeht.«

Pikes Widerstand wurde noch stärker. *»Das Problem bei Ihrer Bitte liegt in dem Wort ›vielleicht‹. Es steht zu viel auf dem Spiel, als dass ich wegen einer vagen Hoffnung Befehle missachte.«* Zu einem Offizier auf der Brücke der *Enterprise* sagte der Captain: *»Bringen Sie uns in Schussposition.«* Dann fügte er an Georgiou gewandt hinzu: *»Sie können entweder beim Abschluss dieser Mission helfen oder Sie können sich zurückziehen. Mir ist beides recht.«*

Ihr darauffolgendes Sperrfeuer aus Befehlen machte Pike fuchsteufelswild. *»Captain? Verdammt noch mal, was machen Sie da?«*

»Was ich tun muss«, entgegnete Georgiou. »Wenn Sie eine bewohnte und schutzlose Kolonie der Föderation bombardieren wollen, werden Sie erst an mir, meiner Besatzung und meinem Schiff vorbeimüssen, um das zu tun.« Sie nahm wieder in ihrem Kommandosessel Platz und blaffte Oliveira an: »Kommunikation abschalten!«

Pikes Hologramm flackerte und verschwand, bevor er protestieren konnte.

Burnham hatte gehofft, dass der Captain einen Weg finden würde, um genau dieses Szenario zu vermeiden. Jetzt steckten sie und der Rest der Mannschaft der *Shenzhou* mit drin – sie hatten eine Grenze überschritten und es gab keinen leichten Weg zurück. Der vordere Hauptschirm war einen Moment lang von dem spektakulären Anblick der Unterseite der *Enterprise* erfüllt, die groß und bedenklich nah über ihnen aufragte. Dann, als die *Shenzhou* unter ihrem Schwesterschiff hindurchglitt, verschwand die *Enterprise* aus dem Sichtbereich des unterbauten Brückenmoduls der *Shenzhou*, als sich die Untertassensektion davorschob.

Burnhams Gedanken rasten, während der Captain Kampfbefehle herunterratterte. *Es muss doch einen Weg geben, um das zu entschärfen, bevor es noch schlimmer wird.* Wenn erst einmal Schüsse gefallen waren, gab es so gut wie keine Hoffnung mehr auf eine friedliche Lösung. Burnham wusste, was immer sie tun würde, es musste *jetzt* sein. *Wenn wir nur einen echten Plan hätten, den man als Alternative vorschlagen könnte.* Sie dachte über alles nach, das sie von dem Koloss im Verlauf ihrer Mission auf der Planetenoberfläche gesehen hatte. *Es muss doch einen Weg geben, um hineinzugelangen. Um die Hülle dazu zu bringen, sich irgendwo zu öffnen. Wenn wir das tun könnten, würde Pike vielleicht mit sich reden lassen.* Sie unterbrach Georgious Kampfvorbereitungen: »Captain, ich habe einen Plan, wie man …«

»Jetzt nicht, Nummer Eins. Konzentrieren Sie sich darauf, die Schilde wieder auf volle Energie zu bekommen.«

»Sir, wenn ich recht habe, können wir Captain Pike vielleicht überreden …«

»Er will nicht mehr reden, Nummer Eins. Und ich genauso wenig. Jetzt fahren Sie die Schilde hoch!«

Verärgert über die ablehnende Haltung des Captains durchsuchte Burnham ihre Konsole nach Möglichkeiten. Sie schaltete durch die Befehlssysteme, die ihr zur Verfügung standen, und fand etwas, das einen Hoffnungsschimmer bot: Ein Unterkanal zur Bestätigung von Befehlen zwischen dem

Kontrollsystem für den Traktorstrahl der *Shenzhou* und der Wissenschaftskonsole auf der *Enterprise* war immer noch geöffnet.

Burnham arbeitete schweigend, um den Vorteil ihrer Entdeckung zu wahren. Sie isolierte den Unterkanal und brachte ihn unter ihre alleinige Kontrolle. Als Nächstes verbarg sie ihn vor den Kommunikations- und Sicherheitssystemen der *Shenzhou*, indem sie ihn direkt zum Hauptsubraumempfangsrelais des Schiffs umleitete. Jetzt konnte sie den Unterkanal als Privatschaltstelle dazu verwenden, eine elektronische Mitteilung direkt an den Wissenschaftsoffizier der *Enterprise* zu senden.

Es war ziemlich aussichtslos. Burnham hatte Lieutenant Spock gekannt, als beide noch Kinder waren, aber viele Jahre waren vergangen, seit sie sich im Vorübergehen gesehen oder gar miteinander gesprochen hatten. Sie wusste nicht, was er wirklich von ihr hielt oder ob er ihre Botschaft überhaupt annehmen würde. Wenn er ein Offizier war, der nach Lehrbuch handelte, würde er vielleicht ihre versuchte Kontaktaufnahme seinen Vorgesetzten melden. Dann würde eines von zwei Dingen passieren: Sie würden entweder einen Blick auf die Botschaft werfen oder sie würden befehlen, den Unterkanal zu schließen, ohne zu lesen, was sie zu sagen hatte. Und selbst, wenn er die Botschaft entgegennahm ... Würde er genug Vertrauen in sie setzen, um seine eigene Kommandokette herauszufordern und Pike ihre Botschaft zu überbringen?

Hoffen wir, dass er das »Logische« tut. Burnham verfasste so schnell sie konnte ihre Botschaft und legte nur kurze Pausen ein, um auf die Bitten des Captains einzugehen, den Output der Schildemitter zu erhöhen.

Als sie sich dem Ende ihrer Nachricht näherte, verkündete Gant von der taktischen Station her: »Die *Enterprise* lädt ihre Phaser und zielt auf unseren Antrieb.«

Von der Flugkontrolle her fragte Detmer: »Ausweichmanöver, Captain?«

»Moment noch.« Georgious Stimme war stahlhart. »Jetzt ist der Punkt gekommen, an dem wir Widerstand leisten.«

Es gab keine Zeit mehr für Burnham, an ihrer Botschaft zu feilen. Sie schickte diese als einzelne Bündelungsübertragung an die *Enterprise* – und hoffte stumm, dass sie nicht umsonst auf das Wohlwollen von Spock, Sohn von Sarek und Amanda, gesetzt hatte.

9

Ensign Lao Shins Worte klangen Pike in den Ohren wie eine Einladung zu einem Verhängnis: »Feuerbereit, Sir.«

Pike war zwischen Patriotismus und Stolz hin- und hergerissen. Das Erstere ließ ihn bei dem Gedanken stocken, das Feuer auf eine andere Mannschaft der Sternenflotte zu eröffnen – insbesondere eine, die sich einem Prinzip folgend zur Wehr setzte. Der zweite Punkt ließ ihn in seinem eigenen Zorn schmoren, denn er würde sich zum Narren machen, wenn man ihn dazu zwang, Farbe zu bekennen. Hatte er wirklich geblufft? Zu Beginn dieses Konflikts hatte er die volle Absicht gehabt, sein Versprechen zu halten und zu feuern. Wenn er bereit war, mehr als dreihunderttausend Zivilisten zu opfern, welchen Unterschied machten dann ein paar Hundert Leben mehr? Doch das galt nur so lange, wie die Leben, die auf dem Spiel standen, für ihn rein abstrakt waren, Leute, die er nie zuvor getroffen oder gesehen hatte. Jetzt sah er sich der Möglichkeit gegenüber, auf kürzeste Distanz Leben nehmen zu müssen, indem er ein Schiff aus den eigenen Reihen zerstörte. Pike wurde schlecht bei dem Gedanken, diesen Platz in der dunklen Ruhmeshalle der Geschichte einzunehmen – diejenige, die für Massenmörder reserviert war, die »nur Befehle ausgeführt« hatten.

Sein Schweigen erfüllte die Brücke mit greifbarem Unbehagen. So viele Blicke waren auf ihn gerichtet und warteten auf seine Befehle, das Massaker anzurichten, vor dem allen so offensichtlich graute. Das einzige Mitglied der Brückenbesatzung, das ihn nicht verurteilte, war Lieutenant Spock, dessen Aufmerksamkeit ausschließlich auf die abgeschirmte Sensoranzeige an seiner Station gerichtet zu sein schien. In der Hoffnung, noch einen Moment länger herauszuschlagen, bevor er Armageddon entfesselte, fragte Pike seinen Wissenschaftsoffizier: »Gibt es etwas, das ich wissen sollte, Mister Spock?«

Spock sah hoch und verharrte dann reglos. Sein Gesichtsausdruck und sein Schweigen ließen seine Verwirrung erahnen. Nach einigen Sekunden des Nachdenkens verließ Spock seinen Posten und ging zu Pikes Kommandosessel. Während er das tat, machte Commander Una sich auf den Weg, um ihn abzufangen. Gemeinsam trafen sie an Pikes Seite ein.

Una konfrontierte Spock. »Warum haben Sie Ihren Posten verlassen, Lieutenant?«

Obwohl Spock Unas Anwesenheit wahrnahm, sprach er Pike direkt mit gedämpfter Stimme an. »Captain, ich bitte um Verschiebung des Angriffs.«

Pike nahm eine strenge Haltung ein, obwohl er insgeheim hoffte, dass Spock ihm einen plausiblen Grund dafür liefern konnte, sich zurückzuziehen. »Mit welcher Begründung, Mister Spock?«

»Ich habe gerade eine verdeckte Kommunikation vom Ersten Offizier der *Shenzhou* erhalten.«

Das wurmte Una. »Verdeckt? Auf welche Weise, Mister Spock?«

»Der Unterkanal zur Befehlsbestätigung, der meine Station mit dem Traktorstrahlsystem der *Shenzhou* verbindet. Eine durchaus ausgeklügelte Behelfsmaßnahme, insbesondere, da sie kurzfristig improvisiert werden musste.«

»Sie beide können mir später ein Diagramm zeichnen«, sagte Pike. »Was stand in ihrer Botschaft?«

»Sie glaubt, einen Plan zu haben, um die Offensivfähigkeiten des Kolosses vor seinem nächsten Angriff auszuschalten.« Spock zögerte, als er Unas argwöhnischen Blick bemerkte, dann fuhr er fort: »Zu diesem Zwecke soll ich Sie von ihr um zwei Dinge bitten: eine dreistündige Gnadenfrist als Handlungsspielraum ... und meine Mitwirkung.«

Der letzte Punkt löste bei Pike dasselbe Misstrauen aus wie bei seinem Ersten Offizier. »*Ihre* Mitwirkung?«

»Ja, Sir. Sie war sehr präzise.«

Una und Pike wechselten besorgte Blicke und sie verstand das richtig als ihr Stichwort, die Befragung von Spock fortzusetzen. »Warum bittet sie um *Ihre* Hilfe?«

»Ich hatte nicht die Gelegenheit, danach zu fragen. Unsere Kommunikation war gewissermaßen ... einseitig.«

Spocks Verhalten war so ausweichend, dass Pike wusste, etwas stimmte hier nicht. Er konnte die Gelegenheit nicht beim Schopf ergreifen, bevor er nicht genau wusste, worauf er sich, seine Mannschaft und sein Schiff einließ. »Raus mit der Sprache, Mister Spock. In welchem Verhältnis stehen Sie zum XO der *Shenzhou*?«

»Ihr Name ist Michael Burnham«, sagte Spock. »Sie ist ... eine Freundin meiner Familie.«

Pike war verwirrt. »Wie gut kennen Sie sie?«

»Sie ist einige Jahre älter als ich, also haben wir uns nur selten in denselben sozialen oder akademischen Kreisen bewegt. Gäbe es nicht ihre Verbindung zu meinen Eltern, würde ich sie wohl so gut wie überhaupt nicht kennen.«

Weitere Fakten zu erfahren hatte die Sache für Pike nicht verdeutlicht. »Jetzt hören wir mal auf, in alten Erinnerungen zu schwelgen. Die große Frage ist: Können wir ihr vertrauen?«

»Die Alternative«, gab Spock zu bedenken, »würde bedeuten, die Leben von mehr als dreihundertsechzigtausend intelligenten Lebewesen zu opfern und das Ökosystem eines gesunden Planeten zu vernichten, die man sonst hätte retten können. Wenn es eine Chance gibt, dass Lieutenant Burnhams Plan möglicherweise funktioniert, denke ich, dass wir als Sternenflottenoffiziere die Pflicht haben, zu versuchen, ihn in die Tat umzusetzen, bevor wir zu drastischeren Maßnahmen greifen.«

»Da hat er recht«, sagte Una. »Wenn wir dieses Chaos in Ordnung bringen können, indem wir Spock für einige Stunden an den XO der *Shenzhou* ausleihen, dann klingt das für mich wie der Idealfall.«

Pike warf ihr einen schrägen Seitenblick zu. »Sie haben gut reden, Nummer Eins. Sie sind nicht diejenige, die Admiral Anderson Rede und Antwort stehen muss, wenn das hier schiefgeht.« Er fragte Spock: »Sind Sie dazu bereit, Lieutenant?«

»Ja, Sir.« Spock zögerte nicht mit seiner Antwort.

»Also schön. Schnappen Sie sich die Ausrüstung, die Sie brauchen, und gehen Sie zum Transporterraum. Sobald wir das alles mit Captain Georgiou besprochen und ihre Freigabe erhalten haben, werden wir Sie zur *Shenzhou* hinüberbeamen.«

»Verstanden, Captain.« Spock nickte Una einmal zu und machte sich dann auf den Weg zum Turbolift.

Sobald der Wissenschaftsoffizier verschwunden war, gab Pike Una ein Zeichen, sie solle sich zu ihm beugen, damit er vertraulich mit ihr sprechen konnte, ohne dass der Rest der Besatzung sie hörte. »Das ist wirklich der letzte Aufschub, den ich Georgiou und ihrer Mannschaft gewähren kann. Wenn diese Burnham den Koloss nicht in drei Stunden ausschalten kann, haben wir keine andere Wahl, als wie befohlen zu handeln. Haben Sie das verstanden, Nummer Eins?«

»Absolut, Captain. Aber ich traue Spock zu, das zu schaffen.«

»Ich hoffe, Sie haben recht«, sagte Pike. »Ihr Vertrauen in ihn ist der einzige Grund, warum ich dieses Risiko eingehe.« Er lehnte sich zurück und richtete sich auf dem Kommandosessel auf. »Garison, öffnen Sie einen Kanal zur *Shenzhou.*« Zu sich selbst murmelte er: »Zeit, zu Kreuze zu kriechen.«

Durch den Türlautsprecher des Bereitschaftsraums hörte Burnham, wie Captain Georgiou mit strenger Stimme sagte: *»Herein!«* Die Tür glitt auf und erlaubte Burnham, in das Allerheiligste des Captains einzutreten.

Da die *Shenzhou* und die *Enterprise* beide wieder auf ihren jeweiligen Standardorbit eingeschwenkt waren, gaben die Aussichtsfenster des Bereitschaftsraums einen großartigen frontalen Blick auf das Raumschiff der *Constitution*-Klasse frei, das sich jetzt einige Kilometer hinter der *Shenzhou* befand. Darunter erstreckte sich die blau-weiße Kugel von Sirsa III und darüber gähnte die endlose, mit Sternen gesprenkelte Dunkelheit.

Die Tür schloss sich wieder. Burnham drehte sich nach rechts zu Georgious Schreibtisch um. Dort saß der Captain mit gefalteten Händen. Ihre Haltung war ernst. Sie hob ihren Blick, um Burnham zu mustern, als diese näher kam. Sobald der kommissarische Erste Offizier vor ihrem Tisch stehen blieb, schottete der Captain ihre Zusammenkunft vor den unersättlich neugierigen Ohren der Brückenbesatzung ab, indem sie zwei einfache Worte sagte: »Computer. Privatsphäre.« Die durchsichtigen Aluminiumscheiben in den

Türen des Bereitschaftsraums schienen zu einem milchigen Weiß einzufrieren – Impulse, die Geräusche unterdrückten, wurden durch den Raum geschickt.

Kein gutes Zeichen, stellte Burnham fest.

Georgiou schüttelte den Kopf. »Ich weiß wirklich nicht, was ich jetzt zu Ihnen sagen soll. Einerseits sollte ich Ihnen vielleicht dafür danken, dass Sie uns eine Alternative zu einem brutalen Kräftemessen mit der *Enterprise* eröffnet haben. Andererseits bin ich wirklich versucht, Ihren Job an Saru zu übertragen und Sie für Insubordination vor ein Militärgericht zu stellen. Können Sie mir irgendwelche guten Gründe dafür nennen, warum ich das nicht tun sollte?«

»Wie Sie schon sagten, ich habe dabei geholfen, einen möglicherweise tödlichen Konflikt mit einem anderen Schiff der Sternenflotte und dessen Mannschaft zu vermeiden. Und wenn Sie die Sicherheitslogs der Brücke überprüfen, dann werden Sie, glaube ich, entdecken, dass ich versucht habe, Ihnen meinen Plan zuerst vorzustellen.«

Die Augen des Captains verengten sich. »Und Sie glauben, das entschuldigt, was Sie getan haben? Ist Ihnen in den Sinn gekommen, Nummer Eins, dass es unzählige Situationen geben könnte, in denen ein kommandierender Offizier nicht für Ihre Vorschläge empfänglich ist?«

Die Frage war eine rhetorische Falle und Burnham war dazu verpflichtet, hineinzustolpern. Sie verbarg ihre Verärgerung und antwortete: »Selbstverständlich.«

»Und glauben Sie, dass die Zurückweisung Ihres Vorschlags Sie dazu berechtigt, dennoch auf seiner Grundlage zu handeln? Denn ich habe Schwierigkeiten, mich daran zu erinnern, in welchem Teil der Sternenflottenvorschriften steht, dass Erste Offiziere dazu ermächtigt sind, ihr eigenes Urteilsvermögen über das ihrer kommandierenden Offiziere zu stellen.«

Burnham merkte, dass sie den Verlauf der Befragung des Captains verändern musste. »Würde es Ihre Haltung in Bezug auf diese Angelegenheit verbessern, wenn ich Ihnen erkläre, dass ich lediglich vorhatte, eine Taktik des Informationskriegs anzuwenden, die es einem Gegner erlaubt, sich ohne Gesichtsverlust zurückzuziehen?«

Es war offensichtlich, dass Georgiou noch nicht überzeugt war, aber ihr Interesse war geweckt. »Erklären Sie das.«

»Captain Pike ist ein junger kommandierender Offizier«, sagte Burnham, »und stolz obendrein. Da er aufgrund von Befehlen handelte, die er von unseren Vorgesetzten erhalten hatte, war sein Stolz als kommandierender Offizier an seinen Erfolg oder Misserfolg bei der Ausführung dieser Befehle geknüpft. Er konnte sich nicht einfach zurückziehen, denn Sie hatten sich ihm widersetzt – das hätte seine Autorität untergraben. Also habe ich ihm ein alternatives Szenario geboten, das er Ihnen vorschlagen konnte. Somit konnte er die proaktive Rolle bei den Verhandlungen wieder einnehmen. Durch mich geriet Pike nicht in Verlegenheit, denn ich half ihm, Ihnen eine Alternative zum Kampf anzubieten. Ich wusste, dass Sie diese akzeptabel finden werden. Das war meiner Meinung nach die logischste Lösung für eine höchst unglückliche Konfrontation.«

Der Captain wog das Argument eine Weile ab. Dabei ließ sie Burnham keine Sekunde aus den Augen. Oft schien es Burnham, dass Georgiou eine ausgezeichnete Pokerspielerin abgeben würde – wäre da nicht die generelle Abneigung des Captains gegen Glücksspiele.

»Das wird für mein Logbuch reichen«, sagte Georgiou. »Obwohl, falls jemand fragt, hat diese Zusammenkunft niemals stattgefunden. Ist das klar?«

»Absolut, Captain.«

Georgiou lehnte sich in ihrem Sessel zurück und schlug die Beine übereinander. »War es eigentlich nur Zufall, dass der Offizier der *Enterprise*, den Sie als Ihre Hintertür ausgewählt haben, Spock, der Sohn von Sarek, ist?«

»Es war ein glücklicher Umstand, dass ausgerechnet seine Konsole mit unseren Systemen verbunden war.«

»Aber das erklärt nicht, weshalb Sie ausdrücklich darum gebeten haben, mit ihm zusammenzuarbeiten, nicht wahr?«

Burnham antwortete wahrheitsgemäß, aber ausweichend. »Ich habe um seine Mitwirkung gebeten, weil ich glaube, dass er der am besten qualifizierte Offizier für eine Zusammenarbeit mit mir ist.«

»Aufgrund welcher Kriterien?«

Glaubt der Captain, dass ich Hintergedanken habe? Es fiel Burnham schwer, sich nicht so zu fühlen, als wäre sie auf dem Prüfstand. »Ich brauche einen Ermittlungspartner«, erklärte sie Georgiou. »Einen, dessen Ausbildung, mentale Disziplin und Grundlagen der Logik mit meinen eigenen vergleichbar sind und übereinstimmen.«

»Warum nicht Pikes Erster Offizier? Wie ich höre, ist seine Nummer Eins in jeder Hinsicht ziemlich gut.«

Ein höfliches, unschlüssiges Nicken. »Obwohl ich den höchsten Respekt vor Commander Una und ihrer illyrischen mentalen Konditionierung habe, glaube ich, dass es mir leichter fallen wird, schnell eine Arbeitsbeziehung mit jemandem aufzubauen, der ein eher … *vulkanisches* Temperament besitzt.«

»Ich verstehe.« Georgiou stand auf, ging um ihren Tisch herum und baute sich vor Burnham auf. »Ich werde Sie beim Wort nehmen, Michael, denn wir haben nicht viel Zeit. Wenn ich diesem Aufeinandertreffen der Geister zustimme, sind Sie sicher, dass Sie in weniger als drei Stunden eine Lösung finden können?«

»Nein«, sagte Burnham, die ihren Captain, die auch ihre Freundin war, nicht anlügen wollte. »Aber ich *bin* sicher, dass Tausende Unschuldige ihr Leben lassen werden, wenn wir es *nicht* versuchen.«

Georgious grimmige Entschlossenheit wandelte sich angesichts der schier unmöglichen Erfolgschancen zu stiller Hoffnung. »Also schön. Sie haben mich überredet, Nummer Eins.« Sie wies mit ihrem Kinn in Richtung Tür. »Machen Sie sich an die Arbeit.«

»Aye, Sir.« Burnham nahm die formlose Entlassung zur Kenntnis und eilte erst auf die Brücke und dann zum Turbolift, bevor Georgiou Zeit hatte, es sich anders zu überlegen.

Burnham machte sich auf den Weg zum Transporterraum. Ihre nächste offizielle Dienstpflicht sah vor, dass sie die einzige Person in der Galaxis, von der sie gehofft hatte, sie niemals wiederzusehen, und die jetzt auf ihre Einladung hin an Bord kommen würde, auf der *Shenzhou* begrüßen musste.

Ich kann mich des Eindrucks nicht erwehren, dass dies die Definition von Ironie ist.

10

Ein goldener Schimmer und ein wohlklingendes Summen ließen die vertrauten grauen Wände des Transporterraums der *Enterprise* verschwinden und lieferten Spock in dem entsprechenden Gegenstück auf der *Shenzhou* ab. Er bemerkte sofort, dass die beiden Räume sehr verschieden angelegt waren. Der Transporterraum der *Enterprise* bestand aus einem Podest mit sechs Energiefeldern vor einem Steuerpult. Auf der *Shenzhou* waren die Energiefelder größer und an einer gebogenen Wand hinter einem halbkreisförmigen Podest angebracht. Spock fand die dunklere Atmosphäre des Transporterraums der *Shenzhou* bemerkenswert und stellte fest, dass er großzügiger bemessen war.

Der Transporterchief verließ den Raum, sobald die Materialisierungssequenz abgeschlossen war. Vor der Konsole stand ein einzelner Offizier. Die Menschenfrau trug einen blauen Overall, auf dem die goldenen Paspeln und Seitenblenden eines Kommandooffiziers sichtbar waren und der mit den Rangabzeichen eines Lieutenants versehen war. Sie begrüßte

Spock, indem sie höflich das Kinn senkte. »Lieutenant Spock. Willkommen an Bord der *Shenzhou.*«

»Danke.« Er verließ das Podest und trat näher.

Sie kam ihm entgegen und streckte ihre Hand aus. »Danke für Ihr Kommen.«

Sie schüttelten einander weniger als eine Sekunde die Hand. Ihre braunen Finger standen in starkem Kontrast zu Spocks blassen Fingern. Er hatte von klein auf gelernt, unnötigen Körperkontakt mit anderen auf ein Minimum zu reduzieren, denn dieser barg ein erhöhtes Risiko, seine auf Berührungen basierende vulkanische Telepathie auszulösen. Obwohl Spock zur Hälfte Mensch war, hatte er starke psionische Fähigkeiten von seinem vulkanischen Vater Sarek geerbt. Die Folge war, dass die Gefahr eines versehentlichen telepathischen Kontakts für Spock um ein Vielfaches höher war als selbst für einige reinblütige Vulkanier. Er hütete sich sorgfältig davor, diese Gabe bekannt zu machen oder auszunutzen.

Er verschränkte die Hände hinter seinem Rücken. »Wie darf ich Ihnen behilflich sein, Lieutenant?«

»Bitte«, sagte Burnham, »nennen Sie mich Michael. Oder wenn das zu vertraulich ist ...«

»Ich glaube, es wäre das Beste, wenn wir unseren Kontakt rein beruflich gestalten«, entgegnete Spock.

Sein Vorschlag machte Burnham verlegen. Dann schob sie ihre menschlichen Angewohnheiten beiseite und ihr Gemüt nahm eine beinahe vulkanische Kälte an. »Wie Sie wünschen, Mister Spock.« Sie zeigte auf den Ausgang des Raums. »Bitte folgen Sie mir.«

Er ging neben ihr her, während sie den Transporterraum verließen und durch die Flure der *Shenzhou* schlenderten. Erneut bemerkte Spock die Unterschiede im Inneren des Schiffs der *Walker*-Klasse zur *Enterprise.* An Bord der *Shenzhou* war das Grau dunkler und die Ausrichtung der Wände gradliniger. Ihm war bewusst, dass die beiden Schiffe zu unterschiedlichen Zeiten und deshalb mit unterschiedlichen ästhetischen Aspekten konstruiert und gebaut worden waren. Solch drastische Veränderungen in so einer kurzen Zeitspanne waren unter den Menschen der Erde nicht unüblich. Dennoch war dies eine ständige Quelle der Verwirrung für ihre vulkanischen und andorianischen Verbündeten.

Unbehagliche Stille breitete sich zwischen Spock und Burnham aus, während sie gingen. Die menschliche Frau warf Spock einen vorsichtigen Blick zu. »Wie geht es Ihrem Vater, Mister Spock?«

Wie sollte er das ohne Ausflüchte beantworten? »Man sagt mir, es geht ihm gut.«

»Man sagt? Sie meinen Amanda?«

»Meine Mutter, ja.« Es stellte Spocks mühsam gewonnene Kontrolle über seine Gefühle auf eine harte Probe, nicht preiszugeben, wie sehr es ihn störte, sie mit solcher Vertrautheit über seine Mutter reden zu hören.

Burnham schien verwirrt, weil Spock so darüber hinwegging. »Also haben Sie nicht mit Sarek gesprochen?«

»Seit vier Jahren, zehn Monaten und siebzehn Tagen nicht.«

»Ah.« Sie blieb stehen und deutete auf einen Turbolift, während sie den Rufknopf drückte. Sie warteten nur ein paar Sekunden, bevor eine Liftkabine eintraf und die Türen auseinanderglitten. Sie bedeutete ihm, hineinzugehen, trat hinter ihm ein und sagte dann zum Computer: »Wissenschaftslabor vier.«

Die Türen schlossen sich und die Kabine schoss los. Dabei spürte man so gut wie keine Bewegung. Spock bemerkte den Überfluss an Bildschirmen, die oben um die Kabine herum angeordnet waren, und wie unübersichtlich die Monitore waren, die auf Augenhöhe platziert waren. Er zog die nüchterne Umgebung in den Turboliften der *Enterprise* mit ihrem Mangel an Ablenkung und den zusätzlichen Handbremsen vor.

Burnhams Nachfrage nagte an ihm, obwohl er keinen logischen Grund dafür erkennen konnte. Er schob den Gedanken an seine Beweggründe beiseite und fragte sie: »Wann haben Sie das letzte Mal mit Sarek gesprochen?«

Der Erste Offizier verdrehte die Augen. »Es ist nicht so lang her wie bei Ihnen ... aber auch eine Weile.«

»Ich verstehe ... Und Amanda?«

»Noch länger.« Mehr sagte Burnham nicht und ihr Tonfall machte deutlich, dass sie über das Thema nichts weiter zu sagen hatte. Der Turbolift hielt an und sie führte ihn hinaus auf ein anderes Deck der Untertassensektion der *Shenzhou* und dann weiter zu einem der außen liegenden, stärker gekrümmten Flure. »Hier entlang.«

Er hoffte, ihr etwas Sinnvolles darüber zu entlocken, was sie mit ihm vorhatte, und fragte: »Darf ich fragen, Lieutenant, weshalb Sie ausdrücklich meine Anwesenheit erbeten haben?«

Sie sah Spock von der Seite her an. »Ich hoffe, Sie werden das nicht als Prahlerei missverstehen oder als Rassismus, der einem Klischee entsprungen ist ... aber ich bin ziemlich sicher, dass Sie die einzige Person auf unser beider Schiffe sind, die mit mir mithalten kann, wenn ich hiermit erst einmal angefangen habe.«

Spock nickte. Er benötigte keine Erklärung von Burnham. Er wusste über ihre Familiengeschichte Bescheid, über ihre Jugend und ihre Erziehung auf Vulkan und die bahnbrechenden Umstände, unter denen sie an der Vulkanischen Akademie der Wissenschaften aufgenommen worden war. Sie besaß einen für einen Menschen ungewöhnlichen Grad an mentaler Konditionierung. Es war unwahrscheinlich, dass man irgendeinen ihrer Schiffskollegen mit Fug und Recht als ihr ebenbürtig bezeichnen konnte.

»Also schön. Ihre Botschaft an mich auf der *Enterprise* ließ durchblicken, dass Sie einen Plan entwickelt haben, um in den Koloss hineinzugelangen. Haben Sie mich hergebeten, um ihn zu begutachten?«

Plötzlich benahm Burnham sich verlegen. »Ähm, nicht ganz.«

»Ich verstehe nicht.«

»Als ich sagte, dass ich einen Weg in den Koloss hinein wüsste ... da habe ich wohl etwas zu viel gesagt.«

Spock hob eine Augenbraue als subtilen Tadel. »Sie haben gelogen?«

»Übertrieben.« Sie blieb stehen und tippte einen Code auf einem Tastenfeld ein, der die Tür zu einem bestens ausgestatteten Labor öffnete. Dann versuchte sie, Spock mit einem schiefen Lächeln zu besänftigen. »Was soll ich sagen? Ich improvisiere.« Sie zeigte auf das Labor. »Sollen wir?«

Er folgte ihr hinein und fragte sich bei jedem Schritt, was sein Vater, dieser gestrenge Zuchtmeister, je in dieser ungestümen, respektlosen Menschenfrau gesehen hatte.

Niemals zuvor in seinem Leben hatte Saru solche Unmengen an Unterlagen gesehen, die so wenig Informationen vermittelten. Wenn er sich vor Augen hielt, dass er beinahe sein gesamtes Erwachsenenleben in der Sternenflotte verbracht hatte, wurde seine Bestürzung nur noch tiefer. Nur wenige Organisationen machten sich die todlangweilige Schinderei der Bürokratie mit dem Eifer einer technokratischen, militärischen Forschungsagentur zu eigen – doch offenbar stellte die Gemeinschaft aus der Verwaltung der Föderationsregierung und der privaten Gesellschaft, die hinter der Kolonisation von

Sirsa III stand, die eingefleischten Bürokraten des Sternenflottenkommandos in den Schatten.

All diese nutzlosen Worte ... das liest sich wie eine verbale Tarnung.

Er begann zu hoffen, dass er allmählich am Ende der Papierspur des Kolonieantrags angelangt war, da erschien eine Nachricht auf seiner Konsole. In der kurzen Pause zwischen dem Eintreffen der Nachricht und dem Zeitpunkt, als er sie öffnete, tauchte Ensign Connor an seiner Seite auf und sagte: »Ich habe Ihnen gerade den nächsten Schwung Daten über die Planetenvermessung von Sirsa III geschickt.«

Saru starrte den jungen Menschen müde an. »Verzeihen Sie mir, Yeoman, aber haben Sie gerade ›den nächsten‹ gesagt? Sind Sie sicher, dass Sie nicht ›den letzten‹ sagen wollten?«

»Nein, ich sagte ›den nächsten‹, Sir. Es gibt noch zwei weitere, die von der Erde geschickt werden.«

»Natürlich. Weitermachen, Yeoman.« Saru schüttelte hinter seiner Konsole den Kopf. Connor ging nach achtern, zum Bereitschaftsraum des Captains. *Ganz offensichtlich hasst mich jemand beim Sternenflottenkommando und hat bis jetzt gewartet, um Rache zu üben.*

Der Dschungel aus Formalitäten und dreifachen Gutachterdaten überwucherte Sarus Konsole. Die Wiederholungen hatten eine beinahe hypnotische Wirkung. Er erkannte, dass diese durch die Verwendung automatisierter Vermessungsdrohnen zustande kam, die die gesetzlich vorgeschriebenen Daten über den Planeten sammelten. Im Gegensatz zu handgesammelten Daten, bei denen geringfügige Abweichungen bei Flugroute oder Geschwindigkeit auftraten, waren wiederholte Messungen von automatisierten Drohnen oft so gut wie perfekt darin, unnötige Variablen zu eliminieren. Das führte zu einer Gleichförmigkeit verwandter Datensets. Saru wusste das zu schätzen.

Er riss seine Augen auf und zuckte mit dem Kopf hoch – ein plötzliches Erwachen aus einem Sekundenschlaf vor den langweiligen Sensordaten. Sobald Saru erkannte, was gerade geschehen war, schämte er sich und wollte sich in Deckung zurückziehen ... die instinktive Reaktion seiner Spezies. Er kämpfte dagegen an und richtete sich gerade auf. *Vielleicht hat niemand es bemerkt.*

Er sah sich verstohlen auf der Brücke um und suchte nach anklagenden Blicken. Auf der Backbordseite war alles in Ordnung ... doch als er nach Steuerbord sah, fing er einen Blick aus den schwarzen Augen des einzigen Tellariten an Bord des Schiffs, Lieutenant Frel glasch Negg, auf. »Haben Sie sich erschreckt, Sir?«

Es schien Saru zwingend notwendig, die unterschwellige Anschuldigung zu dementieren. »Ich weiß nicht, wovon Sie reden.« Erst nachdem er gesprochen hatte, dämmerte ihm, dass seine Antwort Aufmerksamkeit auf seinen Austausch mit Negg gelenkt hatte, die vorher nicht dagewesen war. *Verdammt!*

Von der Maschinenkontrolle an achtern stichelte Ensign Britch Weeton: »Halten wir Sie wach, Sir? Sollten wir leiser arbeiten?«

Da man seine Professionalität infrage stellte, drehte Saru sich herum, um dem Offizier an der Maschinenkontrolle die Stirn zu bieten. »Falls Sie es vergessen haben sollten, Ensign Weeton, ich bin nicht länger nur der leitende Wissenschaftler an Bord dieses Schiffs. Ich bin jetzt auch an dritter Stelle in der Kommandokette – und in beiden Fällen Ihr vorgesetzter Offizier. Tatsachen, die Sie und Ihre Möchtegernspaßvogelkollegen lieber nicht vergessen sollten.«

Seine Reaktion auf eine so kleine Hänselei war etwas übertrieben, aber sie führte zu dem von Saru gewünschten Ergebnis: Alle konzentrierten sich jetzt auf Weeton und seine verbale Entgleisung. Der Ensign war angesichts der geballten Aufmerksamkeit der Brückenbesatzung sichtlich beschämt. Er wandte sich wieder seiner Konsole zu, um sich in seine Arbeit zu flüchten. Sekunden später taten alle anderen es ihm gleich.

Saru atmete erleichtert durch. *Das war knapp. Ich muss mehr trinken von diesem ... wie nennen sie das Zeug in der Messe?* Er kramte in seinem Gedächtnis. *Ah, ja. Kaffee. Ich brauche auf jeden Fall mehr davon.*

Er brütete über den neuen Dokumenten und bemerkte im Augenwinkel eine Bewegung. Jemand kam auf ihn zu. Er drehte sich um und sah Ensign Januzzi, der ihn gerade erreichte. »Ja, Ensign?«

Der Mensch mit dem rasierten Schädel beschwichtigte Sarus Misstrauen mit einem freundlichen Lächeln. »Sir. An der Station der Lebenserhaltungssysteme ist alles in bester Ordnung. Ich wollte fragen, ob ich Ihnen irgendwie dabei helfen kann, diese ganzen neuen Informationen zu überprüfen, die Connor bei Ihnen abgeladen hat.«

»Nun, ich ... ja, das können Sie wirklich.« Saru entspannte sich und war dankbar für das Hilfsangebot. »Wenn es Ihnen recht ist, könnte ich den letzten Schwung Dateien an Ihre Station zur Analyse übermitteln.«

Januzzi nickte. »Es wäre mir ein Vergnügen, Sir.«

»Danke, Ensign.« Er tippte den Befehl ein, um die Dateien an Januzzis Station zu schicken, und fügte hinzu: »Wir suchen nach einer Erklärung, wie bei der Vermessung des Planeten alle Anzeichen für die Anwesenheit des Kolosses unter dem Meeresgrund übersehen werden konnten. Außerdem auch nach allen anderen Auffälligkeiten.«

»Verstanden, Sir. Soll ich Ihnen Bescheid sagen, sobald ich etwas finde, oder würden Sie eine vollständigere Analyse vorziehen, bevor ich Bericht erstatte?«

»Sagen Sie mir sofort Bescheid, wenn Sie Verdachtsmomente finden oder etwas, das Ihnen Anlass zur Beunruhigung gibt.«

»Ja, Sir.« Januzzi kehrte an seine Station zurück und machte sich mit einem Eifer an die Arbeit, den Saru bewundernswert fand. In den Monaten, seit Januzzi an Bord versetzt worden war, hatte Saru bemerkt, wie schnell der junge Offizier bei seinen Mannschaftskollegen an Beliebtheit gewonnen hatte. Zunächst hatte Saru das der Gewohnheit des Mannes zugeschrieben, seinen Kollegen auf der Brücke immer seine Hilfe bei scheinbar banalen Arbeiten anzubieten oder ihre Schichten zu übernehmen, wenn jemand frei haben wollte. Doch je mehr Saru Januzzis Interaktionen mit der Besatzung der *Shenzhou* beobachtete – einschließlich der Unteroffiziere –, desto mehr bewunderte er die aufrichtige Zuneigung, mit der dieser Mann anderen begegnete.

Ich glaube, dachte Saru, *ich habe noch nie gehört, wie Januzzi sich abfällig oder neidisch über einen Mannschaftskameraden äußert. Wenn das wirklich seine Persönlichkeit darstellt, dann ist er in der Tat eine außergewöhnliche Person.*

Er richtete seine Aufmerksamkeit wieder auf die Arbeit an dem Berg aus Rohdaten, mit denen man ihn überschüttet hatte. Es war nicht sinnvoll, so riesige Datenmengen per Hand abgleichen zu wollen. Er programmierte einen Filter, um Verhaltensabweichungen zu identifizieren, und speicherte die Ergebnisse der Vermessungsdrohnen. Während das Programm lief, fragte er sich, wie groß die Abweichung von einem Scan zum nächsten sein durfte, um sie als normale Parameter anzusehen. Die Vermessungsprotokolle der Sternenflotte waren grundsätzlich anspruchsvoller als …

Ein Alarmsignal zirpte auf Sarus Konsole. Er stoppte die Vergleichsanalyse des Filters. Dann starrte er sprachlos auf das absurde und unwahrscheinliche Ergebnis, das ihm angezeigt wurde.

Er dachte noch darüber nach, was er als Nächstes tun sollte, da stand Januzzi von seinem Posten auf, durchquerte mit schnellen Schritten die Brücke und stellte sich neben ihn. »Sir, ich glaube, ich habe etwas gefunden.«

»Lassen Sie mich raten, Ensign: Ein Übermaß an Datengleichheit ...«

»... genau an der Stelle, wo der Koloss gefunden wurde«, beendete Januzzi Sarus Satz. Damit bestätigte er gleichzeitig Sarus belastende Entdeckung.

Telemetriedatenreihen, die eigentlich von drei verschiedenen Drohnenüberflügen stammen sollten, waren auf Sarus Bildschirm übereinandergelegt. Obwohl die Flugschreiberdaten der Drohne bei jedem Überflug geringfügig voneinander abwichen, hatten ihre Sensorabtastungen irgendwie vollkommen identische Datensets ergeben. Angesichts der Gegebenheiten in Bezug auf veränderliche Wasserströmungen und -temperaturen sollte das unmöglich sein. Dieses Datenartefakt wäre wahrscheinlich bis in alle Ewigkeit unentdeckt geblieben, wenn nicht jemand ausdrücklich danach gesucht hätte.

Aber da war es. So deutlich zu sehen wie Sonnenlicht, das in die Tiefen einer Höhle eindrang.

Januzzi beugte sich vor und sprach noch leiser. »Sir, gehe ich recht in der Annahme, dass die Datenreihen, die wir markiert haben, so aussehen, als ob man sie verfälscht hätte?«

»Ja, Ensign, so ist es.« Er drehte sich um und sah Januzzi an. »Was halten Sie davon, wenn Sie mir helfen, Beweise dafür zu finden?«

»Was immer Sie brauchen, Sir.«

Saru mochte diesen Mann mit jeder verstreichenden

Minute mehr. »Dann machen wir uns an die Arbeit, Mister Januzzi. Wenn ich recht habe, müssen wir eine Verschwörung aufdecken.«

Je mehr Zeit Burnham in Spocks Gegenwart verbrachte, desto weniger konnte sie ihn leiden. Der Sohn von Sarek von Vulkan und Amanda Grayson von der Erde schien Gefallen daran zu finden, Burnham zu widerlegen und ihre Hypothesen zu untergraben. Mit einem solchen Verhalten machte man sich bei Burnham nicht beliebt.

»Ein Großteil Ihrer Informationen scheint bestenfalls spekulativ zu sein«, sagte Spock. »Ich bezweifle, dass man aus solch begrenzten Daten eine vertretbare Schlussfolgerung ziehen kann.«

Herablassend und voreingenommen, genau wie sein Vater, schäumte Burnham insgeheim, während sie gleichzeitig mühsam eine neutrale Fassade Spock gegenüber aufrecht hielt. »Wir haben die Signale analysiert, die von dem Koloss ausgesandt wurden. Obwohl ein Teil seines Outputs mit dem Abschuss der Angriffsdrohnen in Zusammenhang zu stehen schien, haben andere, sich wiederholende Abschnitte seiner Schallemissionen keinen Bezug zu seinen früheren, momentanen oder zukünftigen Aktionen.«

»Das ist günstigstenfalls eine unbestätigte Annahme«, warnte Spock. »Schlimmstenfalls ein möglicherweise tödlicher Irrtum.«

Sie wollte ihn erwürgen – eine Reaktion, deren Wildheit sie überraschte. Nur selten schaffte es jemand, Burnham unter die Haut zu gehen. Seit ihrer Jugend auf Vulkan hatte sie eine gewisse Geduld und Ruhe kultiviert, wie es Menschen nur selten gelang. Doch irgendetwas an der Art, wie Spock sprach, und seine beinahe perfekte Ausstrahlung der Distanziertheit lenkte Burnham ab. Er schien so mühelos all das zu verkörpern, was sie schon so lange versuchte, zu werden, und das ärgerte sie.

Sie rief eine Reihe Darstellungen von Audiowellen auf einem Bildschirm des Wissenschaftslabors auf. »Können wir uns zumindest darauf einigen, dass diese Signale alle nach dem Bohrunfall der *Arkadia Explorer* mit dem Koloss begannen?«

»Ich bin nach wie vor nicht davon überzeugt, dass dieser Vorfall tatsächlich ein Unfall war«, sagte Spock. »Die Chancen einer rein zufälligen Begegnung zwischen der Bohrinsel und dem Koloss so früh im Verlauf einer Bohroperation dieser Plattform sind äußerst gering.«

Wie oft würde dieser gefühllose Vulkanier – *Halb*vulkanier – sie noch dazu zwingen, dieselbe Frage anders zu formulieren? »Werden Sie wenigstens zugestehen, dass die Emission dieser Signale des Kolosses erst nach dem letzten Vorfall mit der *Arkadia Explorer* aufgetreten sind, ganz gleich welcher Natur dieser war?«

Wenn der Wissenschaftsoffizier der *Enterprise* sich der Tatsache bewusst war, dass er Burnham auf die Nerven ging, dann verstand er es hervorragend, dies zu verstecken. »Darauf würde ich mich festlegen, ja.«

»Halleluja«, grummelte Burnham. Sie warf Spock einen Seitenblick zu. »Das ist ein Ausdruck von der Erde …«

»Ich bin mir seiner Bedeutung bewusst, auch im Hinblick auf unseren Austausch.«

Sogar wenn er versuchte, umgänglich und entgegenkommend zu erscheinen, machte er Burnham wütend. Sie war entschlossen, sich nicht durch ihn von ihren Schlussfolgerungen abbringen zu lassen. Deshalb griff sie auf ihre lange zurückliegende vulkanische Erziehung zurück, um ihren Geist von allen emotionalen Strömungen zu befreien, sodass *Logik* ihre Gedanken auf einer Oberfläche, die aus *Logik* und

Vernunft bestand, ordnete. »Mister Spock, sind Sie mit der Studie vertraut, die Doktor Egot Huln in den letzten Jahrzehnten durchgeführt hat und die sich mit der Verwendung von Infraschallimpulsen als Mittel zur Beeinflussung des Verhaltens intelligenzbegabter Humanoider beschäftigt?«

»Das bin ich. Ich fand viele von Doktor Hulns Theorien ziemlich provokativ.«

»Ich ebenso. Rufen Sie sich bitte Doktor Hulns Vorhaben, mithilfe von Infraschallsignalen primitive Humanoide für xenoanthropologische Versuche anzulocken, ins Gedächtnis. War nicht die Wellenform des Signals, die er für die potenziell wirkungsvollste hielt, bis auf drei Tausendstel mit der Frequenz identisch, die der Koloss ausstrahlte?«

»War sie.«

»Und waren nicht Periode und Amplitude, die von Doktor Huln angenommen worden waren, denen sehr ähnlich, die der Koloss verwendete?«

»Das waren sie«, sagte Spock. »Obwohl ich mich veranlasst sehe, anzumerken, dass das Auftreten ähnlicher Frequenzen sowie anderer Erkennungsmerkmale in der Natur nachgewiesen wurde.«

Burnham atmete tief durch – zum einen Teil, um ihren Zorn abkühlen zu lassen, zum anderen, damit Spock merken konnte, dass sie anderer Meinung war. »In der Natur, Mister Spock? Muss ich Sie daran erinnern, dass das hier kein Pulsar ist oder ein Planetoid, der tektonische Vibrationen zur Kontrolle seiner Ökosphäre nutzt? Damit ein künstliches Gebilde derartige Impulse ausstoßen kann …«

»Sie nehmen an, dass es künstlich ist?«, warf Spock ein. »Langstreckenspäher haben gemeldet, sie seien raumfahrenden Lebensformen begegnet, deren Physiologie ihnen das Aussehen unbemannter Raumschiffe verleiht. Bis zum Ergebnis einer noch ausstehenden gründlichen Untersuchung des Kolosses wäre es wohl voreilig, ihn zu einem künstlichen Gebilde zu erklären und auszuschließen, dass er biomechanischen Ursprungs ist.«

Wenn ich ihm die Nase breche, wird er dann infrage stellen, ob sie wirklich gebrochen ist? »Zwecks unserer Diskussion sollten wir die Frage über die wahre Natur des Kolosses für den Moment beiseiteschieben. Würden Sie mir recht geben, dass seine Signalemission mit dem größten Teil der Postulate von Doktor Huln in seiner Abhandlung über die Infraschallkontrolle der humanoiden Psychologie übereinstimmt?«

»Das würde ich.«

Endlich ein Fortschritt. Burnham fragte sich, ob Spocks Widerstand gegen ihre Ideen und seine Vorliebe dafür, ihre gemeinsamen Untersuchungen zu verschleppen, irgendwo in ihrer merkwürdigen, gemeinsamen Vergangenheit mit seinen Eltern verwurzelt war. Sie war versucht, danach zu fragen, aber sie fürchtete, ihn nur noch mehr zu verprellen und ihm noch mehr Grund dafür zu geben, ihre eigene Logik als irgendwie suspekt zu betrachten. Sie gab sich damit zufrieden, auf dem kleinen gemeinsamen Nenner, den sie bisher gefunden hatten, aufzubauen, und fragte: »Wenn wir Hulns Vorgaben als gültig ansehen, was schlagen Sie vor, wie wir in Hinsicht auf den Koloss verfahren sollen?«

Ihre Frage ließ Spock für einige Sekunden in Schweigen verfallen. Er dachte über die Daten nach, die auf den vielen Bildschirmen des Labors dargestellt waren. Er wog die Gleichungen und Wellenformen auf dem Bildschirm der Arbeitsstation, die er sich mit Burnham teilte, ab. »Eine gründlichere Untersuchung wäre möglicherweise angezeigt.«

»Mit anderen Worten«, sagte Burnham, »ich glaube, wir sollten seine Einladung annehmen. Sie und ich – nur wir beide.«

Ihr Vorschlag schien Spock zu irritieren. »Ich verstehe nicht ganz.«

»Wir beamen hinunter zum Koloss, bündeln unsere Erfahrungen und Bemühungen und finden einen Weg, wie wir Zugang zum Inneren des Schiffs bekommen. Ich habe einige Ideen, wie uns das gelingen könnte, aber …«

Spock hob eine Hand und brachte sie zum Schweigen. »Sie sagten vorhin, dass Sie keinen Plan haben.«

»Nein, ich sagte, dass ich vielleicht etwas zu viel gesagt hätte, wie weit dieser Plan fortgeschritten ist. Ich habe das Gefühl, dass mir in der kurzen Zeit, in der Sie und ich unsere Meinungen ausgetauscht haben, auf unterbewusster Ebene einige Durchbrüche gelungen sind. Jetzt möchte ich gerne, dass wir gemeinsam hinunterbeamen und diese auf den Prüfstand stellen.«

Der Sohn von Sarek hob eine Augenbraue und sah sie an. »Ihre Methoden sind höchst unorthodox.«

Burnham konnte sich ein Lächeln nicht verkneifen. »Schmeicheleien öffnen Ihnen alle Türen, Mister Spock.« Sie ging schnell zur Tür und konnte ihre Begeisterung über eine Forschungsmission kaum zügeln. »Nun? Kommen Sie schon!« Sie tippte auf ihr Handgelenk – eine uralte Geste der Menschen, die Ungeduld andeuten sollte – eines der wenigen Dinge aus ihrer Kindheit auf der Erde, an die sie sich erinnerte. »Die Uhr läuft, Mister Spock, und die Leute warten darauf, dass wir ihnen den Tag retten – ganz zu schweigen von ihrem *Leben.*«

»Sir, ich glaube, ich habe etwas«, sagte Januzzi und riss Saru aus seiner selbst verursachten Benommenheit. Saru drehte sich um und sah den Ensign an, der sich Sarus Station näherte, die an Steuerbord hinter dem Kommandosessel des Captains war. »Können Sie alle neuen Dateien aufrufen, die ich gerade von der Erde heruntergeladen habe?«

»Ich denke wohl, dass ich das kann«, erwiderte Saru und griff auf die Unterlagen zu, die sich im Hauptcomputer des Schiffs befanden. Er überprüfte die Metadaten der Dateien und öffnete diejenigen mit den jüngsten Download- und Analysezeitstempeln. »Ziemlich umfangreiche Unterlagen«, stellte er fest.

Januzzi neigte seinen Kopf, was Saru als Geste der Zustimmung deutete. »Das kommt daher, weil es sich um die ursprünglichen, unkomprimierten Sensordaten von der Planetenvermessung handelt.«

Seine Eröffnung ließ Sarus Begeisterung zu Beklommenheit werden. »Mit welchen Mitteln haben Sie sich diese Daten verschafft, Mister Januzzi?«

Ein gespieltes demütiges Schulterzucken. »Ich musste vielleicht einen Kontakt beim Geheimdienst der Sternenflotte darum bitten, mir von außen Zugang zu den Speicherbänken in den Sonden zu gewähren, die im Moment in der Wartungsstation der Kayo-Bergbaugesellschaft im Ishanee-System überholt und aufgetankt werden.«

Saru war wie gelähmt vor Unentschlossenheit. Dies waren ausschlaggebende Informationen – Daten, die Licht ins Dunkel der ansonsten verschleierten Tatsachen bringen konnten. Allerdings saß Saru durch Januzzis Eingeständnis, dass er diese womöglich durch außerhalb der Legalität liegende Methoden beschafft hatte, in einer ethischen Zwickmühle. Illegal beschaffte Informationen waren der vergiftete Apfel einer verdorbenen Suche. Man konnte bei legalen Verfahren nicht auf sie zurückgreifen, doch ihr taktischer Wert für die laufenden Operationen der *Shenzhou* konnten ihrer Mission vielleicht dienlich sein und zahlreiche Leben retten. *Beweisrecht ist das Problem der Militärstaatsanwaltschaft*, beschloss er. *Die Mission kommt zuerst.*

»Erklären Sie mir, was Sie gefunden haben, Mister Januzzi.«

Januzzi rief einige Arbeitsdateien auf, die er erstellt hatte, und benutzte die neuen Sensordaten und die von der Kolonie früher vorgelegten Dateien als Vergleichsquellen. »Als Erstes sieht man, dass die Gebiete, die wir vorhin markiert haben, mit ganz anderen Ergebnissen aufwarten, wenn man sie mit den Originallogs vergleicht. In den Masterdateien weisen die Daten bei jedem der drei Vorbeiflüge wie erwartet andere Ergebnisse auf.«

»Ja, fahren Sie fort.«

»Aber da ist noch mehr. Viel mehr.« Januzzi schaltete um, sodass die Datenanzeige sich auf einen breiteren Bereich der Planetenoberfläche erstreckte. »Es gab auch in anderen Regionen Auffälligkeiten. Ich habe sie für Sie isoliert.«

Saru hatte das Gefühl, als würde man ihn testen. »Was soll ich sehen?«

»Ich bin ehrlich gesagt nicht ganz sicher. Meine Spezialität an der Akademie war Astrophysik.« Er betrachtete die Daten mit einem freundlichen Stirnrunzeln. »Das geht ein wenig über meinen Horizont.«

»Ich verstehe.« Saru musterte weiterhin eindringlich die Sensorbilder. »Faszinierend. Ich wusste nicht, dass zivile Sensortechnologie so weit fortgeschritten ist. Die Tiefe und Auflösung sind ...«

Ein Detail auf dem Bild sprang ihm geradezu ins Auge, so auffällig war es. Er legte eine Reihe Filter darüber, um seinen Fund zu bestätigen. »Meine Güte. Das ist bemerkenswert.« Er tippte eine Reihe Befehle ein, damit das, was er gerade getan hatte, auch in den Datenbereichen automatisch wiederholt wurde, die Januzzi als möglicherweise geändert markiert hatte. Während der Computer arbeitete, vertraute Saru Januzzi an: »Wenn die Modifikationen der Bergbaugesellschaft in ihren Sensoraufzeichnungen alle aus demselben Grund vorgenommen wurden, dann haben Sie da wirklich etwas Ernstes ans Licht geholt.«

»*Wir* haben es ans Licht geholt, Sir.«

Pflichtbewusst, effizient und bereit, die Anerkennung zu teilen – Januzzi beeindruckte Saru weiterhin. »Das stimmt wohl, Ensign.« Seine Konsole piepte, um anzuzeigen, dass sie die Aufgabe erledigt hatte. »Dann sehen wir mal, was …« Saru fehlten die Worte, als er der Wahrheit ins Auge starrte, die die ursprünglichen Sensorlogs zutage gefördert hatten. All seine Verdachtsmomente wurden bestätigt. »Würden Sie gerne wissen, was wir gefunden haben, Mister Januzzi?«

»Unbedingt, Sir.«

»Beweise für eine primitive Zivilisation.« Saru zeigte auf die vereinzelten Daten. »Eine, die sich ringförmig auf den Landmassen dieser Welt um die tropischen Längengrade herum vor neun Millionen Jahren befunden hat.«

»Neun Millionen?« Januzzi konzentrierte sich. »War das nicht ungefähr derselbe Zeitraum, den der Koloss laut Commander Johar unter dem Meeresboden zugebracht hat?«

Saru zentrierte das Sensorabbild auf die Koordinaten, an denen der Koloss gefunden worden war. »Ja, Ensign. Diese Zahlen scheinen einander zu entsprechen – obwohl wir in Abwesenheit jeglicher Beweise Vorsicht walten lassen müssen, keinen Kausalzusammenhang dazwischen anzunehmen. Abgesehen davon …« Er vergrößerte das Bild. »Vor neun Millionen Jahren hätte der Koloss auf trockenem Land gestanden, und zwar mitten in dem am dichtesten besiedelten Ballungszentrum der früheren Bewohner des Planeten.«

»Das kann unmöglich Zufall sein«, sagte Januzzi.

»Ich bin geneigt, Ihnen zuzustimmen. Nun, angesichts der eingeschränkten Fähigkeiten der Drohnensensoren könnte ich der Kayo-Bergbaugesellschaft gerade noch verzeihen, den Koloss für ein ungewöhnliches Vorkommen von Duranium und anderen exotischen Bestandteilen gehalten zu haben, die für die Herstellung von Raumschiffhüllen wertvoll sind.« Er tippte auf die Messungen, die sich auf die verlorenen Städte bezogen. »Aber dass sie die Logs gefälscht haben, um die Beweise für diese fremden Siedlungen zu vertuschen ... das kann und werde ich nicht dulden.«

Januzzis Miene wurde ernst. »Also, was machen wir nun, Sir?«

Saru schloss die Dateien und gab neue Befehle in seine Konsole ein. »Wir schicken alle unsere Daten und Erkenntnisse an Captain Georgiou und Admiral Anderson im Sternenflottenkommando. Der Rest«, er schickte die vernichtenden Entdeckungen mit einem Tippen seines Fingers ab, »übersteigt unsere Zuständigkeit.«

11

Kaum etwas machte Christopher Pike wütender, als wenn man ihn anlog. Er konnte das nur als Schlag ins Gesicht auslegen, denn es beleidigte seine Intelligenz, wenn jemand annahm, er würde es nicht herausfinden. Außerdem zeigte es Respektlosigkeit gegenüber seiner Autorität als Raumschiffkommandant. Es spielte auch keine Rolle, ob derjenige, der die Ausflüchte machte, ein Unteroffizier, Offizier, Zivilist oder – im Falle der Gouverneurin Gretchen Kolova – gewählt war. Wenn überhaupt, bedeutete Kolovas Position als Regierungsoberhaupt der Sirsa-III-Kolonie, dass Pike von ihr erwartete, einen noch höheren Standard zu wahren.

Kolova erwiderte seinen Blick von der rechten Seite des Hauptschirms der *Enterprise* und Captain Georgious grimmiges Gesicht füllte die linke Seite der geteilten Anzeige aus. Trotz der Anschuldigungen, die Pike und Georgiou gegen Kolova richteten, als sie dieser mitteilten, was Saru und Januzzi in den ursprünglichen Daten der Planetenvermessung gefunden hatten, trug die Gouverneurin eine starrsinnige

Haltung zur Schau. *»Was wollen Sie jetzt von mir hören, Captains?«*

Pike war in der Stimmung für eine Konfrontation. »Warum fangen wir nicht damit an, Gouverneurin, weshalb Sie diese Beweise über eine frühere Zivilisation geheim gehalten haben?«

»Das war nicht meine Entscheidung«, sagte Kolova. *»Die Entscheidung, die Sensordaten zu ändern, wurde von der Geschäftsleitung der Kayo-Bergbaugesellschaft gefällt.«*

Ihr ausweichendes Verhalten schürte Georgious Zorn. *»Aber Sie hatten keinerlei Bedenken, dabei mitzumachen, nicht wahr, Gouverneurin?«*

Kolova behielt ihre stoische Haltung bei. *»Ich wusste nichts darüber, als ich von ihnen zur Gouverneurin der Kolonie ernannt wurde. Als ich und die anderen Siedler erfuhren, dass man die Sensorlogs geändert hatte, waren wir durch strenge Verträge mit Verschwiegenheitsklauseln an Kayo gebunden.«*

»Verschwiegenheitsklauseln?« Pike fragte sich einen zynischen Moment lang, in welchem Jahrhundert er eigentlich lebte. »Gouverneurin, Sie haben Beweise für ein schweres Verbrechen zurückgehalten. Wollen Sie das wirklich rechtfertigen, indem Sie behaupten, Sie wurden durch eine Geschäftsvereinbarung zum Schweigen gebracht?«

Bevor die Gouverneurin antworten konnte, fügte Georgiou hinzu: *»Wer, außer Ihnen, wusste noch von den gefälschten Daten? Jeder, der von diesem Betrug wusste und ihn nicht angezeigt hat, könnte strafrechtlich haftbar sein.«*

Die Rhetorik des Captains, die etwas von einer doppelläufigen Schrotflinte hatte, veranlasste Kolova zu einem gequälten Lächeln. *»Ohne eine gerichtliche Verfügung, die von einem ordentlich bestellten Mitarbeiter eines zuständigen Zivilgerichts zugestellt wird, werde ich Ihnen keine Namen nennen, mit denen Sie ihre Verfolgung fortsetzen können. Und bevor*

Sie Zugang zu den Akten meiner Verwaltung verlangen und anfangen, meine Bürger umzusiedeln, schlage ich vor, dass sie auch dafür eine Verfügung vom Generalanwalt der Föderation beschaffen.«

Ihre Herausforderung ließ alle Brückenoffiziere der *Enterprise* von ihren jeweiligen Stationen aufblicken, um auf den Hauptschirm zu starren, als wollten alle gleichzeitig fragen: *Hat sie das gerade wirklich gesagt?*

Pike spürte die Bürde der Aufmerksamkeit seiner Mannschaft und bemerkte auch den stählernen Blick, der sich in Georgious Augen festgesetzt hatte. Zu ihr sagte er: »Wollen Sie, oder soll ich?«

»Lassen Sie mich das machen«, antwortete Georgiou. *»Gouverneurin Kolova. Ich weiß nicht, wo Sie Ihre juristische Ausbildung genossen haben, aber es scheint mir, dass Sie einige Kapitel übersprungen haben, was das Kolonialrecht der Föderation anbetrifft. Zunächst einmal muss man davon ausgehen, dass Ihre Justizbehörden durch denselben Skandal korrumpiert wurden wie Ihre Regierung. Also kann das Recht Ihrer Kolonie, ihre eigenen Vergehen zu kontrollieren, mit sofortiger Wirkung ausgesetzt werden, was im alleinigen Ermessen der ranghöchsten Föderationsautorität im Sektor steht. Das bin – bedauerlicherweise für Sie –* ich. *Zweitens prüft der Generalanwalt der Föderation in diesem Moment, ob er die KBG – und Sie und jeden anderen auf Sirsa III, der über diese Angelegenheit Bescheid wusste – strafrechtlich verfolgen lässt, und zwar wegen einer Verschwörung, um die Föderation zu betrügen. Zum Dritten scheint Ihnen nicht bewusst zu sein, wie schwer dieses Vergehen wirklich ist. Das war nicht einfach das Verbergen der Anwesenheit wertvoller, abbaubarer Ressourcen, obwohl das anscheinend eine Rolle bei den Handlungen der KBG gespielt hat. Ihre Arbeitgeber und anschließend auch Sie und jeder, der sonst davon wusste, hat sich auf Täuschungsmanöver*

eingelassen, um die Entdeckung einer ausgestorbenen, uralten Kultur und eines bisher unbekannten, fremdartigen Raumschiffs zu verhindern. Sie alle, die aufgrund dieser Tatsachen schuldig gesprochen werden, werden bis zu zehn Jahre in einer Strafkolonie verbringen.«

Diese Ansprache ließ Kolovas Fassade bröckeln. Die Gouverneurin schluckte schwer und blinzelte einmal. *»Falls es so weit kommt, Captains, hätte ich keine andere Wahl, als die Gründungsurkunde dieser Kolonie zu vernichten und sie zu einer unabhängigen Welt zu erklären, die nicht länger den Gesetzen der Föderation untersteht.«*

Dieses Mal beschloss Pike, der Überbringer schlechter Nachrichten zu sein. »Das würde ich Ihnen nicht empfehlen, Gouverneurin. Ihre Verpflichtungen der Föderation gegenüber abzustreifen würde gleichzeitig bedeuten, dass Sie den geringen Schutz, den sie Ihnen bietet, ebenfalls aufgeben. Zum Beispiel würden Sie als Invasoren angesehen, wenn Sie Ihre persönliche Flagge auf einer Welt hissen, die immer noch zur Föderation gehört – und das würde mich und Captain Georgiou zu einer militärischen Reaktion zwingen.« Er bemerkte einen leicht anklagenden Blick von Georgiou. Das erinnerte ihn daran, dass erst weniger als eine Stunde vergangen war, seit er kurz davorgestanden hatte, sämtliches Leben auf der Planetenoberfläche auszulöschen, ohne dessen Bewohner vorher zu warnen. Er verdrängte die bittere Ironie der Situation und sagte zu Kolova: »Ich glaube, ich darf mit Sicherheit behaupten, dass niemand von uns dieses Ergebnis möchte.«

Kolova bestätigte seine Warnung mit einem langsamen Nicken. Dann zwang sie ihr Kinn erneut in die Höhe und täuschte einen gewissen Stolz vor. *»Also, wie sollen wir dann vorgehen?«*

»Captain Georgiou und ich müssen uns immer noch mit dem Koloss-Problem herumschlagen. Während wir das tun, schlage ich vor, dass Sie Ihre Koloniebewohner und sich selbst darauf vorbereiten, Sirsa III zu verlassen.«

»Warum?«

Georgiou erwiderte: *»Weil die Föderation, selbst wenn Sie wie durch ein Wunder der strafrechtlichen Verfolgung entgehen, die Überreste dieser eingeborenen Kultur dokumentieren will. Außerdem wird der Rat wahrscheinlich eine komplett neue xenoarchäologische Vermessung verlangen, für die alle potenziellen kulturellen Verschmutzungen – wie zum Beispiel Sie, Ihre Koloniebewohner und Ihre gesamte Infrastruktur – entfernt werden müssen.«*

Immerhin schien sich Kolova in ihre Niederlage zu fügen. *»Also schön. Ich hoffe, Sie werden mir verzeihen, wenn ich wenigstens versuche, ein Gnadengesuch beim Rat einzulegen, bevor man dort ein Urteil fällt.«*

»Nur zu«, sagte Pike. »Sorgen Sie nur dafür, dass Sie währenddessen Ihre Sachen packen.«

Falls die Gouverneurin noch eine scharfe Antwort darauf hatte, behielt sie diese für sich. Sie schloss ihr Ende der dreiseitigen Verbindung. Somit blieben Pike und Georgiou zurück, um sich von Captain zu Captain zu beraten. Er überprüfte das Schiffschronometer. »Die Zeit verrinnt, Captain.«

»Wirklich? Nach meiner Rechnung hat Burnham immer noch zweieinhalb Stunden.«

Pike nickte. »Knapp. Aber wenn ich herausfinde, dass sie keinen Plan hat, um den Koloss zu neutralisieren, dann sollen Sie wissen, dass ich die Absicht habe, die Befehle, die ich in der Hand habe, auszuführen.«

»Ja«, sagte Georgiou, *»das haben Sie sehr deutlich gemacht.«* Sie überprüfte etwas, das außerhalb des Bildschirms lag. *»Man hat mich gerade darüber in Kenntnis gesetzt, dass Burnham und Spock in zwei Minuten hinunterbeamen.*

Vertrauen Sie mir, wenn ich Ihnen sage, dass man sie nicht unterschätzen darf. Sie kann ziemlich erfinderisch sein.«

»Dasselbe könnte ich auch über Spock sagen.« Pike rief sich etwas aus der Besprechung auf der *Shenzhou* über die versteckte, eingeborene Zivilisation ins Gedächtnis. »Ihr zweiter Offizier spekulierte, dass die einheimische Kultur des Planeten etwa zur selben Zeit ausgestorben ist, in der der Koloss in seinen Ruhezustand verfiel. Hat er Gründe, anzunehmen, dass die beiden Vorfälle in Zusammenhang stehen?«

»Noch nicht. Aber vielleicht könnten wir beide in Betracht ziehen, einen Offizier auf den Planeten hinunterzuschicken, um genau das zu untersuchen. Wenn es eine Verbindung gibt, könnte das einen Hinweis bringen, der uns dabei hilft, den Koloss aufzuhalten.«

Das war ein vernünftiger Vorschlag. Pike sah nach rechts und fing einen Blick seines Ersten Offiziers auf. Er merkte, dass sie diesen Einsatz gerne ergattern würde. Er sah Georgiou an. »Ich kann meinen Ersten Offizier entbehren, wenn Ihnen ein Einsatz vor Ort vorschwebt.«

»Die Überreste dieses dicht besiedelten Ballungsgebiets liegen irgendwo begraben in einem Höhlenkomplex entlang der Küstenlinie, die dem Koloss zugewandt ist«, sagte Georgiou. *»Lieutenant Saru schlägt vor, dass wir unsere Untersuchungen dort beginnen.«*

»Das geht in Ordnung«, erwiderte Pike. »Schicken Sie die Koordinaten an meinen Transporterchief. Ich sorge dafür, dass Commander Una Ihren Mann in zehn Minuten auf der Oberfläche trifft. *Enterprise* Ende.«

Chief Garison schloss den Kanal. Pike drehte sich um und sah Una an. »Seien Sie vorsichtig dort unten, Nummer Eins. Ich habe viele Dinge in der Sternenflotte auf die harte Tour gelernt – eins davon lautet: Ausgestorbene Zivilisationen sind genau das manchmal nicht.«

»Ihre Besorgnis ist zur Kenntnis genommen, Captain.« Als Una auf ihrem Weg zum Turbolift an seinem Sessel vorbeiging, sagte sie ganz leise mit einem matten Lächeln: »Wenn ich irgendwelche Geister sehe, lasse ich es Sie wissen.«

Der schimmernde, goldene Vorhang des Transporters löste sich auf und setzte Spock und Burnham auf dem Rücken des Kolosses ab. Das riesige Schiff war näher an die Küste getrieben, die kaum mehr war als eine haarfeine Linie, die die Perfektion des Horizonts störte.

Eine steife Brise taufte Burnham mit Salzwassernebel. Sie zuckte zusammen, wischte sich die Feuchtigkeit aus dem Gesicht, streckte dann die Hand nach ihrem Trikorder aus und schaltete ihn ein. In einigen Schritten Entfernung zog Spock seinen Trikorder zurate und schlenderte langsam auf das schmale Ende des fremden Schiffs zu. Er schaltete durch seine Sensoreinstellungen: »Wonach suchen wir?«

»Einem Eingangspunkt«, sagte Burnham. »Die Hülle besteht aus einem ›intelligenten Metall‹, das sich nahtlos öffnet und schließt. So wurden auch die Drohnen vorhin abgeschossen.«

Spock passte die Einstellungen seines Trikorders an. »Jetzt verstehe ich, was Sie meinten, als Sie davon sprachen, dass auf der Außenseite des Schiffs Symmetrie vorherrscht. Diese Tendenz manifestiert sich sogar in kleinen Dingen. Das könnte darauf hindeuten, dass man es gezüchtet hat und dabei biomechanische Materialien in einer fraktalen Matrix verwendet hat.«

»Den Gedanken hatte ich auch schon«, stimmte Burnham zu. »Ich hatte die Gelegenheit, mit einigen experimentellen biomechanischen Vorlagen an der Vulkanischen Akademie der Wissenschaften zu arbeiten, und sie brachten ähnliche

Texturen wie diese hervor.« Sie senkte ihren Trikorder. »Mir war nicht bewusst, das Biomechanik heutzutage auf dem Lehrplan der Sternenflottenakademie steht.«

»Das tut sie nicht.« Spock fuhr fort, Trikordermessdaten zu sammeln. »Ich bemühe mich, bei den neuesten Fortschritten diverser wissenschaftlicher Disziplinen auf dem Laufenden zu bleiben.«

Burnham nickte. »Vernünftig.« Sie setzte ihre Trikordermessungen fort, doch sie war abgelenkt. Sie warf Spock einen verstohlenen Blick zu und fragte: »Wenn Sie sich für die neuesten Technologien interessieren, wieso haben Sie sich dann für die Sternenflotte entschieden?«

Seine Augenbrauen hoben sich in würdevoller Überraschung. »Die Sternenflotte ist eine der besten Einrichtungen, was wissenschaftliche Forschung und Erkundung angeht ...«

»Verzeihen Sie«, unterbrach sie ihn. »Bitte verstehen Sie mich nicht falsch. Ich bin mir der Stärken der Sternenflotte wohl bewusst. Was ich fragen wollte, war, warum Sie die Sternenflotte der Vulkanischen Akademie der Wissenschaften vorgezogen haben? Ich hörte, man hätte Ihnen die Aufnahme angeboten, aber Sie haben abgelehnt.«

Erst nachdem sie die Frage ausgesprochen hatte, wurde Burnham verlegen. Sie hatte ihre Neugier in Bezug auf Spocks Entfremdung von Sarek und sein gestörtes Verhältnis zu Amanda nicht im Zaum halten können. Doch als sie sah, wie er schweigend mit etwas rang, das sie für schwierige Gefühle hielt, fürchtete sie, dass sie zu weit in seine Privatsphäre vorgedrungen war.

Er runzelte kurz die Stirn, doch das genügte, um Burnham zu warnen, dass sie einen Nerv getroffen hatte. »Mein Aufnahmeantrag an der Vulkanischen Akademie der Wissenschaften wurde von meinem Vater gestellt. Obwohl ihre Einladung mich ehrte, hatte ich zu diesem Zeitpunkt bereits den Entschluss gefasst, ein Offizierspatent der Sternenflotte zu erwerben.« Sein Blick richtete sich nach innen. »Eine Entscheidung, an der mein Vater großen Anstoß nahm.«

»Ich verstehe.«

Es klang wie eine hohle Phrase, aber Burnham hatte das Gefühl, Spocks Dilemma wirklich nachvollziehen zu können. Sarek war eine Respekt einflößende Persönlichkeit, die nicht daran gewöhnt war, dass die, von denen er unbedingten Gehorsam erwartete, sich ihm widersetzten.

Spock setzte seine Scans fort. »Man sagte mir, dass Sie die Vulkanische Akademie der Wissenschaften mit höchsten Auszeichnungen abgeschlossen haben.«

»Das habe ich.« Sie folgte ihm, während er nun zum anderen Ende des Schiffs ging.

»Mit einer solchen Qualifikation hätten Sie eine vielversprechende Karriere auf Vulkan machen können – als Akademikerin oder in der wissenschaftlichen Forschung. Dennoch haben Sie sich ebenfalls für die Sternenflotte entschieden. Weshalb?«

Sie war unsicher, wie viel der Wahrheit sie ihm anvertrauen sollte. »Sarek wollte es so.«

Die ganze Wahrheit war – wie immer – wesentlich komplizierter. Sarek und Amanda waren Burnhams Pflegeeltern geworden, nachdem ihre Eltern gestorben waren, als sie noch ein kleines Kind war und gerade erst ihre Ausbildung auf Vulkan begonnen hatte. In all den Jahren, die sie auf sie aufgepasst hatten, hatten sie keine Dankbarkeit von ihr verlangt. Sarek wollte immer nur pflichtbewussten Gehorsam von Burnham. Nachdem sie ihr Studium an der Vulkanischen Akademie für Wissenschaften abgeschlossen hatte, wollte sie eine Stelle als Akademikerin auf Vulkan annehmen. Sarek hatte aber darauf beharrt, dass sie stattdessen ein Offizierspatent der Sternenflotte erwarb, und sie hatte sich gefügt. Er hatte ihr gesagt, er hoffte, es würde ihr dabei helfen, wieder mit ihrer Menschlichkeit in Einklang zu kommen, aber Burnham konnte sich nicht vorstellen, warum ein vulkanischer Mentor so etwas für seinen Schützling erstrebenswert fand.

Seitdem hatte sie ihr Unbehagen darüber, dass sie unter Nichtvulkaniern lebte und arbeitete, verborgen, wie sie auch ihren ständigen Groll Sarek gegenüber verbarg, der sie mehr oder weniger aus der einzigen Welt geworfen hatte, die jemals einen Sinn für sie ergeben hatte.

Doch jetzt war sie hier mit Spock, dem hochgelobten Nachkommen des großen Botschafters Sarek, dem Erben einer der ältesten und am meisten respektierten Familiendynastien auf Vulkan, und konnte nur an eins denken: *Was hat ihn wohl dazu getrieben, all das, was ich von Herzen gern hätte, zu verschmähen?*

Spock schien von ihr gleichermaßen verwirrt zu sein. »Als Sie Sareks Bitte entsprochen haben …«

»Es war mehr ein Befehl«, korrigierte Burnham.

Er bohrte weiter. »Haben Sie sich durch Ihren Gehorsam Sareks Anerkennung verdient?«

Sie hätte beinahe gelacht, bis ihre vulkanische Konditionierung ihre Reaktion auf ein knappes Lächeln eindämmte. »Ich bin nicht sicher, ob es überhaupt jemals irgendjemanden gegeben hat, der irgendetwas getan hat, das Sareks Anerkennung findet.« Plötzlich war sie besorgt, sie könnte Spock beleidigt haben, und fügte hinzu: »Anwesende natürlich ausgenommen.«

»Nicht so sehr, wie man annehmen sollte«, sagte Spock. »Er hat nie verstanden, warum ich unter Nichtvulkaniern arbeiten und leben möchte … insbesondere unter Menschen.« Seine dichten Augenbrauen zogen sich zusammen, als er etwas auf seiner Trikorderanzeige entdeckte. Dann ging er schneller.

Burnham hielt mit Spock Schritt und ging neben ihm her. »Haben Sie jemals eine Versetzung zu einer der neuen, nur aus Vulkaniern bestehenden Mannschaften erwogen?«

»So wie die auf der *Intrepid*?« Er schüttelte den Kopf. »Nein.« Dann blieb er stehen und fixierte sie mit seinem durchdringenden Blick. »Und Sie?«

»Ich habe darüber nachgedacht«, log sie und wollte nicht zugeben, dass ihre Anfrage bezüglich einer Versetzung zur *Intrepid* kalt abgelehnt worden war. Trotzdem ließ ihre Angst, dass Georgiou Zweifel an ihrer Fähigkeit hatte, als Erster Offizier der *Shenzhou* zu dienen, sie darüber nachdenken, ihr Glück bei der nächsten ausschließlich vulkanischen Mannschaft zu versuchen, die für das Raumschiff *Persepolis* zusammengestellt wurde.

Spock ging weiter und teilte seine Aufmerksamkeit zwischen Burnham und dem Weg vor ihm auf. »Ich bezweifle, dass einer von uns unter vulkanischen Mannschaften willkommen wäre. So gerne sie die Weisheit der UMUK propagieren, so provinziell verhalten sie sich in vielen Dingen.«

Es schmerzte Burnham, das vor sich selbst zuzugeben, aber Spock hatte wahrscheinlich recht. UMUK – das vulkanische Prinzip, das die unendliche Mannigfaltigkeit in unendlicher Kombination rühmte – wurde allzu oft durch seine Verletzung geehrt und nicht durch seine Beachtung. *Wenn jemand, der so berühmt ist wie Spock, der Sohn von Sarek, glaubt, dass wir auf Schiffen mit ausschließlich vulkanischer Besatzung* unerwünscht *sind, welche Chance werde ich dann jemals haben?* Sie musste ihre gesamte vulkanische Konditionierung aufbieten, um ihren Geist von der toxischen Mischung aus Bedauern, Schuldgefühl, Zorn und so vielen anderen, miteinander vermischten Gefühlen zu säubern, dass es jeglicher Beschreibung spottete. Doch als es vorüber war, war die gesegnete Ruhe der Logik ihre Belohnung.

Erneut ging Spock schneller. Burnham passte sich seiner Geschwindigkeit an. »Wo laufen wir so schnell hin, Mister Spock?«

»Wenn ich mich nicht irre«, antwortete er und warf einen prüfenden Blick auf seinen Trikorder, »dann habe ich den Eingangspunkt gefunden, den Sie suchen. Ich habe keine Ahnung, wie er funktionieren könnte oder ob es eine Möglichkeit für uns gibt, ihn zu benutzen, aber jetzt, da Sie mir das Muster gezeigt haben, kann ich Ihren Verdacht bestätigen: Er ist hier.«

»Ausgezeichnet!«, sagte Burnham. »Sehen wir mal, was sich im Inneren dieses Dings befindet.«

Nachdem der herrliche Gesang und die Abgeschiedenheit des Transporterstrahls verblasst waren, blieb Saru nur mit dem weit entfernten Rauschen der Wellen zurück, die gegen das felsige Ufer brandeten, und dem Flüstern des Windes, der über eine beängstigend offene und weitläufige Graslandschaft und Dünen wehte. Er war allein von der *Shenzhou* heruntergebeamt. Zu dem Zeitpunkt war ihm der Ort, an den er gebeamt wurde, unwichtig erschienen, doch als er die lange und leere Küstenlinie betrachtete, fühlte er sich ungeschützt. Für einen Kelpianer kam es einem Selbstmord gleich, allein auf weiter Flur zu stehen. Saru hatte das Gefühl, er lud ein unsichtbares, fremdes Raubtier ein, ihn zu verschlingen.

Er umklammerte den Griff seines Phasers noch fester und lauschte, ob Pfoten über Sand trotteten oder ob ein beinloser Horror wispernd über das gelbliche Gras glitt. Für die meisten anderen intelligenten Zweibeiner waren derartige Geräusche beinahe unhörbar, für einen Kelpianer waren sie wie deutlich vernehmbare Schreie der Gefahr.

Seine geschärften Sinne konzentrierten sich auf ein tiefes Brummen. Insekten? Ein Vogelruf? Innerhalb einer halben

Sekunde entspannte Saru sich. Er kannte das Surren und die Schwingungen. Sie gehörten zu dem ringförmigen Eindämmungsstrahl eines Personentransporters der Sternenflotte, der nach 2253 gebaut worden war. Dieser durchbrach die Umgebungsatmosphäre nur wenige Meter von seinem Standort entfernt. Saru wollte seinem Kollegen keinen falschen Eindruck vermitteln und nahm seine Hand vom Phaser. Er nahm Haltung an, während er darauf wartete, dass das goldene Schimmern des Strahls zu der vertrauten Gestalt einer humanoiden Frau wurde. Sie trug einen blassbeigen Rollkragenpullover über einer schwarzen Hose, hohe Stiefel und einen kleinen Rucksack. Nachdem die Energie, die sie umgab, sich verflüchtigt hatte, sah er, dass sie für ihre Spezies hochgewachsen war, dunkle Haare hatte und eine Uniformjacke trug, deren Rangabzeichen sie als Commander auswiesen.

Erst nachdem die letzten Überreste des Strahls verschwunden waren, konnte Saru sie deutlich erkennen. Sie stand ihm zugewandt, sodass sie ihn ansehen konnte, und begegnete seiner förmlichen Haltung mit einem entwaffnenden Lächeln. »Sie müssen Lieutenant Saru sein«, sagte sie und streckte ihm die Hand freundlich entgegen.

Er entspannte sich und schüttelte ihr die Hand. »Sie müssen Commander Una sein.«

»Wie sie leibt und lebt.« Sie ließ seine Hand los.

Dann betrachtete sie ihn mit einem neugierigen Blick. Er fragte sich, weshalb, bis ihm bewusst wurde, dass es sein Fehler war. »Verzeihen Sie, Commander. Ich wollte Sie nicht anstarren.«

»Ist schon in Ordnung. Es ist schön, wenn man sich für mich interessiert.« Ein koketter Blick. »Darf ich fragen, warum?«

Da er schon erwischt worden war, fühlte er sich zu einer Erklärung verpflichtet. »Wenn ich offen sprechen darf?« Ihr zustimmendes Nicken ermutigte ihn. »Auf den ersten Blick nahm ich Sie als Mensch wahr. Doch dann, als Sie mir in die Augen gesehen haben ... Ich spürte, dass Sie nicht wie die meisten von der Erde stammenden Menschen sind. Sie teilen viele ihrer physiologischen Erkennungsmerkmale und doch scheinen Sie keine von ihnen zu sein.« Er fürchtete, dass er zu viel gesagt hatte oder sie vielleicht sogar beleidigt hatte. »Aber vielleicht irre ich mich auch.«

»Nein, Ihre Sinne machen Ihnen alle Ehre«, versicherte Una. »Meine Biologie ist menschlich, aber ich wurde auf Illyria geboren und gemäß unseren Traditionen aufgezogen.«

Nachdem er ihre Erklärung gehört hatte, verstand Saru und war erleichtert, dass seine Instinkte so scharf wie immer waren. »Eine Illyrianerin«, sagte er. »Das erklärt es. Mental diszipliniert, von Natur aus friedfertig, Vegetarierin. Das und Mikrogesten, die für Ihre Kultur spezifisch sind, erklären, weshalb Sie nicht diese Ausstrahlung eines ›Spitzenprädatoren‹ haben, die ich von so vielen anderen Humanoiden spüre.«

Seine Bemerkungen schienen Una zu schmeicheln und sie verlegen zu machen. »Ja, das habe ich schon öfter gehört. Von Vulkaniern zum Beispiel. Und von den Chobliken.« Sie neigte ihren Kopf ganz leicht vor. »Ich nehme das als größtes Kompliment und danke Ihnen sehr.«

»Es war mir ein großes Vergnügen, Commander.« Es kam nur selten vor, dass Saru sofort eine Seelenverwandtschaft mit jemandem spürte, der kein Kelpianer war, aber bei Una war das der Fall. Sie erinnerte ihn an die kleine Gruppe Sternenflottenoffiziere, die ihn auf seiner Heimatwelt vor vielen Jahren vor dem sicheren Tod bewahrt hatten. Sie hatten ebenfalls diese Ausstrahlung von »hochevolutionierten Wesen« gehabt. Er war von dieser grundlegenden Eigenschaft ihrer Natur fasziniert gewesen: intelligente Kreaturen, die die Merkmale von Spitzenprädatoren besaßen, aber auch die Empathie und das Mitgefühl eines gleichgestellten Beutetieres. Genau wie ihre Versicherungen vor langer Zeit hatte auch Unas freundliche Begrüßung dafür gesorgt, dass Saru sich wohlfühlte.

Er zeigte auf ihren Trikorder. »Commander, hatten Sie schon Gelegenheit, meinen Bericht darüber zu lesen, dass Beweise für eine primitive, einheimische Zivilisation hier auf Sirsa III unterdrückt wurden?«

»Allerdings«, antwortete Una. »Ich war beeindruckt, dass Sie etwas so Detailliertes und Wortgewandtes in so kurzer Zeit zusammenstellen konnten. Mir ist klar, weshalb Sie nicht nur der leitende Wissenschaftler der *Shenzhou* sind, sondern auch ihr zweiter Offizier: Man findet nur selten eine derartige Kombination aus Fähigkeiten und Disziplin.«

Wenn sie eine Kelpianerin wäre, würde ich mich in sie verlieben.

»Es ist sehr freundlich von Ihnen, das zu sagen, Commander.« Er hob seinen Trikorder und bestätigte ihre Position und die Richtung ihres Ziels. Er zeigte nach Westen und sagte: »Der Eingang zu dem Höhlenkomplex befindet sich weniger als zweihundert Meter entfernt in diese Richtung. Wollen wir uns auf den Weg machen?«

»Unbedingt«, entgegnete Una. Sie ging los und Saru blieb an ihrer Seite.

Gemeinsam folgten sie einem schmalen Weg durch eine steile Felswand, die sich über die gesamte Halbinsel erstreckte. Als der Raum immer enger wurde, spürte Saru, wie seine Angst wuchs. Es war für ihn nervenaufreibend, sich auf offenem Gelände aufzuhalten, aber es war auch beunruhigend, wenn er sich in zu engen Bereichen bewegte. Wenn ein Angriff erfolgte, wohin sollte er fliehen? Wo konnte er sich in Deckung begeben? Der tiefste Punkt einer Schlucht war genauso gefährlich wie verlassenes Flachland.

Vielleicht spürte Una sein wachsendes Unbehagen, denn sie übernahm die Führung und sah sich demonstrativ regelmäßig nach Saru um. Sie fragte: »Wie gefällt es Ihnen, auf der *Shenzhou* zu dienen?«

»Sie ist ein erstaunliches Schiff, trotz ihres Alters«, schwärmte Saru. Er war dankbar für die Ablenkung durch das Geplauder. »Und Captain Georgiou ist ein bemerkenswerter kommandierender Offizier.«

Una nickte mit einem Blick über ihre Schulter. »Ja, ihr Ruf eilt ihr voraus.« Zehn Schritte später fragte sie: »Sind Sie der einzige Kelpianer in der Sternenflotte?«

»Soweit ich weiß, ja. Mein Volk neigt dazu, Risiken abzulehnen.« Er spürte einen Stich der Scham, als er über die Unzulänglichkeiten seiner Spezies nachdachte. »Aber ich hoffe, das eines Tages zu ändern.«

»Ich kann das nachvollziehen«, sagte Una. »Es ist manchmal schwer, sich sogar unter seinen Schiffskameraden wie ein Außenseiter zu fühlen. Besonders für Leute wie Sie und mich – Kreaturen des Friedens, die von denjenigen umgeben sind, die instinktiv zur Gewalt neigen.«

Saru hatte beinahe das Gefühl, als könne sie seine Gedanken lesen. »Ja! Es ist zeitweise quälend, in einer Kultur ein Wissenschaftler und *Forscher* zu sein, die von Soldaten dominiert wird, auch wenn diese noch so wohlmeinend sind. Ich habe so oft davon geträumt …«

Seine Bedrohungsganglien erwachten zum Leben und traten wild tanzend oberhalb seiner Ohren hervor. Angst schnürte ihm die Kehle zu und ließ ihn mitten im Schritt innehalten. Sein Spürsinn für Gefahr war ausgelöst worden, weil er verschiedene Dinge wahrnahm: einen Atemhauch, in dem Blutgeruch mitschwang, das Kratzen von Klauen auf Felsen in den Schatten und das Zittern von Muskeln, die sich vor dem Sprung anspannten …

Una blieb stehen, sah sich um und musterte Saru. Sie bemerkte das Wackeln seiner Bedrohungsganglien, sagte aber nichts. Stattdessen lauschte sie. Sie schmeckte die Luft, die sich in der einbrechenden Dämmerung abgekühlt hatte. Sie warf Saru einen fragenden Blick zu. Er deutete mit den Augen nach rechts oben. So langsam wie ein Gletscher nickte Una, dass sie verstanden hatte.

Dann verschwammen ihre Bewegungen. Sie wirbelte auf der Stelle um ihre Achse, schnappte sich einen Stein vom Boden und schleuderte ihn hinauf in die zerklüfteten Felsvorsprünge. Ihr Geschoss fand ihr Ziel: Eine Kreatur fauchte und knurrte, während sie sich zurückzog. Bei ihrer Flucht ließ sie lose Kiesel auf Una und Saru herunterprasseln. Innerhalb von Sekunden war ihr fauliger Geruch für Sarus empfindliche Nüstern nicht mehr wahrnehmbar und das Geräusch ihrer Flucht über die Felsen verklang in der Ferne. Seine Ganglien zogen sich zurück und er beruhigte sich wieder.

Saru atmete aus. Er hatte reflexartig die Luft angehalten. Una legte ihre Hand sanft und ermutigend auf seine Schulter. »Danke für die Warnung. Ich hätte das nicht mitbekommen. Geht es Ihnen gut?«

»Ja, Commander. Mir geht es gut. Danke.«

»Ich bin froh, das zu hören. Wie weit ist es noch bis zum Höhleneingang?«

Er überprüfte seinen Trikorder. »Zwölf Komma sechs Meter nach rechts.«

»Dann sollten wir lieber weitergehen.« Una setzte ihren Weg fort und Saru beeilte sich, zu ihr aufzuschließen. Diese Frau des Friedens war außerdem eine geborene Verteidigerin und Saru folgte ihrem Beispiel, indem er ihr Selbstvertrauen und ihre Ruhe nachahmte. Unter Kelpianern war es die größte Ehre, als Verteidiger seines Clans bekannt zu sein. Una verlieh Saru das Gefühl, dass er auch ein Beschützer werden konnte.

Weniger als eine Minute später gähnte der zerklüftete Eingang zu dem Höhlenkomplex zu ihrer Rechten. Das Maul war eine Einladung, in eine finstere Unterwelt hinabzusteigen. Wo einige ein enges Gewirr aus Schatten sahen, entdeckte Saru eine Umwelt, die ihn endlich an seine Heimat erinnerte. Er musste sich ins Gedächtnis rufen, dass dies nicht Kelpia war. Es war unmöglich zu erkennen, welche Teufel in dieser unbekannten Dunkelheit lauerten.

Una ging allerdings ohne zu zögern hinein und sah nicht zurück.

Saru hatte keine andere Wahl, als ihr zu folgen. *Das kann nicht gut enden,* sagte ihm seine Angst, aber er ignorierte sie und ging weiter. Denn so lauteten seine Befehle und es gab nur eins, das schlimmer war, als mit Una in diese Dunkelheit zu gehen – und zwar ohne sie draußen zu bleiben.

Spock kniete achtern auf der pechschwarzen Hülle des Kolosses neben einem Fleck, der etwas glatter erschien als sein gesamtes Umfeld. Er war beinahe wie Glas, reflektierend und kühl, wenn man ihn berührte. Spock sah Burnham an. »Haben Sie das Gegenstück gefunden?«

Sie befand sich einige Meter von ihm entfernt auf einem Knie und drückte ihre rechte Handfläche auf einen Fleck der Hülle, der genauso glatt war wie der vor Spock. »Ich habe es.«

Eine kalte Brise spritzte Salzwasser in Spocks Augen. Er zuckte zusammen und schüttelte die unangenehme Empfindung ab. Obwohl er zur Hälfte Mensch war, hatte er noch nie den Reiz endloser Meere verstanden, wie man sie auf der Erde und vielen anderen Klasse-M-Planeten fand. Seine prägenden Jahre hatte er im rauen Wüstenklima Vulkans verbracht, einer roten Welt, deren Umwelt zu den erbarmungslosesten gehörte, die je intelligentes Leben hervorgebracht hatten.

Burnham überprüfte ihren Trikorder, den sie auf permanente Sensormessung eingestellt hatte. »Der ovale Bereich zwischen uns ist das einzige singuläre Merkmal auf der oberen Hülle dieses Schiffs.«

»Faszinierend«, sagte Spock. Er wusste Burnhams Zurückhaltung zu schätzen. Viele seiner menschlichen Schiffskameraden von der *Enterprise* – mit der Ausnahme von Commander Una selbstverständlich – hätten wahrscheinlich die nicht auf Fakten gestützte Annahme vertreten, dass der ovale Bereich zwischen ihm und Burnham das einzige nicht doppelt angelegte Element auf dem gesamten Schiff sei. Doch Burnham war auf Vulkan ausgebildet worden. Sie wusste, dass man noch keine hochauflösende Karte von der Unterseite des Kolosses besaß, und hatte deswegen auch keine Vermutungen darüber angestellt. Er wollte ihre Logik auf die Probe stellen und spekulierte laut: »Es ist möglich, dass das Oval einen Zwilling auf der Unterseite dieses Schiffs besitzt.«

»Möglich, ja«, entgegnete Burnham, »aber dafür haben wir keinen Beweis. Und selbst wenn es so wäre, gäbe es keine bequeme Zugriffsmöglichkeit. Für den Moment ist die logische Vorgehensweise, das Potenzial dieser Besonderheit zu erforschen.«

Das war genau die Antwort, auf die Spock gehofft hatte. Dennoch war er ratlos und wusste nicht, wie genau sie vorgehen sollten. »Wenn das hier als Portal ins Innere des Schiffs fungiert, gibt es keine offensichtliche Bedienschnittstelle dafür. Wenigstens nicht hier draußen.«

»Da bin ich mir nicht so sicher, Mister Spock.« Sie strich mit ihren Händen über die Oberfläche der Hülle. »Angesichts der Reaktion, als der Bohrkopf auf die Hülle traf, und seines darauffolgenden Angriffs auf Neu Astana scheint mir die Schlussfolgerung vertretbar, dass der Koloss außen Empfindungsfähigkeit besitzt. Sollte das hier also eine Art

Luftschleuse sein oder eine andere Möglichkeit, ins Innere des Schiffs zu gelangen, dann wäre es nur folgerichtig, wenn es dafür hier draußen auch eine Art Bedienfläche gäbe.«

»Nicht unbedingt«, sagte Spock. »Wenn dieses Schiff mit einer Mannschaft hierhergekommen ist, wäre diese nicht nach Abschluss ihrer Mission – wie immer diese ausgesehen haben mag – wieder abgeflogen? Deutet seine fortdauernde Anwesenheit hier nicht darauf hin, dass es ohne Mannschaft oder Passagiere hierhergeschickt wurde, vielleicht um irgendeine beschränkte Funktion zu erfüllen und dann zurückgelassen zu werden?«

Burnham verfiel ins Grübeln. »Ich verstehe, was Sie meinen. Und ich gebe zu, dass diese Besonderheit, die wir gefunden haben, sich durchaus nur als Abschussöffnung für Waffen, die größer als die Drohnen sind, erweisen könnte. Oder vielleicht auch als etwas vollkommen Unbedeutendes. Aber bedenken Sie, Mister Spock: Die Öffnungen, die sich für die Drohnen öffneten, verschwanden spurlos. Das sagt mir, dass diese Struktur, die wir gefunden haben, nicht existieren würde – es sei denn, die Erschaffer dieses Schiffs wollten, dass man sie findet. Und wieso sollten sie das wollen? Das deutet doch darauf hin, dass sie hofften, die Ureinwohner dieses Planeten würden den Koloss suchen und diesen Eingangspunkt finden.«

»Zu welchem Zweck?«, fragte Spock, dessen Neugier geweckt war.

Er war leicht enttäuscht, als Burnham mit den Schultern zuckte. »Ich weiß es noch nicht. Aber ich habe vor, es herauszufinden.« Sie tätschelte den glatten Fleck vor ihr und sah dann Spock an. »Drücken Sie Ihre Hand auf Ihren?«

»Im Moment nicht. Wünschen Sie, dass ich das tue?«

»Bitte«, sagte Burnham. »Es ist zwar weit hergeholt, aber ich erinnere mich an etwas, das man mir als Kind auf

Vulkan beigebracht hat: Die minimale Anforderung für die Raumfahrt ist ...«

»Taktile Sinneswahrnehmung«, sagte Spock. Burnhams Stichwort hatte seinem Gedächtnis an seine frühe Ausbildung ebenfalls auf die Sprünge geholfen. Er legte seine Hand auf den glatten Fleck vor sich und ahmte die Stellung ihrer Finger nach. Sofort spürte er einen festen, aber nachgiebigen Druck unter seiner Handfläche. »Ein haptisches Bedienfeld«, stellte er fest. Er betrachtete Burnham mit völlig neuem Respekt. »Woher wussten Sie das?«

»Ich vermute, dieser Eingangspunkt wurde so angelegt, dass er für den kleinsten gemeinsamen Nenner empfänglich ist«, sagte sie. »Und die Symmetrie des Schiffs, die sich auch auf diese beiden Felder erstreckt, ließ mich annehmen, dass die Bedienfelder auf zwei Personen ausgelegt sind.«

»Oder auf einen einzelnen Anwender, der eine Armspanne von einigen Metern besitzt«, gab Spock zu bedenken.

Sie zog eine Augenbraue hoch. Die Art, wie sie das tat, erinnerte Spock an die von seinem Vater bevorzugte Form des Tadels. »Eine korrekte Analyse, wenn auch nicht besonders hilfreich.«

Sogar ihre Kritik klingt so, als könnte sie von meinem Vater stammen, dachte Spock.

Er spürte, wie sich der Druck unter seiner Handfläche mehrfach verlagerte. »Das Bedienfeld funktioniert wieder. Es fühlt sich so an, als würden stumpfe Nadelstiche über meine Handfläche wandern und dann nachlassen.«

»Ich spüre dasselbe hier drüben«, sagte Burnham. »Achten Sie auf jedes Detail. Anzahl der Druckpunkte. Die Reihenfolge, in der sie auftreten. Ihre Position, Dauer und Ausrichtung. Ihre Temperatur – ich habe das Gefühl, einige sind heiß und andere eisig.«

Als sie ihm die Anweisungen gab, nahm er die Komplexität des Bedienfelds wahr. »Es ist eine Kombination aus den Systemen, die Ihr Volk geschaffen hat, um Textinformationen für Blinde zugänglich zu machen, und denen der Andorianer nicht unähnlich.«

»Ja, das ist mir auch aufgefallen. Jetzt konzentrieren Sie sich. Sagen Sie mir alles, was Sie spüren.«

Er gab die Einzelheiten wieder, als er begann die Muster wahrzunehmen, und Burnham tat dasselbe. Innerhalb weniger Minuten, in denen es hin und her ging, hatten sie gleichzeitig eine Erleuchtung:

»Es ist ein Frage-Antwort-System.«

Burnham nickte und schloss dann die Augen, um sich zu konzentrieren. »Ich spüre komplexe Zahlen hier drüben, wenn ich das richtig deute. Die frühen Durchläufe sollten die Basislinie etablieren. Um uns das Zahlensystem beizubringen. Jetzt erhalte ich riesige Ganzzahlen.«

Spock schloss seine Augen und richtete die gesamte Schärfe seines Verstands auf das haptische Bedienfeld unter seiner Hand. »Ja. Und ich erhalte eine kleine Reihe einfacher Gleichungen. Ungefähr alle dreißig Sekunden eine andere Reihe.« Er konzentrierte sich noch mehr und erkannte: »Die Zahlen, die ich erhalte, sind alles Primzahlen.«

»Was sind denn dann diese Zahlenreihen, die ich ...« Burnham seufzte, zum Teil erleichtert, zum Teil aber auch – so schien es – selbstkritisch. »Natürlich. Faktorisierung durch Primzahlen. Der Schüssel, um hineinzugelangen, ist der Beweis, dass man nicht nur der fundamentalen Mathematik mächtig ist, sondern auch die Fähigkeit besitzt, ihre haptische Matrix auszulesen.« Sie spannte sich an. »Moment, ich bekomme eine neue Zahl.«

»Und ich erhalte einen neuen Satz einfacher Gleichungen«, erwiderte Spock.

Burnham brauchte nur wenige Sekunden, um die neue Information auszulesen. »Die Ausgangszahl lautet vierunddreißigtausendfünfhundertachtundsechzig.«

»In dem Fall lautet die Primfaktorzerlegung zwei hoch drei mal neunundzwanzig mal einhundertneunundvierzig«, sagte Spock, der die tastbare Formel unter seiner Hand las. »Ich habe die passende Gleichung gefunden. Ich werde darauf drücken.«

Er drückte die Punktreihe, die zu der korrekten Faktorisierungssequenz passte. Die Punkte zogen sich in die Hülle zurück und hinterließen keine Spur, dass sie jemals dagewesen waren ...

Das große Oval zwischen Spock und Burnham weitete und öffnete sich beinahe geräuschlos wie eine Linse von der Mitte her. Das intelligente Metall zog sich in sich selbst zurück und gab den Blick auf einen Vorraum und einen langen, davon abzweigenden Flur frei. Beide waren in ein schwaches grünes Licht getaucht.

Spock sah Burnham an. »Was machen wir jetzt?«

»Hineingehen, bevor es sich wieder schließt«, entschied sie und ließ sich über den Rand fallen, ohne auch nur eine Trikordermessung vorzunehmen, um herauszufinden, was drinnen lauern könnte.

Spock folgte ihr, ohne Fragen zu stellen oder zu zögern. Gemeinsam begaben sie sich in den Vorraum, der viele Merkmale aufwies, die Spock an eine Luftschleuse erinnerten. Dennoch fand er erneut nichts, das einer konventionellen Konsole ähnelte. Eine Reihe fremdartiger Symbole war innen am Rand des Eingangs eingraviert. Eine Tür gegenüber des Eingangs stand bereits offen. Das wies darauf hin, dass sie tiefer in das Schiff vordringen sollten – geradewegs auf den entfernten Bug zu.

Er hob seinen Trikorder und überprüfte die immer noch laufenden Scans. »Keine Lebenszeichen in dem Schiff«, sagte er. »Obwohl ich einen leichten Anstieg der Energiewerte um uns herum feststelle. Das könnte …«

Die ovale äußere Luke schloss sich wie eine Iris. Das letzte Nadelöhr Licht in seiner Mitte erlosch und die fremdartigen Symbole blinkten rot auf. Spock musste seine gesamte, schwer erarbeitete vulkanische Konditionierung aufbieten, um eine natürliche Angstreaktion zu unterdrücken.

Burnham zeigte allerdings eine etwas menschlichere Reaktion auf ihr Dilemma. Sie runzelte die Stirn, betrachtete die Wand, wo gerade noch eine Öffnung gewesen war, und murmelte leise: »Scheiße!« Sie brauchte einen Moment, um ihre Fassade der logischen Kontrolliertheit wiederherzustellen. »Wie es scheint, wurde uns unsere Richtung vorgegeben, Mister Spock.« Sie ging an ihm vorbei und führte ihn ins Innere des Kolosses. »Ob es uns gefällt oder nicht … auf geht's, ins Herz der Finsternis.«

12

Gant und ein Team aus fünf Sicherheitsoffizieren der *Shenzhou* materialisierten am Rande des runden Platzes, der im Zentrum von Neu Astana lag. In einigen Metern Entfernung beamte ein weiteres Sicherheitsteam aus sechs Leuten von der *Enterprise* herunter. Gant und sein Team von der *Shenzhou* trugen dunkelblaue Overalls der Sternenflotte mit schwarzem Besatz. Das Team der *Enterprise* trug blassgoldene oder hellblaue Pullover zu schwarzen Hosen. Dieser Uniformstil war bisher ausschließlich den Mannschaften der viel gerühmten Schiffe der *Constitution*-Klasse vorbehalten.

Der Anführer des Landetrupps der *Enterprise* kam auf Gant zu. Sein Gegenüber war eine große, schlanke Frau mit blasser Haut und kurzen, zurückgekämmten dunkelblonden Haaren. Nachdem sie eine angemessene Entfernung für eine Unterhaltung erreicht hatten, sprach Gant als Erster. »Lieutenant Kamran Gant, Leiter der taktischen Abteilung der *U.S.S. Shenzhou.*«

»Lieutenant Elena Donnelly, stellvertretende Sicherheitschefin, *U.S.S. Enterprise.*« Sie schüttelte schnell seine Hand und warf dann besorgte Blicke über den ansonsten leeren Platz. »Ich dachte, eine Truppe der ortsansässigen Gesetzeshüter sollte hier auf uns warten?!«

Gant suchte ebenfalls die umliegenden leeren Straßen und die Gebäudefronten, die sich durch geschlossene Türen auszeichneten, mit Blicken ab. »So hatte ich das auch verstanden. Sieht so aus, als ob die Koloniebewohner das Memo nicht erhalten haben.« Er rief einen Befehl über seine Schulter hinweg zu einem seiner Leute. »Goldsmith, machen Sie einen Trikorderscan. Spüren Sie mir die Koloniebewohner auf – insbesondere die Gouverneurin.« Er versuchte, Donnelly mit vorgespielter Zuversicht zu beruhigen. »Wenn sie hier sind, werden wir es sehr bald wissen.«

Donnelly suchte die Fenster ab und musterte die umliegenden Dächer. »Ich habe keinen Zweifel daran, dass sie hier sind. Ich frage mich gerade nur, wie gut sie bewaffnet sind.«

»Ich denke, recht gut«, sagte Gant. »Die Kayo-Bergbaugesellschaft ist ziemlich nachlässig mit den Gesetzen und Vorschriften auf diesem Felsen umgegangen. Ich gehe jede Wette ein, dass alle bewaffnet sind.«

Die stellvertretende Sicherheitschefin der *Enterprise* wirkte missmutig. »Großartig.«

Chief Petty Officer Goldsmith kam heran, um ihnen die Ergebnisse seines Scans zu zeigen. »Sirs? Wir sind umzingelt, und zwar nicht nur von den Leuten, die sich in ihren Fertighäusern verstecken. Wir erfassen mehrere Dutzend Bewaffnete auf den Dächern und weitere, die sich außer Sichtweite hinter Ecken verstecken.«

Gant gab Belustigung vor und sprach lauter, um die Koloniebewohner zu verspotten und dazu zu provozieren, sich zu zeigen. »Was zur ...? Eine *Überraschungsparty?* Wessen Idee war das? Ihr verrückten Schufte. Ihr wisst doch, wie sehr ich Überraschungen *hasse.*« Er zog seinen Phaser. »Ich meine, ich *hasse* sie wirklich.«

Der Rest seines Landetrupps folgte seinem Beispiel und fuchtelte mit den Phasern herum. Die Gruppe von der *Enterprise* wartete darauf, dass Donnelly ihre Waffe zog, dann taten sie es ihr gleich.

Donnelly senkte ihre Stimme und fragte Gant: »Und nun?«

»Wir tun das, weshalb wir hergekommen sind – und hoffen, dass die Koloniebewohner daraus kein Drama machen. Alle stellen ihre Phaser auf schwere Betäubung.« Gant führte die beiden Gruppen zum Exekutivgebäude, das ganz in der Nähe stand. Es war ein trostloser Gebäudekomplex, dessen einzige Verzierungen die Säulen am oberen Ende einer kurzen Treppe und die hohen, schmalen Fenster in der Fassade waren. Die beiden Sicherheitsteams schwärmten aus, während sie auf das Regierungsgebäude zuhielten. Als sie die Treppe erreichten, bildeten sie beinahe eine Reihe – zwölf Körper breit – und erklommen alle gleichzeitig wachsam die Stufen.

Dann erklang eine Männerstimme aus den Schatten hinter den Säulen: »Keinen Schritt weiter.«

Gant und die anderen blieben stehen. Er strengte sich an, um die Person zu erkennen, die gesprochen hatte. Doch der Schatten vor ihnen war zu tief, um ihn mit Blicken zu durchdringen. »Mit wem sprechen wir?«

»Unwichtig«, sagte der Wächter mit rauer Stimme. »Dieses Gebäude ist gegen Transporter abgeschirmt und Sie sind umzingelt. Machen Sie noch einen Schritt auf der Treppe nach oben und wir werden Sie niederstrecken.« Ein Stoß aus geladenem Plasma schoss aus der Dunkelheit und hinterließ eine verkohlte Spur auf den Stufen vor Gant. »Das ist die einzige Warnung, die Sie erhalten werden. Ich schlage vor, Sie drehen um und kehren zu Ihren Schiffen zurück.«

Donnelly sprach lauter, um auf die Drohung zu antworten. »Tut mir leid, das ist keine Option. Wir wurden mit unmissverständlichen Befehlen hierhergeschickt: Gouverneurin Kolova, ihre engsten Berater und jeden, der verdächtigt wird, an dem Betrug im Rahmen der planetaren Vermessung mitgewirkt zu haben, zu verhaften. Wir haben eine Vollmacht vom Generalanwalt der Föderation. Wenn Sie nicht aufgeben, wird man Sie wegen Behinderung der Justiz anklagen und Sie möglicherweise im Nachhinein der Mittäterschaft anklagen. Verstehen Sie das?«

Ein weiterer Schuss aus einer Plasmawaffe brannte einen diagonalen, schwarzen Strich quer über die Stufen vor Donnelly. Die barsche Stimme aus der Dunkelheit rief: »Ich verstehe, dass wir in Deckung sind und Sie zu zwölft völlig ungeschützt. Jetzt kehren Sie zu Ihren Schiffen zurück, bevor das hier hässlich wird.«

Gant zog seinen Kommunikator hervor und klappte ihn auf. Dabei hielt er weiter seinen Phaser in der anderen Hand in Bereitschaft. »Lieutenant Gant an Chief Le Fevre. Chief, hören Sie mich?«

Cameron Le Fevre, der Polizeichef der Hauptstadt, antwortete: *»Ich höre Sie.«*

»Chief, meine Schiffskameraden und unsere Kollegen von der *Enterprise* sehen sich heftigem Widerstand am Eingang zum Exekutivgebäude gegenüber. Wir könnten hier draußen etwas Hilfe gebrauchen.«

»Sehen Sie hoch und hinter sich«, sagte Le Fevre.

Die beiden Landetrupps drehten sich langsam herum und sahen nach oben. Dort entdeckten sie eine Gruppe der Gesetzeshüter der Kolonie, die sich am Rand eines Dachs aufgestellt hatten. Alle zielten mit langläufigen Plasmawaffen auf sie. In der Mitte der Formation stand Chief Le Fevre und hielt ein Gewehr in den Händen.

»Ich glaube, Sie tun besser, was der Mann der Gouverneurin Ihnen sagt, Lieutenant.«

Überall um die Landetrupps herum waren Bewegungen zu sehen. Gestalten tauchten aus den Schatten auf, kamen um Ecken und über Dachfirste ... und alle waren bewaffnet. Auf einen Blick erkannte Gant, dass sie mindestens eins zu dreißig zahlenmäßig unterlegen waren.

Er steckte seinen Kommunikator weg und wandte sich wieder an den Mann in den Schatten am oberen Treppenabsatz. »Das hier muss für keinen von uns unschön ausgehen. Sagen Sie uns einfach, was Sie wollen.«

»Wir wollen, dass Sie auf Ihre Schiffe zurückkehren«, antwortete die raue Stimme, »diesen fremden Koloss davon abhalten, unseren Planeten auszulöschen ... und dann von hier verschwinden.«

Seine Forderung brachte Donnelly auf die Palme. »Machen Sie Witze? Erst bedrohen Sie uns und dann sollen wir Ihnen den Arsch retten? Und wenn wir das getan haben, sollen wir einfach abhauen und all die Verbrechen, die uns überhaupt erst hierhergebracht haben, vergessen?«

»Unsere Hauptstadt brennt noch vom letzten Angriff«, rief die raue Stimme. »Wir sehen die Nachrichten! Der Koloss kommt jede Stunde näher. Er kommt genau auf uns zu und Ihre Leute tun nichts! Statt das Ding aufzuhalten, schikanieren Sie *uns*! Denken Sie mal über Ihre Prioritäten nach!«

Aus der Dämmerung kam etwas Verschwommenes hervor – eine Flasche, die zu Füßen eines Sicherheitsmanns der *Enterprise* zerschellte. Dieser wich schnell zurück und zielte mit seinem Phaser dorthin, wo die Flasche hergekommen war. Sein Finger spannte sich am Abzug seiner Waffe an ...

»Nicht feuern, Mister Gupta«, sagte Donnelly, die offenbar ebenso wie Gant darauf bedacht war, einen Aufstand zu vermeiden. An die geheimnisvolle Gestalt oben an der

Treppe gerichtet fuhr sie fort: »Ich versichere Ihnen, wir werden alles tun, um den Koloss aufzuhalten, aber Sie …«

Ein Schuss durchdrang ihre linke Schulter. Der Treffer ließ sie herumwirbeln, bevor sie zu Boden ging. Während sie stürzte, hagelte geladenes Plasma auf die Landetrupps nieder.

Die möglicherweise tödlichen Schüsse, die auf sie abgegeben wurden, hatten die Spielregeln gerade geändert. Gants und Donnellys Männer gaben ein breit gefächertes Streufeuer aus ihren Phasern ab und zwangen ihre Angreifer wieder zurück in ihre Deckung. Gant schnappte sich Donnelly, warf sie sich über die Schulter und feuerte dann ebenfalls die Treppe hinauf. »Vorwärts!«, brüllte er über das Kreischen der Waffen hinweg. »Zu den Säulen!«

Er hatte keine Ahnung, wie viele Feinde oben an der Treppe auf sie warteten, aber mit dem Problem würde er sich befassen, wenn er dort ankam. Zunächst musste er seine Leute aus dem Kreuzfeuer holen.

Als sie die oberste Stufe erreichten, fanden sie nur eine Handvoll bewaffneter Zivilisten, die betäubt herumlagen – doch der Eingang und die Fenster des Komplexes waren mit schusssicheren Schilden verbarrikadiert worden. Rechts und links von ihm teilten sein und Donnellys Teams sich in Zweiergruppen auf, die hinter den Säulen Aufstellung nahmen. Der größte Teil der Phaseremitterkristalle stand durch das Dauerfeuer kurz vor dem Überhitzen. Dadurch waren die Teams gezwungen, sich zu ducken und die nächste Sperrfeuerwelle auszusitzen, ohne sich zu revanchieren.

Gant legte Donnelly ab. Sie war bei Bewusstsein und hatte große Schmerzen. »Halten Sie durch«, sagte er zu ihr und ließ seinen Kommunikator aufschnappen. »Zeit, die schweren Geschütze aufzufahren.« Er suchte die Schiffsfrequenz auf dem Kommunikator. »Gant an *Shenzhou*! Hören Sie mich?«

Captain Georgiou antwortete: »Shenzhou *hier. Sprechen Sie, Gant.«*

»Captain«, sagte Gant, »diese Operation ist komplett aus dem Ruder gelaufen.«

Die vergrößerte Sensoransicht des Kampfs in Neu Astana war Pikes Ansicht nach nicht die beste Perspektive. Es war schwierig festzustellen, was wirklich vor sich ging, wenn man senkrecht von oben auf das Geschehen blickte. Doch das Bild des Straßenkampfs, das gerade den Hauptschirm der *Enterprise* füllte, war so klar und deutlich, dass er den Schuss sah, der Lieutenant Donnelly zu Fall brachte. Zusätzlich konnte Pike den größten Teil des Tumults hören, als dieser ausbrach, da Garison die abgefangenen Komm-Signale an die Lautsprecher über ihren Köpfen weiterleitete.

In dem Moment, als Donnelly auf dem Boden aufschlug, drückte Pike mit seinem Daumen den Knopf des Interkoms auf seiner Armlehne. »Brücke an Sicherheit! Teams mit Schutzausrüstung im Laufschritt zu den Transporterräumen eins und zwei!«

Sein Navigator und kommissarischer Erster Offizier Lieutenant Yoshi Ohara drehte sich an seiner Konsole um und sah Pike an. »Captain, sind Sie sicher, dass Sie eine weitere Eskalation der Lage riskieren wollen? Captain Georgiou sagte …«

»Nicht sie ist für das Leben meines Landetrupps verantwortlich, Lieutenant, sondern ich.«

»Aye, Sir«, sagte Ohara und wandte sich ohne weitere Diskussion wieder seinen Pflichten zu.

Auf dem Bildschirm rückte ein Schwarm Leute auf das Exekutivgebäude vor. Stöße aus Energiewaffen kreuzten sich mit Phaserstrahlen. Verfehlte Schüsse und Querschläger sorgten dafür, dass der Bereich sich schnell mit Rauch füllte. Ungeduldig ballte Pike seine Fäuste, während er beobachtete, wie der Kampf langsam zu einem Massaker wurde. Er öffnete einen weiteren Schiffskanal mit seinem Daumen. »Transporterraum, haben Sie die Verstärkung bereits hinuntergebeamt?«

»Noch nicht«, erwiderte Chief Pitcairn. *»Die Einheimischen haben ein Streufeld aktiviert. Wir bekommen im Umkreis von zwei Kilometern um das Stadtzentrum der Hauptstadt keine klare Zielerfassung.«*

»Was bedeutet, dass wir unsere Leute auch nicht hinaufbeamen können.«

»So ist es, Sir.«

»Beamen Sie unsere Verstärkung außerhalb des Streufelds hinunter. Sie sollten immer noch in der Lage sein, das Kampfgebiet in weniger als sechs Minuten zu erreichen.«

»Aye, Sir. Gebe neue Koordinaten ein. Transport in dreißig Sekunden.«

Pike schloss den Kanal mit einem Daumendruck und murmelte dann: »Was für ein verdammtes Chaos.«

Garison kehrte auf seinem Stuhl der Kommunikationskonsole den Rücken zu. »Sir, ich habe Funkverkehr zwischen der *Shenzhou* und ihrem Landetrupp aufgefangen.«

»Auf die Lautsprecher!«, befahl Pike. Er beugte sich vor und lauschte angestrengt.

Die Stimme gehörte einem von Georgious männlichen Offizieren. *»Ich wiederhole, wir sind umzingelt und stehen unter heftigem Beschuss. Erbitte Feuerschutz und medizinische Unterstützung.«*

»Bestätigt«, sagte Georgiou. *»Halten Sie durch und halten Sie sich bereit für Protokoll Theta.«*

Pike sah Garison an. »Rufen Sie die *Shenzhou.*« Er musste nur einen Schalter umlegen, dann nickte Garison Pike bestätigend zu, dass er sprechen könne. »Captain Georgiou, hier ist die *Enterprise.* Ich möchte Ihnen mitteilen, dass wir

Verstärkung hinunterschicken. Die Leute beamen außerhalb des Streufelds hinunter, aber ...«

»Stellen Sie den Befehl, wenn möglich, zurück, Captain«, entgegnete Georgiou. *»Oder sagen Sie Ihren Leuten, sie sollen sich zurückhalten und auf mein Zeichen warten, bevor sie vorrücken.«*

Nach Georgious Warnung setzte er sich kerzengerade auf – sie hatte etwas Unorthodoxes vor. »Warum?«, fragte er. »Was haben Sie vor?«

Ihre Stimme war eiskalt. *»Ich werde mich darum kümmern.«*

Er öffnete einen Kanal zum Transporterraum. »Chief, stoppen Sie den Transport!«

»Das war knapp, Sir«, sagte Pitcairn. *»Transport gestoppt, aye.«*

Das Bild auf dem Hauptbildschirm wurde plötzlich gleißend hell. Ein hellblaues Glühen legte sich über jede Straße, jedes Dach und jede offene Fläche innerhalb von zwei Kilometern um das Zentrum der Koloniehauptstadt. Obwohl der Impuls nur weniger als zwei Sekunden anhielt, lagen alle, die zu sehen waren, danach ausgestreckt und reglos da. Pike drehte sich mit seinem Sessel zur Sensorkonsole, die von Ensign Navah Wolfe von der wissenschaftlichen Abteilung überwacht wurde. »Wolfe! Was genau ist da unten gerade passiert?«

Die zierliche, dunkelhaarige Frau überprüfte die Unmengen von hereinkommenden Daten. »Die *Shenzhou* hat einen breit gefächerten Phaserimpuls mit fünfprozentiger Energie auf die Hauptstadt der Kolonie abgefeuert. Gerade stark genug, um alle in dem Bereich zu betäuben und das Streufeld zu neutralisieren.«

Georgious Stimme erklang aus den Lautsprechern an der Decke. »Enterprise, *hier ist die* Shenzhou. *Die Krise in der*

Hauptstadt ist unter Kontrolle und Sie können Ihre Verstärkung hinunterbeamen. Entsenden Sie bitte außerdem zusätzliches medizinisches Personal, wenn Sie jemanden entbehren können.«

»Verstanden, *Shenzhou*«, antwortete Pike. »Und wenn ich das sagen darf, Captain, das ist eine verdammt wirksame Kontrolle von Menschenmassen, über die Sie da verfügen.«

»Es mag vielleicht nicht schön sein«, entgegnete Georgiou, *»aber es erfüllt seinen Zweck.«*

»Verstanden. *Enterprise* Ende.« Er öffnete erneut den internen Kanal. »Transporterraum, das Streufeld ist ausgeschaltet. Greifen Sie wieder auf die ursprünglichen Koordinaten zurück, beamen Sie Verstärkung hinunter und halten Sie sich dann bereit, um Verwundete hinaufzubeamen, bevor medizinische Teams zur Oberfläche geschickt werden.«

»Verstanden, Brücke«, erwiderte Pitcairn.

Pike hatte immer noch das Gefühl, dass er Captain Georgiou auf vielen Ebenen nicht verstand, aber jetzt war er sicher, dass er immerhin eins über sie wusste: Sie war sowohl pragmatisch als auch beherrscht. Das waren bewundernswerte Eigenschaften bei einem Menschen, dem man die Macht über Leben und Tod anvertraut hatte. Das Wissen, dass sie diese Tugenden besaß, würde es ihm noch schwieriger machen, sie zu überstimmen, wenn Burnhams Mission auf dem Koloss scheitern sollte und die Zeit kam, Sirsa III auf Befehl der Sternenflotte zum Wohle der Galaxis in eine Kugel aus geschmolzenem, radioaktivem Glas zu verwandeln.

Schwierig, aber nicht unmöglich.

Georgiou hatte ihre Prinzipien ... aber Pike hatte seine Befehle.

Und wenn schließlich die Stunde des Todes schlug, war das alles, was zählte.

13

Burnham stahl sich durch den breiten, ovalen Durchgang innerhalb des Kolosses vorwärts. Sie schlich wie ein Dieb durch ein verlassenes Landhaus und erwartete, jeden Moment erwischt zu werden. Spock ging neben ihr her. Seine Haltung war aufrechter, sein Verhalten ließ nicht darauf schließen, dass ihre Umgebung ihm Angst machte.

Das Innere des Kolosses hatte denselben Hang zur Symmetrie, den sie und Spock schon auf der äußeren Hülle bemerkt hatten. Die Wände vermittelten ihr den Eindruck von etwas Gewachsenem – und nicht von etwas, das gefertigt und zusammengesetzt worden war. Sie waren durch eine zarte, vertikale Rippung gezeichnet. In regelmäßigen Abständen fanden sich dickere Rippen darin, die einen strukturellen Zweck zu erfüllen schienen. Das Unheimlichste war jedoch die Biolumineszenz, die das Innere durchdrang. Sie war, Sekunden nachdem die Luke nach außen sich hinter ihnen geschlossen hatte, aufgetreten. Jetzt war überall ein blaugrünes Leuchten zu sehen, das auch den Boden und die Decken überzog. Das Fehlen von gerichtetem Licht und Schatten war surreal für Burnham.

Spock hob seinen Trikorder und passte die Einstellungen an. Seine beinahe musikalischen Schwingungen hallten den langen Durchgang vor ihnen entlang. »Jetzt, da wir uns im Inneren befinden, kann ich die internen Funktionen des Kolosses besser einschätzen«, sagte er. »Wenn ich mich nicht irre, ist dieses Schiff biomechanisch.« Er senkte seinen Trikorder und betrachtete das sie umgebende Schiff mit neugewonnener Bewunderung. »Eine lebendige Maschine. Faszinierend.«

»Das ist es«, stimmte Burnham zu und versuchte, ihre Aufregung zu verbergen, die sich angesichts der uralten Mysterien, die vor ihr und Spock lagen, in ihr ausbreitete. Sie zog ihren Kommunikator von ihrer Hüfte und klappte ihn auf. »Burnham an *Shenzhou.*« Nach einigen Sekunden ohne Antwort versuchte sie es erneut. »Burnham an *Shenzhou*, können Sie mich hören?«

»Es ist wahrscheinlich«, sagte Spock, »dass dieselben Komponenten, die unsere Fähigkeit beeinträchtigten, das Innere des Kolosses von außen zu scannen, jetzt die Übertragung eines Signals erschweren.«

»Sieht so aus.« Sie klappte das Gitter ihres Kommunikators zu und steckte ihn weg. »Wir haben dieses Wunder der Antike ganz für uns allein, Mister Spock.«

Er zögerte, also blieb sie stehen und sah ihn an. Er betrachtete sie mit vorsichtiger Neugier. »Sie sprechen, als ob unsere augenblickliche Lage das Ergebnis von Glück oder Begünstigung sei. Darf ich eine anderslautende Auslegung unserer Umstände vorschlagen?«

Sie versuchte, seinen Vorschlag nicht als Tadel aufzufassen. »Gewiss.«

»Solange wir keine Möglichkeit finden, dieses Schiff wieder zu verlassen, wird es höchstwahrscheinlich zu unserem gemeinsamen Grab werden. In etwas mehr als zwei Stunden werden unsere Captains an eine Weisung der Sternenflotte gebunden sein, dieses Schiff zu zerstören ... unabhängig davon, ob wir uns noch an Bord befinden.«

Sie zeigte nach achtern. »Wir können immer noch denselben Weg nehmen, auf dem wir hereingekommen sind.«

Er schüttelte den Kopf. »Es gab keine Bedienschnittstelle in der ersten Schleuse. Zumindest keine, die derjenigen ähnelt, die wir für unseren Eintritt benutzt haben. Ich würde annehmen, dass die Luke, die wir uns zunutze gemacht haben, immer nur den Durchgang in eine Richtung ermöglichen sollte.«

»Sie wollen damit sagen, dass wir in der Falle sitzen?«

»Ich habe diese Möglichkeit in Betracht gezogen«, entgegnete Spock. Er schien gerade fortfahren zu wollen, als ein tiefes Stöhnen durch das Deck und die Wände dröhnte. Während das tiefe, unheimliche Stöhnen in Lautstärke und Höhe anschwoll und wieder abnahm, veränderte das Leuchten im Inneren des Schiffs sich von Blaugrün zu Orange und dann wieder zu einem etwas dunkleren Blaugrün, das beinahe Türkis war. Spock gewann seine Fassung zurück. »Wir sollten uns wenigstens darauf gefasst machen, dass die Meisterleistung, die unseren Eintritt ermöglich hat, uns mit größter Wahrscheinlichkeit nicht unsere Freiheit zurückgeben wird.«

»Warum sagen Sie das?« Burnham ging weiter, da sie sich der verstreichenden Zeit bewusst war und weiterkommen wollte. »Und warum haben Sie das, was wir getan haben, als ›Meisterleistung‹ bezeichnet?«

Er antwortete, während er an ihrer Seite ging. »Die Art der Prüfung an der Luke beunruhigt mich. Als Maßnahme, um ein Schiff gegen Eindringlinge abzusichern, lässt sie viel zu wünschen übrig. Aber wenn sie nur ein simpler Test von mathematischem Wissen und Musterinterpretationen ist, dann wäre sie eine logische erste Hürde für diejenigen, die der Koloss – oder seine Erschaffer – auf die Probe stellen wollen.«

»Das würde mit meiner Hypothese übereinstimmen, dass die Infraschallimpulse des Kolosses als eine Art Einladung gemeint waren«, dachte Burnham laut.

»Das sehe ich auch so«, sagte Spock. »Doch das wirft die Frage auf: Eine Einladung wozu? Entführung? Experimente? Völkermord?«

Burnham hatte keine Ahnung, welche Antwort Spock zufriedenstellen würde. »Ich weiß es nicht. Aber ich bin relativ sicher, dass es nur einen Weg gibt, um das herauszufinden: Weitergehen und sehen, wo uns das hinführt.«

Er zog geringschätzig eine Augenbraue hoch. »Bei allem Respekt, ich glaube, Ihre Argumentation in dieser Sache grenzt an Fatalismus.« Er warf ihr einen anklagenden Seitenblick zu. »Lassen Sie sich immer so bereitwillig vom Willen anderer manipulieren?«

»Nun, Lieutenant Junior Grade Spock, wenn es Sie tröstet, ich widerstehe nur zu gerne Ihren Bemühungen, meine Kommandoentscheidungen zu manipulieren. Um ehrlich zu sein, gebe ich mir selbst die Schuld für diese Bemühungen.« Sie durchbohrte ihn mit Blicken. »Und zwar, weil ich es versäumt habe, Ihnen einzuschärfen, dass Sie mit einem vorgesetzten Offizier sprechen.«

»Ein Autoritätsargument ist ein logischer Trugschluss«, stellte er trocken fest.

»Sich auf einen höheren Rang zu berufen ist kein Trugschluss im Sinne eines Autoritätsarguments.«

»Normalerweise nicht. Angesichts unserer momentanen Situation könnte aber eine Ausnahme angebracht sein.«

Burnham spürte, wie ihre Geduld dahinschwand und sich ihre giftigsten Emotionen regten. Diese Art der Wortklauberei hatte sie jahrelang als Kind und Jugendliche erdulden müssen, als sie das Vulkanische Lernzentrum von ShiKhar besucht hatte. Sie war nicht in der Stimmung, diese Tage erneut zu durchleben.

»Tun Sie mir einen Gefallen, Mister Spock. Behalten Sie Ihre müßigen Beobachtungen für si...«

Eine knisternde Lichtkugel tauchte plötzlich vor ihnen auf. Sie schwebte auf Augenhöhe und wippte nur ganz leicht auf der Stelle auf und ab. Burnham machte einen Schritt darauf zu. Spock blickte prüfend auf seinen Trikorder. »Ein Hologramm.« Er überprüfte noch einmal seine Anzeige. »Seine photonische Matrix ist mit diversen geformten Kraftfeldern gekoppelt, die ihm eine greifbare Präsenz verleihen.«

»Sagen Sie's nicht«, unterbrach Burnham ihn. »Sie ist *faszinierend.*« Spock antwortete nicht, doch er wirkte leicht pikiert.

Tentakel aus Energie tanzten um die Sphäre und sprangen dann auf Burnham und Spock zu. Bevor einer von ihnen zurückweichen konnte, schien die Kugel mit ihren dünnen, funkensprühenden Tentakeln in ihre Kommunikatoren und Trikorder einzudringen. Die Geräte, die sie berührte, gaben statisches Knistern und atonale Geräusche von sich. Dann drehten die Anzeigen auf den Trikordern durch und alle Anzeigelichter flackerten in scheinbar zufälligen Sequenzen.

Anschließend verschwanden die Tentakel und die Kugel schwebte wieder. Sie pulsierte und tiefes, rhythmisches Klopfen ließ das Deck unter ihren Füßen im Takt der Kugel beben.

Burnhams Kommunikator piepte zweimal – der Rufton eines ankommenden Anrufs. Sie hob ihn hoch und klappte ihn auf. »Burnham hier.«

Eine männliche Stimme drang aus dem Lautsprecher ihres Kommunikators. Die Intensität und Farbe der Kugel variierte gleichzeitig mit den Worten. *»Folge mir.«*

Ohne auf Zustimmung oder auch nur Bestätigung zu warten, schwebte die Lichtkugel davon, als wollte sie sie zum vorderen Ende des Schiffs geleiten. Alle paar Sekunden pulsierte die Kugel und ein weiteres dumpfes Klopfen war in den Wänden und dem Deck zu hören.

Spock sah sie an. »Befehle, Sir?«

»Sie haben unseren Kumpel Klopfer gehört«, sagte sie und ging hinter der Kugel her. »Folgen wir ihm.«

»Wir können nicht hierbleiben«, warnte Bowen die Gouverneurin und ihre Ratgeber. »Egal für wie sicher Sie diesen Bunker halten, die Sternenflotte wird einen Weg hineinfinden. Wenn Sie immer noch hier sind, wenn das geschieht, sitzen Sie in der Falle.« Er konzentrierte sich ganz auf Ishii, den Stabschef der Gouverneurin. »Sie wissen, dass ich recht habe. Die beste Chance, die wir haben, ist, den Schutz vor Sensorscans anzuwerfen und in Bewegung zu bleiben.«

Ishii warf ihm einen finsteren Blick zu, der die Sorgenfalten auf seiner Stirn nur noch vertiefte. »Das ist ein optisches Problem, Mister Bowen. Wenn wir wegrennen, sieht es so aus, als ob wir schuldig sind.«

»Sie *sind* schuldig«, sagte Chandra von seinem Stuhl zur Linken von Bowen und brach damit sein langes Schweigen. »Das sind wir *alle*. Und genau das ist der Grund, weshalb wir die Beine in die Hand nehmen müssen, solange wir noch können.«

Omalu, die rechts von Bowen saß, nickte nachdrücklich. »Ja. Genau. Zeit, abzuhauen.«

Gouverneurin Kolova blieb standhaft. »Rennen? Wohin?«, fragte sie. »Wir haben nicht genug Transportschiffe, um mehr als ein paar Hundert der Koloniebewohner zu evakuieren.« Sie warf Ishii einen vernichtenden Blick zu. »Und denken Sie nicht einmal daran, mir zu sagen, ich solle vom Planeten fliehen und diese Leute zurücklassen.«

»Die Alternative«, mahnte ihr wissenschaftlicher Ratgeber, »ist, hierzubleiben und mit ihnen zu sterben.«

»Wenn das so ist«, sagte Kolova, »dann werden wir das verdammt noch mal tun, Medina!« Sie wischte sich den Schweiß mit der Hand von der Stirn und trocknete diese dann an ihrem Hemd. »Wir müssen diese Clowns der Sternenflotte dazu bringen, nicht länger ihre Zeit mit uns zu verschwenden, sondern sich auf den Koloss zu konzentrieren.«

Überall im Bunker gab es lange Gesichter, als ihnen klar wurde, dass die Diskussion der Gruppe sich im Kreis gedreht hatte, ohne irgendwelche Lösungen zu erzielen.

Bowen war über alle Maße frustriert und sein Ärger machte sich in seiner Antwort Luft. »Wie zur Hölle sollen wir das bewerkstelligen? Wir reden hier von der Sternenflotte. Für die ist es normal, mit mehreren Krisen gleichzeitig klarzukommen. Im Gegensatz zur Hälfte der Leute von Kayo, die in Ihrem Kabinett sitzen, wissen Sternenflottenoffiziere, wie man marschiert und gleichzeitig Kaugummi kaut.«

»In Situationen wie diesen«, erklärte Kolova, »geht es um die richtige Motivation. Wir wissen, dass das Personal der Sternenflotte unglaublich fähig ist. Wir müssen demgemäß ihre Prioritäten so anpassen, dass sie mit unseren übereinstimmen.«

Nervöse Blicke zwischen Omalu und Chandra machten Bowen deutlich, dass es ihnen nicht gefiel, worauf der Gedankengang der Gouverneurin abzielte. Er war ziemlich sicher, dass er ihm auch nicht gefallen würde. »Ich nehme nicht an, dass Sie diese letzte Äußerung näher ausführen möchten, oder?«

»Noch nicht. Sagen wir, ich spiele mit einigen Denkansätzen.« Kolova stach Ishii mit einem perfekt manikürten Zeigefinger vor die Brust. »Aber wir brauchen Zeit und Mittel.«

Ishii betrachtete die Karte der Stadt, die über den Besprechungstisch im Bunker projiziert wurde. »Wenn Sie das meinen, was ich glaube, dann hat Mister Bowen recht – wir müssen diesen Bunker verlassen. Wir haben hier einen begrenzten Waffenvorrat, aber nur sehr wenige Leute.« Er zuckte resigniert mit den Schultern. »Wenn Sie wirklich Widerstand leisten wollen, dann müssen Sie Leute anwerben.«

»Wir haben die Polizeitruppe«, sagte Kolova.

»Die meisten davon wurden vor fünf Minuten betäubt und gefangen genommen«, erinnerte sie Medina. »Und in weiteren fünf Minuten werden die Sicherheitsteams der Sternenflotte, die man hier heruntergeschickt hat, um uns zu verhaften, diese Bunkertür mit irgendeinem militärischen Generalschlüssel öffnen. Wenn wir zu dem Zeitpunkt immer noch hier sind, können wir versuchen, Widerstand zu leisten, aber sie müssen nur eine Photonengranate durch diese Tür schleudern, dann sind wir erledigt.«

Bowen sah, dass Kolova ins Wanken geriet und sich nicht zwischen einem vergeblichen letzten Gefecht und einer verzweifelten und wahrscheinlich nur vorübergehenden Flucht entscheiden konnte. Er wusste, dass er keine Zeit hatte, darauf zu warten, dass sie das alleine durchdachte – genauso wenig wie alle anderen, die mit ihr in dem Bunker gefangen waren. »Gouverneurin, wenn wir jetzt gehen, können wir uns in den tiefen Wartungsgräben in Sicherheit bringen, die mit der Infrastruktur Ihrer Stadt verbunden sind. Hier unten«, sagte er und zeigte auf den Stadtplan, »unter den Wasserhauptleitungen und der Müllverarbeitung. Schlagen wir dort unsere Operationsbasis auf, können wir innerhalb weniger Minuten jeden Ort in der Stadt erreichen. Dann können wir einen echten Schlachtplan erstellen und Rückzugsorte festlegen, um eine Verfolgung in die Länge zu ziehen, wenn sie hinter uns her sind.«

Kolova sah Ishii an, damit er ihr einen Rat erteilte. Dieser bestätigte: »Das ist eine hieb- und stichfeste Strategie, Gouverneurin.«

Endlich schien sie sich umstimmen zu lassen. »Dann machen wir uns auf den Weg. Lassen Sie alles Unwichtige zurück. Waffen und Wasser haben Priorität.« Sie reagierte auf einen fragenden Blick eines ihrer bürokratischen Untergebenen und fügte hinzu: »Dieses Durcheinander wird nicht länger als einen Tag anhalten, wenn überhaupt. Entweder hält die Sternenflotte den Koloss auf oder er tötet uns alle. Auf jeden Fall brauchen wir jetzt kein großes Gepäck mitzunehmen.«

Die Gesteinsaufschüttung, die den Weg in die tiefer gelegenen Höhlen versperrte, schwand mit einer Rate von ungefähr einem halben Meter pro Sekunde, solange Saru und Una sie mit gleichmäßigen Stößen aus ihren Phasern bombardierten. Es dauerte einige Minuten, sich einen Weg durch das Hindernis zu bahnen – das war nötig, weil sich im Gestein Mineralien befanden, die die Integrität von Transportersignalen beeinträchtigten. Die Luft in dem uralten Tunnel war drückend warm und schwül, weil im Gestein eingeschlossenes Wasser verdunstet war.

Saru öffnete den Kragen seines Overalls, um mehr Luft an die Atemlöcher in seiner Kehle zu lassen. Dennoch blieb seine Phaserhand ruhig und sein Finger am Abzug. Als er es wagte, einen Blick in Unas Richtung zu werfen, war er überrascht, dass sie keine Reaktion auf die ansteigende Hitze oder Luftfeuchtigkeit zeigte. Es war, als könne nichts eine Wirkung auf sie entfalten, wenn sie es nicht wollte. *Eine beneidenswerte Gabe*, dachte Saru.

Die letzten paar Meter des herabgestürzten Gesteins zerbröckelten. Dahinter kam unergründliche Dunkelheit zum Vorschein. Da Saru unwahrscheinlich viele Echos von seiner und Unas Tätigkeit gehört hatte, vermutete er, dass der offene Raum dahinter außergewöhnlich weitläufig sein musste. Una stellte ihr Feuer ein, also folgte Saru ihrem Beispiel. Er senkte seine Waffe, als Una ihre bereits wieder an ihrem Gürtel verstaute. Dann kniete sie sich hin und ließ mit einem Schulterzucken ihren Rucksack von den Schultern gleiten. Aus einer kleinen Tasche an seiner Seite zog sie eine Ersatzbatterie für ihren Phaser und tauschte diese gegen die beinahe aufgebrauchte aus ihrer Waffe aus. Sie fragte Saru: »Haben Sie eine Ersatzbatterie mitgebracht?«

»Das habe ich, wie es das Protokoll für Landetrupps der Sternenflotte vorschreibt.«

»Jetzt ist vielleicht der richtige Zeitpunkt, um sie auszutauschen.«

»Ja, Sir.« Er zog die Reservebatterie für seinen Phaser von seinem Gürtel ab und ersetzte die in seiner Waffe. Während er das tat, sah er, dass er mehr Ladung verbraucht hatte als gedacht. »Erwarten Sie Widerstand in der Höhle?«

»Ich habe überhaupt keine Erwartungen«, sagte Una. »Es wäre allerdings klug, dafür zu sorgen, dass uns alle Möglichkeiten zur Verfügung stehen, bevor wir unerforschtes und ungesichertes Gebiet betreten.« Sie stand auf und befestigte ihren Phaser wieder an seinem Platz an ihrer Hüfte. Dann öffnete sie die Klappe ihres Rucksacks und zog zwei hoch technisierte Brillen hervor. Sie gab Saru eine davon, nachdem er seine Waffe weggesteckt hatte. »Setzen Sie die auf. Sie wird sich an die jeweilige Umwelt anpassen.«

»Die brauche ich nicht«, sagte er und versuchte, ihr seine Brille zurückzugeben. »Mein Volk lebt überwiegend unterirdisch. Unsere Sicht ist für eine Umwelt wie diese optimiert.«

Una weigerte sich, die Brille wieder zurückzunehmen. »Setzen Sie sie trotzdem auf. Ihre natürliche Nachtsicht mag gut sein, aber die hier wird sie noch verbessern.« Vielleicht spürte sie seine Ablehnung, denn sie fügte hinzu: »Vertrauen Sie mir. Sie wird sich so anpassen, dass sie bestmöglich mit Ihrer Biologie übereinstimmt. Ich verspreche es Ihnen.«

»Wenn Sie darauf bestehen.« Saru setzte die Brille auf. Er bemerkte ein paar kurze Impulse, die von Sensoren in der Brille ausgingen. Diese identifizierten die Netzhautstruktur seiner Spezies. Das war bei Standardausrüstung wie dieser üblich. Da sich das Sternenflottenpersonal aus vielen Spezies rekrutierte, war es eine lästige Tatsache, dass nicht alle Augen humanoider Spezies dasselbe Spektrum an elektromagnetischen Informationen wahrnahmen oder gleichermaßen auf sichtverstärkende Technologien reagierten. Aus diesem Grund stellten verstärkte Brillen der Sternenflotte ihre Leistung bestmöglich auf die optische Physiologie ihres Trägers ein. Innerhalb weniger Momente hatten seine Augen sich an diese neue, holografische Ansicht der Höhle gewöhnt.

Die Farbpalette der Brille war für Saru auf Grau- und Grüntöne beschränkt. Zusätzlich gab es einige weiße Hotspots und ein paar Gebiete mit dunkelblauen Schatten. Doch die beschränkte Farbpalette tat der natürlichen Schönheit des Orts, der sich um ihn und Una herum erstreckte, keinen Abbruch.

Große Steinsäulen, geformt aus Stalaktiten und Stalagmiten, die zusammengewachsen waren, verbanden das zerklüftete Labyrinth des gewaltigen Höhlenbodens mit der weit von ihm entfernten, perlmuttartig schimmernden Decke. Untergrundflüsse wanden sich durch erodierte Felsformationen oder ergossen sich aus Rissen in den Wänden. Sie alle trafen sich in einem zentralen See. Sensordaten, die von der Brille gesammelt wurden, legten sich über das Bild der Höhle. Sie zeigten die Richtung an, in die Saru blickte, und die ungefähre Entfernung zu jedem beliebigen Objekt, das er in den Fokus nahm. Als er sich anstrengte, um die gegenüberliegende Wand der Höhle zu sehen, gab die Anzeige an, dass sein in den Schatten liegendes Ziel mehr als elf Kilometer entfernt war.

Er sah Una an, die ebenfalls damit beschäftigt war, die Höhle durch ihre eigene Brille eingehend zu betrachten. Die ovale Form der Linsen verlieh dem Gesicht der Menschenfrau ein beinahe insektoides Aussehen, das Saru belustigte. Als sie seine Aufmerksamkeit bemerkte, versteckte er sein Starren hinter der Bemerkung: »Eine den Leuchtfackeln weit überlegene Lösung.«

»Und weniger störend.« Una ging einen sanften Abhang hinunter und direkt auf eine Gruppe scheinbar künstlich geformter Steine zu. »Möglicherweise gibt es hier unten Lebensformen, die sich in der Dunkelheit entwickelt haben. Wir wollen auf keinen Fall ihren Lebensraum stören. Unser Ziel ist es, unsere Untersuchungen durchzuführen und wieder zu gehen. Dabei sollten wir so wenig Spuren unserer Anwesenheit wie möglich zurücklassen.«

Saru verkniff sich die Bemerkung, dass er die Vorschriften der Sternenflotte über das Vorgehen bei Erkundungen sehr wohl kannte. Außerdem gehörte es zum guten Ton der Wissenschaft, seinen Einfluss auf die Subjekte, für die man sich interessierte, auf ein Minimum zu beschränken. Doch er verstand auch, dass es für die Sternenflotte mehr als das war: Es ging um Respekt vor jeglichem Leben und dessen Recht darauf, frei von unangemessenen äußeren Einflüssen zu existieren.

Ich bin nur froh, dass die Sternenflottenoffiziere, die mich auf Kelpia gerettet haben, genug Mitleid besaßen, zu wissen, wann man diese Regel brechen sollte.

Innerhalb weniger Minuten waren er und Una zu den sich windenden Pfaden zwischen den hoch aufragenden Felsen hinabgeklettert. Bruchstücke einer längst ausgestorbenen, primitiven Zivilisation lagen überall verstreut. Wohin Saru seinen Blick auch richtete, überall sah er ausgebleichte Knochen, primitive Werkzeuge, Splitter unbekannter Herkunft und Kratzer in dem zeitlosen Gestein. Er erkannte, dass die gesamte Höhle ein verschüttetes Labyrinth von Geistern und Schatten war, ein Nachruf auf eine Kultur, die zu Staub und Wispern aus den entferntesten Ecken der Urzeit reduziert worden war.

Una ging langsamer. »Seltsam, dass so viele Artefakte und Überreste hier unten, weit unter der Oberfläche, so geballt zu finden sind.« Sie blieb stehen, hob ihren Trikorder und richtete ihn auf eine Grube in der Nähe. Saru wartete, während sie die tiefe, runde Aushebung scannte. Der flüsternde Ton ihres Trikorders wurde aus allen Richtungen zu ihnen zurückgeworfen – nicht nur als Wiederholung, sondern verstärkt. Als sie fertig war, verhallten die Echos, bis eine tödliche Stille sie umfing. »Verschiedene Schichten aus oxidierten organischen Bestandteilen weisen darauf hin, dass dies eine Beerdigungsgrube war, die man über eine Periode von Jahrhunderten als Einäscherungsstätte verwendet hat. Die letzte Aktivität hat vor ungefähr neun Millionen Jahren stattgefunden.«

»Woher wissen Sie, dass es eine Beerdigungsgrube ist und nicht eine Kochgrube?«

»In den Ablagerungen sind Knochenfragmente, die zu denen passen, die wir anderswo in der Höhle gesehen haben. Außerdem scheint es keinen Mechanismus zu geben, um Nahrung ausreichend von dem Feuer entfernt zu halten, das diese Grube erfüllt haben muss. Es gibt auch nichts in der Nähe, an dem man eine derartige Vorrichtung hätte befestigen können. All das weist darauf hin, dass das, was hier verbrannt wurde, höchstwahrscheinlich direkt dem Feuer ausgesetzt war. Es könnte sich um einen Altar handeln, wo

Opfergaben abergläubischer Natur verbrannt wurden. Doch da es für die Leute, die hier in dieser Höhle lebten, äußerst schwierig gewesen sein dürfte, Gräber für ihre Toten auszuheben, glaube ich, dass es sich hier höchstwahrscheinlich um einen Einäscherungsort handelt.«

Ich hätte es besser wissen sollen, als dumme Fragen zu stellen. »Äußerst logisch, Commander.«

Sie ging in die Hocke und hob etwas auf, das wie ein Stück eines Steinwerkzeugs aussah. »Würden Sie mir zustimmen, dass die Leute, die in dieser Höhle gehaust haben, höchstwahrscheinlich nicht über eine Technologie verfügten, die über die der Steinzeit oder vielleicht der Bronzezeit hinausging?«

»Dieser Einschätzung würde ich zustimmen, ja.«

»Können Sie sich einen Grund vorstellen, weshalb man hier im Untergrund leben würde?«

Saru dachte darüber nach. »Vielleicht haben sie sich aus einer Spezies weiterentwickelt, die in Höhlen lebte.«

»Wenn es so wäre, wie haben sie dann gelernt, mit Feuer umzugehen?« Una stand wieder auf und betrachtete die Höhle mit besorgtem Gesichtsausdruck. »Irgendetwas hier fühlt sich für mich falsch an, Saru.«

Er zog aus ihrer Annahme seine eigenen Schlüsse. »Sie glauben, dass sie eine Spezies waren, die an der Oberfläche hauste, aber von der Ankunft des Kolosses in den Untergrund getrieben wurde – so wie mein Volk nach der Ankunft der *T'rrask* in den Untergrund getrieben wurde.«

»So ist es. Ich verstehe nur nicht, *warum.* Das hier war keine Hochkultur. Also, warum ist der Koloss hierhergekommen? Wieso hat er sie angegriffen? Welchem Zweck würde das dienen?«

»Ich habe nicht genug Informationen, um das zu beantworten, Commander.« Saru zeigte auf den Pfad, der tiefer in die Höhle zu einer rätselhaften Struktur aus fahlem Stein führte. »Aber wenn wir etwas tiefer graben, stoßen wir vielleicht auf den Kern dieses Rätsels.«

»Ein großartiger Vorschlag, Lieutenant. Gehen Sie voran.«

Belebt durch ihre Zustimmung und Aufforderung übernahm Saru die Führung, während sie weiter in die Dunkelheit vordrangen. Vorneweg zu gehen war nicht selbstverständlich für einen Kelpianer, doch zum ersten Mal in Sarus Leben begann er den Reiz darin zu erkennen, ein Anführer zu sein.

Dunkelheit, ich komme.

14

Nach beinahe dreißig Jahren in der Sternenflotte hatte Philippa Georgiou gelernt, dass einem Raumschiff so gut wie alles fehlen konnte, was es für seine Mission brauchte. Nur selten gab es einen Tag an Bord eines Raumschiffs, an dem es nicht hieß, dass etwas knapp war. Aber erst, nachdem sie in die höheren Ränge der Kommandoebene aufgestiegen war, hatte sie festgestellt, dass es auf jedem Raumschiff und jeder Einrichtung eins im Überfluss gab: schlechte Nachrichten.

Die heutige unerwünschte Lieferung wurde freundlicherweise vom kommandierenden Offizier der *Enterprise* überbracht, dessen holografische Ganzkörperabbildung schimmernd vor dem vorderen Aussichtsfenster auf der Brücke der *Shenzhou* stand. *»Unsere Landetrupps haben jedes Zimmer im Exekutivgebäude durchsucht und dann fünfzehn Minuten damit zugebracht, sich einen Weg in den sicheren unterirdischen Bunker der Gouverneurin zu bahnen. Möchten Sie raten, was sie dort gefunden haben?«*

Obwohl sie müde und verärgert war, spielte Georgiou mit. »Einen leeren Raum?«

»So ziemlich«, sagte Pike. *»Die Gouverneurin und ihre Leute haben die Wasserrationen und Waffenschränke geplündert, bevor sie sich davongemacht haben. Immerhin waren sie so freundlich, uns eine Nachricht zu hinterlassen. Ihr Mann Gant erzählte mir, dass darin steht: ›Machen Sie Ihre Arbeit und dann können wir vielleicht reden.‹«*

Georgiou massierte ihre schmerzenden Schläfen mit Daumen und Mittelfinger ihrer rechten Hand. »Genau die Art zusätzliche Komplikation, die wir im Moment nicht brauchen.« Sie seufzte und fragte dann Pike: »Wissen wir, wo Kolova und die anderen Koloniebewohner sich jetzt aufhalten?«

»Wir wissen nur mit Sicherheit, dass sie sich nicht im Komplex oder im Bunker aufhalten oder draußen auf den Straßen sind. Doch es gibt noch eine Menge Privatgebäude überall in der Hauptstadt – ganz zu schweigen von einigen Hundert Kilometern unterirdischer Wartungstunnel.«

Weeton sah von der Maschinenkontrolle hoch. »Captain?« Er wartete, bis sie ihm ihre Aufmerksamkeit schenkte, bevor er weitersprach. »Ich an deren Stelle würde in den Untergrund verschwinden. Das würde ihre Mobilität und ihre Deckung maximieren, ganz zu schweigen davon, dass sie die Energie und andere nützliche Einrichtungen der Stadt unter ihrer Kontrolle hätten. Außerdem wären sie durch all das Metall, das sich in dem natürlichen Gestein befindet, und die gesamte Energie, die überall um sie herum bewegt wird, ziemlich gut vor unseren Sensoren versteckt.«

»Ich danke Ihnen, Mister Weeton.« Sie wandte sich wieder Pikes holografischem Abbild zu. »Haben Sie und Ihre Leute das gehört?«

»Wir haben es gehört. Wir waren tatsächlich auch schon zu diesem Schluss gekommen. Jetzt ist es an Ihnen, Captain. Wie wollen Sie vorgehen?«

Georgiou lehnte sich zurück und faltete die Hände vor ihrer Brust. Ihre Ellenbogen ruhten auf den Armlehnen ihres Kommandosessels. »Unsere oberste Priorität ist die Sicherheit der Koloniebewohner. Ihre Gouverneurin hat ihren Posten verlassen, aber da wir sie in Gewahrsam nehmen wollten, wäre es ohnehin in unseren Verantwortungsbereich gefallen, ihnen Führung und Sicherheit zu bieten. Zunächst müssen wir nicht nur jegliche Kommunikation in der Hauptstadt unter unsere Kontrolle bringen, sondern auch alle Kanäle, die hinein- oder herausführen.«

»Verstanden«, sagte Pike. *»Meine Leute können sich darum kümmern. Was kommt als Nächstes?«*

»Meine Besatzung wird alle Subraumsignale zum oder vom Planeten blockieren. Wir können nicht zulassen, dass Kolova weitere Kolonien in der Nähe aufwiegelt oder Söldner herbeiruft, die alles nur noch schwieriger machen. Sie und ihre Komplizen in Gewahrsam zu nehmen muss allerdings warten. Solange sie in ihren Verstecken bleiben und die Sache nicht noch komplizierter machen, lasse ich sie gerne in Ruhe, bis wir mit dem Koloss fertig sind.«

Pike nickte. *»Soll uns recht sein. Haben Sie schon etwas von Ihrem Ersten Offizier über den Koloss gehört? Oder von Lieutenant Spock?«*

Georgiou schaffte es nicht, ihre Betroffenheit zu verbergen. »Noch nicht.«

»Captain, wenn wir vor Ablauf des Ultimatums nichts von ihnen hören, dann wissen Sie, was wir tun müssen.«

»Eine Katastrophe nach der anderen, Captain. Eine Katastrophe nach der anderen.«

Die Stadt unter der Hauptstadt war für Kolova wie ein fremdes Land. Sie hatte immer gewusst, dass sich Dutzende Kilometer Wartungsgänge unter der Stadt erstreckten, die sie ihr Zuhause nannte. Das hatte sie allerdings nicht darauf vorbereitet, durch diese gedämpft beleuchteten Passagen zu laufen und so gut wie keine Ahnung zu haben, wo sie sich befand. Während sie und ein Dutzend ihrer Koloniebewohner sich immer tiefer in die Infrastruktur der Stadt zurückzogen, musste sie ihr Vertrauen in die Ingenieure und Mechaniker setzen, die in dieser düsteren Unterstadt ihren Lebensunterhalt verdienten.

»Wie weit noch?«, fragte sie Floyd Tanzer, den Mann, der die Gruppe anführte.

Der breitschultrige Mann antwortete, ohne zurückzusehen. »Noch ein bisschen. Nicht weit.«

Sie versuchte, die Gegensätzlichkeit seiner Aussage zu verdauen. »Ein bisschen« schien auf eine gewisse Entfernung hinzudeuten, aber »nicht weit« negierte diese Interpretation. Nachdem sie gründlich darüber nachgedacht hatte, kam sie zu dem Schluss, dass sie aus diesem Austausch gelernt hatte, Tanzer nicht um Aktualisierungen zu bitten.

Hinter ihr marschierte der Rest der Gruppe im Gänsemarsch. Niemand sprach lauter als flüsternd. Es gab nur wenige Überwachungsgeräte in den unterirdischen Gängen, aber Bowen, der Vorarbeiter der Bohrinsel, hatte angeregt, dass die Gruppe sich ruhig verhalten sollte, falls die Sternenflotte Sicherheitspersonal in die Tunnel geschickt hatte, um sie aufzuhalten. Das war ein vernünftiger Vorschlag, obwohl ihr heimlicher Weg durch die Tunnel Kolova allmählich das Gefühl verlieh, auf der Welt, auf der sie das Staatsoberhaupt sein sollte, ein Flüchtling zu sein.

Wem will ich denn etwas vormachen? Ich wurde in dem Moment zum Flüchtling, als ich aus dem Bunker geflohen bin. Sie kaute auf ihrem Groll gegenüber der Föderation und ihrer ach so selbstgerechten Einmischung herum. *Wir wären ein unabhängiger Planet gewesen, wenn sie nicht vor uns ihre*

Rechte auf diesen Felsbrocken angemeldet hätten. Aber wenn die Föderation nicht selbst hier siedeln will, warum sollte sie dann die Regeln für diejenigen aufstellen, die hier leben?

Kolova fand keine offensichtlichen Antworten. Also schmorte sie schweigend und schlurfte weiter durch die engen, dunklen Tunnel, deren Wände mit parallel verlaufenden Rohren und endlosen Strängen vielfarbiger optronischer Kabel gesäumt waren.

Ihre Gedanken waren immer noch auf Abwegen, als die klaustrophobische Enge des Durchgangs sich zu einer breiten Plattform hin öffnete. Diese lag unter einem gigantischen, kugelförmigen Tank, der von einem Deckengitter aus Duraniumträgern hoch über ihnen herabhing. Durch die Metallbodengitter der Plattform sah Kolova eine tiefe Grube mit verschiedenen Lagen aus Rohren, die kreuz und quer verliefen. Versammelt auf der Plattform waren ein Dutzend weiterer Koloniebewohner, einschließlich einer Handvoll Polizisten. Alle, die auf der Plattform warteten, waren mit leichter persönlicher Bewaffnung gekommen: Betäubungspistolen, Elektroschockwaffen und einigen wenigen Nahkampfwaffen. Das reichte nicht, um einen langen, direkten Kampf gegen die Mannschaften zweier Raumschiffe durchstehen zu können, aber das war auch nie Kolovas Absicht gewesen.

Der Rest ihrer Gruppe aus dem Bunker verließ den Durchgang hinter ihr und verteilte sich auf der großen Plattform. Sobald sie sicher sein konnte, dass alle anwesend waren, ging sie zur Mitte der Plattform und erhob ihre Stimme, damit man sie über das Hintergrundrumpeln und -zischen, das die Unterstadt durchdrang, hinweg hören konnte. »Ich danke Ihnen allen für Ihr Kommen. Ich bin sicher, Sie wissen alle, dass wir uns momentan einigen Bedrohungen gegenübersehen. Um ehrlich zu sein, bin ich nicht sicher, vor welcher ich mich mehr fürchte: dem fremden Ding im Meer, das versucht, uns zu töten, oder den Leuten der Sternenflotte, die eher daran interessiert zu sein scheinen, uns zu verhaften, als uns zu helfen.« Sie drehte sich langsam im Kreis und nahm das zustimmende Nicken in der Menge als gutes Zeichen. »Ich möchte diesen nächsten Punkt sehr deutlich machen: Wir sind nicht hierhergekommen, um uns zu verstecken. Wir sind hier, um unseren nächsten Schritt zu planen, und das müssen wir schnell tun.«

Ein Mann, der mit schwarzer Schmiere bedeckt war und so aussah, als hätte er sein ganzes Leben mit dem Herumbasteln an irgendwelchen Apparaten verbracht, hob seine Hand. Er sprach, bevor Kolova bemerkte, dass er sie unterbrach. »Ich hoffe doch sehr, dass unser nächster Schritt von diesem Felsen herunterführt!« Die Menge murmelte zustimmend.

»Das ist keine Option«, sagte Kolova mit so viel Nachdruck, wie sie aufbringen konnte. »Wir haben unsere Transporter verschrottet, um bessere Städte bauen zu können. *Stärkere* Städte. Also, nein – Fliehen ist keine Option. Als Erstes müssen wir herausbekommen, was die Sternenflotte gegen den Koloss unternimmt. Wenn sie herumtrödeln, müssen wir ihnen Feuer unterm Hintern machen.«

Einer der Polizeioffiziere – eine Frau, auf deren Namensschild »Eichorn« stand – trat vor. »Gouverneurin, ich verstehe, warum Sie betonen, dass wir die Sternenflotte anspornen müssen, aber ich glaube, wir sollten anfangen, darüber nachzudenken, was mit uns passiert, wenn das alles hier vorüber ist. Rechtlich gesehen, meine ich.«

»Ja«, fügte der Ingenieur Tanzer hinzu. »Angenommen, wir überleben, was blüht uns dann?«

Ishii stellte sich neben Kolova, als könne er sie physisch vor Kritik schützen. »Es gibt gute und schlechte Nachrichten. Die schlechte Nachricht lautet, dass die Sternenflotte bereits eine Menge Beweise über die Anwesenheit einer ausgestorbenen, eingeborenen Zivilisation hier auf Sirsa III in den Händen hält. Das bedeutet, es wird eine gründliche Untersuchung durch den Föderationsrat geben.« Stöhnen und Flüche brandeten wie eine anschwellende Woge auf. Der Stabschef hob seine Hände und gestikulierte, um die Menge zu beruhigen. »Die gute Nachricht lautet, dass der größte Teil ihres juristischen Zorns höchstwahrscheinlich gegen die Kayo-Bergbaugesellschaft gerichtet sein wird«, er wechselte einen pessimistischen Blick mit Kolova, »und gegen mich und die Gouverneurin. Die meisten von Ihnen werden wahrscheinlich nicht einzeln belangt werden.«

Der Mann mit der Schmiere fragte: »Aber wir werden die Kolonie verlieren, richtig?«

»Unsere Gründungsurkunde wird höchstwahrscheinlich für ungültig erklärt werden, ja«, sagte Ishii. »Aber das heißt nicht, dass wir keine Alternativen haben. Die meisten von Ihnen könnten einfach hierbleiben, während die Föderation eine neue Übergangsregierung für die Kolonie einsetzt. Vielleicht wird man Sie darum bitten, eine neue Koloniesatzung zu erstellen, oder man gibt Sie an einen neuen Träger ab. Aber wenn Sie bleiben, werden Sie neue Wege finden müssen, um Ihren Lebensunterhalt zu bestreiten, wenn Sie mehr als nur das Existenzminimum verdienen wollen, denn jeglicher Rohstoffabbau wird eingestellt werden, bis der Planet erneut von der Kolonialverwaltung der Föderation untersucht wurde.«

Eichorn stand das Entsetzen ins Gesicht geschrieben. »Und was, wenn wir überlaufen? Eine andere Macht dazu bewegen, ihre Flagge auf diesem Felsen zu hissen? Ich wette, die Orioner würden diese Fülle an Mineralien nur zu gerne in die Hände bekommen.«

»Da bin ich sicher«, sagte Bowen. »Solange es Ihnen nichts ausmacht, wie ein Leibeigener der Barmherzigkeit eines orionischen Handelsprinzen ausgeliefert zu sein. Ich an Ihrer Stelle würde das noch mal gründlich überdenken.«

»Ich auch«, fügte Bowens rechte Hand Omalu hinzu. »Ich würde lieber zehn Jahre in einer Strafkolonie der Föderation verbringen, als für ein Jahr Arbeitssklave für einen Orioner zu sein.«

Kolova spürte, wie ihr die Zusammenkunft entglitt, und sie war entschlossen, das nicht zuzulassen, nicht, wenn so viel auf dem Spiel stand. »Schluss jetzt! Die Orioner werden hier keine Flagge hissen, wenn das einen offenen Krieg mit der Föderation nach sich zieht, also vergessen Sie es. Die bittere Wahrheit ist, dass ich, wenn wir das hier überleben, wahrscheinlich in einer Strafkolonie lande. Ich werde alles in meiner Macht Stehende tun, damit niemand von Ihnen mit mir dorthin muss. Aber zunächst müssen wir lange genug überleben, damit das überhaupt ein Thema werden kann.« Sie zeigte auf Tanzer. »Ist das hier der sicherste Ort in der Unterstadt?«

»Definieren Sie ›sicherste‹.«

»Wenn der Koloss seinen nächsten Angriff startet und anfängt, überall Löcher hineinzublasen, würden Sie dann hier sein wollen?«

»Bei ansonsten gleichen Bedingungen wäre ich lieber auf einem anderen Planeten.«

Sie schüchterte ihn mit einem wütenden Blick ein. »Nun, Sie sitzen hier mit uns anderen fest, also denken Sie gefälligst mit. Wenn die Kacke anfängt zu dampfen, wo ist dann der sicherste Ort für uns alle? Hier? Oder woanders?«

Der Mann mit der Schmiere mischte sich ein. »Gouverneurin? Wenn ich wüsste, dass die Welt da oben endet, wäre ich gerne so weit wie möglich unter dem Reservespeicher. Das sind Tonnen aus Metall und Thermobeton und Millionen Gallonen Wasser. Das ist eine gute Barriere gegen Explosionen und Strahlung.«

Das reichte Kolova. »Wissen Sie, wie man von hier aus dort hingelangt?«

»Ja, Gouverneurin.«

»Dann übernehmen Sie die Spitze, Mister ...«

»Tassin. Roy Tassin.«

»Gehen Sie voran, Mister Tassin.« Kolova scheuchte alle auf. »Die Welt ist kurz davor, in Flammen aufzugehen, und ich möchte so weit wie möglich vom Feuer entfernt sein, wenn das passiert.«

Dünne Blitztentakel tanzten zwischen der leuchtenden Kugel und dem sanften Glühen über ihren Köpfen im zentralen Durchgang des Kolosses. Jedes Mal, wenn sie eine »dicke Rippe« erreichten, ließ die knisternde Sphäre sich ein wenig fallen und drehte sich schnell um die eigene Achse. Funken sprühten, während sie sich unter den sich vorwölbenden Stützstrukturen hindurchduckte. Auf der anderen Seite sprang sie dann wieder nach oben bis kurz unter die Decke. Dabei ließ sie die ganze Zeit leuchtende elektrische Blitze spielerisch an die Decke und zu Boden zucken.

Spock folgte der Kugel mit einigen Schritten Abstand. Er konnte sich nicht helfen, aber es schien ihm, als folgten er und Burnham der Kugel wie Fische, die von einem Blinker angelockt wurden.

Burnham ging neben ihm. Ihre Blicke waren auf das holografische Gebilde fixiert, das sie weiterhin »Klopfer« nannte, weil es ständig kräftige, niederfrequente Impulse synchron mit seinen flüchtigen Helligkeitssteigerungen aussandte. Spock fragte sich, ob das aufgrund ihrer menschlichen Neurophysiologie einen besonderen Reiz auf sie ausübte, der seinem überwiegend vulkanischen Geist entging. Er beobachtete sie diskret eine Weile, bevor er sprach.

»Darf ich eine Frage stellen?«

Sie teilte ihre Aufmerksamkeit zwischen Spock und der Kugel. Das beruhigte ihn etwas, da sie immerhin nicht unter einer Art hypnotischer Kontrolle stand. »Fragen Sie nur.«

»Warum, glauben Sie, hat der Koloss uns dieses Hologramm geschickt?« Er deutete mit dem Kopf nach vorne, wo sich der Durchgang erstreckte. »Es scheint keine Kreuzungen oder Abweichungen zu geben, die wir in Betracht ziehen müssten, also ist es unwahrscheinlich, dass sie als Führer dient.«

Seine Beobachtung schien sie zu faszinieren. »Haben *Sie* eine Hypothese?«

»Vielleicht. Sie manifestierte sich, kurz nachdem ich begann infrage zu stellen, ob es weise sei, tiefer in dieses Schiff vorzudringen.« Er betrachtete die auf und ab hüpfende Kugel leidenschaftslos. »Ich halte sie für eine Ablenkung.«

»Sie könnten recht haben«, sagte Burnham. »Aber um ganz ehrlich zu sein, war ich in dem Moment, als ich dieses Ding sah, entschlossen, es zu erforschen. Und da uns nur eine ziemlich kurze Zeitspanne zur Verfügung steht, hätte ich darauf bestanden, weiterzugehen – ob da nun eine Kugel ist oder nicht.«

Er respektierte ihre Ehrlichkeit, ihre Beharrlichkeit und ihre Zweckgerichtetheit. Kurz nachdem die Kugel ihre nächste herunter ragende Hürde überwunden hatte, hielt sie inne und bewegte sich im Kreis an der Decke. Spock und Burnham stellten sich unter sie und sahen nach oben. »Was macht sie da?«, fragte Burnham.

»Vielleicht ...« Die Kugel verschwand mit einem Aufblitzen und nahm Spocks Gedankengang mit sich.

Dann spürte er eine Vibration des Decks, die sich durch seinen gesamten Körper fortpflanzte. Zu spät erkannte er den Ursprungsort hinter ihnen: »Sir!«

Burnham warf einen Blick zurück und sah gerade noch, wie der Durchgang hinter ihnen sich direkt unterhalb der

Stützrippe zusammenzog. Sie streckte einen Arm vor Spock aus und schob ihn einen halben Schritt von dem plötzlich aufgetretenen Hindernis weg. Beinahe geräuschlos verfestigte sich dieses.

»Na ja«, sagte Burnham. »Ich schätze, jetzt haben wir keine andere Wahl mehr, als vorwärtszugehen.« Sie wollte gerade weitergehen, da stieß ihr Fuß gegen eine weitere Barriere und sie blieb stehen. Überraschung und ein kurzes Aufflackern von Verärgerung huschten über ihr Gesicht, als sie vor der nächsten Abschnittsrippe zurückwich. Dann strich sie mit der Hand über das, was sich jetzt als Wand entpuppte, die mit einem zweidimensionalen holografischen Bild des Korridors, den sie vor sich erwartet hatten, verziert war.

»Holografische Illusionsmalerei«, bemerkte Spock. »Eine primitive, aber wirksame Täuschung.«

»Mehr als nur Täuschung, Spock.« Burnham klopfte an das Bild. »Eine Falle. Und zwar eine sehr stabile.« Sie zog ihren Kommunikator hervor und klappte sein Gitter auf. »Burnham an *Shenzhou.* Hören Sie mich, *Shenzhou?* ... Burnham an *Enterprise.* Bitte antworten Sie.« Sie lauschte einige Sekunden und steckte das Gerät dann weg. »Nichts, nicht einmal statisches Rauschen.«

Spock nickte. »Es scheint, als ob der Koloss die Absicht hat, uns entweder auf unbestimmte Zeit hierzubehalten oder unsere Fluchtmöglichkeiten zu reduzieren.«

»Eine begründete Annahme«, stimmte Burnham zu. »Obwohl ich mich fragen muss, was ...«

Ein durchdringender Ton stürmte auf Spocks Ohren ein. Reflexartig zuckte er vor Schmerz zusammen. Burnham neben ihm biss die Zähne zusammen und hielt sich die Ohren zu, doch sie hatte weiterhin quälende Schmerzen. Das Geräusch kam von allen Seiten gleichzeitig – von den Wänden, der Decke, von vorne, von hinten. Sich seine höchst sensiblen Ohren zuzuhalten, half Spock nicht. Er senkte seine Hände und tastete nach seinem Trikorder.

Burnham sagte etwas, aber er konnte es nicht hören. Dann sah er, wie Blut aus ihren Ohren und Nasenlöchern tropfte – und spürte, wie auch ihm etwas Warmes aus der Nase und den Ohren herauslief. Er wischte sich dunkelgrünes Blut von der Oberlippe.

Was immer dieses furchtbare Geräusch erzeugte, setzte dieses als Waffe ein, um Fleisch und Knochen zu durchdringen. Wenn er und Burnham in den nächsten sechzig Sekunden keinen Weg fanden, aus dieser Kammer zu fliehen, hatte er keinen Zweifel daran, dass es sie beide töten würde.

15

Der Ton war wie ein Stachel, der Burnhams Ohren durchbohrte – wie ein Messer, das in ihre Gedanken schnitt. Ganz gleich wie sehr sie sich auf die Lehren ihrer vulkanischen Mentoren konzentrierte, dass Schmerz ein Produkt des Geistes sei, das man mit Vernunft und Disziplin überwinden konnte ... All diese Lektionen ließen sie nun im Stich. Sie wusste nur, dass die Welt aus weiß glühender Qual bestand. Der Schmerz zwang sie in die Knie. Demütigte sie wie ein Kind.

Sie musste jede noch so winzige verbleibende Spur ihrer vulkanischen Konditionierung aufbieten, um ihren Körper daran zu hindern, in Panik zu verfallen. Sie blinzelte und sah, dass Spock nach seinem Trikorder tastete und mit dessen Steuerung kämpfte.

Sie versuchte, über das Kreischen hinwegzurufen: »Spock! Haben Sie einen Plan?«

Er sah sie an. Unbehagen und Verwirrung ließen Falten auf seinem Gesicht erscheinen.

Blut tropfte aus ihren Ohren und dann aus ihrer Nase. Warm und klebrig bewies es, dass ihre Schmerzen keine Einbildung waren. Dann sah sie, wie Spocks Ohren und Nase ebenfalls anfingen zu bluten, und sie wusste, dass der Schallangriff kein lästiges Hindernis war – er sollte sie töten.

Auf allen vieren kroch sie auf Spock zu. Er lehnte sich rücklings an eine Wand und landete dann in einer sitzenden Position mit nach vorn ausgestreckten Beinen auf dem Boden. Auf dem ganzen Weg abwärts nahm er weitere Einstellungen an seinem Trikorder vor. Doch sobald er saß, fiel ihm das tragbare Gerät aus der linken Hand. Er kippte nach rechts und lag bewusstlos auf dem Deck.

Mit reiner Willenskraft zog Burnham sich weiter. Sie hatte das Gefühl, als würde ihr Schädel aufplatzen und seine Bruchstücke unter dem Ansturm des gnadenlosen Kreischens in sich zusammenbrechen. Ihr Körper sehnte sich danach, dem Schmerz nachzugeben und im Vergessen tröstlicher Schwärze zu versinken, doch diese Barmherzigkeit gestand sie sich nicht zu.

Ihre Hand landete auf Spocks Trikorder. Sie zog ihn zu sich und strengte sich an, damit ihre Augen sich auf seine Einstellungen fokussierten. Sie hoffte, herauszufinden, was Spock versucht hatte, bevor er zusammengebrochen war. Nach einem kurzen Blick verstand sie seinen Plan und wusste, was zu tun war. Mit zitternden Händen optimierte sie seine Einstellungen. Es gab nicht genug Zeit, alles perfekt abzustimmen. Entweder es funktionierte beim ersten Versuch oder sie und Spock würden hier und jetzt sterben.

Sie aktivierte den Audiosensor für hohe Frequenzen und löste den geräuschdämpfenden Impuls aus. Innerhalb von Sekunden verwandelte das grauenhafte Kreischen sich in ein Beben der Luft. Es war eine einfache, direkte Lösung. *Wie gut, dass sie Spock so schnell eingefallen ist.*

Wenn ich doch nur ein bisschen schneller gewesen wäre ... Sie unterbrach ihren Gedankengang. *Jetzt ist nicht die Zeit für Vorwürfe oder Bedauern. Konzentriere dich, denk an deine Ausbildung.*

Burnham wischte sich das Blut vom Gesicht und benutzte ihren Trikorder, um ihren Zustand zu überprüfen. *Keine bleibenden Schäden*, stellte sie mit Erleichterung fest. *Nichts, das ein paar Stunden auf der Krankenstation nicht wieder hinbekommen werden.*

Sie kniete sich neben Spock. Mit dem Saum ihres Ärmels tupfte sie das grüne Blut erst von seinem Kinn und seiner Oberlippe, dann von seinen Ohren und seinem Hals. Sie überprüfte schnell seine Lebenszeichen mit ihrem Trikorder, der anzeigte, dass Spock ebenfalls schweren, dauerhaften Verletzungen entgangen war. Sie vermutete allerdings, dass er für den Rest des Tages Kopfschmerzen haben würde. Sie legte ihren Trikorder beiseite und versuchte, ihn sanft, aber bestimmt zu wecken. »Mister Spock, hören Sie mich?«

Seine Augenlider flatterten. Dann öffnete er die Augen. Er versuchte vergeblich, seine Schmerzen zu verbergen, als er sich aufsetzte. Ein kurzes Zusammenzucken unterstrich Burnhams Theorie über seine Kopfschmerzen. Er rieb sich den Nacken und stellte fest: »Wie ich sehe, haben Sie den geräuschdämpfenden Impuls ausgelöst.«

»Das habe ich. Als ich Ihre teilweise abgeschlossenen Einstellungen sah, begriff ich, was Sie vorhatten.« Sie ließ ihre Hand auf seinem Rücken liegen, um ihn zu stützen. »Fühlen Sie sich in der Lage, aufzustehen?«

»Ich denke schon. Aber Ihre Unterstützung wäre mir sehr recht.«

Sie ließ ihre Hände unter seine Achseln gleiten und mit vereinter Kraft kam er wieder auf die Füße. Er klopfte sich den Staub ab und glättete seine blaue Uniformtunika.

»Ich danke Ihnen«, sagte er. »Wenn ich mich nicht irre, wird unsere nächste Herausforderung ...«, er hob eine Augenbraue, bevor er den Satz beendete, »... gerade scheinbar für uns erledigt.« Er nickte zum vorderen Ende der Kammer. »Der Weg nach vorne ist frei.«

Burnham drehte sich um und sah, dass die Wand mit dem Hologramm irgendwann verschwunden war, während sie sich aufeinander konzentriert hatten. Der Weg war jetzt offen und stieg leicht an. Sie bemerkte einen Unterschied – die Beleuchtung des Korridors vor ihnen reichte von tiefem Gold bis hin zu dunklem Orange.

»Die Farbe hat sich verändert«, sagte sie zu Spock. »Glauben Sie, dass das eine Bedeutung hat?«

»Unbekannt. Es könnte sich um ein ästhetisches Element handeln – oder es könnte darauf hindeuten, dass sich die Schwierigkeits- und Gefahrenstufe erhöht hat.« Er hob seinen Trikorder auf. »Der hochfrequente Ton hat aufgehört.« Er schaltete das Gerät auf die normale, passive Sensorstufe zurück. »Die Zeit ist knapp. Wir sollten gehen.«

Beunruhigt von dem Unheil, das sie beinahe ausgelöscht hätte, zögerte Burnham. »Gleich.« Sie beäugte ihre Umgebung mit neu gewonnenem Misstrauen. »Dieser Koloss ist seit Millionen von Jahren auf diesem Planeten. Und falls er – wie ich vermute – ausgeschickt wurde, um Angehörige der eingeborenen primitiven Kultur anzulocken und sie auf die Probe zu stellen ... dann muss ich mich fragen: Wieso gibt es eine Falle, die man nur mit fortgeschrittener Technologie überwinden kann? Die Ureinwohner hatten bestimmt keine.«

»Nein, aber wir«, entgegnete Spock. »Der Koloss hat bereits bewiesen, dass er seine Drohnen an die angestrebte Beute anpassen und auf sie einstellen kann. Es ist eine logische Annahme, dass er genauso fähig ist, eine angemessene Schwierigkeitsstufe für alle einzurichten, die zu ihm kommen.

Wenn ich mich recht erinnere, hat die holografische Kugel bei unserem Eintreten einen invasiven Scan unserer Kommunikatoren, Trikorder und Phaser vorgenommen.«

»Damit er die Leistungsfähigkeit unserer Ausrüstung kennt«, vervollständigte Burnham Spocks Gedankengang. »Und jetzt will er herausfinden, was *wir* können.«

Spock nickte unbeeindruckt. »Es hat den Anschein.«

»Wenn man bei der Sternenflotte ist, wird es nie langweilig.« Sie verstaute ihren Trikorder und führte Spock in den zinnoberroten Durchgang. »Dann finden wir doch heraus, wie er uns als Nächstes töten will.«

Die Schnitzereien bildeten eine Kathedrale aus Knochen und Marmor. Die einfarbige Sicht durch Sarus Verstärkungsbrille tat der Erhabenheit dieses uralten Monuments keinen Abbruch. Es wurde aus den versteinerten Rippen eines gigantischen Tieres und gebogenen, polierten Steinplatten gebildet. Im Gegensatz zum Rest des Steinlabyrinths, das Saru und Una durchquert hatten, um an diesen Ort zu gelangen, war der Boden unter den enorm großen, gebogenen Knochen mit Fliesen aus poliertem Marmor und Glas ausgelegt. Die wohldurchdachte Kunstfertigkeit eines Mosaiks fehlte zwar, aber diese Ausstrahlung eines natürlichen Durcheinanders war nicht weniger schön anzusehen.

»Äußerst bemerkenswert«, sagte Una und wandte ihren Kopf von einem interessanten Anblick zum anderen. »Keins der anderen bewohnten Gebiete wies eine derartige Perfektion, Größe oder einen solchen Detailreichtum auf.«

Saru hatte Mühe, sich von seiner Bewunderung für diesen Bereich loszureißen, um einige Scans mit seinem Feldtrikorder vorzunehmen. Dieser bestand aus einem flachen, rechteckigen Rahmen aus brüniertem Metall mit einem Touchscreen. »Das Alter dieser Konstruktion passt zu dem der anderen Teile der Siedlung, die wir untersucht haben.« Er schaltete ein paar Filter zu und beobachtete, wie die Daten sich in Echtzeit veränderten. »Die Steinelemente bestehen auf jeden Fall aus Marmor, im Gegensatz zu allem anderen in dieser Höhle. Ich würde annehmen, dass alle Marmorstücke dieses Bauwerks von anderer Stelle beschafft wurden.«

Una betrachtete einige Scans auf ihrem eigenen Trikorder, dessen abgesetzte, abgeschrägte Ränder in ihren kleinen Händen noch auffälliger wirkten. »Ich vergleiche die Spurenelemente und andere chemische Marker in dem Marmor mit den geologischen Scans, die während der ursprünglichen Untersuchung des Planeten gemacht wurden.« Nach einer Weile nickte sie. »Die einzige Region mit einem Marmorvorkommen dieser Art liegt mehr als dreihundert Kilometer von hier. Das würde Ihre Hypothese stützen.«

»Ich frage mich, ob das hier ein Teil ihrer Siedlung war, bevor sie dem Koloss begegneten, oder ob sie später entstanden ist.« Saru senkte seinen Trikorder und beneidete die Xenoarchäologen, die man bald zu diesem Planeten schicken würde, um Fragen wie diese und andere zu beantworten. Ein Teil von ihm wollte sich ihnen anschließen ... doch dann spürte er die unwiderstehliche Anziehungskraft einer Galaxie voller Wunder, die auf ihn und die Besatzung der *Shenzhou* warteten.

Einige Meter vor ihm blieb Una vor einer langen, gebogenen Marmorwand stehen und zeigte mit ihrem Trikorder darauf. »Ich glaube, ich habe etwas gefunden.« Sie steckte das Gerät wieder in die Außentasche ihres Rucksacks. »Schalten Sie die Frequenz ihrer Brille auf das C-Band um und sehen Sie sich dann die Marmorwände an.«

Saru tat, was Una ihm gesagt hatte. Der Filter brauchte einen Wimpernschlag, um sich umzustellen. Danach war alles anders. Beinahe jeder Zentimeter der langen Wand war kunstvoll verziert. Die Bilder waren nicht mit Pigmenten aufgemalt worden, sondern direkt in den Stein geritzt. »Warum haben wir das nicht schon vorher gesehen?«

»Schichten aus Staub und Ablagerungen«, sagte Una. »In neun Millionen Jahren kann sich einiges ansammeln.«

Sie gingen langsam an der Wand entlang und waren von dem komplexen Wandbild völlig fasziniert. »Dieser Stil der Illustration ist weiter entwickelt, als ich es erwartet hätte«, bemerkte Saru. »Er beweist ein tief gehendes Verständnis von Parallaxe, Tiefenschärfe und selektiver Schärfe. Die Figuren zeigen einen Detailreichtum, der über das Symbolische hinausgeht. Ich würde sagen, dass das hier mit den darstellenden Perioden der meisten Kulturen auf einer Stufe steht.«

»Ihr Stil ist wirklich ziemlich fortgeschritten«, stimmte Una zu. Sie zeigte auf andere Aspekte des Wandbilds. »Was mich am meisten beeindruckt, ist die Art, in der man diese Bilder angeordnet, voneinander getrennt und in Bezug zueinander gesetzt hat.« Sie trat einen Schritt zurück, um einen breiteren Abschnitt betrachten zu können. »Dies alles trägt die Handschrift sequenzieller Kunst. Ich glaube, wir sehen hier mehr als nur ein Wandbild, Saru – ich glaube, es ist eine grafische Erzählung.«

Saru sah genauer hin und kam zu demselben Schluss. »Erstaunlich.« Er kämpfte mit sich, um dem Drang zu widerstehen, dieses Kunstwerk zu berühren und Kontakt mit diesem greifbaren Stück Urgeschichte aufzunehmen. »Das erinnert mich an die Zeichnungen, mit denen mein Volk unser unterirdisches Leben dokumentierte. Diese Eingravierungen, die erzählerische Abfolge. Alles erscheint mir so ... *vertraut.*«

Una zeigte auf eine Bildreihe in einer Ecke. »Es sieht so aus, als ob man oben anfangen muss zu lesen, und zwar von rechts nach links. Und dann muss man die Richtung in jeder Reihe umkehren.« Sie führte Saru zum anderen Ende des

Wandbilds und gemeinsam liefen sie die gesamte Länge vor und zurück ab, während sie seine sichtbare Geschichte lasen. »Diese frühen Platten scheinen eine Kultur zu beschreiben, die an der Oberfläche hauste«, sagte sie.

»Nomaden«, stellte Saru fest. »Jäger und Sammler. Geschützt in Wäldern und Höhlen.« Er lenkte Unas Aufmerksamkeit auf eine Darstellung der Sonne. »Sehen Sie, wie die Anzahl der Punkte um sie herum sich ändert. Das könnte Jahre oder Generationen oder eine andere Zeiteinheit symbolisieren.«

»Möglich.« Die Bilder veränderten sich zu Szenen, die den meisten Studierenden der Geschichte fühlender Wesen bekannt waren. »Der Aufstieg des Ackerbaus. Die Bildung beständiger Städte entlang der Flüsse und Meeresküsten.« Una zeigte auf eine Darstellung von drei Gruppen der Ureinwohner. Die Helme jeder Gruppe waren durch verschiedene Symbole voneinander abgegrenzt. »Das könnte den Beginn von Handel zwischen verschiedenen Siedlungen andeuten. Es ist nicht ganz klar.«

Am nächsten Bild in der Erzählabfolge des Wandbilds war nichts Mehrdeutiges. Es beherrschte ein großes Stück auf der Marmorplatte: der Koloss, umgeben von Säulen aus Feuer oder Energie, die bis in den Himmel hinaufreichten und Strahlen aussandten, die die Ureinwohner niederstreckten, die sich versammelt hatten. »Ich nehme an, das schließt jeglichen Gedanken, der Koloss könnte in Frieden gekommen sein, aus«, sagte Saru.

»Es lässt das Schiff jedenfalls nicht in einem versöhnlichen Licht erscheinen.« Gemeinsam gingen sie zur nächsten Marmortafel, auf der ein Bild von Ureinwohnerpaaren zu sehen war, die sich aufgestellt hatten, um den Koloss, der halb begraben am Strand lag, durch seine einzige Öffnung am hinteren Ende seiner Hülle zu betreten.

Dann erreichten die beiden Offiziere die letzte Platte des Wandbilds und das abschließende Bild: ein Nachruf auf eine Spezies und ihre Kultur. Im Zentrum des Bilds war der Koloss zu sehen, von dem Strahlen und Energiewellen ausgingen. Sie schienen die Landschaft dem Erdboden gleichzumachen, indem sie sie zerrissen und in Flammen setzten. Eine winzige Handvoll der Ureinwohner – ihre Helme waren ein Durcheinander verschiedener Symbole – war dargestellt, wie sie sich unterirdisch in der Finsternis in einer Zuflucht zusammendrängten, die der Knochenkathedrale, in der Saru und Una gerade standen, sehr ähnlich sah.

Entsetzt starrte Saru auf das Bild einer Welt in Flammen. Er spürte, wie die Gabe seiner Spezies, drohende Gefahr zu spüren, einen Geschmack wie Blei in seinem Mund erzeugte und seinen Herzschlag rasen ließ. »Das ist nicht gut.«

Unas geweitete Augen ließen auf dieselben düsteren Gedanken schließen. »Nein«, flüsterte sie, »das ist ganz und gar nicht gut.«

»Höhlenmalerei kann man nicht gerade als unumstößlichen Beweis für den Ursprung des Kolosses ansehen«, sagte Georgiou, nachdem sie Sarus und Unas Bericht gegen die gestrengen Kriterien für Informationsanalysen der Sternenflotte abgewogen hatte. »Dennoch, angesichts Ihrer Schätzung, was ihr Alter angeht, und der Genauigkeit des grafischen Inhalts, bin ich bereit, zuzugestehen, dass eine weitere Untersuchung gerechtfertigt ist.«

»Danke, Captain«, antwortete Saru über den reinen Audiokanal. *»Wir haben eine weitere Reihe Illustrationen auf der Außenseite dieses unterirdischen Tempels entdeckt. Es ist noch nicht klar, ob die Erzählung sich auf den Koloss bezieht, aber wir brauchen mehr Zeit, um sie zu lesen.«*

Georgiou lehnte sich hinter ihrem Schreibtisch in ihrem Bereitschaftsraum zurück. »Wie lange brauchen Sie noch?«

»Schwer zu sagen, Captain«, sagte Saru. *»Commander Una und ich glauben beide, dass wir an dieser Stätte viel in Erfahrung bringen können, aber wir wissen, dass zu diesem Zeitpunkt allein missionsrelevante Informationen erwünscht sind.«* Gedämpfte Geräusche einer Unterhaltung waren zu hören, während er sich mit Una beriet. *»Wir sollten unsere Untersuchung dieses Tempels innerhalb einer Stunde beendet haben.«*

»Also schön.« Georgiou ließ ihren Blick von einem Gegenstand zum anderen wandern, während sie sich der Wand mit unterteilten Regalen hinter ihrem Schreibtisch zuwandte. Dort standen Geoden, kleine Skulpturen und andere Artefakte natürlicher und künstlicher Herkunft, die sie auf Welten in der erforschten Galaxis gesammelt hatte. Sie umringten eine hohe zentrale Nische, in der die farbige, von einem außerirdischen Künstler geschaffene Statuette eines Kriegerpriesters stand. Das alles zu betrachten beruhigte den Sturm ihrer widersprüchlichen Gedanken. »Sie haben genau eine Stunde, Mister Saru. Dann müssen Sie diese Höhlen verlassen und wieder an die Oberfläche kommen, damit wir sie hochbeamen können.«

»Verstanden, Captain. Danke. Saru Ende.«

Sie war zumindest dankbar für die Veränderung in seinem Verhalten. Zum ersten Mal, seit sie ihm gesagt hatte, dass er bei der Beförderung zum Ersten Offizier übergangen worden war, klang er tatsächlich begeistert. Mehr als das, er klang, als hätte er vielleicht sogar Spaß. *Himmel, ich hoffe, es ist so*, flehte sie jede Macht an, die zuhören mochte.

Georgiou wandte sich wieder ihrem Schreibtisch zu und ließ ihr Kinn auf ihrer Faust ruhen, während sie den Ellenbogen auf den Tisch stützte. Zu ihrer Linken, auf einem kleinen Tisch an der Wand, die ihren Bereitschaftsraum von der Brücke trennte, stand ein antiker Plattenspieler, auf dem eine Vinylscheibe lag. Auf dieser war eine analoge Audioaufnahme, die mit einer Nadel aufgespielt worden war und mit einer anderen wieder ausgelesen wurde. Die restaurierte Antiquität war ein Geschenk von ihrem Exmann Nikos gewesen. Diese und ihr Nachname waren das Einzige, was sie von ihm bekommen und nicht während der Scheidung weggeworfen hatte. Beides hatte sie im Namen der Sentimentalität behalten.

Auf der tiefen Fensterbank vor dem hinteren Aussichtsfenster ihres Bereitschaftsraums stand ein antikes Teleskop. *Aus diesem niedrigen Orbit könnte ich wahrscheinlich die Ausmaße des Kolosses mit bloßem Auge erkennen*, grübelte sie.

Da sie ungeduldig auf Zeichen des Fortschritts wartete, öffnete sie mit einem Bedienfeld auf ihrem Schreibtisch einen Kanal zum Hauptfrachtraum. »Georgiou an Commander Johar.«

»Johar hier«, sagte der Chefingenieur. *»Was kann ich für Sie tun, Captain?«*

»Wie geht Ihre Analyse der Drohnentrümmer voran?«

»Langsam, fürchte ich. Wir skizzieren ihren Schaltplan, aber ich kann nicht behaupten, dass wir schon wissen, wie dieses Ding funktioniert. Doch vielleicht haben wir gute Nachrichten.«

»Ich bin ganz Ohr, Commander.«

»Wir haben eine Reihe ungewöhnlicher Spurenelemente in der Hülle der Drohne gefunden, über die wir auch in der Hülle des Kolosses gestolpert sind. Es gibt da einige äußerst merkwürdige Elemente, Ma'am ... einschließlich einiger, die auf diesem Planeten nicht natürlich vorkommen und auch sonst nur auf einer Handvoll anderer Planeten.«

Das klang vielversprechend. »Können Sie vielleicht eingrenzen, auf *welcher* anderen Welt der Ursprung dieser Elemente liegen könnte?«

Johars Stimmung hellte sich hörbar auf. *»Das ist sehr gut möglich, Captain. Aber ich könnte die Antwort darauf noch viel* *schneller finden, wenn ich die notwendige Hilfe aus der Wissenschaftsabteilung erhielte. Um genau zu sein, wäre es toll, wenn jemand den Astrophysikern, Exogeologen und Xenohistorikern ein wenig Feuer unterm Hintern machen könnte. Wenn wir von allen Seiten gleichzeitig daran arbeiten …«*

»Sagen Sie nichts weiter«, unterbrach Georgiou ihn. Sie begann, auf ihrem Schreibtischterminal einen Befehl zu schreiben. »Ich schicke eine Anordnung an die Wissenschaftler und an Oliveira, Ihnen und Ihrem Team jedes notwendige Personal und alle Mittel, die Sie benötigen, zuzuteilen.«

Sie stellte sich vor, wie Johar in einer Siegesgeste die Faust in die Luft reckte. *»Danke, Captain. Wir werden innerhalb einer Stunde etwas Handfestes für Sie haben, da bin ich sicher.«*

»Ich hoffe, Sie haben recht«, sagte Georgiou, »denn wenn wir mit heruntergelassener Hose erwischt werden, wenn der nächste Drohnenangriff erfolgt, besteht das große Risiko, dass wir alle draufgehen. Also, ganz gleich woran Sie arbeiten, sorgen Sie dafür, dass es einen Plan gibt, um diese Drohnen zu neutralisieren oder zu zerstören.«

»Verstanden, Captain. Wir sind dran. Johar Ende.«

Der Kanal schloss sich mit sanftem Klicken und Georgiou fühlte sich erneut in ihrem Bereitschaftsraum isoliert. Die Zeit verrann und dennoch war sie wie gelähmt. Was konnte sie noch tun? Das war das große Paradoxon des Kommandos. Ihre Rolle war es, Vorgaben zu definieren, Ziele zu setzen und ihre Leute an die Arbeit zu schicken. Doch sobald das getan war, gab es meist nur noch wenig, das sie tun konnte, außer sich zurückzulehnen und darauf zu warten, ob die Dominosteine, die sie aufgestellt hatte, wie beabsichtigt umfielen oder kreuz und quer kippten.

Das Chronometer auf ihrem Schreibtisch erinnerte sie daran, dass Burnham und Lieutenant Spock von der *Enterprise* jetzt nur noch weniger als zwei Stunden hatten, um die

Geheimnisse des Kolosses zu entschlüsseln. Die beiden waren entweder außerhalb der Kommunikationsreichweite oder ihre Signale wurden blockiert, weil sie sich jetzt im Inneren des Kolosses befanden. Keiner der unzähligen technischen Tricks, die Kommunikationsoffizier Fan normalerweise anwendete, hatte die beiden erreichen können. Ganz gleich was sie gefunden hatten oder was ihnen begegnet war – sie alleine würden es wissen, bis sie einen Weg fanden, um den Kontakt mit der *Shenzhou* und der *Enterprise* wiederherzustellen.

Georgiou stand auf und kam hinter ihrem Schreibtisch hervor. Sie ging hinüber zu dem Plattenspieler und ließ ihre Hand über dem Aktivierungsschalter schweben. Das analoge Abspielgerät war schon empfindlich, aber die Vinylscheiben, von denen es den Klang reproduzierte, waren geradezu zerbrechlich. Sie verspürte das Bedürfnis nach seinen warmen, natürlichen Klängen in der kalten, grauen Sterilität ihres Bereitschaftsraums und schaltete ihn ein.

Es bedurfte nur einer Berührung. Das Gerät erwachte zum Leben und folgte einer präzisen Routine. Der flache Plattenteller begann sich mit einer Geschwindigkeit von dreiunddreißig ein Drittel Umdrehungen pro Minute zu drehen. Nachdem es die richtige Geschwindigkeit erreicht hatte, hob sich sein Arm – ein Polymerarm, in dessen rechteckigem Kopf eine Präzisionsnadel aus Diamant saß – von seiner Gabel und schwebte über dem äußeren Rand der Vinylscheibe. Dann senkte er sich langsam und würdevoll hinab auf seine Position. Die Nadel fand den glatten, leeren Bereich am Rande der Scheibe und glitt darüber in die gleichmäßige, fortdauernde, nach innen verlaufende Rille, die beinahe zu schmal war, um sie mit bloßem Auge zu erkennen.

Aus dem eingebauten Lautsprecher des Geräts erklang ein leises Knistern – Störgeräusche von Staub an der Nadel – und ein tiefes Summen – der Widerhall des Plattenspielermotors.

Und dann ertönte Musik.

Das helle, metallische Klingen von Glöckchen. Ein Klimpern von Klaviersaiten, die von winzigen Hämmerchen angeschlagen wurden. Die Stimme einer Trompete und das Quäken eines Saxofons. Das sinnliche, rhythmische *Fump* eines Kontrabasses. Alles vereinte sich zu einer aufwändigen Melodie ... das war Jazz. Eine uralte Aufnahme von Miles Davis und Sonny Rollins, ein Auftritt, der dreihundert Jahre zuvor eingefangen worden war.

Und es hörte sich so an, als ob er zum ersten Mal geschah, hier in ihrem Bereitschaftsraum.

Abgesehen von Liveauftritten waren Aufzeichnungen auf Vinyl Georgious bevorzugte Art, Musik zu hören. Voll, warm und unheimlich präsent – das war die immerwährende Faszination analoger Medien. Das war die bizarre Magie, die ihnen bei Kennern von Jazz und klassischer Musik so viel Anerkennung eintrug. Sie hatte noch nie eine digitalisierte Aufnahme gehört, die sie so tief berührte.

So befreite Georgiou sich von Gedanken, die sich nicht lösen oder ordnen ließen. Die Musik half ihrem Geist, merkwürdige Querverbindungen herzustellen, ungenutzte Möglichkeiten zu entdecken und Informationen auf unerwartete Weise zu verarbeiten. Alleine mit dem Trost des Jazz konnte sie ihrem Geist gestatten, sich zu leeren und Platz für neue Ideen zu machen, die dann aufblühten.

Oder, wenn das nicht funktionierte, war es für sie der einzige Trost und die einzige Flucht aus einem Job und einem Universum, die – wie sie allmählich begann zu glauben – ihren Tod herbeiführen wollten.

Aber nicht heute, versprach sie sich selbst. *Nicht hier ... und nicht heute.*

16

Bald nachdem Spock und Burnham die erste Todesfalle des Kolosses überwunden hatten, tauchte dessen holografischer Elementargeist wieder auf, um ihre Aufmerksamkeit zu fesseln und nach vorne zu richten. Jedenfalls war das der Zweck, den Spock aus der Anwesenheit der Kugel und ihrem Verhalten ableitete. Sie schien keine hilfreichen Hinweise zu geben, die sie vor ihren Prüfungen warnte, und sie zeigte ihnen auch keinen Weg daran vorbei. Sie existierte einfach ... ein technologischer Irrwisch, der sie tiefer in die Schatten locken sollte, bis er wieder von einem geschlossenen Portal vor ihnen abprallte, das durch ein holografisches Bild des dahinterliegenden Korridors getarnt war.

Erneut schloss sich ein Portal wie eine Iris hinter ihnen. Das letzte Nadelöhr verschmolz spurlos mit dem intelligenten Metall der Hülle des Kolosses. Spock betrachtete ihre Zwangslage mit trockener Distanziertheit. »Offenbar steht unsere nächste Prüfung unmittelbar bevor.«

Burnham musterte die Wände um sie herum und dann die Decke. »Ich muss zugeben, dass ich ein wenig neugierig bin. Was wird zuerst offenbart: das Rätsel oder die Bedrohung?«

Das Hologramm auf dem geschlossenen Portal vor ihnen schaltete sich ab und zwei Benutzerschaltflächen wurden zu beiden Seiten seines abgeflachten, ovalen Rahmens sichtbar. Die beiden Bedienfelder ähnelten in ihrer Anordnung denen, die Spock und Burnham auf der Außenseite des Schiffs benutzt hatten, um hineinzugelangen. »Wie es scheint, wurde das Rätsel zuerst enthüllt«, sagte er. Er ging auf das leere Bedienfeld auf der rechten Seite zu und Burnham stellte sich vor das Gegenstück auf der linken Seite.

Sie strich mit einer Handfläche über die Seite ihrer Uniform und hinterließ einen Schweißfilm. »Bilde ich mir das nur ein«, fragte sie, »oder wird es hier drin plötzlich immer wärmer?«

Spock hatte den Anstieg der Temperatur noch nicht bemerkt, da sie sich immer noch in einem für ihn angenehmen Bereich befand. Doch sobald sie ihn darauf aufmerksam gemacht hatte, spürte er es sehr intensiv. »Sie haben recht. Die Temperatur ist gestiegen.« Er zog seinen Trikorder aus dem Halbholster an seinem Gürtel und überprüfte die fortlaufenden Sensorlogs des Geräts. »Um genau zu sein, ist die Temperatur in dieser Kammer um sechs Komma eins Grad Celsius gestiegen, seit das Portal sich hinter uns geschlossen hat. Die augenblickliche Temperatur liegt bei achtundzwanzig Grad. Wenn die Umgebungstemperatur sich weiterhin so steigert, können wir davon ausgehen, dass sie sich um etwa sechs Grad pro Minute erhöht.«

»Und jetzt kennen wir die Bedrohung. Machen wir uns an die Arbeit, das Rätsel zu lösen.« Sie hielt ihre Handfläche über die glatte Oberfläche des Bedienfelds und wartete, bis Spock ihrem Beispiel folgte. »Auf drei.« Er nickte zustimmend und sie begann zu zählen. »Eins. Zwei. Drei.«

Gleichzeitig drückten sie ihre Hände auf die Bedienfelder.

Rhythmischer Lärm stürmte auf Spocks Ohren ein. Er war so laut, dass Spock den Druck verschobener Luft bei jedem Bassschlag an seiner Haut spürte. Die höheren Töne schmerzten in den Ohren. Beides zusammen ergab eine quälende Kakofonie. Er zog seine Hand von seinem Bedienfeld zurück und es wurde still in der Kammer. Burnham nahm ihre Hand ebenfalls von dem Bedienfeld. »Geht es Ihnen gut?«

»Ja«, antwortete er und verbarg sein Unbehagen. »Ich war auf die Lautstärke nicht vorbereitet. Ich hatte gehofft, dass das Zurückziehen meiner Hand sie vielleicht etwas reduzieren würde.«

Burnham schüttelte den Kopf. »Es sieht so aus, als ob es alles oder nichts heißt.« Sie hielt ihre Hand wieder über das Bedienfeld. »Bereit, es noch einmal zu versuchen?« Sie wartete, bis er durch ein Nicken seine Bereitschaft signalisierte, und zählte: »Eins. Zwei. Drei.«

Sie drückten ihre Hände hinunter und der konzentrationsbetäubende Lärm setzte sich fort. Spock schloss seine Augen und achtete nur auf das Feld unter seiner Handfläche. Sein Zeitgefühl schmolz dahin, während er die Erhöhungen spürte, die sich auf der intelligenten Metalloberfläche manifestierten: Ovale, die durch glühende Linien mit Punkten und winzigen Dreiecken und Vierecken verbunden wurden. »Die Oberfläche unter meiner Hand bildet Formen«, rief er über den Lärm hinweg Burnham zu.

»Ich spüre sie auch«, brüllte sie zurück. »Erst waren sie einfach. Doch sie werden komplexer.«

»Ich bemerke dasselbe Muster.« Der ohrenbetäubende Krach ließ ihn zusammenzucken. War das Absicht, um ihre Fähigkeit auf die Probe zu stellen, sich trotz Ablenkung konzentrieren zu können? Es schien möglich, aber diente dazu nicht schon die Hitze? Er zwang sich, den Lärm beiseitezuschieben und seine ganze Aufmerksamkeit den Formen und einer Matrix aus Sechsecken zu widmen, die auf der holografischen Oberfläche des Portals erschienen. Jede neue Form wurde in einem eigenen Sechseck wiedergegeben, nachdem sie sich in dem intelligenten Metall des Bedienfelds aufgelöst hatte.

Er sah hinüber zu Burnham, deren Gesicht mit Schweißperlen überzogen war, die an ihrer modischen Stirnlocke aus dunklem Haar vorbei über die Stirn herunterrannen. »Geht es Ihnen gut?«

»Mir würde es besser gehen, wenn das trockene Hitze wäre«, rief sie über den Lärm hinweg, der weiterhin von beiden Seiten auf sie einprasselte. »Wissen Sie, was diese Symbole zu bedeuten haben?«

Spock suchte nach einer Bedeutung in der Anordnung der Symbole in den Sechsecken. »Die Symbole ordnen sich nicht in Reihen oder Spalten an. Sie bilden Gruppen und Verästelungen – einige parallel zu anderen, andere abgegrenzt und vom Rest getrennt.« Seine Stimme wurde heiser vom Schreien, als die Luft heißer wurde. »Ich glaube nicht, dass es sich hier um eine einfache mathematische Reihe handelt.« Zu seiner Überraschung blieben seine Beobachtungen von Burnham unkommentiert.

Er sah nach dem Ersten Offizier der *Shenzhou.* Sie schien am Rande der Ohnmacht. Spock erkannte, dass die Temperatur sich der Sechsundvierzig-Grad-Celsius-Marke näherte. Für Vulkan war das keine ungewöhnliche Hitze. Er wusste, dass Burnham den größten Teil ihres Lebens damit verbracht hatte, sich an derartige Temperaturen zu gewöhnen, doch es war Jahre her, seit sie das regelmäßig getan hatte, und ihre menschliche Physiologie würde unter diesen Bedingungen nicht viel länger Spitzenleistungen vollbringen.

»Burnham!«, rief er zu ihr hinüber. Schwach hob sie den Kopf und sah ihn an. »Brechen Sie nicht unter der Hitze zusammen. Wir müssen beide bei Bewusstsein bleiben und die Bedienfelder berühren, um diese Prüfung zu bestehen.«

»Ich versuche es, Spock, aber dieser Ofen kriegt mich klein.«

Er wollte gerade irgendeine belanglose Phrase äußern, um ihre Stimmung aufzuhellen, doch ihre Worte ließen in seinen Gedanken kurz etwas aufblitzen und er erkannte etwas. *Ja*, dachte er, *das ist es. Das muss es sein.*

»Bleiben Sie bei mir«, sagte er zu Burnham. »Sie müssen auf den Rhythmus auf Ihrer Seite der Kammer achten.«

Sie blinzelte, kniff die Augen zusammen und sah ihn an. »Den was? Wieso?«

»Das Tempo«, erklärte Spock. »Der Rhythmus auf Ihrer Seite der Kammer ist nicht derselbe, wie der auf meiner Seite. Wenn ich recht habe, dann glaube ich, dass die Zeitabstände bei den rhythmischen Mustern der Schlüssel für die Lösung zu unserer Herausforderung sind.«

Burnham nickte und schloss ihre Augen. Sie tippte mit dem Fuß aufs Deck, um den Teil des Musters, das hinter ihr erzeugt wurde, wiederzugeben. Mit ihrem freien Zeigefinger trommelte sie gegen ihr Bein, um die andere Seite des Rhythmus nachzuspüren. Spock schloss seine Augen und lauschte auf seine Seite des Musters. Als geübter Musiker musste er nicht mittrommeln, um es in seinen Gedanken zu isolieren.

Burnham und er öffneten zur gleichen Zeit die Augen und sahen sich an.

»Die Taktart auf meiner Seite ist zwei-fünftel«, sagte Burnham.

»Meine ist zwei-drittel.« Er sah zu dem wachsenden Symbolbaum mit den Sechsecken auf der holografischen Anzeige des Portals. »Jetzt müssen wir diese Zahlen mit denen dort in Einklang bringen.« Spock fühlte sich schachmatt. »Leider sieht nichts davon für mich wie ein Bruch aus.«

Burnham sah so aus, als würde sie gleich zusammenbrechen. »Was, wenn sie das gar nicht sein sollen?« Sie sackte nach vorn gegen die Wand, hielt ihre Hand aber über dem Bedienfeld. »Was, wenn wir die Taktfrequenzen als ganze Zahlen auslesen sollen? Fünfundzwanzig und dreiundzwanzig?« Müde winkte sie in Richtung der Symbolgruppen und -ketten im Hologramm. »Einige dieser Schreibweisen unterscheiden sich nicht sehr von denen, die wir verwendet haben, um die Primfaktorzerlegung an der ersten Luke zu lösen.«

»Stimmt«, entgegnete Spock, der anfing die Logik in der Anordnung vor seinen Augen zu durchschauen. »Von einfach bis kompliziert, angeordnet in Verästelungen und Gruppen ...«

Burnham platzte in dem Moment mit der Antwort heraus, als sie auch Spock einfiel: »Das ist das Periodensystem! Oder jedenfalls eine fremdartige Version davon. Und wenn sie wollen, dass wir fünfundzwanzig und dreiundzwanzig drücken ...«

»Dann müssen wir nur noch herausfinden, welche dieser Symbole die Atomstruktur von Mangan und Vanadium darstellen«, ergänzte Spock. »Höchst logisch. Sollen wir weitermachen?«

»Bitte, bevor ich von medium zu gut durchgebraten übergehe.«

Sie nahmen ihre Hände von den Bedienfeldern und trafen sich vor dem ovalen Portal. Burnham berührte das Symbol für Mangan und Spock legte seine Hand auf das Symbol für Vanadium. Beide Symbole leuchteten grün auf, während die anderen um sie herum verblassten. Dann wurde der holografische Bildschirm dunkel, das Hindernis zog sich wie ein schnell schmelzender Gletscher in seinen Rahmen zurück und gab den Blick auf den nächsten Abschnitt des zentralen Durchgangs in dem Koloss frei, der in kräftigem Rotorange leuchtete. Kühle Luft strömte über Spock und Burnham hinweg und brachte der Menschenfrau die offensichtlich dringend benötigte Erleichterung.

Spock nahm Burnhams Arm und half ihr über die Schwelle des Portals. Nach einigen Momenten in der kühleren Umgebung kehrte Burnhams Konzentration schnell zurück. »Danke, Mister Spock.« Sie warf einen halb belustigten Blick auf die Gefahr, der sie gerade entkommen waren. »Wenn ich mir überlege, dass ich Sarek einmal ausgelacht habe, als er mir erklärte, Musik sei ein wichtiges Unterrichtsfach.«

»Merkwürdig«, sagte Spock. »Er schien mein Interesse an Musik oft als Frivolität anzusehen.«

Burnham ging weiter auf die nächste Herausforderung zu. »Wenn wir das hier überleben, sollten wir das Königlich Andorianische Trommelkorps engagieren, um ihn mit einem Ständchen vor Tagesanbruch zu ehren.«

»Ich habe schon mit weniger angemessenen Gedanken gespielt«, erwiderte Spock und schloss zu ihr auf. Er wusste nicht, was sie als Nächstes erwartete, aber er war zuversichtlich, dass sie es gemeinsam überwinden würden.

Das Letzte, was Saru wollte, war, an die Oberfläche des Planeten mit ihren gefährlichen offenen Weiten, dem grellen Tageslicht und frei wehenden Winden voller fremder und doch so vertrauter Gerüche zurückzukehren. Er hatte sich in den unterirdischen Höhlen, abgeschieden in der Dunkelheit, beinahe zu Hause gefühlt. Es hatte ihn an seine Jugend auf Kelpia erinnert, an die Tage, als er mit seinen Clankameraden durch die scheinbar endlosen Netzwerke unterirdischer Passagen gestreift war. Selbst die bildhafte Qualität der längst ausgestorbenen Ureinwohner dieser Welt hatte gute Erinnerungen geweckt. Obwohl er schon lange von seinem Volk auf Kelpia getrennt war, hatte dieser Ausflug sich für einen viel zu kurzen Moment wie eine Heimkehr angefühlt.

Gedankenverloren führte er Una aus den Katakomben. Der Anstieg war viel anstrengender gewesen als der Abstieg und Una war ein wenig zu kurzatmig gewesen, um sich zu unterhalten. Obwohl Saru auf dem Rückweg einen lebhaften Monolog hätte halten können, hatte er sich doch dafür entschieden, zu schweigen. Una erweckte in ihm den Eindruck, als verabscheue sie lange Unterhaltungen und sinnloses Geplauder. Ihr Gleichmut war eine weitere Eigenschaft, die Saru bewunderte.

Bald wurde das Tageslicht sichtbar und zum Leitstrahl, der das Ende ihrer gemeinsamen Reise bedeutete. Saru verließ die Höhle als Erster. Seine schlaksigen Beine schritten einfach über die großen Steine hinweg, die vor dem Höhleneingang lagen. Una trat auf die Steine und kletterte über sie hinweg. Dann blieb sie stehen und badete in der warmen Nachmittagssonne. »Es ist schön, wieder an der Oberfläche zu sein«, sagte sie.

»Schon möglich«, antwortete Saru und unterdrückte seinen Drang, Una mit jeder noch so kleinen, irrelevanten Tatsache über die Kelpianer und ihre Vorlieben für das unterirdische Wohnen und Reisen zu erfreuen. Er hob seinen Trikorder gerade weit genug, um ihre Aufmerksamkeit darauf zu lenken. »Bevor ich meine Analyse auf der *Shenzhou* beginne, werde ich meine Daten kopieren und an Sie für Ihre unabhängige Bestätigung schicken.«

Una neigte dankbar ihren Kopf. »Und ich werde dasselbe von der *Enterprise* aus tun.«

Als sie die Hand nach ihrem Kommunikator ausstreckte, versuchte Saru, ihre Trennung hinauszuzögern. »Ich erwarte, dass meine Analyse weniger als eine Stunde dauern wird, vorausgesetzt ich erhalte vorrangigen Zugriff auf unseren Computer.«

»Das klingt wie eine vernünftige Einschätzung«, entgegnete Una. Sie klappte das Gitter ihres Kommunikators auf und wollte den Kanal zum Schiff aktivieren.

Saru machte einen zögerlichen Schritt auf Una zu. »Ich wollte nur sagen, Commander, dass es mich sehr gefreut hat, Ihre Bekanntschaft zu machen.« Er fragte sich, wie viel er preisgeben konnte, ohne sich der Peinlichkeit auszusetzen, und setzte auf Aufrichtigkeit. »Es ist mir nicht immer leichtgefallen, meine Sternenflottenkollegen zu verstehen. Meine Versuche, bedeutsame Bande zu knüpfen – sei es als Freunde oder auch nur als Kameraden –, führten oft zu Zurückweisung oder Missverständnissen.« Obwohl er Una bei Weitem überragte, fühlte er sich sehr klein, als er den Kopf senkte und hinzufügte: »Wenn ich die Vergangenheit ändern könnte, hätte ich nur zu gerne mit Ihnen gemeinsam gedient.«

Sie nahm seine Hand und schenkte ihm ein Lächeln. »Ich werde Sie daran erinnern, wenn ich jemals mein eigenes Kommando erhalte. Denn ich für meinen Teil würde das Privileg, mit einem scharfen, aufgeklärten Geist wie dem Ihren dienen zu dürfen, sehr begrüßen, Lieutenant. Und lassen Sie mich außerdem sagen, dass das Gefühl auf Gegenseitigkeit beruht. Auch ich habe mich sehr gefreut, Sie kennenzulernen.« Sie ließ seine Hand los und ging ein paar Meter von ihm weg. »Jetzt hoffen wir, dass unsere kommandierenden Offiziere nicht dafür sorgen, dass einer von uns getötet wird.«

Ein zynischer Humor und eine geborene Realistin, schwärmte Saru. *Sie wäre ein großartiger Kelpianer gewesen.*

Una aktivierte ihren Kommunikator. »Una an *Enterprise*. Einer zum Hochbeamen.«

»Bereithalten für Transport«, antwortete eine Männerstimme aus dem Lautsprecher.

Ein singendes Geräusch und ein Schimmer aus goldener Energie umhüllten Una. Die Partikel tanzten und schwammen und wurden immer heller, als ihr Bild verschwand. Dann löste sich das funkelnde Licht gemeinsam mit dem Sirren des Transportereffekts auf und ein warmer Windstoß war Sarus einziger Gefährte auf dem steinigen Pfad.

Er war traurig, sie gehen zu lassen, und jetzt hatte er Angst davor, was geschehen würde, wenn Georgious und Pikes Konfrontation eskalierte. *Was, wenn ich sie niemals wiedersehe?*, fragte er sich.

Tief durchatmen. Ein durch die zahllosen Atemlöcher an seinem Körper, aus durch seine Nasenlöcher. Das war nicht der wirksamste Weg, um sein Blut mit Sauerstoff anzureichern, aber die Übung hatte bisher immer einen beruhigenden Einfluss auf seine Spezies gehabt. Nach einigen Sekunden hatte er die Kontrolle über seine Emotionen zurückgewonnen. Sein inneres Gleichgewicht war wiederhergestellt und damit seine hart erkämpfte würdevolle Ausstrahlung.

Man darf den Spitzenprädatoren keine zarten Gefühle zeigen, nicht wahr? Ein Zeichen der Schwäche und die Fleischfresser springen einem an die Kehle.

Er öffnete das Gitter seines Kommunikators und ergab sich in sein Schicksal, seine Pflichten in der Gesellschaft derjenigen zu versehen, die sein wahres Ich wahrscheinlich niemals wirklich schätzen oder verstehen würden. »Saru an *Shenzhou*. Einer zum Transport. Energie, wenn Sie so weit sind.«

»Bestätigt, Lieutenant«, antwortete ein weiblicher Offizier. *»Bereithalten.«*

Gleich würde er in der tröstlichen Umarmung des Transporterstrahls wieder sicher sein. Dessen Segen der Unantastbarkeit war nur vorübergehend, aber das tat Sarus Freude daran keinen Abbruch. Das Erste, das jeder Kelpianer lernte, war, dass die grundlegende Natur des Lebens und des Universums die Unbeständigkeit ist: Alles ändert sich und alles endet. Dieser Wahrheit widerstehen zu wollen ist die Wurzel allen Leidens. Oder, wie er es gelernt hatte, für seine Sternenflottenkameraden auszudrücken: *Erfreut euch an dem, was ihr habt, solange ihr es habt. Denn es oder ihr könnt jeden Moment aufhören zu existieren.*

Als der Transporterstrahl ihn umfing, war er verblüfft.

Ich verstehe nicht, warum ich bei sozialen Zusammenkünften nicht beliebter bin.

Wenn es einen Abschnitt in der unterirdischen Infrastruktur von Neu Astana gab, der noch weniger zugänglich oder noch entlegener war als die Pumpstation unter der Zentralreserve, dann wollte Gretchen Kolova ihn nicht sehen. Es gab kaum freien Platz im Kontrollraum, gerade genug, damit sie und die anderen Widerständler sich dort stehend versammeln konnten. Über ihnen war die bedrohliche Hülle des Reservespeichers, der selbst am tiefsten Punkt eines Abgrunds mit kreuz und quer verlaufenden Rohren stand.

Sie und ihr innerer Kreis – der jetzt aus ihren politischen Ratgebern Ishii und Medina, den Überlebenden der Bohrinsel, Bowen, Chandra und Omalu, der ranghöchsten Polizistin Eichorn, dem Ingenieur Tanzer und dem Mechaniker Tassin bestand – hatten sich um den größten Tisch im Raum versammelt, an dem eigentlich der Fluss und die Filterung der Wasserressourcen in der gesamten Stadt kontrolliert wurden.

»Das wird als vorübergehender Stützpunkt reichen«, entschied Kolova. Auf dem Tisch befand sich eine Karte der Wassersysteme. Sie deutete auf Tunnelkreuzungen und fuhr fort: »Wir müssen Wächter oder Geräte, die Eindringlinge melden, hier, hier und hier aufstellen – und an allen Punkten auf Unteretage acht, denn dort werden sie als Erstes einfallen müssen, bevor sie in die tieferen Etagen vordringen können.«

Eichorn studierte die Karte. »Ich habe genug Leute und Ausrüstung, um das zu bewerkstelligen.«

»Gut«, sagte Kolova. »Das bringt uns zu unserem nächsten Problem: die beiden Sternenflottenschiffe im Orbit zu überwachen.«

Ishii beugte sich über den Tisch. »Sollten wir uns nicht darauf konzentrieren, Leute in Position zu bringen, damit sie gegen die medizinischen Teams vorgehen können, die bereits auf der Oberfläche sind? Wir werden sie als Druckmittel bei den Verhandlungen brauchen.«

Kolova schüttelte den Kopf. »Ich würde lieber nicht noch mehr Gewalt anwenden, wenn es nicht unbedingt nötig ist. Solange wir einer Gefangennahme entkommen, können wir uns selbst als Druckmittel benutzen. Wir sagen der Sternenflotte, wenn sie die Kolonie retten, ergeben wir uns.«

»Sprechen Sie nur für sich selbst«, grollte Bowen.

»Ich sage ja nicht, dass wir uns ergeben, ohne Vorsichtsmaßnahmen zu ergreifen«, entgegnete Kolova. »Aber unsere Koloniebewohner zu retten muss unsere oberste Priorität sein, denn sonst sind wir nichts als Flüchtlinge, die versuchen, ihre eigene Haut zu retten. Und ich gedenke, diese Captains der Sternenflotte dazu zu bringen, meine Prioritäten zu teilen.« Sie musterte die Gesichter im Raum. »Also, wie überwachen wir die Schiffe?«

»Wir sind nicht dafür ausgerüstet, mehr als ihre Bewegungen im Orbit zu verfolgen«, erklärte Medina. »Wenn wir das Verkehrsüberwachungssystem des Planeten anzapfen, wissen wir immerhin ungefähr, wo sie sind. Darüber hinaus kann das System uns nicht viel sagen. Ihm fehlen die taktischen Komponenten, also werden wir nicht wissen, ob sie ihre Waffen laden oder die Schilde hochfahren – es sei denn, sie verkünden das über einen offenen Kanal.«

Kolova verbarg ihre Enttäuschung. »Das ist ein Anfang«, sagte sie.

»Es reicht nicht«, stellte Bowen fest. »Die Sternenflotte benutzt fast nie offene Kanäle. Wenn wir wirklich wissen wollen, was da oben vor sich geht, dann müssen wir ihre verschlüsselten Frequenzen anzapfen. Das ist der einzige Weg, um herauszufinden, was die beiden Captains untereinander besprechen, was sie dem Sternenflottenkommando erzählen und was die ihnen befehlen.«

Tanzer warf Bowen einen finsteren Seitenblick zu. »Und wie genau sollen wir das machen? Die haben militärische Kommunikationssysteme und alles, was wir haben, ist das, was Kayos billigste Anbieter bereit waren, uns zur Verfügung zu stellen.«

»Die einzigen Unterschiede sind die Verarbeitungskapazität und die Geschwindigkeit«, sagte Chandra. »Schaffen Sie einige duotronische Chipsätze heran, stecken Sie sie in eine FTL-Bank und dann brauchen Sie nur noch die Software.«

Omalu verdrehte die Augen in Richtung ihres Kameraden von der Bohrinsel. »Oh, ist das alles? Nur ein Betriebssystem für eine Standardausgabe der Sternenflottenkommunikationssoftware? Warum haben Sie das nicht gleich gesagt? Ich bin sicher, wir können die auf einem Satz Datenkarten im Supermarkt der Stadt kaufen.«

Die einzige Person am Tisch mit einem hoffnungsvollen Gesichtsausdruck war Tassin. »Ich kenne vielleicht jemanden, der uns helfen kann«, erklärte er.

Kolova wollte unbedingt jede gute Nachricht, die sich bot, ausnutzen und fragte: »Wen?«

»Ihr Name ist Kiva Cross«, erwiderte der Mechaniker. »Sie war einmal Kommunikationsoffizier bei der Sternenflotte. Sie ist darin ausgebildet, Codes zu knacken, kennt Nachrichtensignale und auch sonst alles Mögliche. Sie ist seit einigen Jahren Zivilistin, aber wenn jemand die Kommunikation der Sternenflotte knacken kann, dann sie.«

Kolova fühlte sich ermutigt. »Ist sie hier bei uns?«

Tassin schüttelte den Kopf. »Nein, sie leitet einen Reparaturladen für Duotronik im technischen Viertel. Aber sie kennt mich und ich glaube, sie würde uns helfen, wenn wir ihr begreiflich machen, was auf dem Spiel steht.«

»Also gut«, sagte Kolova. »Dann haben wir in den nächsten dreißig Minuten zwei Ziele: Tassin, gehen Sie, finden Sie Ihre Freundin und bringen Sie sie her – ich möchte selbst mit ihr reden.«

»Bin dabei«, antwortete Tassin. Dann schlüpfte er durch die Menge und eilte eine Treppe hinauf zur Oberfläche.

Kolova fuhr fort, nachdem Tassin gegangen war. »Bowen, Sie und Ihre Leute spionieren das Krankenhaus aus. Sehen Sie, ob die Sternenflottenärzte sich dort verteilt haben oder auf einem Haufen sitzen. Bringen Sie Sensormessungen mit detaillierten Grundrissen mit, wenn Sie können.«

»Verstanden.« Bowen nickte Omalu und Chandra zu und die drei gingen gemeinsam dieselbe Treppe hinauf, die auch Tassin benutzt hatte.

Jetzt mussten nur noch die Verteidigungsgrundlagen gelegt werden. Kolova sah Eichorn an. »Stellen Sie Ihre Wachen und Alarmanlagen auf und zwar schnell. Wenn das hier alles danebengeht, wird die Sternenflotte uns suchen und ich will sichergehen, dass wir sie angemessen willkommen heißen.«

17

Burnham wusste nicht, ob sie ihren Sinnen trauen durfte, doch bei jedem Schritt, den sie und Spock tiefer in dem Koloss machten, hatte sie das Gefühl zunehmender Schwerkraft. Die Auswirkungen waren zunächst subtil. Am Anfang hatte sie diesen Eindruck auf Schwierigkeiten beim Auftreten oder eine eigentümliche Neigung des Decks geschoben. Und um die Wahrheit zu sagen, wenn es wirklich Unterschiede von einem Schritt zum nächsten gab, waren sie so gering, dass sie erst im Laufe der Zeit auffielen. *Mit anderen Worten*, grübelte sie, *bis ich sicher bin, ist es zu spät.*

Klopfer wippte vor ihr und Spock in der Luft auf und ab. Er war weiterhin ständig von knisternden, sehr dünnen Blitzfäden umgeben. Der Farbton seiner elektrischen Korona veränderte sich von einer Sekunde auf die andere und reichte von Weiß über Gold bis zu Violett, Hellgrün und zum Schluss wieder Weiß. Jedes Mal, wenn Spock oder Burnham langsamer wurden, gab Klopfer einen tiefen, vorwurfsvollen Schlag von sich. Sein letzter tadelnder Schlag war Burnhams Fehler gewesen. Sie hasste die Korrektur, ging aber schneller.

Sie fragte Spock: »Bin ich die Einzige, die es allmählich leid ist, auf die Probe gestellt zu werden?«

Er nahm ihre Beschwerde mit leichter Überraschung zur Kenntnis. »Ich schöpfe ein gewisses Maß an Ermutigung aus seinen Reaktionen.« Es dauerte einen Moment, bis er Burnhams bohrenden Blick bemerkte, und er fühlte sich veranlasst, seine Bemerkung näher zu erläutern. »Wenn der Koloss allein die Absicht hätte, jegliches Leben auf dem Planeten zu vernichten, gäbe es keinen logischen Grund, derartige Hürden aufzustellen.«

»Stimmt«, erwiderte Burnham. »Er hätte uns inzwischen längst töten können. Und vielleicht tut er das noch.«

»Vielleicht«, sagte Spock. »Obwohl ich vermute, er würde uns dazu zwingen, bei unserem eigenen Tod eine Rolle zu spielen. Alle Elemente, denen wir bisher begegnet sind, waren auf solch ein Ende ausgelegt.«

Burnham suchte die gebogenen Wände des ovalen Durchgangs mit Blicken ab. Sie, der Boden und die Decke waren alle in gedämpftes rotes Licht getaucht. »Ich frage mich, ob man all seine Prüfungen bestehen kann«, überlegte sie. »Warum sollte er uns tiefer hineinlocken und uns ständig neuen und anderen Gefahren aussetzen? Was erreicht er damit? Hat der Koloss davon irgendeinen Vorteil? Oder würde es seine Erschaffer bereichern, wenn sie uns auf Herz und Nieren prüfen?«

Spock betrachtete seine Umgebung mit würdevoller Neugier. »Es könnte eine Art Intelligenztest sein«, sagte er. »Dieser könnte darauf abzielen, die geistige Anpassungsfähigkeit, Problemlösungskompetenz und das Vermögen, übergreifendes Wissen in ungewöhnlichen Kombinationen und unter ungewöhnlichen Umständen anzuwenden, auf die Probe zu stellen.«

»Ja, aber zu welchem Zweck? Will man einschätzen, welche potenzielle Bedrohung von uns ausgeht?«

Ihre Frage ließ ihn stehen bleiben und nachdenken. Sie sah ihn erwartungsvoll an und er erwiderte den Blick. »Vielleicht ist das hier eine Art Einführung oder Rekrutierung. Ein Fehdehandschuh, der diejenigen identifizieren soll, die einer bestimmten Aufgabe oder Rolle gewachsen oder würdig sind, für die man außergewöhnliche Fähigkeiten benötigt.«

»Welche Rolle würde die Fähigkeiten oder das Können voraussetzen, die man zur Überwindung dieser Fallen braucht?«

Spock legte den Kopf schräg. »Eine, von der ich annehme, dass die meisten intelligenten Wesen sie nicht annehmen würden.«

Dieser Schlussfolgerung hatte Burnham nichts entgegenzusetzen. Sie wollte das gerade äußern, als der Koloss bebte und ein vertrauter, grässlicher Klang durch seine Wände und den Boden hallte. Burnham sah nach oben und lauschte. Sie versuchte, feine Nuancen in dem Lärm zu unterscheiden. »Drohnen«, stellte sie fest. »Das ist das Geräusch, das bei ihrem Abschuss zu hören ist.« Sie hielt eine Hand hoch, um Spocks Fragen zuvorzukommen, bis der Lärm abgeklungen war. »Neun Komma vier Sekunden. Das ist länger als beim letzten Mal. Das deutet darauf hin, dass der Koloss gerade sieben Drohnen gestartet hat.«

Spock zog seinen Kommunikator heraus und ließ das Gitter aufklappen. »Spock an *Enterprise*. Hören Sie mich?« Er veränderte die Einstellungen seines Kommunikators. »Lieutenant Spock an *Shenzhou*, bitte antworten Sie.« Schweigen regierte die Kanäle. Spock klappte das Gitter zu und verstaute den Kommunikator an seinem Gürtel. »Ich hatte mir schon gedacht, dass es vergebens ist, aber wir hatten die Pflicht, wenigstens einen Versuch zu unternehmen, die Schiffe zu warnen.«

»Das sehe ich auch so«, sagte Burnham. »Wären meine Reflexe schneller gewesen, hätte ich es auch versucht.«

Spock warf einen Blick nach oben, der verriet, dass seine Gedanken weit weg waren, vielleicht bei seinem Schiff und seinen Mannschaftskameraden – dieses kurze Aufflackern von Sentimentalität offenbarte, dass er nicht immer der klassisch-logische Vulkanier war. Burnham konnte nicht erkennen, ob Spock wusste, dass sein emotionaler Ausrutscher bemerkt worden war, aber er drehte sich von ihr weg und ging weiter. Sie folgte ihm und sagte nichts.

»Die fortwährende Aggression des Kolosses erstaunt mich wirklich«, bemerkte Spock. »Wenn dieses Schiff etwas mit dem Aussterben der Ureinwohner auf diesem Planeten zu tun hatte ... war das dann das Ende seiner Mission? Die Tatsache, dass es von der Bohrinsel geweckt wurde, deutet darauf hin, dass der Koloss dafür geschaffen worden sein könnte, eine ewig andauernde Mission auszuführen.«

Burnham fürchtete, sie wusste, was Spock mit dieser Fragestellung ausdrücken wollte, aber sie musste sichergehen. »Wie, glauben Sie, würde eine solche ›ewig andauernde Mission‹ aussehen, Spock?«

»Mir fehlen ausreichende Beweise, um eine fundierte Hypothese aufzustellen. Doch wenn der Koloss geschaffen wurde, um Völker auf die Probe zu stellen und nicht Welten ... wer sagt uns denn, dass seine Prüfung mit der Zerstörung der Kolonie enden wird? Wenn die Anwesenheit unserer Schiffe im Orbit den Koloss auf die interstellare Natur unserer Kultur aufmerksam gemacht hat, wer sagt uns dann, dass er nicht andere Kolonien und Heimatwelten aufsuchen und sie einer Feuerprobe unterziehen wird, wie er es mit Sirsa III tut?«

»Also stimmen Sie der Sternenflotte zu – Sie glauben, wir müssen Sirsa III opfern, um andere Föderationswelten vor dem Koloss zu bewahren?«

Eine flüchtige Grimasse. »Ich habe keine derartige Schlussfolgerung gezogen. Ich habe lediglich die Frage in den Raum gestellt.«

»Die Frage allein wird von einigen im Sternenflottenkommando als ausreichender Grund angesehen, um die Vernichtung eines kompletten planetarischen Ökosystems anzuordnen.«

Falls Spock ihre Aussage als Herausforderung ansah, so reagierte er nicht darauf. »Es wird immer diejenigen geben, die Schlüsse aus Fragen ziehen, die jeder Grundlage entbehren. Das entbindet uns aber nicht von der Verantwortung, Fragen zu stellen oder objektive Antworten zu suchen.«

Sie schluckte seinen sanften Tadel. »Sie haben recht. Es wäre unverantwortlich, die Möglichkeit zu ignorieren, dass wir andere der Gefahr durch den Koloss ausgesetzt haben, nur, weil wir ihn auf unsere Existenz aufmerksam gemacht haben. Die Logik verlangt nicht nur, dass wir objektive Informationen sammeln, sondern dass wir auch uns und anderen gegenüber ehrlich sind, was mögliche Konsequenzen unserer Handlungen angeht. Ich verspreche, dass wir genau das tun werden.« Sie ging neben ihm auf die wachsende Schwerkraft im Kern des Kolosses zu und warf ihm einen verstohlenen Seitenblick zu. Dabei fing sie einen Blick von ihm auf. »Aber zunächst sollten wir dafür sorgen, dass diese Fragen rein akademisch bleiben, indem wir einen Weg finden, dieses Ding zu versenken.«

»Ohara«, sagte Pike, ließ sich mit einer Drehbewegung in seinen Kommandosessel fallen und machte sich auf das Schlimmste gefasst. »Was sehen wir da?« Auf dem Hauptschirm der *Enterprise* schossen sechs glänzende Objekte in zwei Dreiergruppen durch die Atmosphäre aufwärts. Pike beugte sich vor und konzentrierte sich auf die neue

Bedrohung. »Garison, rufen Sie die *Shenzhou.* Stellen Sie sicher, dass man das dort auch sieht.«

Ohara sah von der rechten Seite der Doppelkonsole, die sich vorne auf der Brücke befand, zu Pike. »Neue Drohnen des Kolosses, Sir.« Ohara richtete seine Aufmerksamkeit wieder auf die Anzeigen seiner Konsole. »Schneller als die letzten, die die *Shenzhou* getroffen haben. Ich habe Schwierigkeiten, sie mit den Waffen zu erfassen – sie haben ihre Störfrequenzen verbessert.« Ein weiterer besorgter Blick über seine Schulter zu Pike. »Drei sind unterwegs zu uns, drei zur *Shenzhou* und eine beginnt grade einen Tiefflug über die Hauptstadt.«

»Schilde hoch!«, befahl Pike. »Alle Waffen bereit machen! Steuermann, bringen Sie uns in eine höhere Umlaufbahn. Ich will Spielraum haben, damit wir uns bewegen können, ohne auf die Atmosphäre zu prallen.«

»Aye, Sir«, sagte Tyler von der linken Seite der Konsole her. »Bringe uns in höhere Umlaufbahn.«

Commander Una sah vom Sehschlitz des Sensors an ihrer Station hoch. »Fünfzehn Sekunden bis Schussweite. Sie teilen sich auf und erfassen uns mit den Waffen.«

»Auf halbe Impulsgeschwindigkeit erhöhen!«, befahl Pike. »Ohara, sprechen Sie sich mit der *Shenzhou* ab. Lassen Sie unsere Schussrichtungen überlappen, schaffen Sie eine Todeszone zwischen uns und zwingen Sie die Drohnen hinein.«

»Aye, Sir«, sagte Ohara. Er nickte Garison zu. Mehr brauchte der Kommunikationsoffizier nicht, um einen direkten Kanal zwischen ihm und seinem Gegenüber auf der *Shenzhou* einzurichten.

Gleißend helle Strahlen peitschten über den Hauptbildschirm. Pike wusste, was jetzt kam, umklammerte die Armlehnen seines Kommandosessels und atmete tief durch. Dann erbebte die *Enterprise* unter einer brutalen Salve aus

Energiestößen. Es wurde dunkler und die Konsolen gerieten ins Stottern. Das Sperrfeuer ging weiter und unterbrach die Trägheitsdämpfer und die künstliche Schwerkraft des Schiffs. Pike fühlte sich zeitweilig wie eine Feder, die kurz davorstand, aus seinem Sessel abzuheben.

Er versuchte immer noch, sein Gleichgewicht wiederzufinden, da verlangte Una schon: »Schadensberichte! Alle Decks!« Sie berührte ihre Konsole, schaltete die internen Kanäle um und fügte hinzu: »Brücke an Krankenstation! Wir brauchen fortlaufende Verlustmeldungen!«

Die Antworten verschiedener Decks und Abteilungen strömten gleichzeitig aus den Lautsprechern auf Garisons Kommunikationskonsole. Der Chief Petty Officer beeilte sich, das Chaos abzustellen, und leitete den allgemeinen Funkverkehr des Hauptkanals zu Una und Pike um.

»Ohara«, sagte Pike, »taktische Analyse.«

Der junge Navigator schien mit seiner Konsole zu kämpfen. »Die Drohnen gehen nicht in die Falle. Wir versuchen, sie einzupferchen, aber sie sind zu schnell.« Er warf Pike einen kurzen Blick zu. »Und zu clever. Ich glaube, die wussten schon im Vorfeld, was wir tun würden.«

Garison drückte seine Hand gegen den Empfänger in seinem Ohr und veränderte dann die Einstellungen an seiner Konsole. »Notrufsignale von der Planetenoberfläche, Sir. Die Drohne, die über die Hauptstadt schwirrt, stampft ganze Wohnblocks ein. Wenn sie so weitermacht, könnte die gesamte Stadt in zwanzig Minuten in Flammen stehen.«

»Verdammt«, murmelte Pike. »Können wir sie mit einem Torpedo erfassen?«

Ohara schüttelte den Kopf. »Nicht bei diesen Geschwindigkeiten, Sir. Und wenn wir blindlings feuern und die Torpedos ihre Ziele suchen lassen, ist es gut möglich, dass wir die *Shenzhou* treffen.«

Explosionen erschütterten die Hülle und hallten in der Metallkonstruktion der *Enterprise* wider. Die Lampen über ihren Köpfen flackerten, bis sie nur noch halb so hell waren, und erholten sich dann wieder. Dann war ein hämmernder Schlag zu hören, der für Pike so klang, als wäre er direkt oberhalb der Brückenkuppel explodiert – und ein Funkenregen aus einer gerissenen Plasmaleitung ging auf seinen Kopf nieder.

Pike und seine Offiziere schlugen in einem Rennen gegen die Zeit glühend heiße Plasmafunken von ihren Schultern und Köpfen, damit Haare und Stoff nicht in Brand gerieten. Sekunden später durchdrang Rauch mit dem beißenden Geruch nach verbranntem Haar und versengten Kunststofffasern die Luft.

»Hintere Schilde geben nach«, sagte Una. »Steuerbordschilde verlieren Energie.«

Adrenalin schoss durch Pikes Adern und trieb ihn aus seinem Sessel. »Steuermann, drehen Sie uns auf den Rücken und zeigen Sie den Drohnen unseren Bauch. Nummer Eins, lenken Sie die gesamte Schildenergie auf die hinteren Emitter. Tyler, bringen Sie uns über die *Shenzhou*, damit sie unsere Oberseite vor den Drohnen schützt.« Er stakste nach vorne und stellte sich direkt hinter Oharas linke Schulter. »Phaserbänke eins und zwei auf Bereichsdeckung schalten, Scherenmuster. Feuer fr…«

Unterbrochene Schwerkraft und Eigendynamik trafen Pike wie unsichtbare Fäuste. Pike wurde wie eine Stoffpuppe auf die Backbordseite der Brücke geschleudert und wirbelte herum wie ein Blatt im Sturmwind … bis er gegen die Wand neben der Turbolifttür prallte. Danach fühlte er sich wie ein Haufen durcheinandergewürfelter und aus ihren Gelenken gerissener Knochen in einem Sack aus blutunterlaufenem Fleisch. Jeder Teil seines Körpers schmerzte, während er sich vom Deck aufrappelte. »Feuer frei! Und im Namen des Großen Vogels der Galaxis, treffen Sie etwas!«

»Feuer!«, meldete Ohara. Der Lieutenant hieb mit seinen Fäusten auf seine Konsole. »Verdammt!«

Tyler warf Pike einen schuldigen Blick zu. »Das war mein Fehler, Sir. Ich habe so nah an der *Shenzhou* einfach nicht genug Platz zum Manövrieren. Ich ...«

»Keine Entschuldigungen«, erwiderte Pike. »Nur Lösungen. Lösen Sie erst das Problem und erzählen Sie mir später, wie Sie das gemacht haben. Pulverisieren Sie diese Drohnen!«

Una tauchte an Pikes Seite auf und stützte ihn, als er das Gleichgewicht verlor. »Captain, Tyler hat recht. Wenn wir die *Shenzhou* als Deckung benutzen, schränken wir unsere Manövrierfähigkeit ein ... und ihre.«

Er verstand die Kritik, die in ihrer Analyse versteckt lag: Er brachte nicht nur sein eigenes Schiff durch eine fragwürdige Taktik in Gefahr, sondern auch noch das eines anderen Captains. Es war nie angenehm, einen Fehler in der Hitze des Gefechts zuzugeben, aber es wäre kriminell, ihn nicht zu korrigieren. »Was schlagen Sie vor, Nummer Eins?«

»Verlassen Sie den Orbit«, sagte Una. »Wenn die Drohnen uns ins offene All folgen, können wir Kampfmanöver mit voller Impulskraft ausführen und vielleicht genug Distanz gewinnen, um Torpedos zu benutzen.«

»Wenn wir die Umlaufbahn verlassen, bleibt die Kolonie schutzlos zurück.«

»Das ist sie jetzt schon.« Una hielt Pike aufrecht, als ein weiteres Sperrfeuer der Drohnen die *Enterprise* erschütterte und überall auf der Brücke Funken sprühten. »Solange wir in der Defensive sind, nützen wir weder der Kolonie noch der *Shenzhou*. Wir müssen ausbrechen und diesen Kampf dorthin verlagern, wo *wir* im Vorteil sind.« Eine weitere Explosion schüttelte die *Enterprise* durch. »Wenn wir jetzt nicht in die Offensive gehen, halten wir vielleicht nicht lange genug durch, um der Kolonie zu helfen. Sir.«

Ein Rückzug – und sei es nur vorläufig, um die Oberhand zu gewinnen – ging Pike gegen den Strich. Aber er hatte genug Zeit an der Akademie damit verbracht, die Philosophie des Krieges und die Logik der Taktik zu lernen, um zu wissen, dass Una recht hatte. Seine Mannschaft hatte eine bessere Chance gegen die Drohnen, wenn sie diesen Kampf in der Umgebung austragen konnte, die am besten zur *Enterprise* passte.

»Mister Tyler«, sagte Pike, »verlassen Sie die Umlaufbahn, Kurs zwei eins fünf Komma neun. Sobald wir die Anziehungskraft des Planeten hinter uns gelassen haben, schalten Sie die Sicherheitsvorrichtungen ab und bringen uns auf absolute Impulshöchstgeschwindigkeit. Mister Ohara, prügeln Sie weiter auf die Drohnen ein. Ich will, dass die fuchsteufelswild sind und uns auf Schritt und Tritt folgen.«

Das ist doch wieder typisch, jammerte Georgiou innerlich. *Kaum haben die Ingenieure mein Schiff wieder zusammengebaut, nehmen die Drohnen es wieder auseinander.*

Sie zuckte zusammen, als eine Reihe Schüsse der Drohnen auf die *Shenzhou* einhämmerte und verschiedene Stationen auf der Brücke schwarzen Rauch und glühend heißen Phosphor ausspuckten. Der beißende Gestank verbrannter Schaltkreise hing in der Luft, die jede Minute heißer wurde. *Die Lebenserhaltungssysteme scheinen zu versagen*, erkannte Georgiou. »Gant«, rief sie über das panische Geplapper hinweg, das aus der Kommunikationskonsole strömte, »suchen Sie sich eine der drei Drohnen aus und konzentrieren Sie Ihr Feuer darauf, bis sie erledigt ist. Oliveira, stehlen Sie jeden letzten Funken Energie, den Sie auftreiben können, für die Schilde.«

Ihre Offiziere an der taktischen Konsole und der Ops nickten beide, während sie ihren Kampf gegen den automatisierten Ansturm fortsetzten. Vor den breiten Aussichtsfenstern vorne an der Brücke peitschten Lichtstrahlen vorbei und verschwanden dann in der Helligkeit des Sonnenlichts, das vom Ozean auf der östlichen Hemisphäre reflektiert wurde.

Der scharfe Knall dreier Detonationen ließ die *Shenzhou* einen Satz vorwärts machen und zwang Georgiou dazu, mit weißen hervortretenden Fingerknöcheln die Armlehnen ihres Sessels zu umklammern, damit sie nicht quer über ihre eigene Brücke geschleudert wurde.

Ich wünschte, Michael wäre hier. Erst jetzt, mitten im Feuergefecht und der Hilfe ihres Ersten Offiziers beraubt, wurde Georgiou klar, wie sehr sie daran gewöhnt war, sich auf Burnhams Kampffähigkeiten zu verlassen. *Dann hoffen wir mal, dass Gant es ihr gleichtun kann.*

Die *Shenzhou* wurde von Stößen durchgerüttelt und von einer Seite zur anderen geworfen. Gant runzelte die Stirn, während er sich bemühte, den Angreifern des Schiffs zuvorzukommen. »Diese Drohnen sind schneller als die vorher«, stellte er fest, als hätte Georgiou die Telemetrie nicht gesehen, die auf das vordere Steuerbordfenster projiziert wurde. »Und sie haben wesentlich mehr drauf. Wenn wir nicht …« Er zog eine Augenbraue hoch, als er etwas auf seiner Konsole entdeckte. »Sir, die *Enterprise* ist über uns. Ich glaube, sie benutzt uns als Deckung.«

Wenn Gants Deutung der Taktik der *Enterprise* stimmte – und Georgiou ging davon aus, dass es so war –, dann erwartete sie, dass ihr Schiff jetzt zum Hauptziel des Gegners wurde. »Leiten Sie Energie in die unteren Schilde«, sagte sie. »Gant, konzentrieren Sie die Waffenenergie auf unsere unteren Phaser. Bereiten Sie Raumdeckung vor und Feuer frei.«

Saru sah von der Station des XO auf, die er während Burnhams Abwesenheit bemannte. »Captain, in der Krankenstation stapeln sich die Verletzten, aber die medizinische Abteilung hat nur eine Minimalbesetzung wegen der Hilfsaktionen auf der Planetenoberfläche zur Verfügung. Was sollen wir den Verwundeten sagen?«

Georgiou fragte sich, ob es ein schlechter Scherz von Saru gewesen war, als er davon sprach, dass Verletzte in der Krankenstation »gestapelt« wurden, beschloss dann aber, dass der Kelpianer sich der makabren Bedeutung wohl nicht bewusst war. »Haben wir in anderen Abteilungen noch Personal mit medizinischer Ausbildung, das man anderweitig einsetzen könnte?«

»Ich sehe nach«, antwortete Saru. »Negativ. Doktor Nambue hat fast das ganze medizinische Personal des Schiffs mit hinunter zur Oberfläche genommen. Die Krankenstation steht im Moment unter der Aufsicht von zwei Sanitätern und einem Zahnhygieniker.«

»Sagen Sie ihnen, sie sollen ihr Bestes geben und die Zähne zusammenbeißen«, erwiderte Georgiou. »Flugkontrolle, können wir etwas Entfernung zu …« Sie machte mitten im Befehl eine Pause, als sie auf dem taktischen Hauptthologramm der Brücke sah, wie die *Enterprise* ihre Position änderte. »Gant, was macht die große E da drüben?«

»Sie löst sich von uns.« Gant überprüfte seine Daten und hatte Mühe, seine wachsende Aufregung zu verbergen. »Und sie verlassen die Gravitationsreichweite des Planeten.« Er legte seinen Kopf in den Nacken, als käme ihm gerade eine Erleuchtung. »Natürlich, Captain. Im offenen Weltraum haben sie Platz für komplizierte Manöver bei voller Geschwindigkeit … Den hätten wir dort auch.«

»Folgen Sie ihnen«, sagte Georgiou zu Detmer. An Gant gerichtet fügte sie hinzu: »Verknüpfen Sie unsere

Angriffsmuster.« Für den Rest der Brücke verkündete sie: »Kopf einziehen, Augen offen halten. Zeit, an die Arbeit zu gehen.«

»Ich habe unseren Zielcomputer mit dem auf der *Enterprise* verbunden«, berichtete der taktische Offizier Jira Narwani. Sie passte ihren holografischen Zielhelm an. »Und jetzt machen Sie sich auf etwas gefasst.« Ihre Hände schienen in der Luft zu tanzen, als sie die VR-Umgebung, die von ihrem Helm geschaffen wurde, dazu benutzte, um in Gedankenschnelle Ziele auszuwählen und sie der vereinten Feuerkraft der *Enterprise* und der *Shenzhou* auszusetzen.

Energiestrahlen schnitten mitten durch eine der Drohnen, die in einem grünlichen Feuerball explodierte und die vorderen Schilde der *Shenzhou* mit brennenden Splittern bombardierte.

»Eine weniger, bleiben noch zwei«, murmelte Georgiou. »Flugkontrolle, sobald wir die Anziehungskraft des Planeten hinter uns gelassen haben, gehen Sie auf höchste Impulsgeschwindigkeit.«

Detmer trieb das Schiff auf Höchstgeschwindigkeit. Der kampferprobte Metallrahmen knackte und ächzte, während sie das Schiff in Wendungen zwang, die den Kiel der meisten Schiffe zum Zerbersten gebracht hätten. »Wir sind frei und können manövrieren, Captain.«

»Sehen Sie genau hin«, sagte Georgiou. Sie zeigte auf ein Ziel, das über dem vorderen Aussichtsfenster dargestellt war. »Gant, Traktorstrahl auf die hier! Schieben Sie sie in die dort!« Der taktische Offizier führte ihren Befehl aus und Georgiou machte Druck. »Steuermann, hart Steuerbord, zwölf Grad Abweichung! Zerquetschen Sie die Drohne zwischen unseren Schilden und denen der *Enterprise*! Ops, richten Sie die Deflektoren so aus, dass sie möglichst viel Druck ausüben!«

Innerhalb von Sekunden machten sich ihre Befehle bezahlt. Sperrfeuer von der *Enterprise* und der *Shenzhou* zerfetzte eine Drohne, während der Traktorstrahl zwei andere zu einer Kollision zwang. Eine vierte Drohne löste sich in ihre Bestandteile auf, als sie zwischen den unsichtbaren Energiefeldern der beiden Raumschiffe gefangen wurde. Diese knisterten, als sie während des Hochgeschwindigkeitsvorbeiflugs aneinanderrieben.

»Noch eine«, verkündete Gant. Er widmete sich mit einer Inbrunst der Zerstörung der Drohne, die Georgiou noch nie bei ihm gesehen hatte. »Nur noch ein bisschen näher«, murmelte er, während er sich bemühte, mit zwei Waffen ihren letzten Angreifer zu erfassen. »Genau so, nur noch nach links ausbrechen …«

Die Drohne schoss nach rechts – und wurde von einem Phaserstoß der *Enterprise* ausgelöscht.

Gant unterdrückte einen offensichtlichen Drang, zu fluchen, zwang sich zu einer würdevollen Haltung und meldete: »Alles frei, Captain.«

»Steuermann, bringen Sie uns wieder in die Umlaufbahn zurück, und zwar schnell!«, befahl Georgiou. »Gant, schalten Sie die Drohne aus, die die Hauptstadt angreift. Es gibt keine Extrapunkte für Ordentlichkeit.«

»Verstanden«, sagte Gant.

Oliveira sah von der Ops hoch. »Captain, die *Enterprise* folgt uns zurück in die Umlaufbahn. Sie scannen ebenfalls mit ihrer Zielerfassung nach der Drohne.«

»Das ist kein Wettbewerb«, erinnerte Georgiou ihre Brückenoffiziere. »Mir ist es egal, welches Schiff diese Drohne eliminiert, solange …«

»Hab sie!«, rief Gant und reckte eine Faust in die Luft.

So viel zum Thema Teamplay, dachte Georgiou.

»Roter Alarm beendet«, sagte sie, »Gelben Alarm aufrechthalten. Mister Saru, sammeln Sie Schadens- und Verlustmeldungen von allen Decks und holen Sie mir eine neue Reparatureinschätzung vom Maschinenraum.«

Der Kelpianer reagierte mit einem steifen, vogelähnlichen Nicken. »Aye, Captain.«

Ensign Fan drehte sich von ihrer Konsole weg. »Captain, die *Enterprise* ruft uns.«

»Nehmen Sie den Ruf an, aber lassen Sie den Blick nach vorne frei.«

Eine holografische Projektion von Captain Pike manifestierte sich vor dem vorderen Steuerbordfenster. Er sah nach dem jüngsten Scharmützel mit den Drohnen etwas mitgenommen aus. *»Der Koloss hat seine Drohnen viel früher losgeschickt, als wir erwartet haben, Captain. Und mein XO sagt mir, dass seine Energieanzeigewerte bereits wieder ansteigen, und zwar schneller als zuvor. Egal was das Ding noch für Tricks im Ärmel hat, ich glaube nicht, dass wir warten sollten, um es herauszufinden. Der Zeitpunkt, um diese Monstrosität in Stücke zu blasen, ist jetzt.«*

Sein Beharren auf einen sofortigen Angriff entsetzte Georgiou. »Captain, muss ich Sie daran erinnern, dass die Lieutenants Spock und Burnham sich immer noch in dem Koloss befinden?«

»Mir ist das Opfer, das wir bringen werden, sehr wohl bewusst«, entgegnete Pike. *»Und ich habe keinen Zweifel, dass Mister Spock der Logik hinter meiner Entscheidung zustimmen würde.«*

Sein Tonfall brachte Georgiou auf die Palme. »Wir haben ihnen versprochen, dass wir ihnen drei Stunden geben, um eine Lösung für die Krise zu finden. Wir schulden ihnen noch weitere dreißig Minuten.«

»Als wir dieses Versprechen gaben, dachten wir, dass wir noch drei Stunden hätten. Jetzt wissen wir es besser. Wenn

wir zulassen, dass der Koloss vollkommen aktiv wird, sind wir vielleicht nicht mehr in der Lage, ihn aufzuhalten – das Risiko kann und will ich nicht eingehen. Ich werde das beenden, bevor es zu spät ist, Captain.«

Georgiou stand aus ihrem Sessel auf, um ihre gebieterischste Haltung einzunehmen. »Das kann ich nicht zulassen, Captain. Nicht, solange es eine Chance gibt, das hier ohne Blutvergießen zu Ende zu bringen.«

»Der Zug ist abgefahren«, sagte Pike. *»Jetzt bin ich dran, Sie an etwas zu erinnern: Ich habe gültige Befehle von Admiral Anderson in der Hand – und diese lösen Ihre Befehlsgewalt als ranghöchster Offizier ab. Also können Sie mir entweder helfen, diese außerirdische Vernichtungsmaschine zu zerstören, oder ich kann Sie und Ihr Schiff gleich mit auslöschen.«*

Hochmütig zog sie ihre Augenbraue hoch und fragte: »Also, so ist das, ja?«

»Tut mir leid, Captain. Aber es geht nicht anders.«

Sie senkte ihr Kinn, bereit, mit dem Kopf zuerst gegen den Sturm anzurennen.

»Ich fürchte, dann werden wir ein Problem bekommen.«

Der Durchgang in dem Koloss hatte zweimal die Richtung gewechselt und war in ein leichtes Gefälle übergegangen, seit Burnham und Spock ihn betreten hatten. Sie schätzte, dass sie den größten Teil der gewaltigen Länge des Schiffs während der zwei Abschnitte ihrer Reise durchmessen hatten. In Anbetracht des Gefälles bei jeder Richtungsumkehr müssten sie sich jetzt fast im Kern des fremden Schiffs befinden.

Klopfer, das funkensprühende Hologramm, entschwand aus ihrer Sicht hinter einer lang gezogenen Kurve vor ihnen. Als Burnham und Spock diese umrundeten, entdeckten sie, dass ihr holografischer Führer erneut verschwunden war und sie zu einem offenen Portal geführt hatte, das durch einen

Nebelvorhang abgetrennt war. Die Dämpfe waren zart und flüchtig und erlaubten einen Blick auf eine weitläufige Kammer auf der anderen Seite der Schwelle. Der ovale Korridor, in dem Burnham und Spock standen, war in ein unheimliches Dunkelrot getaucht – die Kammer vor ihnen glühte in Schattierungen aus Iridiumblau und Purpur. Die beiden wurden langsamer, als sie sich dem Nebel näherten.

»Eine weitere Prüfung«, sagte Burnham und es fiel ihr schwer, ihre schwindende Geduld zu verbergen. »Ich bin es allmählich leid, wie ein Tier behandelt zu werden, das man darauf konditioniert, Tricks für sein Essen vorzuführen.«

Spock blieb heiter. »Seltsam. Ich finde die Herausforderungen ... stimulierend.«

Seine gleichgültige Haltung den Todesfallen des Kolosses gegenüber schürte Burnhams Verärgerung. »Ein gutes Spiel dreidimensionales Schach ist stimulierend. Das Ding hier versucht, uns zu töten.«

»Ich glaube, wenn das sein Ziel wäre, würde es direktere Methoden wählen.«

»Also schön«, gab Burnham nach, »es stellt uns auf die Probe. Aber wenn wir in den Prüfungen versagen, werden wir sterben.« Sie blieben einen halben Meter vor dem Nebelvorhang stehen. »Vielleicht bin ich ja übervorsichtig, aber die Neuartigkeit dieses Dampfvorhangs macht mich misstrauisch.« Sie hob ihren Trikorder und scannte den Nebel. »Wasserdampf und Spuren unbekannter Bestandteile. Ich führe eine Tox-Simulation durch ...« Zwei kurze, hohe Pieptöne von ihrem Trikorder zeigten Gefahr an. Sie drehte das Gerät um, damit Spock das Ergebnis sehen konnte. »Genau, wie ich es mir dachte. Diese Spurenelemente werden bei Kontakt von der Haut aufgenommen. Sobald sie in den Kreislauf gelangt sind, werden wir an akutem Sauerstoffmangel leiden und in weniger als neunzig Sekunden tot sein.«

»Ein höchst wirksames Gift.« Spock nahm seinen eigenen Trikorder zur Hand und begann neue Daten einzugeben. »Angenommen, Sie und ich haben beide dieselben Standardkits für Erste Hilfe dabei ... dann besitzen wir nicht die nötigen Zutaten, um ein Gegengift für den Nebel herzustellen.« Er runzelte die Stirn, als er etwas auf der Anzeige entdeckte. »Allerdings gibt es ein weiteres offenes Portal gegenüber von diesem, das ungefähr zweiundvierzig Komma sieben Meter von unserer Position entfernt ist. Und dieser Scan zeigt an, dass der Nebel in jenem Portal das Gegengift zu dem vor uns enthält.«

Burnham spähte durch den herabwallenden Nebel und erhaschte einen Blick auf das zweite offene Portal, das sich am anderen Ende der weitläufigen Kammer befand. »Also müssen wir nur das andere Portal erreichen, bevor die Wirkung des Gifts irreversibel wird.« Sie dachte über die Variablen nach. »Dreiundvierzig Meter? Wir sollten diese Entfernung in weniger als zehn Sekunden überwinden können.«

»Aber angenommen, wir wären physisch und vielleicht auch in unserer Wahrnehmung eingeschränkt ...«

»Selbst wenn wir die Zeit vervierfachen, um der beeinträchtigenden Wirkung des Gifts Rechnung zu tragen, dann könnten wir das Gegengift in weniger als fünfundvierzig Sekunden erreichen. Wenn wir unser Blut hyperoxygenieren, bevor wir durch den Nebel gehen, sollten wir es schaffen.«

Spock betrachtete die riesige blau-violette Kammer mit skeptischem Gesichtsausdruck. »Wenn die vorherigen Herausforderungen des Kolosses als Maßstab für die noch kommenden dienen, dann vermute ich, dass es weitaus komplizierter sein wird, als einfach nur die Luft anzuhalten und geradewegs hindurchzulaufen.«

Burnham wusste, dass er recht hatte, aber sie weigerte sich, auf seine Überlegung einzugehen. »Ich stelle meinen Trikorder auf einen Countdown von neunzig Sekunden ein, mit Alarmsignalen bei dreißig und sechzig Sekunden.« Nachdem das Gerät vorbereitet war, legte sie ihren Zeigefinger über den Startknopf auf ihrem Touchscreen. »Bereit?«

»Darf ich einen Vorschlag machen?«

»Selbstverständlich.«

»Nachdem wir durch den Nebel hindurch sind, sollten wir kurz innehalten, um den Raum einzuschätzen.«

»Vernünftig, aber denken Sie daran, dass die Uhr tickt.« Sie spannte sich an. »Fertig.« Sobald sie merkte, dass Spock sich nach vorn beugte, gab sie den Befehl: »Los!«

Gemeinsam sprangen sie durch die Nebelwand und kamen auf der anderen Seite stolpernd zum Stehen. Sobald ihre Stiefel das Deck in dem weitläufigen Raum berührten, glühten hell leuchtende, geometrische Muster unter ihren Füßen auf. Wirbel und lange, Fibonacci-ähnliche Spiralen wurden durch schräge Linien miteinander verbunden, die sich überkreuzten und unregelmäßige Formen bildeten. Einige hatten nur drei Seiten, andere sieben und es gab noch zahlreiche Zwischenvarianten. Verschiedene Linien pulsierten in unterschiedlichen Farbschattierungen, die von Weiß über Gelb bis zu Neongrün reichten.

Burnham runzelte die Stirn. »Um was wetten wir, dass es sich um ein Rätsel handelt, dass uns den einzigen sicheren Weg auf die andere Seite zeigt?«

»Ich würde es vorziehen, keine Wetten auf so etwas ...« Spock krümmte sich. Seine Antwort wurde von akutem Schmerz verdrängt. Er presste seine Hände gegen seinen Bauch und zuckte zusammen. Dann fiel er wie ein Bittsteller auf die Knie.

Sie streckte die Hand aus, um ihn zu trösten und ihm wieder aufzuhelfen. »Spock! Sind Sie ...«

Quälender Schmerz wallte in ihr auf – eine schwarze Wolke aus Übelkeit und Messerstichen. Ihre Beine versagten den Dienst und sie fiel neben Spock auf die Knie. Zwischen zusammengebissenen Zähnen brachte sie hervor: »Keine Zeit!«

Leise Pieptöne von ihrem Trikorder zählten die Sekunden herunter, die sie durch ihre plötzlichen Gebrechen verloren. Die Erlösung von ihrem gemeinsamen Leiden war nur wenige Sekunden entfernt, aber soweit Burnham wusste, konnte ein falscher Schritt genauso tödlich sein wie eine Verzögerung, die aus Unentschlossenheit entsprang.

Sie streckte eine Hand aus, um sich abzustützen. Dabei drückte sie auf eine trapezförmige Form aus weißen Linien. Ein äußerst schmerzhafter elektrischer Blitz zuckte durch ihre Hand hindurch vom Boden bis zur Decke. Sie riss die Hand zurück.

Sie kauerte in einem Kreis, der jetzt der einzig sichere Ort im Raum zu sein schien, und warf Spock einen zerknirschten Blick zu. »Sie hatten recht. Wie gut, dass wir nicht einfach hindurchgestürmt sind.«

»In der Tat.« Spock zwang sich dazu, aufzustehen. »Sollten wir allerdings in den nächsten dreißig Sekunden keinen Weg finden, um weiterzugehen, werden wir beide in diesem Raum sterben.«

18

»Fokussieren Sie Ihren Geist«, sagte Spock. »Schmerz ist eine Illusion. Nehmen Sie ihn wahr und schieben Sie ihn beiseite.«

Burnhams Gedanken kehrten in ihre Kindheit zurück, zu den prägenden Jahren, die sie auf Vulkan verbracht hatte. Sie versetzte sich wieder in die ausgehöhlten Kapseln im Vulkanischen Lernzentrum von ShiKar, ihre Aufseher pirschten durch die Gänge zwischen den Schülern. Während Spock die Ermahnung wiederholte, den Schmerz zu überwinden, hörte sie die Stimmen ihrer ersten Lehrer, die in ihrer Erinnerung widerhallten.

Die Lektion war einfach. Sie in die Tat umzusetzen war es nicht. Stechender Schmerz überflutete ihre Eingeweide und ihre Brust und bei jedem Atemzug, mit dem sie Schmerz ausatmete, fühlte sie, wie ihr Blut wertvollen Sauerstoff verlor.

Spocks ruhiger Bariton glättete Burnhams Wogen der Panik. »Überwinden Sie den Schmerz.«

»Ich versuche es«, knurrte sie zwischen zusammengebissenen Zähnen hindurch. Mit größter Anstrengung atmete sie gierig ein, aber ihre Lungen brannten sofort als Reaktion darauf. Ihr Inneres fühlte sich an, als würde es von Feuer verschlungen. *Dafür ist keine Zeit,* sagte sie zu sich selbst. *Steh auf, bevor es zu spät ist.*

Ihr Körper weigerte sich, zu gehorchen. Dann erinnerte sie sich an das Mantra, das sie vor langer Zeit in die Lage versetzt hatte, die vulkanische Technik der Schmerzunterdrückung zu beherrschen. Es war eine Zeile aus dem Gedicht »Selbstmitleid« von D. H. Lawrence: *Ich habe nie ein wildes Tier geseh'n, das Selbstmitleid empfand.*

Mit diesen Worten kam die Kraft. *Sei ein wildes Tier. Steh auf und kämpfe!*

Der Schmerz war immer noch da, aber nun war da auch Burnhams hart erkämpfte mentale Disziplin und sie stählte ihren Willen, bis er den Schmerz durchbrach. Zitternd, aber entschlossen stand sie auf und sah Spock an. »Ich bin bereit. Wie geht es weiter?«

Er prüfte eine angrenzende Form mit seiner Stiefelspitze. Ein weiterer elektrischer Blitz zwang ihn dazu, seinen Fuß zurückzuziehen. »Sehr vorsichtig«, antwortete er.

Der Trikorder an Burnhams Hüfte piepte leise, während er die Sekunden herunterzählte, bis das Gift in ihrem Blut sie ersticken würde. »Wir müssen weitergehen, aber wo entlang? Was definiert einen sicheren Schritt? Die Form? Die Seitenzahl?«

Spock sah nach unten. »Wir stehen beide in Kreisen«, bemerkte er. »Es gibt keine weiteren Kreise auf dem Deck. Wenn ein Kreis ›eins‹ darstellt, dann wäre ›zwei‹ vielleicht ...«

»Eine Tropfenform«, unterbrach Burnham, die seinen Gedanken vorwegnahm. »Etwas Zweiseitiges.« Sie suchte das Deck in Schrittweite mit Blicken ab. »Ich sehe keine.«

»Ich auch nicht. Anscheinend schließt das einen einfachen Weg aus.« Spock zog eine Grimasse, bemühte sich aber, seine Fassung zu wahren. Dann atmete er langsam aus. »Es geht mir gut«, versicherte er ihr. Er musterte das Deck mit seinem intensiven Blick. »Was war das Erste, das Ihnen an diesem Schiff aufgefallen ist?«

»Symmetrie«, antwortete Burnham. Mit diesem Gedanken suchte sie wieder den Raum ab. Sie begann vor dem Portaldurchgang, in dem sich der Gegengiftnebel befand. »Zwei Kreise«, sagte sie, als sie die Formen auf dem Boden entdeckte. Dann wurde ihr klar, dass es in dem scheinbaren Durcheinander des Raums eine versteckte Ordnung gab. »Es ist ein Spiegelbild! Sowohl auf der X- als auch auf der Y-Achse.«

»Vielleicht gibt es nicht nur einen richtigen Weg«, vermutete Spock. »Solange wir unsere Bewegungen über das Deck hinweg spiegeln.«

»Es gibt nur einen Weg, das herauszufinden.« Burnham hob den Fuß. »Auf drei stellen Sie Ihren rechten Fuß in das unregelmäßige Fünfeck zu Ihrer Rechten und ich meinen linken Fuß in das zu meiner Linken. Eins. Zwei. Drei!« Sie und Spock wagten einen Schritt aus ihren jeweiligen Kreisen. Gemeinsam stellten sie ihre Füße in die vorbestimmten Formen – und sie wurden nicht von einem Blitz bestraft. »So weit, so gut. Ich sage die Formen an und Sie passen sich meinem Schritt an.«

»Ich werde mein Bestes geben«, antwortete Spock.

Sekunden verstrichen, während sie sich einen Weg durch den Raum suchten. Burnham hatte Schwierigkeiten, möglichst eindeutige Formen für jeden weiteren Schritt zu finden, um Verwechslungen zu vermeiden, wo Spock hintreten sollte. Doch jeder Schritt vergrößerte den Schmerz, der sich durch ihren Körper wand. Das Gift war ein finsterer Bote in ihrem Blut, der seine Botschaft der Qual von einer Extremität zur nächsten trug und bei jedem Herzschlag drohte, ihre geistigen Barrieren einzureißen.

Sie hatten die Kreise auf der anderen Seite beinahe erreicht, als sie zu ihrer Rechten einen knisternden Blitz hörte. Sie blieb stehen und suchte nach Spock. Er taumelte an seinem Standort und Rauch stieg von seinem linken Fuß auf. »Ein kleiner Fehltritt«, rief er. Das Zittern in seiner Stimme verriet, dass sein Zustand sich verschlechterte, als er hinzufügte: »Sagen Sie den nächsten Schritt an.«

»Zu Ihrer Linken. Unregelmäßiges Sechseck, das sich Richtung Mitte neigt. Linker Fuß zuerst. Auf zwei. Eins. Zwei!« Sie trat mit ihrem rechten Fuß vor in ihr Spiegelbild der Form, in die sie Spock geschickt hatte. Ihr Fuß traf den Bruchteil einer Sekunde früher auf als seiner und ein sengender, verzweigter Blitz aus blauer Energie peitschte auf sie zu und durchbohrte sie von ihrem linken Schlüsselbein bis zu ihrem rechten Knie. Sie stolperte, als sie das Sechseck betrat und war kurz davor, in die Knie zu gehen.

Nein! Wenn unsere Bewegungen nicht zusammenpassen ...!

Von der anderen Seite des Raums sah Spock zu Burnham hinüber, als sie das Gleichgewicht verlor – und passte sich ihrem Schlingern und dem unbeabsichtigten Kniefall mit perfekter Synchronizität an. Sie waren dicht genug beieinander, dass er mit normaler Lautstärke fragen konnte: »Ist bei Ihnen alles in Ordnung?«

»Ja«, log Burnham. »Ich werde meine linke Hand auf das Deck stützen und mich damit abdrücken, um wieder aufzustehen.« Sie musste ihn nicht darauf hinweisen, ihre Bewegung nachzuahmen. Er tat es, als wäre es schon zu ihrer zweiten Natur geworden ... als hätten beide ihr ganzes Leben nichts anderes getan, als das Spiegelbild des anderen zu sein.

Nachdem Burnham wieder auf den Füßen stand, war ihr schwindelig. Sie konnte kaum atmen und ihr Blick war verschwommen. *Nur noch ein paar Sekunden, bis wir gegrillt werden,* erkannte sie. Sie mussten die Kreise am anderen

Ende so schnell wie möglich erreichen, aber der sicherste Weg würde zu lange brauchen.

Dann verlangt die Logik, dass ich den schnellsten Weg nehme und nicht den sichersten, beschloss Burnham.

»Drei Sprünge«, sagte sie und konnte sich kaum Gehör verschaffen, da ihr der Atem ausging. »Beginnen Sie mit dem linken Bein.« Sie musste ihm den Weg vorgeben, aber sie hatte Angst, dass sie das Bewusstsein verlieren würde. Sie nahm alle Kraft zusammen und atmete noch einmal tief durch. »Fünf. Drei. Sechs.«

»Ich verstehe«, sagte Spock, dessen Stimme ebenfalls kaum mehr als ein Keuchen war. »Fertig.«

Sie spannte sich zum Sprung an und sah ihm in die Augen. »Los!«

Wie aus einem Guss sprangen sie von ihren zusammengehörigen Positionen auf die nächsten Fünfecke, dann auf gleichschenklige Dreiecke. Der letzte Schritt vor den Zielkreisen war ein symmetrisches Sechseck …

Burnham landete, verlor das Gleichgewicht und hatte keine Zeit, sich wieder zu fangen. Sie musste entweder zum Ausgang hechten oder sich flach auf den Boden werfen. Strauchelnd und erschöpft warf sie sich auf den Kreis.

Sie war zu kurz gesprungen. Spock landete sicher neben ihr.

Die Schwerkraft zerrte Burnham rückwärts. Sie schlug mit den Armen wie mit Windmühlenflügeln und kämpfte darum, ihren Balanceschwerpunkt nach vorne zu verlagern, aber es war vergeblich. Ihr linker Fuß rutschte zurück … und der Blitz schlug in ihrer Brust ein und entriss ihr den letzten Atem in einem furchtbaren Schrei.

Dann war sie in Spocks Armen. Sie waren beide in Blitze eingehüllt und er zog sie aus den Kreisen heraus in den Nebel mit dem Gegengift. Erst, als sie die Schwelle mit den Dämpfen erreichten, gaben die Blitze sie frei. Spock ließ Burnham los und sie taumelten zu Boden. Beide lagen dort etwa eine halbe Minute und ließen den heilenden Nebel über sich hinwegfließen.

Die Übelkeit und der Schmerz in Burnham verschwanden schnell und sie konnte wieder unbeschwert atmen. Sie setzte sich auf und sah nach Spock, der in demselben erbärmlichen Zustand war wie sie. »Danke«, sagte Burnham. »Wenn Sie mich nicht zurückgezogen hätten ...«

»Dann wären wir wahrscheinlich beide gestorben«, entgegnete Spock. »Schließlich war die Prüfung für zwei gedacht.«

»Trotzdem, danke.«

Die beiden standen auf und die holografische Kugel des Schiffs tauchte wieder vor ihnen auf. Ihre Oberfläche knisterte vor intensiver Energie und die Luft pulsierte von ihren akustischen Ausstrahlungen.

Burnham sah ihren Köder mit gerunzelter Stirn an. »Na, sieh mal einer an. Wenn das nicht unser eigener holografischer Vergil ist, der gekommen ist, um uns in den nächsten Kreis der Hölle zu führen.«

»Ich dachte, wir hätten dieses Gebilde ›Klopfer‹ genannt«, sagte Spock.

Burnham folgte der hüpfenden Kugel durch den nächsten Abschnitt des ovalen Korridors und antwortete: »Das war, als ich dachte, es wäre unser Fremdenführer.«

»Wenn es das nicht ist, was ist es dann?«

»Wenn wir nicht vorsichtig sind? Ein bereitwilliger Komplize bei unserer Ermordung.«

Eine ganz eigene, stille Spannung herrschte auf der Brücke der *Shenzhou*. Mehr als zehn Minuten waren vergangen, seit Georgiou sich in ihren Bereitschaftsraum zurückgezogen hatte, um ihre hitzige Diskussion mit Captain Pike unter vier

Augen fortzusetzen. Sie hatte die Tür ihres Bereitschaftsraums auf den Privatmodus eingestellt und obwohl der Raum schalldicht war, glaubte Saru, ihren Zorn durch die verstärkten Wände spüren zu können.

Als ranghöchster Offizier auf der Brücke hatte er beschlossen, sich mit seiner normalen Station zu beschäftigen, anstatt untätig auf dem Kommandosessel herumzusitzen. Seine Motive waren zum Teil egoistisch, das wusste er. Er hatte so viele Trikorderdaten von seinem Ausflug in die Höhlen mitgebracht, dass er nicht widerstehen konnte, sich darauf zu stürzen. Er hoffte, weitere uralte Geheimnisse von Sirsa III zu enthüllen.

Doch obwohl er in seine Arbeit vertieft war, spürte er die Anspannung auf der Brücke. Alle waren sich der *Enterprise*, die mit ihren hochmodernen Schilden und Waffen bedrohlich vor dem vorderen Aussichtsfenster schwebte und aller Wahrscheinlichkeit nach der jahrzehntealten Technologie der *Shenzhou* bei Weitem überlegen war, nur allzu schmerzlich bewusst. Wenn Georgiou und Pike sich nicht bald einigten ...

»Da drin passiert etwas Schlimmes«, kommentierte Oliveira und sah von ihrem Posten an der Ops-Station zum Bereitschaftsraum. »Das wird kein gutes Ende nehmen.«

Ensign Detmer, die dafür bekannt war, unter Stress schreckhaft zu sein, versuchte, ihre Besorgnis zu verbergen. Sie warf einen verstohlenen Blick nach achtern und fragte dann Oliveira: »Wieso sagen Sie das?«

Oliveira runzelte die Stirn. »Sagen wir, ich habe ein schlechtes Gefühl bei der ganzen Sache.«

Ihre Ankündigung verschlechterte die ohnehin schwindende Moral auf der Brücke, denn ihre Vorahnungen neigten dazu, sich als richtig herauszustellen. Was konnte Saru angesichts dessen nur sagen, das nicht abgedroschen klingen würde?

»Wir sollten Vertrauen in den Captain haben, die Sache in Ordnung zu bringen«, erklärte er und hoffte, damit weitere düstere Spekulationen im Keim zu ersticken. »Bis dahin sollten wir uns auf unsere Pflichten konzentrieren und ruhig bleiben.«

Sein Versuch, aufmunternd zu wirken, trug ihm skeptische Blicke von allen Seiten der Brücke ein. *Nicht gerade eine mitreißende Motivationsrede*, brütete er, *aber immerhin haben sie aufgehört zu schwätzen.*

Neue Analyseberichte erschienen auf seiner Konsole. Die Tiefenscans der Höhlenkunst waren vom Schiffscomputer verarbeitet worden. Dabei waren Filter benutzt worden, die zu intensiv waren, um sie auf einem Trikorder zu verwenden. Saru entdeckte weitaus mehr der eingeritzten Illustrationen, als er je gehofft hatte, dort unten zu finden. Die neu entdeckten Abschnitte waren reich an Einzelheiten – insbesondere diejenigen, die sich um die Zeichnung des Kolosses rankten.

Lieutenant Proat, Sarus Stellvertreter in der Wissenschaftsabteilung, stand von seiner Konsole auf, kam die Stufen von seiner abgesenkten Station hinauf und stellte sich neben Saru. Reihen aus ringförmigen, kybernetischen Metallverstärkungen im blaugrünen Gesicht des Tulianers reflektierten das Licht von Sarus Konsole. »Sir, ich habe Ihre Analyse der Höhlenkunst überprüft. Ich glaube, Sie haben da einen bemerkenswerten Fund gemacht.«

»Das ist ziemlich offensichtlich, Mister Proat.« Saru tat sein Bestes, um angesichts von Proats Augmentationen gleichmütig zu wirken. Die Tulianer, eine mit den Bolianern verwandte Spezies, hatten vor langer Zeit die Kybernetik mit einem Eifer für sich entdeckt, der den meisten Kulturen in der Föderation noch fehlte. Ihre zwanglose Verbindung von organischem Gewebe und hochwertiger Technologie führte hin und wieder immer noch dazu, dass Saru sich unbehaglich fühlte.

Er zeigte mit einem langen, knochigen Finger auf die komplizierten Muster, die um das Bild des Kolosses herum zu sehen waren. »Wofür halten Sie diese Elemente?«

Proat kniff die Augen zusammen und betrachtete die aufbereiteten Bilder. Dabei spielte er geistesabwesend mit der Neuralkopplung, die aus seinem linken Hinterhauptlappen herausragte. »Die Strahlen, die von dem Schiff abgegeben werden, scheinen an ihren Kreuzungspunkten und an ihren Endpunkten ein geordnetes Muster zu bilden. Können wir diese Punkte für eine Analyse isolieren, Sir?«

»Einen Moment.« Saru tippte die nötigen Befehle ein. Als nur noch die Punkte und ihre Verbindungslinien blieben, kam ihm ein merkwürdiger Gedanke. »Das kommt mir irgendwie bekannt vor.«

»Mir auch«, stimmte Proat zu. »Könnte das eine Art Schrift sein?«

»Das bezweifle ich«, sagte Saru. »Alle vorliegenden Beweise deuten darauf hin, dass die Ureinwohner für Erzählungen eine Art sequenzieller Kunst verwendeten. Wir haben keine Beweise dafür gefunden, dass sie eine phonetische oder aus Symbolen bestehende Sprache besaßen.« Er drehte das Bild und probierte dann aus, die Beziehung zwischen den Punkten in drei Dimensionen zu verändern, statt sie auf eine flache Ebene zu beschränken. »Könnte es sich um eine Formel handeln?«

Proat schüttelte den Kopf. »Dafür scheint es nicht genug Daten zu geben.« Seine Miene hellte sich auf. »Vielleicht ist es eine Molekularstruktur! Oder die Abbildung eines einzelnen Atoms.«

Saru erlebte etwas, das er nur als Geistesblitz bezeichnen konnte. »Eine Karte!« Er stellte das ursprüngliche Bild des Kolosses wieder her. »Was, wenn diese Linien darauf hindeuten, dass diese Informationen von dem Schiff projiziert wurden, damit die Ureinwohner sie sehen und aufzeichnen können? Wenn das der Fall ist, versuchte es vielleicht, ihnen zu zeigen, wo es hergekommen war – und zwar in einem Format, das sie verstehen würden.«

Jetzt nickte der junge Proat. »Eine Sternkarte.«

»Genau.« Saru richtete sich stolz auf und überragte Proat. »Natürlich gibt es da noch zahlreiche Variablen zu berücksichtigen, bevor wir diesen Hinweis wirklich verwenden können. Wir müssen ein virtuelles Modell der Galaxis erstellen, wie sie vor ungefähr neun Millionen Jahren aussah. Wir müssen dafür die Sterne, die bereits zur Supernova geworden sind, wieder hineinrechnen und diejenigen ausschließen, die erst nach jener Periode entstanden sind. Wir müssen außerdem die Bewegung dieses Sonnensystems angleichen, da es sich in der Umlaufbahn um das galaktische Zentrum befindet, und danach müssen wir die Abweichung von der galaktischen Ebene berechnen. Wenn wir dann seine Position als Mittelpunkt nehmen, müssen wir die Konstellationen heraussuchen, die man zu der Zeit mit bloßem Auge von dieser Welt aus sehen konnte. Zum Schluss müssen wir alle wahrscheinlichen Treffer mit bekannten Entitäten im Galaktischen Katalog der Föderation vergleichen.«

Wenn diese abzuarbeitende Liste Proat einschüchterte, so ließ er sich das nicht anmerken. Stattdessen lächelte er und sagte: »Ich habe das in zehn Minuten für Sie fertig, Sir.«

»Danke, Mister Proat.«

Der Wissenschaftsoffizier eilte zu seiner Station zurück. Sarus Konsole flackerte, um eine von der *Enterprise* auf einem sekundären Kanal hereinkommende Botschaft anzuzeigen, die nur für ihn bestimmt war. Er akzeptierte das Signal und war erfreut, Commander Unas Stimme zu hören. *»Saru«*, begann sie, *»ich habe vielleicht gute Neuigkeiten. Ich habe die*

Höhlenkunst analysiert und neue Einzelheiten über den Koloss gefunden.«

»Eine mögliche Sternkarte«, sagte Saru, »vorausgesetzt, man kann neun Millionen Jahre galaktische Rotation, stellare Bewegung, Sternbildung und Supernovae ausgleichen.«

Ihre Aufregung ebbte ab, aber sie war immer noch aufgekratzt. *»Das wussten Sie bereits?«*

Er lächelte unwillkürlich. »Große Geister denken gleich.«

Zu viele Leute drängten sich paranoid um den Subraumempfänger. Kolova spürte das Gewicht der Menge hinter sich und um sich herum, während sie Kiva Cross über die Schulter blickte. Bowen war es gelungen, die ehemalige Sternenflottenoffizierin zu überreden, sich ihrem spontanen Aufstand anzuschließen.

Cross ihrerseits schien den Druck im Raum nicht zu bemerken. Die junge Frau erinnerte schwach an eine Polynesierin. Sie konzentrierte sich ausschließlich auf das Durcheinander von Apparaten, die man auf ihr Beharren hin in den Bunker heruntergeholt hatte, um ihre Bemühungen zu unterstützen.

Cross bei der Arbeit zuzusehen, ohne zu verstehen, was sie da machte, ließ Kolova noch unruhiger werden. Sie beugte sich näher zu ihr und fragte: »Funktioniert es?«

Cross antwortete trocken: »Wenn Sie meinen: ›Zeichnet es den Funkverkehr zwischen den Schiffen in der Umlaufbahn auf?‹, dann ja, es funktioniert.«

»Was sagen sie denn?«

»Keine Ahnung.« Cross verdrehte gelangweilt die Augen und sah hoch. »Wir zeichnen verschlüsselte Signale auf. Sobald wir noch ein paar Übertragungen in den Händen haben, werde ich sie auf Entschlüsselungsmuster untersuchen.«

Ihre arrogante Haltung schien Ishii auf die Nerven zu gehen. Er fragte mit seiner krächzenden Stimme: »Wie lange wird das dauern?«

Ein Schulterzucken vermittelte Cross' Desinteresse. »Minuten? Stunden? Kommt darauf an, wie gesprächig sie sind.«

Bowen beugte sich von der anderen Seite zu Cross hinunter und tippte auf seine Armbanduhr. »Falls es nicht offensichtlich ist, wir stehen ein wenig unter Zeitdruck. Also wenn es eine Möglichkeit gibt, das zu beschleunigen ...«

»Nur die Ruhe«, sagte Cross. »Das hier ist nur das Vorspiel. Sobald ich ein paar Kiloquads an Daten habe, geht der Spaß erst richtig los.« Sie tippte auf eine Messung, die auf ihrer tragbaren Kommunikationskonsole zu sehen war. »So viel, wie die quasseln, werde ich jeden Moment anfangen können. Also entspannen Sie sich.«

Chandra, der Ingenieur, schob seinen Kopf an Bowen vorbei, um Cross' Aufbau besser begutachten zu können. »Nette Ausrüstung. Ist das ein Van-Muren-Empfänger mit einem Ko-Mog-Subraumverstärker?«

Seine Frage trug ihm einen respektvollen Blick von Cross ein. »Gut erkannt.«

»Welche Entschlüsselungsmatrix verwenden Sie?«

Dieses Mal warf sie ihm einen misstrauischen Blick zu. »Eigenentwicklung.« Die knappe Antwort ließ Chandras Neugier verfliegen und er zog sich wieder in die anonymen Reihen der Menge zurück.

Kolova war allerdings nicht zufrieden. »Sind Sie sicher, dass Sie ihre Codes knacken können?«

»Ziemlich sicher. Die *Shenzhou* sendet und empfängt Holovids in Echtzeit. Echte Datenmonster. Schwierig zu knacken. Und die *Enterprise* verfügt über neuere Kommunikationstechnologie. Das wird etwas dauern.«

»Das klingt alles nicht ermutigend«, meinte Kolova.

»Keiner hat gesagt, dass es leicht ist.« Cross nahm einige Feineinstellungen an ihrer Ausrüstung vor. »Wir haben allerdings einen Vorteil: Die Sternenflotte ist wie jede andere große Organisation – langsam, was Veränderungen angeht. Ich muss nur eine Standardverschlüsselung irgendwo in dem Durcheinander finden und wir sind drin.« Sie zeigte auf einige Anzeigen, die von Rot auf Gelb umschalteten. »Na also. Eine mögliche Angriffsstelle.« Sie begann, neue Befehle einzutippen. »Geben Sie mir noch zehn Minuten und wir wissen, was in den Kommunikationen, die wir abgefangen haben, gesagt wurde – und dann können wir ihren Unterhaltungen in Echtzeit lauschen.«

Kolova ergriff Cross' Schultern. »Gut gemacht.«

Cross löste sich aus Kolovas Griff. Offensichtlich war ihr ungefragter Körperkontakt zuwider. »Denken Sie nur daran, wenn es darum geht, Begnadigungen auszusprechen ...«, sie sah mit dunklen, anklagenden Augen zu der Gouverneurin hoch, »... oder die Namen Ihrer Mitverschwörer zu vergessen.«

Gab es einen süßeren Schmerz, als gezwungenermaßen darauf zu warten, gute Nachrichten zu überbringen? Saru stand vor der Tür zu Captain Georgious Bereitschaftsraum, die immer noch im Privatmodus und milchig war. Er wartete darauf, dass sie wieder klar wurde, damit er seinen letzten Bericht vorlegen konnte. Die Aufregung belebte seine schlanke Gestalt.

Das undurchsichtige Weiß, das die Fensterscheiben der Tür trübte, schmolz dahin und gab den Blick für Saru frei auf die holografisch projizierten Gestalten von Captain Pike und Admiral Anderson, zwei Männer, die vom selben Schlag waren. Saru drückte den Knopf für das Besuchersignal neben der Tür und wartete. Nach kurzer Pause erklang Georgious

Stimme aus dem Lautsprecher oberhalb des Besucherknopfs: *»Herein!«*

Die Tür öffnete sich mit leisem Zischen. Saru betrat den Bereitschaftsraum und das Hologramm von Admiral Anderson verblasste wie eine Erinnerung. Saru blieb mitten im Raum neben Pikes holografischem Abbild stehen. Georgiou saß mit verdrossener Miene hinter ihrem Tisch. Ihre linke Hand umklammerte ihre rechte Faust. Saru konnte sich nicht erinnern, wann er den Captain das letzte Mal bei so schlechter Laune gesehen hatte. Seine kelpianischen Sinne spürten ihren Zorn, als sie sagte: »Bericht, Lieutenant.«

Ihr Tonfall brachte Saru dazu, Haltung anzunehmen, was den Größenunterschied zwischen ihm und Captain Pike noch zusätzlich betonte. »Lieutenant Proat und ich haben basierend auf der Analyse der Höhlenkunst, die ich mit Commander Una von der *Enterprise* dokumentiert habe, eine wichtige Entdeckung gemacht.« Er zeigte auf den Konferenztisch, der gegenüber von Georgious Schreibtisch auf der anderen Seite des Bereitschaftsraums stand. »Ich bitte um Erlaubnis ...«

»Bitte«, sagte Georgiou. Sie stand auf und kam hinter ihrem Schreibtisch hervor. »Aber beeilen Sie sich, Saru.«

»Selbstverständlich.« Er führte Georgiou und das Pike-Hologramm zum Konferenztisch und schaltete dessen holografisches Darstellungssystem ein, das Bilder oberhalb des Tischs projizierte. Dann griff er vom Hauptcomputer aus auf den Datenordner zu, den er und Proat vorbereitet hatten. Ein durchsichtiges Bild eines Sterns mit Planeten tauchte über dem Tisch auf und begann, sehr langsam zu rotieren. »Mister Proat und ich haben die Fakten, die bereits von Mister Johar und seinem Team gesammelt wurden, mit denen verglichen, die der Koloss selbst den Ureinwohnern dieses Planeten vor neun Millionen Jahren gegeben hat und die diese aufgezeichnet haben. Wir glauben, dadurch den Ursprungsort des Kolosses gefunden zu haben.«

Pike kniff die Augen zusammen und betrachtete das Bild. *»Das kommt mir nicht bekannt vor. Was sehen wir da?«*

»Das Giunta-System«, erklärte Saru. »Ein Stern der K-Klasse mit elf Planeten, die von Gesteinsplaneten bis zu Gasriesen reichen. Es befindet sich in einem äußeren Sektor des Alpha-Quadranten, am Rand des Perseusarms in Drehrichtung.«

»Das ist ziemlich weit draußen«, bemerkte Georgiou. »Weiter als je erforscht wurde.«

»Das stimmt«, sagte Saru. »Aber die Sternenflotte hat eine große Zahl automatischer Weltraumsonden in den letzten Jahrzehnten losgeschickt, hauptsächlich, um grobe Sternkarten zu erstellen. Abgesehen davon sollte eine Handvoll dieser Sonden kulturelle Beobachtungen in entlegenen Bereichen machen. So sind Proat und ich auf die Idee gekommen, den aufgefangenen außerirdischen Kommunikationsverkehr aus diesem Sektor nach Querverweisen auf das von uns entdeckte Giunta-System abzusuchen. Dadurch haben wir das System als die frühere Heimat der Turanianischen Dynastie identifizieren können.«

Pike hielt eine Hand hoch. *»Frühere Heimat?«*

»Ja, Sir. Alle Scans in letzter Zeit deuten darauf hin, dass das System unbewohnt ist. Vor neun Millionen Jahren war es allerdings der Sitz einer riesigen, interstellaren Hegemonie, deren einziges Vermächtnis ihr Ruf als Tyrannen ist.« Saru schaltete das Bild über dem Tisch um und zeigte Illustrationen des fremden Schiffs, das ihre augenblickliche Krise ausgelöst hatte. »Darstellungen des Schiffs, das wir als Koloss kennen, scheinen in den Mythologien und der Geschichte zahlreicher Zivilisationen in diesem Abschnitt der Galaxis weit verbreitet zu sein. Dies lässt sich aus Übertragungen ableiten, die von der Sternenflotte aufgefangen und von Teams am Daystrom-Institut und an der Vulkanischen Akademie der Wissenschaften analysiert wurden.«

Georgiou faltete die Hände hinter ihrem Rücken, während sie die Bilder aus der Nähe betrachtete. »Wie oft haben diese Turanianer Kolosse zu anderen Welten geschickt?«

»Jedes Mal, wenn sie eine fanden, die sie für kolonisierungswürdig hielten«, sagte Saru. »Die Turanianer holten Welten in ihre Hegemonie, indem sie zu jeder einen Richter sandten – oder, wie wir ihn nennen, einen Koloss. Wenn es auf dem Planeten keine intelligenten Ureinwohner gab, wurde der Planet sofort im Namen der Dynastie beansprucht. Doch wenn der Planet von intelligenten Lebensformen bewohnt war ...«

Es fiel ihm schwer, den nächsten Teil seines Berichts vorzutragen, ohne emotional zu werden. Die Parallelen zu dem Grauen, das seine Heimatwelt Kelpia geformt hatte, ging ihm ans Herz. Er nahm all seine Beherrschung zusammen und fuhr fort. »Sie wurden einem ›Test‹ unterzogen, ganz gleich auf welcher Entwicklungsstufe die Zivilisation sich befand. Anscheinend schränkten die Turanianer ihre imperialistischen Bemühungen nicht durch so etwas wie unsere Oberste Direktive ein.«

Er aktualisierte das Bild, um Platten der Höhlenkunst zu zeigen, die er und Una dokumentiert hatten. »Der Test bestand aus einer Reihe von Prüfungen, die die Intelligenz und Anpassungsfähigkeit möglicher neuer Untertanen auf die Probe stellen sollten. Den Legenden zufolge passten die Richter den Test für jedes neue Volk an, das ihnen begegnete. Diejenigen, die bei dem Test durchfielen, wurden als unwürdig angesehen und ihre Kulturen wurden ausgelöscht ...«, er zeigte das Bild aus den Höhlen, auf denen der Koloss ganze Landstriche dem Erdboden gleichmachte, »... und zwar auf der Stelle und ohne Gnade.«

Pike nickte ernst, bevor er seine nächste Frage stellte. *»Und diejenigen, die bestanden?«*

»Erhielten die Chance, sich der Turanianischen Dynastie zu unterwerfen und ihr Treue zu schwören. Gleichzeitig mussten sie auf unbegrenzte Dauer fünfundsiebzig Prozent der Erträge ihrer Kultur an Energie, natürlichen Rohstoffen und veredelten Waren abtreten, wobei jederzeit in jeder Kategorie Erhöhungen möglich waren. Wenn sie diese Bedingungen akzeptierten, wurden sie zu Untertanen der Dynastie erklärt und unter ihre Kontrolle gestellt.«

Georgiou runzelte die Stirn. »Und wer sich weigerte? Lassen Sie mich raten.« Sie nickte in Richtung des Höhlenbilds mit der Auslöschung des Planeten. Saru konnte nur bestätigend nicken.

»Na, das ist ja großartig«, sagte Pike. *»Also, selbst wenn Spock und Ihr XO das, was dieses Ding für sie bereithält, überleben, was sollen sie denn tun, wenn man sie fragt, ob sie eine unserer Kolonien an ein außerirdisches Imperium abtreten, das nicht einmal mehr existiert?«*

»Das ist eine Frage, auf die es keine korrekte Antwort gibt«, erwiderte Georgiou. »Es sei denn, der Koloss – oder Richter, oder was immer das Ding da ist – ist bereit, mit sich reden zu lassen.«

»Bisher war er nicht in der Stimmung, zu reden.«

»Nein«, bestätigte Georgiou, »das war er nicht.« Sie seufzte. »Ich hoffe nur, dass Burnham – ganz gleich welche Bedingungen der Koloss ihr anbietet – nicht auf die Idee kommt, eine Entscheidung im Namen der Föderation zu treffen, die rein auf ihrem sturen Stolz beruht.«

»Ich habe gerade dasselbe von Spock gedacht.«

Saru konnte seine missmutige Meinung nicht für sich behalten. »Das war vielleicht nicht die richtige Mission für zwei Vulkanier.«

Georgiou verzog verwirrt ihr Gesicht. »Saru … Burnham ist ein Mensch.«

Er schaltete die holografische Darstellung ab. »Bei allem Respekt, Captain, aber ich teile diese Einschätzung nicht.«

Als Klopfer wieder einmal verschwand und das nächste Hindernis sichtbar wurde, spannte Burnham sich an. Weniger aus Angst, denn aus Verärgerung. »Wie viele dieser Prüfungen müssen wir denn noch bestehen, bis wir den Kern erreichen?«

»Die Frage kann keiner von uns mit Sicherheit beantworten«, sagte Spock. »Obwohl meine Einschätzung unserer Position mit Ihrer Erwartung übereinstimmt: Wir sollten uns sehr nah am Zentrum des Schiffs befinden.«

Sie erreichten das untere Ende eines Gefälles in dem ovalen Durchgang und erhielten einen ersten Blick auf das nächste Hindernis ihrer Mission. Eine metertiefe Barriere blockierte die Mitte des Durchgangs. In ihrem Zentrum brannten Feuerbögen. Blitzende Klingen bewegten sich in verschiedene Richtungen – einige schnitten in weiten Halbkreisen, andere stachen von den Seiten her in die Mitte. Außerdem ragten runde Sägeblätter mit grässlichen Zähnen aus dem Boden wie tödliche Halbmonde, die niemals von ihrem Horizont abwichen. Zwischen den Klingen tanzten Blitzlichter in einer Vielzahl von Farben. Der Gesamteffekt war hypnotisch und einschüchternd.

Burnham blieb einige Meter vor dem tödlichen Tanz der Klingen stehen. »Wer immer sich das ausgedacht hat, muss den Verstand verloren haben.« Sie hob ihren Trikorder und scannte die Barriere. »Tritaniumklingen. Energiereiches Plasma in magnetisch kontrollierten Bögen. Impulse aus hochenergetischem Laserlicht. Alles in sich teilweise überschneidenden Deckungsmustern.« Sie stellte den Trikorder wieder auf passiv und verstaute ihn an ihrer Seite. »Ich hatte gehofft, es wäre eine holografische Illusion.«

»Eine derartige Gnade stünde nicht im Einklang mit den Tests, die wir bisher durchgestanden haben.«

»Das stimmt wohl.« Sie legte ihre Hand an den Phaser. »Eigentlich würde ich mir den Weg durch dieses Ding freischießen. Aber auch, wenn wir beide unsere Phaser auf volle Energie stellen, werden wir niemals Tritaniumklingen schmelzen können.«

Spock nickte. »Ja, höchst bedauerlich. Aber vielleicht nicht unerwartet. Erneut scheint der Koloss nicht nur unsere Stärken, sondern auch unsere Grenzen zu kennen.« Eindringlich betrachtete er die Wände um sie herum. »Allerdings war jede Herausforderung lösbar.«

Burnham beobachtete ihn, während er erst die Decke und dann den Boden musterte. »Wonach suchen Sie? Sie glauben doch nicht, dass es so eine Art Ein-/Aus-Schalter gibt, oder?«

»Nichts, das so einfach wäre«, sagte er. Er machte ein paar Schritte zurück in die Richtung, aus der sie gekommen waren, und ging dann in die Hocke. Mit den Fingerspitzen strich er über die Ränder einer Bodenplatte. »Aber ich weigere mich, zu glauben, dass die Erschaffer dieses Schiffs uns so weit kommen lassen, ohne uns Optionen anzubieten.«

Sie betrachtete die Flammen und Klingen mit wachsendem Grauen. »Und was, wenn die Option der Tod ist? Was, wenn sie wollen, dass sich einer von uns opfert, damit der andere weitergehen kann?«

»Das ist eine Möglichkeit«, antwortete Spock, »aber das würde nicht zu ihrem Hang zur Symmetrie passen. Beachten Sie, dass die Hindernisse, die wir bisher überwunden haben, alle auf zwei Testpersonen ausgelegt waren. Ich vermute, dieses hier wird nicht …« Seine Finger fanden etwas am Rand der Bodenplatte. »Ich habe etwas.«

Spock löste die Platte, hob sie vom Boden und stellte sie an die Wand gelehnt ab. Darunter befand sich eine Grube, die ungefähr einen Meter breit, zwei Meter lang und drei Meter tief war und an deren vorderer Wand eine Leiter lehnte. An den Seitenwänden befanden sich zahlreiche Hebel, Schieberegler und große Stellräder – alle mit fremdartigen Markierungen versehen.

Burnham sah über Spocks Schulter und fragte: »Eine Kontrollkabine?«

»Es scheint so.«

Burnham sah sich in der eingelassenen Kabine um und warf dann wieder einen Blick auf die Klingenbarriere. Sofort erkannte sie die Grausamkeit der Prüfungsanordnung. »Es gibt nur Platz für eine Person in der Grube und wer immer dort unten ist, wird das Portal nicht sehen können.«

»Eine höchst geniale Prüfung«, bemerkte Spock. »Einer von uns muss als Beobachter fungieren und dem anderen mitteilen, welche Steuerungsfunktionen er verändern muss.«

»Schön, dass Sie Ihren Spaß haben.« Sie schwang ihre Beine über den Rand und tastete nach der Leiter. Dann kletterte sie hinunter in die Grube und sagte zu Spock: »Sie sind der Beobachter.«

»Wie Sie wünschen.« Nachdem sie unten angekommen war, sagte er: »Beginnen Sie, wenn Sie bereit sind.«

Sie wählte einen großen Hebel und kehrte dessen Position um. Er war schwergängig und als sie ihn so weit es ging bewegt hatte, musste sie ihn an Ort und Stelle festhalten. »Irgendwelche Veränderungen?«

»Eine der Klingen auf der rechten Seite kommt nicht mehr heraus. Aber die runde Klinge ganz am Ende hebt und senkt sich jetzt schneller.«

»Aha«, machte Burnham. »Dann sehen wir mal, was wir noch verbessern können.« Sie musste sich anstrengen, als wollte sie das Gewicht der Welt stemmen, um einen Kippschalter zu betätigen. »Und jetzt?«

Spock antwortete: »Die Plasmabögen haben sich in den Rand des Portals zurückgezogen, aber die vertikal schneidende Klinge hat die Schlagzahl erhöht. Außerdem beginnt die Klinge auf der rechten Seite, die Sie festgesetzt hatten, wieder ihr Muster.«

Seine Beobachtung veranlasste Burnham, einen Blick zurück zu dem ersten Hebel zu werfen. Er bewegte sich langsam wieder zu seiner ursprünglichen Position zurück. »Na, das macht ja Spaß. Die Steuerung ist darauf ausgerichtet, wieder in die Grundstellung zurückzukehren.« Sie zuckte zusammen, als der Kippschalter, den sie gerade umgelegt hatte, ruckartig wieder in die Ausgangsstellung zurücksprang. »Einige schneller als andere.« Sie stellte ihren Trikorder auf aktiven Sensormodus ein. »Ich werde alles, was ich tue, aufzeichnen und die Dauer, bis die Kontrollen wieder in ihrer Grundstellung sind. Sie müssen mit Ihrem Trikorder eine Interplex-Verbindung zu meinem herstellen, damit wir unsere Analyse von Ursache und Wirkung koordinieren können.«

»Aktualisiere Interplex-Schaltkreis«, sagte Spock. »Scanne die Barriere.«

Burnham sah zur linken Steuerungswand. »Fahre mit den Umstellungen fort. Rufen Sie mir alle Änderungen zu, die Sie sehen.« Sie zwang ein großes Stellrad zu einer vollständigen Drehung gegen den Uhrzeigersinn.

»Die vordere runde Klinge hat sich zurückgezogen«, berichtete Spock. »Die Laserimpulse haben ihre Geschwindigkeit und Intensität verstärkt.«

»Verdammt!« Burnham schüttelte den Kopf. »Bei jeder Funktion, die wir unterdrücken, wird eine andere verstärkt.«

»Das ist eine korrekte Einschätzung«, erwiderte Spock. »Ich schlage vor, Sie fahren fort, da uns die Zeit ausgeht, um unsere Mission abzuschließen.«

»Was Sie nicht sagen.« Sie brachte eine Reihe Schieberegler an der rechten Wand in die umgekehrte Position.

Nach einigen Sekunden meldete Spock: »Die runde Klinge in der Mitte hat sich zurückgezogen und die Plasmabögen haben sich vervielfältigt und überschneiden sich.«

Nacheinander probierte Burnham alle Steuerelemente in der Grube und zeichnete Wirkung und Dauer der Veränderungen auf. Als es keine weiteren Hebel und Kippschalter mehr umzulegen und keine Schieberegler mehr zu bewegen gab, programmierte sie ihren und Spocks Trikorder darauf, gemeinsam die vorteilhafteste Konfiguration zu berechnen und die wirksamste Reihenfolge, um diese einzuschalten. Sie betrachtete das Ergebnis bestürzt.

»Ich habe schlechte Neuigkeiten«, sagte sie.

Spock spähte über den Rand der Grube. »Erzählen Sie sie mir.«

»Die optimale Konfiguration schafft eine Lücke, die groß genug ist, damit wir durch die Barriere springen können. Ich werde fast eine Minute brauchen, um sie einzustellen. Dabei muss ich eine ganz genaue Reihenfolge einhalten und verschiedene Steuerelemente nur teilweise verstellen. Sobald das letzte Steuerelement eingestellt ist, wird der Weg frei sein ... aber nur für etwa vier Sekunden. Gerade genug Zeit, damit Sie hindurchkommen.«

»Und Sie?«

Sie schüttelte den Kopf. »Ich kann unmöglich aus dieser Grube klettern, zur Barriere sprinten und hindurchhechten, bevor sie sich wieder schließt. Ich bin in guter Verfassung, aber so gut auch wieder nicht.«

»Gibt es eine alternative Einstellung, die Ihnen ...«

»Nein, das habe ich überprüft. Jede Änderung, die mir mehr Zeit verschaffen würde, stört das Gleichgewicht und sorgt dafür, dass eins der Systeme zu früh ausgelöst wird. Dadurch würden Sie es nicht hindurch schaffen.«

Spock nahm das auf, betrachtete die Barriere und sah dann Burnham an. »Ich schlage vor, wir tauschen die Rollen. Ich könnte es vielleicht schaffen, aus der Grube zu entkommen und die Barriere zu überwinden, bevor sie sich schließt.«

»Nein, Spock. Ich habe mir die Reihenfolge bereits eingeprägt. Und als ranghöherer Offizier bin ich für Ihr Leben verantwortlich. Sie gehen auf mein Zeichen als Erster. Verstanden?«

»Ja, Sir.«

»Dann machen Sie sich bereit. Ich beginne mit der Abfolge.« Sie machte sich an die Arbeit und nahm eine Reihe komplizierter Einstellungen an den Steuerelementen in der Grube vor. Dabei war sie sich bewusst, dass jedes Mal, wenn sie ein Element losließ, dieses sich wieder auf seinen Weg zurück zu ihrem Verderben machte. Nacheinander zwang sie die Hebel, Schieberegler, Stellräder und Kippschalter in die Konfiguration, die der Trikorder ihr als einzig sichere Wahl vorgegeben hatte.

Sie schob den letzten Gleitregler an seinen Platz, drei Zentimeter von seiner höchsten Position entfernt. »Los, Spock!«

Burnham sprang an die Leiter der Grube. Aus dem Korridor oben hörte sie, wie Spock losrannte und zu der unterbrochenen Barriere sprintete. Sie zog sich über den Rand aus der Grube und sah die Sohlen von Spocks Stiefeln, als er in die Lücke zwischen den stotternden Klingen und heruntergeregelten Plasmabögen eintauchte.

Burnham versuchte, Halt zu finden, um von den Knien aufzustehen und loszurennen. Als sie den zweiten Schritt machte, zitterten die Klingen in dem Portal, als warteten sie nur darauf, ihr das Leben zu nehmen. Das Plasma bebte und drohte, seinen magnetischen Fesseln zu entkommen, als sie den dritten Schritt machte. In ihrem Kopf zählte sie die wertvollen Sekunden herunter und wusste, sie würde es nicht schaffen.

Doch sie war entschlossen, es gab keinen anderen Weg als vorwärts.

Ihr Fuß landete auf dem Boden und sie spannte sich an, um den Sprung nach vorn zu wagen.

In der Barriere begann die mittlere Klinge, sich wieder zu heben ... bis Spock seine Hand zu der Falle ausstreckte und seinen Trikorder darin verkeilte.

Burnham war in der Luft und segelte durch die Barriere, als sie unter sich das Knirschen von Metall und Polymer hörte. Es war das grässliche Splittern und Knacken des Trikorders, der langsam zu Schrott zermalmt wurde. Dabei spie er Splitter und Funken in alle Richtungen, die auf sie einprasselten, während sie darüber hinweg sprang.

Ein Plasmabogen erwischte sie am linken Oberschenkel und fügte ihr eine Verbrennung zu. Die hintere Klinge der Barriere schnitt eine Kerbe in ihre Stiefelspitze und hätte beinahe einen Zeh abgetrennt.

Dann krachte sie auf das Deck, qualmend und mit blauen Flecken, verschrammt und voller Schnitte, aber lebend. Sie warf einen Blick zurück zu der Barriere. Diese war jetzt wieder in voller Pracht – eine faszinierende Skulptur aus Feuer und Metall, die in einem tödlichen Tanz gefangen waren.

Dann sah sie hoch zu Spock. »Riskanter Schachzug, Mister. Sie hätten einen Arm verlieren können.«

»Es schien die logische Wahl zu sein.« Er streckte ihr seine Hand hin. Burnham akzeptierte seine Hilfe und er zog sie auf die Füße.

Sie klopfte sich den Staub ab. »Wie der Vater, so der Sohn.«

Ihr Kommentar verblüffte Spock. »Verzeihung?«

Zu spät erkannte sie, dass sie ein Thema angeschnitten hatte, das sie lieber unausgesprochen gelassen hätte. Sie wich seinem forschenden Blick aus. »Vergessen Sie, dass ich etwas gesagt habe.« Sie wollte ihren Patzer schnell vergessen machen und ging weiter in Richtung des Schiffskerns. »Bringen wir das hier hinter uns, damit wir nach Hause kommen.«

Spock sagte nichts und folgte Burnham. Sie hoffte, dass dies der letzte Abschnitt ihrer gemeinsamen Reise war, doch sie hatte das Gefühl, als verfolge seine berechtigte Neugier sie auf Schritt und Tritt.

Sarek hatte recht, lamentierte Burnham innerlich. *Ich muss wirklich lernen, wann es besser ist, zu schweigen.*

19

»Das wird Sie beeindrucken«, sagte Cross, woraufhin Kolova umgehend ihre Erwartungen herunterschraubte. Die Exil-Gouverneurin beobachtete die ehemalige Sternenflottenangehörige, wie sie ihre letzten Feineinstellungen an dem Technikwirrwarr in der dunklen Ecke unterhalb des Reservespeichers der Stadt vornahm.

Blassblaue Strahlen schossen aus einem Emitter hervor, der oben auf Cross' Computer montiert war. Sie tanzten und kämpften miteinander, während sie danach strebten, sich in erkennbare Formen aufzulösen.

Cross verbesserte Einstellungen an ihrer Ausrüstung. »Ich brauche nur noch eine Sekunde, um das Audio mit dem Hologramm zu verbinden.« Sie verstellte ein paar Stellrädchen vorsichtig um ein paar Grad in die eine oder andere Richtung. Dann fügte sie hinzu: »Ich musste die Farbträger herausnehmen, um das Signal zu stabilisieren, nachdem ich die Verschlüsselung geknackt hatte. Aber wir sollten die letzte komplette Kommunikation zwischen den

Schiffen im Orbit und ihrem Gesprächspartner auf der Erde haben.«

Während die Kommunikationsexpertin das Hologramm allmählich stabilisierte, warf Kolova einen Blick über ihre Schulter. Ein Meer gespannter Gesichter sah aufmerksam in ihre Richtung.

Die spürbare Spannung wuchs noch weiter, als Cross die Einstellungen ihres Systems immer mehr verfeinerte. Hinter Kolova grummelte Bowen: »Wird das nun funktionieren oder nicht?«

»Jetzt machen Sie mal halblang!«, fuhr Cross ihn an. »Wenn *Sie* das hier könnten, wäre ich nicht hier. Also tun Sie mir einen Gefallen und halten Sie die Klappe, während ich arbeite.« Ihre Finger schlugen wie Blitze ein, während sie eine lange Befehlsreihe mit beängstigender Präzision eintippte. Die Strahlen aus dem holografischen Projektor wurden heller und sie verkündete: »Platz da! Die Show geht los!«

Die Menge trat von der plötzlich stimmigen Projektion zurück. In ihrer Mitte standen auf einmal blassblaue, geisterhafte Abbilder von Captain Georgiou, Captain Pike und einem Admiral der Sternenflotte mit kantigem Kinn.

»Ich schalte das Audio zu«, verkündete Cross. »Es wird ein wenig dünn sein. Besser ging's nicht.«

Sie legte einen Schalter um und die Geister bekamen Stimmen.

»... sehe nicht, wo das verdammte Problem ist«, sagte der Admiral. Der Ärger in seiner Stimme war deutlich zu vernehmen, obwohl diese blechern klang und der tiefen Frequenzen beraubt war. *»Und wo wir grade dabei sind, ich verstehe nicht, warum Sie das Ding nicht schon längst zerstört haben.«*

Georgiou protestierte: *»Die Lage ist etwas komplizierter. Abgesehen von dem Risiko für die Koloniebewohner haben wir neue Beweise für eine bisher unbekannte, neun Millionen Jahre* *alte Urzivilisation gefunden. Wir dürfen uns die Chance nicht entgehen lassen, diese zu studieren und zu dokumentieren …«*

»Moment mal, Captain«, unterbrach der Admiral sie. *»Die Anwesenheit unserer Kolonie überwiegt bei Weitem den archäologischen Wert eines obskuren Knochenhaufens, den Ihr Wissenschaftsoffizier ausgegraben hat. Also wie kommen Sie dazu, anzunehmen, dass diese ›neuen Beweise‹ irgendeinen Einfluss auf meine Befehle haben, die ich bereits erteilt habe?«*

»Ich versuche nur, zu sagen, dass die Situation komplizierter ist, als sie …«

»Nein, Captain, das ist sie nicht.« Der Admiral runzelte die Stirn. *»Das Sternenflottenkommando und der Föderationsrat stimmen in einem überein: Der Koloss darf auf gar keinen Fall diesen Planeten verlassen, koste es, was es wolle. Deshalb haben wir Captain Pike die Aufgabe übertragen, ihn zu zerstören.«*

Sein Argument verärgerte Georgiou sichtlich. *»Bei allem Respekt, Sir, mein Schiff war das erste, das auf diese Krise reagiert hat. Und auch, wenn ich respektiere, dass Captain Pike das Kommando über ein Schiff der* Constitution-*Klasse hat, so habe ich doch das höhere Dienstalter.«* Sie warf Pike einen versöhnlichen Blick zu. *»Nichts für ungut.«*

»Schon gut«, erwiderte Pike und zerstreute ihre Sorge mit einer Handbewegung und einem Nicken.

»Wie dem auch sei«, sagte der Admiral, *»wenn der Koloss Sirsa III verlässt, sind Millionen unschuldiger Leben auf Welten in angrenzenden Sonnensystemen in Gefahr. Die Föderation kann einfach nicht zulassen, dass eine gewaltige Tötungsmaschine innerhalb unserer Grenzen Amok läuft.«*

»Das verstehe ich, Sir«, entgegnete Georgiou. *»Deshalb haben zwei unserer Offiziere den Koloss infiltriert und arbeiten jetzt daran, ihn zu deaktivieren, bevor er weiteren Schaden anrichten kann.«*

Der Admiral runzelte skeptisch die Stirn. *»Sind Sie sicher, dass sie diese Mission erfüllen werden? Haben Sie Kontakt zu ihnen gehabt, seit sie hineingegangen sind?«*

»Wir warten noch auf eine Kontaktaufnahme«, sagte Georgiou, *»aber ich habe vollstes …«*

»Das reicht mir nicht«, schnitt der Admiral ihr das Wort ab. *»Es stehen zu viele Leben auf dem Spiel, als dass ich mein Vertrauen in weit hergeholte Vermutungen setzen würde, Captain. Also lassen Sie es mich so direkt wie möglich ausdrücken: Wenn dieses Ungeheuer seinen Sternenantrieb hochfährt, werden Sie sämtliche notwendigen Maßnahmen ergreifen, um ihn zu zerstören. Das schließt die Anwendung der General Order 24 ein. Und da Sie Ihr Dienstalter ins Spiel gebracht haben, lassen Sie mich hinzufügen, dass die letztendliche Verantwortung für den Erfolg dieser Mission jetzt bei Ihnen liegt, Captain Georgiou. Wenn der Koloss von Sirsa III entkommt und Sie wie durch ein Wunder noch am Leben sein sollten, dann versichere ich Ihnen, dass Ihre Karriere in der Sternenflotte beendet sein wird. Habe ich mich klar ausgedrückt?«*

»Kristallklar, Admiral.«

»Dann bin ich froh, dass wir dieses kleine Gespräch geführt haben. Jetzt hören Sie auf, Ihre und meine Zeit zu verschwenden, und machen Sie sich an die Arbeit, dieses Ding zu zerstören, solange Sie noch können. Anderson Ende.«

Das Abbild des Admirals flackerte und verschwand. Cross hielt die Wiedergabe des Hologramms an. »Da ist noch mehr«, sagte sie, »aber laut der automatischen Transkription handelt es sich nur um langweiliges, technisches Zeug.« Sie drehte sich auf ihrem Stuhl von den Konsolen weg, um Kolova und die Menge anzusehen. »Es gibt einen Grund, weshalb Sie alle sich jetzt gewaltig in die Hosen machen sollten. Admiral Anderson hat denen den Startschuss für General Order 24 gegeben.«

Kolova bekam plötzlich Bauchschmerzen. »Wieso? Was ist das?«

Cross verdrehte die Augen. »Och, nur ein paar Zeilen in der Sternenflottencharta, die Kommandanten der Sternenflotte und ihre Mannschaften dazu zwingen, jegliches Leben eines Planeten durch ein Bombardement aus dem Orbit zu vernichten.«

Überall in der Menge rissen die Leute entsetzt die Augen auf. Bowen bekämpfte seine Angst mit Zorn. »Ist das Ihr Ernst? Würden die das wirklich tun?«

»So ernst wie ein Warpkernbruch«, sagte Cross. »Und ja, das würden sie. Sie haben einen direkten Befehl von einem Admiral, der vom Föderationsrat abgesegnet wurde. Das bedeutet, wenn sie der Meinung sind, dass sie den Koloss nicht in einem offenen Kampf besiegen oder auf andere Weise töten können, haben sie die Erlaubnis, den ganzen Planeten – und uns alle – in radioaktives Glas zu verwandeln.« Sie tippte mit einem Fingernagel gegen einen Bildschirm, der eine Karte des Bereichs um die Hauptstadt herum zeigte. Das schloss die Bucht ein, in der der Koloss jetzt nur wenige Kilometer vom Ufer entfernt trieb. »Und falls irgendjemand sich das fragen sollte ... wir sitzen gerade alle am Ground Zero für maximale Verglasung. Also, machen Sie besser Ihr Testament.«

Das war der Tropfen, der für Kolova das Fass zum Überlaufen brachte. Sie hatte genug davon, geduldig zu sein, sich zurückzuhalten und Verteidigungsspielchen zu spielen. »Jeder schnappt sich eine Waffe. Es ist mir scheißegal, was Sie finden, solange Sie bewaffnet sind, wenn wir die Oberfläche erreichen.«

Ihr Stabschef warf ihr einen besorgten Blick zu. »Warum? Was machen wir?«

Kolova schnappte sich eine Plasmapistole von einem Fremden, der neben ihr stand, und verstaute die Waffe an ihrem Gürtel. »Wenn die Sternenflotte vorhat, *uns* in Gefahr zu bringen, dann sage ich, wir sorgen dafür, dass *sie* auch Federn in diesem Kampf lassen.«

Die Stunden, die Doktor Nambue mit Ersteinschätzungen und Notfallversorgungen im Medizinischen Zentrum von Neu Astana verbracht hatte, bestätigten ihm, dass weitaus weniger Zeit und Erfahrung nötig waren, um schwerste Verletzungen zuzufügen, als diese zu diagnostizieren und zu behandeln. Er und das restliche medizinische Personal der *Shenzhou* und der *Enterprise* steckten seit zwei Stunden bis zu den Ellenbogen in Verbrennungen, Fleischwunden und gebrochenen Knochen – und der Strom verwundeter Zivilisten riss nicht ab.

Er sprühte eine Schicht künstlicher Haut über eine Brandwunde voller Blasen auf dem Arm einer Frau, verabreichte ihr danach ein Hypospray in ihre Halsvene und injizierte ihr sanft eine schwache Dosis einer Mischung aus Schmerzmittel und Entzündungshemmer. »Sie kommen wieder ganz in Ordnung«, versicherte er ihr beruhigend. »In ein paar Sekunden ist der Schmerz weg. Legen Sie sich hin und versuchen Sie, sich auszuruhen. Eine Schwester wird in ein paar Stunden nach Ihnen sehen.« Die Frau lächelte, nickte einmal und versank dann in gnädiger Bewusstlosigkeit.

Sie hat ja keine Ahnung, wie sehr ich sie gerade beneide, dachte Nambue, hob sein Medikit auf und ging die Reihe entlang zum nächsten Patienten, der auf Behandlung wartete.

Auf der anderen Seite des engen Flurs beugte sich der leitende medizinische Offizier der *Enterprise,* Doktor Philip Boyce, über einen stöhnenden jungen Mann und richtete dessen gebrochenes Schienbein. »Das wird jetzt wehtun«, warnte Boyce ihn und zwang den Knochen dann mit einem scharfen Knacken wieder in eine gerade Ausrichtung zusammen. Der Patient tat sein Bestes, um eine Reihe Schmerzensschreie herunterzuschlucken, während Boyce ein Hypospray aus seiner Tasche zog. »Normalerweise hätte ich Ihnen einen Schuss Tennessee-Betäubung gegeben, aber ich hörte, dass meine klassische Medizin bei den Einwohnern verpönt ist.« Er drückte das Hypo gegen den Hals des Mannes und verabreichte es. »Das müsste das Schlimmste dämpfen, mein Sohn. Bis morgen.«

Die beiden leitenden medizinischen Offiziere sahen sich an und Nambue versuchte, sich bei seinem griesgrämigen Gegenüber mit einem entwaffnenden Lächeln einzuschmeicheln. »Stressiger Tag.«

»Nennt ihr Jungspunde so eine Kacke heute so?« Der weißhaarige Arzt setzte eine finstere Miene auf und schlurfte durch den Flur zu seinem nächsten Patienten.

Peinlich berührt, aber zu professionell, um es sich anmerken zu lassen, ging Nambue in die entgegengesetzte Richtung und suchte seinen nächsten Patienten. Davon gab es reichlich. Die Drohnen aus dem Koloss hatten mit nur zwei Angriffen eine verstörende Anzahl Toter und Verletzter hinterlassen. Außerdem hatten die automatisierten Angreifer auch dem medizinischen Zentrum schwere Schäden zugefügt. Kaum die Hälfte des Komplexes war noch funktionsfähig. Allein die Tatsache, dass sich die wichtigsten Bereiche unterirdisch oder im Erdgeschoss in gut abgeschirmten Gebäudeteilen befanden, hatte die Angestellten in die Lage versetzt, in den letzten Stunden pausenlos neue Patienten zu behandeln.

Nambue blieb neben einer Trage stehen, auf der ein rothaariger Teenager mit Sommersprossen lag, dessen linker Unterschenkel schwarz verkohlt war. »Hallo«, sagte Nambue, »ich bin Doktor Anton Nambue. Hast du jetzt gerade Schmerzen?«

»Nein.« Der Junge schüttelte den Kopf.

Keine Schmerzen – das ist nicht gut. Nambue aktivierte seinen Trikorder und scannte die Verletzungen des Jungen, obwohl er vermutete, dass er das Ergebnis bereits kannte. Innerhalb von Sekunden wurden seine Befürchtungen bestätigt. Tiefe Verbrennungen dritten Grades, schwere Gewebe-, Nerven- und Zellschädigungen, die zu einem Treffer aus einer Energiewaffe passten. Eigentlich wollte er die schlechte Nachricht zunächst durch die Blume überbringen, überlegte es sich dann aber anders. Er legte seinen Trikorder beiseite. »Mein Sohn, ich habe schlechte Nachrichten. Wir müssen deinen linken Unterschenkel amputieren. Man wird dir eine kybernetische Prothese anpassen müssen.«

»Ich weiß«, antwortete der Teenager. »Ich habe meine Symptome im Comnet nachgesehen, während ich gewartet habe.«

»Du bist viel zu schlau.« Nambue lud eine neue Ampulle in sein Hypospray. »Das ist ein Breitbandantibiotikum. Es wird verhindern, dass eine Infektion entsteht, bevor wir dir das neue Bein anpassen können.« Er drückte das Hypo gegen den Oberschenkel des Jungen und das Gerät zischte leise, als er das Medikament verabreichte.

»Danke, Doc.« Der Junge zeigte an Nambue vorbei. »Vorsicht!«

Nambue drehte sich um ... und der Schaft eines Gewehrs traf sein Kinn.

Die Welt verschwamm vor seinen Augen und sein Kinn bestand nur noch aus pochendem Schmerz. Schweben ... fallen ... er konnte beides zunächst nicht auseinanderhalten. Dann schlug er auf den kalten Fliesen des Bodens auf und für einen Moment, der durch seine Angst in die Länge gezogen wurde, konnte er jeden Riss und jeden Fleck auf den Fliesen erkennen, die sich wenige Zentimeter vor seinem

Gesicht befanden. Dann geriet alles wieder in Bewegung und Schwindel überkam ihn.

Lichter zogen über ihn hinweg.

Nein, sagte er zu sich selbst und bemühte sich, einen klaren Kopf zu bekommen, *man schleift mich unter ihnen her.*

Starke Hände hielten seine Handgelenke. Zwei Leute zogen ihn eine Treppe hinunter. Als seine Füße auf jeder Stufe aufschlugen, war Nambue dankbar dafür, dass seine Angreifer ihn rückwärts an seinen Handgelenken mitschleiften und ihn nicht an den Füßen zogen. *Ich habe wahrscheinlich eine Gehirnerschütterung*, stellte er fest. *Ich brauche nicht noch größere Hirnschäden.*

Seine Wahrnehmung kehrte teilweise zurück, als man ihn gegen die Hinterseite eines Frachtaufzugs warf. Er blinzelte und erkannte, dass er von Schwestern, medizinischen Assistenten, Sanitätern und Doktoren der Sternenflotte umgeben war, die sowohl von der *Shenzhou* als auch der *Enterprise* stammten. Er entdeckte keine Spur ihrer jeweiligen Sicherheitsteams. Doch zu seiner Rechten, in der Ecke des Lifts, erspähte er Doktor Spyropoulos, der leise stöhnte und fluchte. Er versuchte, die Aufmerksamkeit des Mannes mit einem scharfen Flüstern zu erregen. »Greg! Geht es Ihnen gut?«

»Ich sollte nicht einmal hier sein«, murmelte Spyropoulos. »Was zur Hölle geht hier vor? Ich bin noch nicht einmal Arzt, verdammt. Ich bin nur Zahnarzt!«

Wären da nicht die warnenden Blicke der beiden bewaffneten Koloniebewohner gewesen, die die Geiseln bewachten, hätte Nambue wohl die Gelegenheit genutzt, um Spyropoulos einen kurzen Vortrag über die Launenhaftigkeit eines grausamen Miststücks namens Ironie zu halten. *Das muss wohl noch eine Weile warten*, beschloss er.

Ein dritter Mann mit einem Plasmagewehr betrat den Lift und nuschelte seinen beiden Kameraden zu: »Der Gouv wartet. Bring'n wir sie runter.« Einer seiner Komplizen schloss das Aufzuggitter und der andere drückte auf einen Knopf, um die Kabine bis auf die unterste Ebene zu schicken.

Schatten und entferntes Flackern glitt außen an der Aufzugkabine vorbei, während sie in die Dunkelheit unter der Hauptstadt hinabfuhr. Der scharfe Geruch von Desinfektions- und Putzmitteln wurde durch den Gestank von Getriebeöl und Schmiermitteln, scharfen Chemikalien und unbehandelter Kloake ersetzt.

Als der Aufzug anhielt, war Nambue sicher, dass sie sich tief im Untergrund befinden mussten. Der Nuschelnde öffnete das Gitter. Seine beiden Komplizen zielten mit ihren Waffen auf Nambue und die anderen. Einer von ihnen drohte den Gefangenen mit tiefer Stimme: »Machen Sie keine Dummheiten!«

Der Nuschelnde und seine Kumpels gingen rückwärts aus dem Aufzug und holten dann die Gefangenen heraus. Nambue tat sein Bestes, um so weit wie möglich hinten in der Gruppe zu bleiben. Er wollte sich etwas Zeit verschaffen, um die Umgebung zu betrachten. Er sah jedoch nur endlose Reihen von großen und kleinen Rohren und Laufstege aus Metall, unter denen Steilwände abgrundtief in die Schwärze hinab reichten.

Die Gefangenen wurden schnell einige steile Treppen hinuntergetrieben, bis man sie in einen Lagerbereich scheuchte, der nur von einer einzigen Leuchtstoffröhre an der Decke beleuchtet wurde und dessen Eingang von weiteren Bewaffneten bewacht wurde. Durch die offene Tür hörte Nambue, wie sich drinnen Leute unterhielten. Mindestens eine Stimme erkannte er von den Nachrichtensendungen der Kolonie. Sie gehörte der Gouverneurin Gretchen Kolova. Die anderen kannte er nicht.

»Haben Sie ihre Kommunikatoren zerstört?«, fragte Kolova.

»Ja, bis auf den hier«, antwortete eine andere Frau. »Wir müssen unsere Forderungen stellen.«

»Ja, natürlich. Und die Transporterscrambler?«

»Sind aufgestellt«, antwortete ein Mann. »Niemand beamt hier herein oder hinaus, Gouverneurin. Und wir haben alle Engpässe im Blick. Wenn sie Sicherheitsteams hinunterschicken, sind wir darauf vorbereitet.«

Ein weiteres Trio bewaffneter Wachen traf mit einem neuen Schwung Gefangener ein. Unter ihnen war auch Doktor Boyce, der eine blutige Nase und eine aufgeplatzte Lippe sowie einige Abschürfungen an seinen Fingerknöcheln hatte. Der leitende medizinische Offizier der *Enterprise* hatte nicht kampflos aufgegeben. Er nickte Nambue zu, der die Geste erwiderte. Dann wandten sie sich dem provisorischen Zelleneingang zu, als Gouverneurin Kolova auf der Schwelle auftauchte und einen Kommunikator der Sternenflotte in der Hand hielt.

Sie klappte sein Gitter mit einer Handgelenkbewegung auf. »Achtung, *Enterprise* und *Shenzhou.* Hier ist Gouverneurin Gretchen Kolova. Meine Leute und ich haben Ihre Kommunikation überwacht. Wir wissen von der General Order 24 und dass man Ihnen befohlen hat, unseren Planeten und meine Leute in Ihrem Kampf gegen den Koloss als entbehrlich anzusehen. Nun ... ich möchte Sie nur wissen lassen, dass meine Leute und ich Ihre medizinischen Teams hier als Geiseln festhalten, bis diese Krise überstanden ist. Mit anderen Worten, Captains, wenn Sie beschließen, *uns* als Kollateralschaden zu behandeln, dann werden wir immerhin ein paar *Ihrer* Leute mit in den Abgrund reißen.«

20

Das ist genau das, was wir jetzt noch brauchen, tobte Georgiou hinter ihrer ruhigen Fassade, die allmählich bröckelte. *Noch eine Komplikation.* Sie tat ihr Bestes, unbeeindruckt zu klingen. »Gouverneurin, Sie und Ihre Leute haben schon genug Ärger am Hals. Kidnapping zu den Anklagepunkten hinzuzufügen, macht die Sache nicht besser.«

»Ich wüsste nicht, wie sie noch schlimmer werden sollte«, antwortete Kolova über den reinen Audiokanal. *»Sie planen doch bereits, uns alle in ein paar Minuten zu Holzkohle zu verbrennen. Ich wollte nur sichergehen, dass Sie den Schmerz, den Sie uns zufügen wollen, mit uns teilen werden.«*

Nacheinander versuchten die Brückenoffiziere der *Shenzhou,* einen verstohlenen Blick auf Georgiou zu werfen, um zu sehen, wie ihr Captain auf diese jüngste Krise reagierte. Der einzige Offizier, der seine Aufmerksamkeit weiterhin auf seine Arbeit konzentrierte, war Saru – und der einzige Offizier, auf dessen Meinung Georgiou in dieser Situation etwas gegeben hätte, saß immer noch in dem Koloss fest. In der Hoffnung, die Stimmung nicht noch mehr aufzuheizen, sagte sie zu Kolova: »Ich weiß nicht, was Sie glauben, gehört zu haben, Gouverneurin, aber nur, weil etwas eine Option ist, heißt das nicht, dass es in Stein gemeißelt ist. Und ich versichere Ihnen, wir tun alles …«

»… was Sie können«, unterbrach Kolova sie. *»Das sagen Sie mir schon die ganze Zeit. Es wird allmählich langweilig, Captain.«*

»Glauben Sie mir oder lassen Sie es«, sagte Georgiou. Ihre Geduld war am Ende. »Aber diese Unterhaltung muss warten, bis meine Mannschaft und ich mit dem Koloss fertig sind. *Shenzhou* Ende.« Sie gab Ensign Fan mit einer schneidenden Geste vor ihrer Kehle zu verstehen, dass sie den Kommunikationskanal schließen solle. Nachdem Georgiou sich von Kolovas sich ständig wiederholenden leeren Drohgebärden befreit hatte, stand sie aus ihrem Kommandosessel auf und fand sich in der Mitte der Brücke ein. »Mister Gant. Für den unwahrscheinlichen Fall, dass es uns gelingt, den Koloss aufzuhalten und den Planeten zu retten, werden wir eine taktische Eingreiftruppe zur Rettung der Geiseln brauchen.«

»Wie hätten Sie's denn gerne, Captain? Langsam und ruhig oder überfallartig und angsteinflößend?«

Georgiou hatte bereits zu oft den Preis für Nachlässigkeit gesehen. »Langsam und ruhig«, erwiderte sie. »Maximale Rettung bei minimaler Gewalt.«

»Im besten Fall«, sagte Gant, »schalten wir den Koloss aus und verhandeln dann mit Kolova, damit sie die Gefangenen in Frieden ziehen lässt.«

Georgiou wusste seine Bereitschaft, die Dinge aus einem optimistischen Blickwinkel zu betrachten, sehr zu schätzen. Doch sie musste alle Möglichkeiten in Betracht ziehen. »Und wenn sie beschließen, nicht aufzugeben?«

»Dann wäre der erste Schritt, sie zu isolieren.« Gant dachte eine Sekunde nach. »Sie einzukesseln. Je enger der Raum, desto besser. Wir müssen davon ausgehen, dass sie eine kurze Belagerung aussitzen können. Unter der Stadt haben sie Zugriff auf Wasserleitungen, vielleicht sogar Notvorräte an Nahrung.«

Saru sah hoch und klinkte sich in die Unterhaltung ein. »Könnten wir nicht den Transporter dazu verwenden, Betäubungsgas hineinzubeamen? Wenn die Ziele in einem abgeschlossenen Bereich sind, könnte so eine Taktik ziemlich wirksam sein.«

»Vielleicht«, sagte Gant. »Aber sie verwenden Transporterscrambler. Wenn wir sie mit Betäubungsgas außer Gefecht setzen wollen, müssten wir ein Sicherheitsteam hineinschicken, um einen direkten Angriff zu starten. Das wäre zwar möglich, aber wenn die Koloniebewohner scharf schießen, könnten wir ziemlich schnell viele Leute verlieren.«

Diese Vorstellung schien Sarus Begeisterung für seinen eigenen Vorschlag zu dämpfen. »Oh. Nein, das wäre nicht gut. Überhaupt nicht.« Er faltete nachdenklich seine langen, knochigen Finger. »Was, wenn wir ein automatisches Übertragungssystem – wie zum Beispiel eine Drohne – entwickeln, um das Gas zu verabreichen?«

»Wenn sie ferngesteuert ist«, mahnte Gant, »würde das Kontrollsystem durch dasselbe Störfeld beeinträchtigt, das auch unsere Transporter blockiert. Und wie Sie sich sicherlich erinnern, sind automatische Roboterangriffssysteme …«

»… in der Föderation gesetzlich verboten«, beendete Saru den Satz. »Eine höchst irritierende Beschränkung, wenn Sie mich fragen.«

»Das muss offensichtlich noch gründlich überdacht werden«, sagte Georgiou. »Mister Gant, suchen Sie nach neuen Denkansätzen. In der Zwischenzeit sollten wir uns auf den

Koloss konzentrieren. Wie neutralisieren wir ihn, ohne den Planeten zu zerstören?«

Ensign Weetons nervöse Stimme meldete sich aus dem hinteren Bereich der Brücke zu Wort. »Commander Johar hat gerade einige Sensordaten geschickt. Sie stammen von seiner forensischen Arbeit an den Drohnen. Er sagt, wenn es uns gelingt, die Fluktuationen der Quantenresonanzfrequenz in dem Hüllenmaterial des Kolosses nachzuvollziehen, dann könnten wir eventuell unsere Phaser neu einstellen, damit sie Löcher hineinstanzen können.«

Das klang beinahe hilfreich. »Richten Sie ihm meinen Dank aus«, sagte Georgiou zu Weeton, »nachdem Sie die Daten an Gant, Proat und Saru weitergeleitet haben.« An die Wissenschaftsspezialisten und den taktischen Offizier gerichtet fügte sie hinzu: »Sie drei beginnen auf der Stelle damit, zu rechnen. Fan, schicken Sie Johars Daten an die *Enterprise*. Die sollen mit uns gemeinsam an dem Problem arbeiten.«

Alle drei nickten bestätigend. Durch die vielversprechende neue Taktik etwas beschwichtigt kehrte Georgiou zu ihrem Sessel zurück und betrachtete Sirsa III durch das vordere Aussichtsfenster. *Ich weiß, wir können das hinbekommen …* Ihre Hand ballte sich zur Faust und kanalisierte ihre Frustration. *Wenn wir doch nur Zeit hätten.*

Als wollten sie ihre unausgesprochene Hoffnung verhöhnen, schrillten Alarmklänge an der Ops-Konsole. Oliveira ließ sie verstummen und sah dann über ihre Schulter hinweg Georgiou an. Ihre Augen waren weit aufgerissen. »Captain, irgendetwas tut sich da auf der Oberfläche – und es sieht nicht gut aus.«

»Einzelheiten, Lieutenant.«

»Der Koloss, Captain.« Oliveira projizierte ein vergrößertes holografisches Bild des Schiffs über das Hauptaussichtsfenster. »Er fährt die Energie so hoch, wie wir es noch nicht gesehen haben. Waffen, Schilde, weitere abschussbereite Drohnen und eine Wärmequelle, die höchstwahrscheinlich der Sternenantrieb ist.« Sie aktualisierte ihre Anzeigen und fügte hinzu: »Keine Ahnung, wie lange es dauert, bis er bereit ist zum Abheben, aber ich glaube nicht, dass es mehr als ein paar Minuten sein werden.«

Georgiou spürte, wie ihr die Farbe aus dem Gesicht wich. Das kalte Grauen packte sie. Obwohl sie sich in der Gesellschaft ihrer Besatzung befand, fühlte sie sich plötzlich sehr einsam.

»Der Leviathan ist erwacht«, murmelte sie leise. »Möge der Himmel uns beistehen.«

»Die Zeit ist abgelaufen«, sagte Pike zu seiner Brückenbesatzung. »Nummer Eins: Roter Alarm, Kampfstationen. Mister Tyler: Schilde hochfahren, Phaserbänke laden, alle Torpedorohre bestücken. Chief Garison, rufen Sie Captain Georgiou, auf der Stelle!« Seine Brückenoffiziere um ihn herum blieben ruhig und professionell, als der Rote Alarm durch die *Enterprise* heulte.

»Der Energiepegel in dem Koloss steigt rapide an«, meldete Una, die in das tiefblaue Leuchten ihrer abgeschirmten Sensoranzeige blickte. »Bei der augenblicklichen Steigerungsrate wird die Energieleistung des Kolosses in weniger als zwanzig Minuten mehr als das Doppelte der kombinierten Energie der *Shenzhou* und der *Enterprise* betragen. Eine potenzielle maximale Leistung ist momentan unmöglich zu berechnen.«

»Was immer Spock und seine neue Freundin da unten treiben«, kommentierte Ohara, »es sieht so aus, als ob sie ihn mächtig sauer gemacht haben.«

Garison drehte sich zu Pike herum. »Ich habe Captain Georgiou auf Kanal eins.«

»Auf den Schirm«, sagte Pike. Georgious ernstes Gesicht füllte den Hauptschirm aus. Pike sah genauso ernst aus. »Die Zeit ist abgelaufen, Captain.«

»Nein, noch nicht. Der Koloss fährt hoch, aber noch kann er sich nicht bewegen.«

»Das wissen wir noch nicht«, widersprach Pike nachdrücklich. »Er könnte jeden Moment abheben oder weitere Drohnen abschießen – oder beides. Vielleicht erhalten wir nie mehr eine bessere Chance, ihn zu zerstören.«

»Wenn wir jetzt zuschlagen«, sagte Georgiou, *»wird – auch wenn wir erfolgreich sind – auf der Oberfläche jeder getötet. Das schließt Mister Spock und meinen Ersten Offizier mit ein.«*

»Ich sehe keine Alternative. Das Ding wird in wenigen Minuten in der Lage sein, uns beide zu überwältigen. Wenn wir warten, bis er sich bewegen kann, könnte es zu spät sein.«

Jemand abseits des Bildschirms gab einen Bericht an Georgiou weiter, die einmal nickte und ihre Aufmerksamkeit dann wieder Pike widmete. *»Mein zweiter Offizier hat mir gerade gesagt, dass der Sternenantrieb frühestens in fünfzehn Minuten genug Energie hat, um einen Start durchzuführen.«*

»Und in zwanzig Minuten wird der Koloss unsere Schiffe verschrotten.« Pike sprang, getrieben von unwiderstehlichem Bewegungsdrang, aus seinem Sessel. Er wollte etwas tun. »Sie haben dieselben Befehle von Admiral Anderson gehört wie ich. Die Neutralisierung des Kolosses mit allen Mitteln hat höchste Priorität – auch wenn das bedeutet, den Planeten oder uns selbst zu opfern.«

Georgiou blieb angesichts dieser Herausforderung vollkommen ruhig. *»Ich habe die Befehle des Admirals sehr deutlich vernommen. Einschließlich des Teils, als er mir das Kommando über diese Mission übertragen hat. Das hier ist meine Entscheidung, Captain, und ich habe sie getroffen. Wir* *haben fünfzehn Minuten, bevor die Fähigkeiten des Kolosses diesen Konflikt an den Punkt bringen, dass wir keine Alternativen mehr haben. Ich habe die Absicht, Burnham und Spock jede dieser Minuten zu gewähren, damit sie ihr Ziel erreichen können.«*

Pike war wütend. Die Etikette verlangte, dass er das verbarg. Die Pflicht forderte von ihm, darüber hinwegzukommen. Doch der Zorn, zur Untätigkeit verdammt zu werden, brannte wie glühende Kohle in seinem Bauch. »Was sollen wir in der Zwischenzeit tun? Nichts?«

»Natürlich nicht«, sagte Georgiou. *»Wir suchen nach einem Weg, die Hülle des Kolosses mit unseren Phasern zu durchdringen. Wenn die Lage auf der Oberfläche sich ändert oder der Koloss vorzeitig abhebt ... dann tun wir, was wir tun müssen, koste es, was es wolle.«*

Er wollte ihr Glauben schenken, aber er fand es schwierig, ihrem Urteil zu vertrauen. »Und wenn wir das Ende dieser fünfzehnminütigen Gnadenfrist erreicht haben und der Koloss immer noch eine Bedrohung darstellt ... werden Sie mir dann weiterhin sagen, ich soll Spock und Burnham mehr Zeit geben?«

Seine Frage schien endlich Georgious undurchdringliche Fassade zu erschüttern.

»Ihre Besatzung soll einen fünfzehnminütigen Countdown einstellen und mit meinem synchronisieren!«, befahl sie. *»Wenn der Koloss nach Ablauf dieser Zeit immer noch eine Bedrohung darstellt und wir nichts von Burnham oder Spock gehört haben ... verwandeln wir diesen Planeten in Glas.«*

Pike nickte und Ohara stellte den Countdown ein, der rechts unten auf dem Hauptbildschirm eingeblendet wurde. Nach einer Weile begannen die Sekunden, rückwärts zu laufen. Das war das Zugeständnis, das Pike hatte haben wollen – doch jetzt, da er es bekommen hatte, spürte er nur Bedauern.

»Ich hoffe, Sie behalten recht, Captain.«

»Glauben Sie mir«, sagte Georgiou und in ihren Augen stand ein Hauch von Angst, *»ich auch.«*

21

Lebenszeichen brummten unter dem Deck, lebhafte Farben pulsierten hinter plötzlich durchsichtigen Wänden. Es war offensichtlich für Burnham, dass der Koloss nach Ewigkeiten aus seinem Schlaf erwacht war. Das außerirdische Ungeheuer regte sich, wie ein schlafender Vulkan, und brachte das Versprechen von Tod und Zerstörung mit sich. Sie schämte sich, vor Spock Emotionen zu zeigen, und verbannte jegliche Angst aus ihrem Gesicht und ihrer Stimme. »Ich vermute, dass unsere Zeit fast abgelaufen ist.«

Gelassen bewertete er die neue bedrohliche Ausstrahlung, die sich überall ausbreitete. »In der Tat.«

Vor ihnen hüpfte Klopfer auf und ab. Seine wirbelnden Farbbänder aus Energie sprühten Funken wie ein Lagerfeuer, seine gleichmäßigen Klopflaute waren lauter und tiefer als je zuvor. Was immer den Koloss belebte, verstärkte auch die Helligkeit und Lautstärke des holografischen Köders. Er führte sie einen weiteren, abschüssigen Weg hinunter und blieb dann vor einer Gabelung stehen. Der Durchgang teilte sich in zwei parallele Gänge, die jeweils auf einer Seite des Schiffs entlangführten.

»Das ist neu«, stellte Burnham fest. »Bis jetzt gab es nur einen Weg, dem wir folgen konnten.«

»Faszinierend.« Spock blieb stehen und inspizierte die hohen Schwellen der abzweigenden Wege. Er zeigte auf Markierungen, die auf den Außenrändern der Schwellen eingraviert waren. »Wir haben diese Markierungen schon einmal gesehen. An der ersten Schwelle, nachdem wir hereingekommen waren.«

Burnham erinnerte sich. »Die sich hinter uns geschlossen hat. Nicht sehr ermutigend.«

»Die Gestaltung dieser Kreuzung scheint anzudeuten, dass wir uns trennen sollen. Vielleicht können wir vermeiden, den Mechanismus auszulösen, der das Portal schließt, wenn wir zusammenbleiben.«

»Vielleicht«, entgegnete Burnham. »Oder vielleicht schließen sie sich trotzdem und dann können wir die letzte Prüfung nicht beenden, weil wir beide in demselben Durchgang festsitzen.«

Spock dachte darüber nach. »Darf ich mir Ihren Trikorder ausleihen?« Sie gab ihm das Gerät. Er betrachtete die Anzeige und runzelte dann die Stirn. »Die Bestandteile in der Hülle, die Signale blockieren, sind hier sehr geballt vorhanden. Wenn wir in verschiedenen Durchgängen getrennt werden, können wir keinen Kontakt mit unseren Kommunikatoren halten.«

»Also wissen wir nicht, was sich jeweils am Ende der Korridore befindet«, sagte Burnham. »Und wir haben keine Ahnung, welche Herausforderungen auf uns warten, wenn wir dort ankommen.« Sie nahm ihren Trikorder zurück und betrachtete erneut die automatische Karte, die dieser von ihren Bewegungen innerhalb des Kolosses zusammengestellt hatte. »Wenn das hier stimmt, dann ist es gut möglich, dass diese beiden Gänge zu demselben Ort führen.« Sie dachte über ihre Zwangslage nach. »Wenn die Schöpfer dieser Prüfungen wollten, dass wir uns trennen, wäre es dann nicht logischer, wenn die Portale offen blieben, bis wir auseinandergegangen sind?«

Die Antwort auf ihre Frage bestand aus einem einseitigen Schulterzucken. »Möglich. Ohne die Beweggründe und Designvorgaben der Erschaffer zu kennen, kann ich nur spekulieren. Wenn Sie möchten, dass wir die Gänge gemeinsam ausprobieren, dann ist das Ihr Vorrecht als verantwortlicher Offizier.«

»Nun, ich handele lieber, statt untätig zu sein, also lassen Sie uns durch den Steuerbordkorridor gehen. Wir überschreiten auf drei gemeinsam die Schwelle des Portals. Eins. Zwei. Drei.«

Burnham und Spock stimmten ihre Bewegungen ab und gingen über die Schwelle. Als beide sich auf der anderen Seite befanden und das Portal hinter ihnen offen blieb, atmete Burnham erleichtert durch. »So weit, so gut. Schauen wir mal, wo das hinführt.«

Bei jedem ihrer Schritte wechselte das Leuchten, das die Wände durchzog, die Farbe und wurde intensiver. Tiefes Klopfen gab Burnham das unangenehme Gefühl, dass sie sich tief im Herzen eines lebendigen Wesens befanden – einem, das nicht gerade erfreut darüber war, sie als Eindringlinge willkommen zu heißen. Der Durchgang bog sich nach außen und dann wieder nach innen, sodass sie den Eingang nicht mehr sehen konnten, als sie sich dem gegenüberliegenden Ende näherten. An seinem Endpunkt befand sich ein einzelnes, ovales Bedienfeld, das in die Innenwand eingelassen war.

»Ende der Fahnenstange«, sagte Burnham. Sie legte ihre Hand auf die ovale Fläche. Diese fühlte sich kühl und glatt an, wie polierter Obsidian. Nach einigen Sekunden ohne Reaktion, zog sie ihre Hand zurück. »Nichts.« Sie sah sich um und entdeckte keine weiteren Hinweise. »Keine Markierungen. Kein weiteres Bedienfeld.« Sie nickte müde in Richtung des ovalen Felds. »Nur das da.«

»Und«, sagte Spock, »höchstwahrscheinlich das Spiegelbild am Ende des anderen Korridors.«

»Gehen wir hin und sehen wir nach.« Burnham führte Spock zurück den Weg entlang, den sie gekommen waren. Gemeinsam wagten sie sich in den Durchgang auf der Backbordseite. An seinem Ende war – genau, wie sie erwartet hatten – ein weiteres ovales Bedienfeld rechts von dem geschlossenen Portal in die Innenwand eingelassen. Burnham schüttelte den Kopf. »Es gibt keine Sichtlinie zwischen den Bedienfeldern. Und da die Portale geschlossen sind, können wir uns nicht hören oder uns Signale senden.« Sie verzog das Gesicht. »Wenn dieser Test so ist wie die anderen, werden wir irgendetwas gleichzeitig und aufeinander abgestimmt tun müssen.«

»Ohne die Fähigkeit, Informationen auszutauschen, wird das schwierig«, bemerkte Spock mit seinem Hang zur typisch vulkanischen Untertreibung. »Es wäre auch höchstwahrscheinlich zwecklos, im Voraus willkürliche Parameter bezüglich Timing oder Reaktion zu vereinbaren, ohne die Art des Tests zu kennen.«

»Das ist doch lächerlich«, sagte Burnham. Sie trottete zurück zur Kreuzung. Spock folgte ihr. Einige Sekunden später standen sie wieder an der Gabelung im Hauptflur. »Wir können nicht zurückgehen und wenn wir vorwärtsgehen, werden wir in geschlossenen Fluren ohne eine Möglichkeit der Zusammenarbeit voneinander getrennt.«

Über ihnen rumpelte das Schiff, als gewaltige Maschinen die Arbeit aufnahmen. Spock nahm das alles mit einer gewissen Distanziertheit zur Kenntnis, doch bei jedem neuen Beben des Schiffs wurde Burnham daran erinnert, dass die Besatzungen der *Enterprise* und der *Shenzhou* keine andere Wahl haben würden, als dieses zu zerstören, sobald es sich fortbewegen konnte. Sie konnte sich nur ein Szenario ausmalen, an dessen Ende Spock und sie nicht starben: Sie mussten dieses letzte Hindernis überwinden.

Aber wie? Nachdem ihre Zusammenarbeit so oft auf die Probe gestellt worden war ... wieso wollte man sie jetzt trennen?

Niedergeschlagen presste Burnham ihre Handfläche an ihre Stirn und kämpfte darum, den letzten Rest ihrer emotionalen Kontrolle zu wahren. »Das ist es«, gestand sie Spock. »Wir sind am Ende.«

»Das wissen wir nicht mit Sicherheit. Erst, wenn wir der letzten Herausforderung gegenüberstehen.«

Seine Ruhe trieb sie in den Wahnsinn. »Ist das Ihr Ernst? Sobald wir uns trennen, war's das. Wir sind am Ende, Spock. Wenn wir nicht kommunizieren können, können wir auch nicht zusammenarbeiten. Wenn keiner von uns weiß, was der andere sieht, wie sollen wir dann die richtige Entscheidung treffen?« Sie schüttelte den Kopf. Ihre Schultern sackten als Eingeständnis ihrer Niederlage herunter. »Das hier sieht vielleicht so aus wie eine Gabelung des Wegs, Spock, aber das ist nur eine Verkleidung. In Wirklichkeit ist es eine Sackgasse.«

22

Burnhams unausgesprochene Verzweiflung erschien Spock verfrüht. »Es ist noch zu früh, um eine Niederlage einzuräumen«, sagte er, in der Hoffnung, ihre Moral aufzubauen. »Solange es noch Optionen gibt, haben wir die Pflicht, durchzuhalten.«

Sein Versuch, ihre Frustration zu mildern, schien diese nur zu verstärken. »Ich würde blindlings in einen Zweiertest zu stürmen nicht unbedingt als praktikable Option bezeichnen.«

»Da stimme ich Ihnen zu«, erwiderte Spock. »Aber das schlage ich auch gar nicht vor.« Ein unheilvolles Pulsieren erschütterte den Korridor, dessen Wände sich aufhellten und gelblich weiß wurden. »Der Koloss hat in allen Prüfungen, die er uns abverlangt hat, nur Wissen und Fähigkeiten auf die Probe gestellt, von denen er wusste, dass wir sie besitzen. Ich vermute, dass diese Herausforderung nicht anders ist.«

Sie wirkte skeptisch. »Und haben Sie eine Vorstellung davon, welche Fähigkeit oder welches Wissen hier auf die

Probe gestellt werden soll? Denn wenn die Sternenflottenakademie eine Ausbildung anbietet, die sich mit so etwas befasst, dann habe ich endlich einen Grund, zu bedauern, dass ich nicht dort studiert habe.«

»Ich glaube nicht, dass dieses Hindernis meine Erfahrungen in der Sternenflotte ausloten soll, aber vielleicht eine Gabe etwas persönlicherer Natur.« Er überlegte, wie wohl der diplomatischste Weg war, dieses Thema bei einem Nichtvulkanier anzuschneiden. Er wusste, dass Burnham einen großen Teil ihres Lebens auf seiner Heimatwelt verbracht hatte. Vielleicht verlangte das nach einer etwas direkteren Herangehensweise. »Sie haben viele Jahre mit meinem Volk zusammengelebt. Sie haben in unseren Lernzentren studiert, unsere Wissenschaftsakademie besucht ...«

»Kommen Sie auf den Punkt, Spock.«

»Viele Vulkanier verfügen über telepathische Fähigkeiten. Einige sind besonders begabt, andere – so wie ich – verfügen hauptsächlich über Berührungstelepathie, die auch über minimale Entfernungen hinweg ohne körperlichen Kontakt funktioniert.«

Ihre Bedenken wurden zu Widerwillen. »Sagen Sie nicht, Sie schlagen ...«

»Eine Gedankenverschmelzung«, warf Spock ein. »Sie würde es mir gestatten, eine flüchtige Verbindung mit Ihrem Geist aufrechtzuerhalten, nachdem wir uns getrennt und in die Parallelflure begeben haben.«

Burnham lief auf und ab und schüttelte den Kopf, als wollte sie die Augen vor der Wahrheit verschließen. »Nein, es muss einen anderen Weg geben.«

»Ich glaube nicht. Wenigstens keinen, der in der kurzen, uns zur Verfügung stehenden Zeit gangbar wäre.«

Ihr Zorn verwandelte sich in Angst. »Wie wäre es mit einer weniger invasiven Methode? Vielleicht könnten Sie meine Gedanken ohne die Verschmelzung lesen. Oder mir telepathisch Vorschläge schicken.«

Spock schüttelte den Kopf. »Dafür reichen meine Fähigkeiten nicht aus. Wenn ich mehr Übung hätte, könnte ich vielleicht einen schwachen Geist aus kurzer Entfernung beeinflussen. Aber Ihr Geist wurde auf Vulkan diszipliniert und wir werden mehr als ein Dutzend Meter voneinander entfernt sein. Diese Komplikationen gepaart mit den schwierigen Rätseln, die der Koloss bevorzugt, legen nahe, dass wir ein starkes psionisches Band benötigen, wenn dieser Plan Erfolg haben soll. Damit ich ein solches Band schaffen und aufrechterhalten kann, müssen wir die Gedankenverschmelzung durchführen.«

Seine Argumente brachten Burnham in Bedrängnis. »Nein. Das kann ich nicht. Wirklich ... nein.«

»Ich verstehe, dass Sie einen gewissen Widerwillen gegen diesen Vorschlag hegen«, sagte Spock, der versuchte, ihr gut zuzureden. »Die Gedankenverschmelzung ist eine äußerst intime Form der mentalen Vereinigung und nichts, auf das man sich leichtfertig einlassen sollte. Doch angesichts der schweren Krise, der wir uns gegenübersehen, und der Tatsache, dass wir uns gar nicht so fremd sind, wie ...«

»Das ist Teil des ...« Sie schnitt sich selbst das Wort ab, als warte eine furchtbare Wahrheit, die sie nicht aussprechen wollte, darauf, aus ihr hervorzubrechen. »Hören Sie, ich weiß, was eine Gedankenverschmelzung ist.«

Ihre Ablehnung weckte seine Neugier. »Haben Sie schon früher an einer Gedankenverschmelzung teilgenommen?«

Burnham wandte sich von ihm ab, als wollte sie sich trotz des beengten Raums und der geteilten Gefahr noch einen Rest Privatsphäre bewahren. Dann sah sie ihn an. Sie war immer noch verunsichert, aber offensichtlich gab sie ihr Bestes, vernünftig zu wirken. »Das ist ein Thema, über das ich lieber nicht spreche.«

»Warum nicht? Verzeihen Sie mir, wenn ich neugierig erscheine, aber unter den gegebenen Umständen muss ich das sein.«

Sie schloss ihre Augen und erst da erkannte Spock, dass sie dadurch ihr unwillkürliches Zusammenzucken nach seiner Frage verbergen wollte. Mit immer noch geschlossenen Augen sagte sie: »Die Erinnerung birgt ... schmerzliche Assoziationen für mich, Mister Spock. Empfindungen, die ich lieber nicht noch einmal durchleben möchte.«

Eine Bewegung des Kolosses ließ beide ins Taumeln geraten und sie wankten auf eine Wand zu. Spock fing Burnham auf, kurz bevor sie aufgeprallt wäre. Das Schiff richtete sich auf und versetzte beiden erneut einen Stoß. Dabei wurde das Dröhnen der uralten Maschinen immer lauter, als sie auf volle Kapazität gingen. Spock stellte sicher, dass Burnham ihr Gleichgewicht wiedergefunden hatte, und ließ sie los. »Bei allem Respekt, was Sie wollen, ist nicht länger relevant. Sie und ich müssen den Kern dieses Schiffs erreichen, wenn wir unsere Mission erfüllen wollen, und die Gedankenverschmelzung ist wohl die einzige Möglichkeit, um das zu gewährleisten. Wenn wir das nicht tun, werden wir und viele andere sterben.«

Burnham ballte ihre Fäuste und biss die Zähne zusammen, als hätte sie körperliche Schmerzen. »Ich weiß, dass das, was Sie sagen, wahr ist«, erwiderte sie mit gepresster Stimme, »und ich weiß, dass es logisch ist. Aber verdammt, Spock ... ich *kann* es einfach nicht. Ich kann meinen Geist nicht so öffnen.«

Sie sah ihn an. Tränen glänzten in ihren dunklen Augen. »Es tut mir leid.«

Er wollte sie von der Schuld freisprechen und ihr sagen, dass sie ihm keine Entschuldigung und der Welt kein Bedauern schuldete. Doch unter seiner vulkanischen Logik wusste der menschliche Teil von Spock, dass er das nicht konnte. Trotz der vielen bewundernswerten Eigenschaften Burnhams verdammte ihr Unvermögen, ihre Angst zu überwinden, nicht nur sie und ihn, sondern all ihre Mannschaftskameraden, mehr als dreihunderttausend Zivilisten und einen ganzen Planeten zu ihrem Untergang – und dieses Verbrechen der Schwäche konnte Spock nicht verzeihen.

Der Zähler des Countdowns, der auf der Brücke der *Shenzhou* auf das vordere Aussichtsfenster projiziert wurde, sprang von 12:00 auf 11:59. Georgiou wischte sich den Schweiß ihrer Handflächen an den Hosenbeinen ihrer Uniform ab. Sie war sich der verstreichenden Zeit nur allzu bewusst. Es war, als laste ein Gewicht auf ihrer Brust. Draußen vor dem Aussichtsfenster aus durchsichtigem Aluminium sah Sirsa III mit der Wolkendecke über der endlosen Weite des riesigen Ozeans, der mehr als die Hälfte der Planetenoberfläche ausmachte, friedlich aus. Wenn nicht ein Wunder geschah, würde diese ganze Schönheit in wenigen Minuten von Feuer verschlungen werden.

Georgiou hatte der Wahrheit nicht ins Gesicht sehen wollen und das Unvermeidliche hinausgezögert, doch die Zeit für Aufschub war vorbei. Sie stand aus ihrem Kommandosessel auf und ging zu Gants und Narwanis Station. »Mister Gant, wie ist der Status unserer Schilde?«

»Sie haben wieder volle Energie, Captain. Die Teams der Schadenskontrolle melden, dass alle Hauptsysteme wiederhergestellt sind.«

»Gut. Geben Sie Energie auf die Schildemitter und halten Sie sie für einen schnellen Einsatz bereit.«

Gant nickte. »Bereits geschehen, Ma'am.«

»Dann laden Sie alle Phaser und weisen Sie die Torpedobuchten an, alle Rohre zu bestücken und sich auf schnelles Nachladen und rapide Abschüsse vorzubereiten.« Sie versuchte, ihr Unbehagen zu verbergen, als sie Narwani ansprach. Deren VR-Helm ließ sie für Georgiou wie einen Menschen aussehen, der eine Schnecke als Kopf hatte. »Berechnen Sie ein Angriffsmuster für ein Bombardement mit voller Leistung auf den Koloss. Bereiten Sie sich darauf vor, dieses kurzfristig umzuprogrammieren, falls das Schiff sich in Bewegung setzt.«

Narwanis knappes Nicken wurde durch das Volumen ihres Metallhelms verstärkt. »Aye, Sir.«

Georgiou drehte sich wieder zu Gant um und fuhr fort: »Wenn der Koloss den Eindruck macht, als wolle er sich in Bewegung setzen, zielen Sie mit den Torpedos auf einen Punkt. Wir wollen möglichst direkte Treffer erzielen, aber seien Sie nicht zu genau. Bei Photonentorpedos ist Nähe manchmal ausreichend, um echten Schaden anzurichten.«

Dieses Mal stockte Gant. »Sind Sie sicher, dass Sie Torpedos riskieren wollen, Captain? Ich meine, in der Atmosphäre des Planeten?« Er warf Narwani einen Blick zu, als erwartete er ihre Unterstützung, aber er sah nur sein Spiegelbild in dem glänzenden Metall ihres VR-Helms.

»Ich verstehe Ihre Bedenken, Mister Gant«, sagte Georgiou, »aber es muss getan werden.«

Saru entfernte sich von seiner Station und stellte sich neben Georgiou. »Wirklich? Sind wir da ganz sicher?«

»Ja, Saru, das sind wir.« Sie drehte sich langsam um die eigene Achse und fand das bestätigt, was sie schon vermutet hatte: Jedes einzelne Mitglied ihrer Brückenbesatzung beobachtete ihren Austausch mit Gant und Saru. Ihre Gesichter waren angstvoll angespannt, da ihnen bevorstand, im Namen der Pflicht Umweltzerstörung und Massenmord zu begehen. Sie hob die Stimme und kehrte dabei ins Zentrum der Brücke zurück. »Alle mal herhören. Wir haben vom

Sternenflottenkommando ausdrückliche Befehle erhalten. Dies sind mit die schwierigsten Befehle, die ich je bekommen habe. Aber sie sind gesetzeskonform und sie wurden weder leichtfertig noch aus Bosheit erteilt. Ich habe alles getan, um diesen Ausgang zu verhindern und eine bessere Möglichkeit zu finden ... aber manchmal sind schlechte Lösungen die einzigen, die uns bleiben. Also, wenn dieser Countdown endet und von dem Koloss immer noch eine Bedrohung ausgeht, dann erwarte ich von jedem Einzelnen von Ihnen, dass Sie Ihren Teil zu seiner Zerstörung beitragen, koste es, was es wolle.«

Sie war weit davon entfernt, ihre Offiziere zu ermutigen. Ihre Ansprache schien deren Besorgnis nur noch zu vertiefen. Proat, der es normalerweise sorgfältig vermied, Aufmerksamkeit auf sich zu ziehen, stand von seinem Posten auf. »Captain, ich stelle nicht die Notwendigkeit infrage, sich einer Bedrohung wie diesem Koloss entgegenzustellen. Aber gleich einen ganzen Planeten auslöschen ... Ich sehe das als ein Verbrechen gegen die Wissenschaft an.«

»Ich ebenfalls«, sagte Saru. »Eine Umweltzerstörung im Namen eines taktischen Vorteils beleidigt mich als Wissenschaftler und Sternenflottenoffizier. Das verrät jeden Wert, den die Akademie uns gelehrt hat.«

Der wachsende Widerstand begann Georgiou Sorgen zu bereiten. »Wir haben die Pflicht ...«

»Wem gegenüber?«, unterbrach Ensign Fan sie. »Der Sternenflotte? Was ist mit unseren Schiffskameraden, die da unten als Geiseln festgehalten werden? Was ist mit Doktor Nambue? Und Lieutenant Burnham?«

Oliveira fragte: »Was ist mit den Koloniebewohnern? Dreihundertsechzig*tausend* Zivilisten.«

Detmer fügte hinzu: »Das ist ganz schön viel Kollateralschaden für unser kollektives Gewissen.«

Es ärgerte Georgiou maßlos, dass sie jetzt in die Lage geriet, genau die Taktik verteidigen zu müssen, gegen die sie so hart gekämpft hatte. Doch es gab nicht mehr genug Zeit für moralische Ausflüchte. »Sie alle wissen, was auf dem Spiel steht, wenn der Koloss den Planeten verlässt«, sagte sie ruhig, aber ernst. »Sie haben gehört, wie ich genau denselben Streit mit Captain Pike hatte. Und Sie wissen wahrscheinlich alle, dass ich mich auch mit Admiral Anderson auseinandergesetzt habe. Ich wurde überstimmt ... jedes Mal. Und es gefiel mir genauso wenig wie Ihnen jetzt.«

Erschöpft legte sie ihre Hände auf die Lehne ihres Kommandosessels und senkte den Kopf. Dabei atmete sie tief ein und sammelte ihre Gedanken. »Ich bin der Sternenflotte aus demselben Grund beigetreten wie viele von Ihnen. Mein ganzes Leben habe ich mich zuerst als Wissenschaftler, dann als Forscher und zuletzt als Diplomat gesehen, wenn ich es sein musste. Aber wir können uns nicht immer die Rolle aussuchen, die wir spielen wollen. Der Preis dafür, in der Sternenflotte dienen zu dürfen, ist, dass es Zeiten gibt, in denen wir *Soldaten* sein müssen. Deshalb trägt jeder Einzelne von Ihnen eine Uniform. Sie ist mehr als nur ein Kleidungsstück. Man muss sie sich *verdienen.* Sie zu tragen heißt, dem Universum mitzuteilen, dass Sie ein Teil von etwas Größerem sind. Die gleiche Uniform zu tragen soll uns daran erinnern, dass wir alle geschworen haben, unsere Egos, unsere Bedürfnisse und unsere eigenen Prinzipien beiseitezulassen und pflichtbewusst alle gesetzmäßigen Befehle auszuführen, die man uns erteilt – ganz gleich wie furchtbar sie sein mögen. Wir haben alle einen Eid abgelegt und diese Bürde auf uns genommen.«

Eine dunkle Melancholie legte sich über die Brücke der *Shenzhou.*

Niemand sah Georgiou in die Augen, niemand erhob protestierend die Stimme.

Nacheinander wandten die Offiziere sich wieder ihren Konsolen zu und gingen weiter ihren Pflichten nach. Der Letzte, der den Verteidigungsposten seiner Prinzipien verließ, war Saru. Doch selbst er schwieg respektvoll, während er an seine Konsole zurückkehrte.

Von der taktischen Station meldete Gant mit gedämpfter Stimme: »Phaser laden auf. Torpedoraum meldet, alle Rohre bestückt. Alle Teams sind bereit, schnell zu handeln und zu feuern.«

»Gut gemacht, Mister Gant. Ensign Narwani, koordinieren Sie unseren Angriff mit der *Enterprise*, damit unsere gemeinsame Feuerkraft die größtmögliche Wirkung entfalten kann.«

»Aye, Captain«, antwortete Narwani. Ihre Stimme wurde durch den Helmlautsprecher gefiltert.

Georgiou nahm wieder ihren Platz auf dem Kommandosessel ein. Saru kam herbei und stellte sich neben den Sessel. »Captain«, sagte er mit diskret leiser Stimme, »ich möchte Sie wissen lassen, dass ich beabsichtige, meine Bedenken gegen diese Befehle in meinem offiziellen Logbuch zu vermerken.«

»Ich habe nichts anderes erwartet«, entgegnete Georgiou, die insgeheim stolz auf Saru war, weil er seine Prinzipien nicht einfach widerstandslos aufgab. Dennoch war Vorsicht geboten. »Aber wenn Sie das tun, sollten Sie an die Millionen von Leben denken, die in Gefahr geraten, wenn wir hier und jetzt nicht handeln. Das ist ein Zahlenspiel, Saru.« Sie warf einen Blick auf den Countdown, der von 10:00 auf 09:59 zusammenschrumpfte. »Und uns läuft die Zeit davon.«

Saru runzelte die Stirn und sah den Countdown-Zähler an. Dann kehrte er auf seinen Posten zurück.

Georgiou war allein im Zentrum der Brücke und hatte nur ihr Gewissen als Gesellschaft. Sie hoffte, dass Burnham trotz der Entfernung ihr stummes Flehen hörte: *Es ist so weit, Michael. Jetzt geht es hart auf hart. Bitte lassen Sie uns nicht im Stich.*

Drei Minuten Schweigen hatten sich wie eine Ewigkeit angefühlt. Burnham steckte mit Spock an der Gabelung des Durchgangs fest und sie konnte nur daran denken, wie tief enttäuscht Sarek sein würde, wenn er wüsste, was sie gerade getan hatte – oder, um es präziser auszudrücken – was sie sich aus Angst geweigert hatte, zu tun.

Spock hatte sie, wie es für Vulkanier üblich war, nicht weiter bedrängt. Er hatte seit ihrer Weigerung, seine Einladung zu einer Gedankenverschmelzung anzunehmen, kein Wort mehr gesprochen. *Gegendruck als Höflichkeit getarnt*, schmollte Burnham vor sich hin. Insgeheim schämte sie sich, dass sie denselben emotionalen Betrug beging und Schuld durch Zorn tarnte. Alle ihre Gedanken in den letzten drei Minuten waren Ausflüchte gewesen, Ablenkungen, um sie davon abzuhalten, der unbeugsamen Logik von Spocks Vorschlag ins Auge zu sehen. Eine Gedankenverschmelzung war ihre beste Chance, das nächste und wahrscheinlich letzte Hindernis des Kolosses zu überwinden.

Warum musste das die Lösung sein?, tobte sie innerlich. Sie stellte sich vor, wie eine kühl rationalisierende künstliche Intelligenz die Erstellung der Prüfungen in dem Koloss leitete. Da begriff sie, dass diese sich Zugang zu ihren Trikordern verschafft hatte und dadurch etwas über ihre beiden Spezies erfahren hatte. Das schloss das vulkanische Talent für Psionik ein. Vielleicht war der Test nur dafür gedacht, um die Stärke und Präzision von Spocks Telepathie zu ergründen, um einen Maßstab für das Potenzial seiner Spezies zu erhalten. Schließlich hatte nichts, das der Koloss aus ihren Trikordern herausbekommen hatte, darauf hingewiesen, wie leidenschaftlich Burnham dem Vorschlag auf eine Verschmelzung widerstehen würde.

Nein, das ist nur das Tüpfelchen auf dem i, brütete sie.

So viele Erinnerungen, so viel Schmerz ... alle gut in Bereichen von Burnhams Geist weggeschlossen, die sie gehofft hatte, nie wieder aufsuchen zu müssen. Doch sie wusste, was eine Gedankenverschmelzung bewirken konnte, wusste, was das Aufreißen alter emotionaler Wunden bedeutete. Es würde sie zu Teilen ihres Selbst führen, die sie nie wiedersehen wollte. An die fremden Ufer dessen, was sie in ihrer Kindheit und Jugend gewesen war.

Aber wie sieht die Alternative aus? Aufgeben? Tausende Unschuldiger sterben lassen, weil ich mein verletztes inneres Kind nicht dem Mann zeigen will, an dem ich mich den größten Teil meines Lebens gemessen habe?

Sie stellte sich vor, was Georgiou sagen würde, wenn sie sie so sehen würde.

»Nehmen Sie sich nicht so wichtig.« Das würde Philippa sagen. Burnham beschwor die Missbilligung herauf, die in den Worten des Captains liegen würde. *»Sie sind ein Offizier der Sternenflotte. Verhalten Sie sich auch so.«* Bittere Tränen brannten in Burnhams Augen. *Meinen Schmerz über das Leben anderer stellen. Sie würde sich für mich schämen.*

Ihr Verstand schoss zurück: *Du schämst dich für dich selbst. Also tu etwas dagegen.*

Burnham wischte sich mit einem Ärmel die Tränen aus den Augen und vom Gesicht. Dann wandte sie sich an Spock. »Sie haben recht. Eine Gedankenverschmelzung ist der einzige Ausweg. Ich bitte für mein Widerstreben um Verzeihung.«

»Es ist nicht nötig, sich zu entschuldigen«, sagte Spock. »Eine Verschmelzung sollte man nicht übereilt eingehen.«

Sie war dankbar für sein Verständnis und vermutete, dass eine Warnung angebracht war. »Ich sollte vielleicht vorher erwähnen, dass eine Verschmelzung mit mir ... schwierig sein könnte.«

»Ich sollte dieselbe Warnung aussprechen.«

Burnham wischte seine Vorbehalte beiseite. »Ich spreche nicht von der Unbeständigkeit der Emotionen. Man hat mir vor langer Zeit beigebracht, diese zu kontrollieren. Sie sollten wissen, dass meine vorherige Erfahrung mit der Verschmelzung mit einem Trauma verbunden ist – das mich trotz jahrelanger geführter Meditation weiterhin verfolgt. Sie sind womöglich nicht auf die Intensität dieser Erfahrung vorbereitet.«

Wenn Spock angesichts ihrer eindringlichen Warnung besorgt war, so zeigte er es nicht. »Ich bin bereit, alle Geheimnisse, die Sie bewahren, zu ertragen und vertraulich zu behandeln. Aber ich möchte nicht versäumen, Sie vor meinem eigenen emotionalen Aufruhr zu warnen. Meine menschliche Seite hat die Heftigkeit meiner vulkanischen Emotionen nicht gemildert, sondern eher noch verstärkt. Auch wenn Sie glauben, zu wissen, was es bedeutet, mit einem vulkanischen Geist zu verschmelzen, könnte diese Erfahrung für Sie vollkommen anders verlaufen.«

Das habe ich nicht erwartet, dachte Burnham. Einen Moment lang fragte sie sich, ob es ein Fehler war, die Verschmelzung durchzuführen. Dann erinnerte sie sich an all die Leben, die ausgelöscht würden, wenn der Mut sie verließ. *Wenn ich das Risiko eingehen müsste, in feindliches Disruptorfeuer hineinzustürmen, hätte ich längst gehandelt. Es ist Zeit, nicht länger in Angst zu leben.*

Sie atmete tief durch. »Ich bin so weit. Fangen wir an.«

»Wir sollten uns hinsetzen«, sagte Spock und zeigte auf den Boden.

Beide gingen erst in die Hocke und setzten sich dann im Schneidersitz mit den Gesichtern einander zugewandt hin.

Ihre Knie berührten sich fast. Er beugte sich zu ihr und sie tat das Gleiche. Er sah in ihre Augen und sie spürte, wie ihr Puls zu rasen begann und Schweißperlen über ihren Nacken liefen.

Sein Bariton war so ruhig wie das Meer bei Windstille. »Sind Sie bereit?«

Ihre einzige ehrenvolle Antwort war eine Lüge.

»Ja.«

23

»Mein Geist zu deinem Geist ...«

Burnham musste alle Barrieren fallen lassen. Spocks Fingerspitzen waren warme Punkte auf ihren Wangen, an ihren Schläfen. Er hielt ihr Gesicht in seinen Händen. Der Druck seiner Finger war so sanft wie das schüchterne Erkunden durch seine Telepathie. *Wir sind noch nicht verschmolzen und doch fühle ich sein Widerstreben.* Es überraschte sie, zu erkennen, dass Spock die Verschmelzung mit ihr genauso fürchtete wie umgekehrt.

Sich gegen die Verschmelzung zu wehren, würde nur den Schmerz verlängern. Sich darauf einzulassen war der schnellste Weg zum Frieden. Dennoch widerstand ihr Unterbewusstsein, errichtete Hindernisse, vernebelte den Weg zur Einheit.

Spocks Stimme war fest und sicher, ein Leitstrahl des Muts, auf den Burnham sich fokussieren konnte. »Mein Geist zu deinem Geist. Meine Gedanken zu deinen Gedanken ...«

Die Zeit verlangsamte sich wie geschmolzenes Glas, das abkühlte und zu einer bestimmten Form erstarrte. Die wechselnden Farben in den Wänden des Kolosses standen still, die Gezeiten von Burnhams Atmung wurden so tief, dass ihr Donnern endlos wurde, wie der Atem eines Abgrunds. Dann verblassten die Ablenkungen der Welt um sie herum und lösten sich mit Spock zusammen in nichts auf … verloren und vergessen, Erfindungen der Schatten.

»Meine Gedanken zu deinen Gedanken.«

Sie hörte seine Worte in ihren eigenen Gedanken, als ihre Stimme und seine. Hier, in dieser unerschaffenen Gebärmutter der Gedanken, trafen Sareks entfremdeter Sohn und seine Ziehtochter in uneingeschränkter Offenheit aufeinander. Sie waren aller Schutzhüllen aus Ego und Lügen beraubt und der Trost der Isolation war ihnen genommen. *»Um ein dauerhaftes telepathisches Band zu schaffen«*, erklärte er ihr, *»müssen wir einander vertrauen.«*

»Ich verstehe«, antwortete sie. Sie wusste, direkt nachdem sie die Worte gedacht hatte, dass sie nicht einmal sicher war, ob sie dieses Vertrauen noch in sich hatte – und dass Spock dies jetzt mit derselben Gewissheit wusste wie sie selbst.

Dann kam die Fusion und Täuschung wurde unmöglich.

Sein Geist und ihrer wurden zu einer Einheit, einem verschmolzenen Bewusstsein. Er schenkte ihr all seine Schmerzen und sie teilte gleichermaßen ein Leben voller Pein. Sie lebte sein Leben und er wohnte in ihrem.

»Halbblut!«, rufen die anderen Kinder und Burnham spürt, wie ihre Wangen sich röten und vor Scham und Zorn brennen. »Du bist genauso wenig ein Vulkanier, wie ein Tellarit es ist!« Es sind nur Worte. Burnham weiß, dass diese keinen Einfluss auf ihre Emotionen haben sollten, aber das tun sie. Sie ist eine Blamage für ihren Vater Sarek. Allein ihre Existenz hat die uralte und mächtige Dynastie seiner Familie besudelt.

Da seine Eltern ihn ins Bett verbannt haben, kann Spock dem Drang nicht widerstehen, ihre Unterhaltung zu belauschen. Der entlegene vulkanische Forschungsposten, in dem sie seit einem Jahr wohnen, ist voll mit veralteter Hardware und Software. Das Kommunikationssystem bildet da keine Ausnahme. Trotz seines jugendlichen Alters hat Spock sich beigebracht, wie er die Sperren seiner Eltern umgehen kann. In seinem winzigen Zimmer zapft er das Kommunikationssubsystem ihres Quartiers an. Es dauert nur wenige Momente, um auf die Sonarempfänger im Wohnzimmer zuzugreifen, wo seine Eltern sich mit gedämpften Stimmen streiten.

»Welchen Unterschied macht das?«, fragt Vater. *»Ob wir hier sind oder im Transporter, sie wird die Supernova auf einem Bildschirm beobachten.«*

Mutter bemüht sich, nicht aufgebracht zu klingen, aber ihre vorgetäuschte Ruhe kommt ins Wanken. *»Sie weiß, wie hart ich an diesem Projekt gearbeitet habe. Wie viel es mir bedeutet.«*

»Willst du damit sagen, dass du es dir anders überlegt hast? Du willst hierbleiben? Denn bis gestern warst du damit einverstanden, mit dem morgigen Transport fortzugehen.«

»Ich war bereit, es zu akzeptieren«, sagt Mutter. *»Das ist nicht dasselbe.«*

»Was hat sich geändert?«

»Sie *hat sich geändert.«* Mutter macht eine Pause, um ihren Ärger im Zaum zu halten. *»Sie ist alt genug, um den Unterschied zu kennen, ob man ein Video betrachtet oder Teil eines geschichtlich bedeutsamen Moments ist.«*

»Wenn wir den Transport morgen verpassen, sitzen wir hier noch zwei Wochen fest.«

»Calvin, bitte. *Du hast nicht den Ausdruck in ihren Augen gesehen, als sie darum bat, hierzubleiben. Sie* will *diese Erfahrung. Wir sollten sie ihr nicht nehmen.«*

Das Schweigen zwischen Mutter und Vater ist voll von unausgesprochenem Unmut. Spock hat das Gefühl, dass er beinahe den Willenskampf in der Unterhaltungspause hören kann. Vater gibt mit einem Seufzer nach. *»Also schön. Wenn es ihr so viel bedeutet, die Supernova zu sehen, dann bleiben wir.«*

Allein in seinem Zimmer kann Spock seine Freude kaum zügeln. Er kämpft gegen den Drang an, herumzuhüpfen und zu jubeln. Stattdessen loggt er sich aus dem Kommunikationssystem aus. Dann krabbelt er in sein Bett. Er rollt sich gerade rechtzeitig in die Decken ein: Er hört, wie seine Schlafzimmertür sich einen Spalt öffnet, gerade genug, dass etwas Licht hereinfällt. Seine Eltern stehen vor der Tür.

»Sie schläft schon«, flüstert Vater. »Wir sagen es ihr morgen früh.«

Die Tür schließt sich sanft. Unter den Decken lächelt Spock erwartungsvoll – aber nur, weil er nicht weiß, dass er die Supernova von Beta Volanis nie sehen wird.

Zwei Nächte später – am Vorabend des Himmelsereignisses – wird Spock von Explosionen und Alarmtönen geweckt. Er eilt zu seiner Schlafzimmertür und öffnet sie. Sein Weg ist durch herabgefallene Trümmer und heißen Rauch versperrt. Das Quartier seiner Familie liegt in Trümmern und brennt. Mitten im Feuer liegen seine Eltern – tot.

Feuerwehrleute in Schutzanzügen bahnen sich einen Weg durch die Trümmer. Spock weint vor Trauer und streckt vergeblich seine Hände nach seinen Eltern aus. Sanitäter bringen ihn vor der Flammenhölle in Sicherheit.

Spock liegt auf der Krankenstation und weint sich die Augen aus, bis seine Kraft ihn verlässt. Aus gedämpften Unterhaltungen, die überall um ihn herum geführt werden, erfährt er, dass der Außenposten ohne Vorwarnung von einem klingonischen Raumschiff angegriffen wurde. Die

Verluste des Außenpostens sind schwer und die Klingonen sind entkommen.

Das ist meine Schuld, erkennt er. *Wenn wir gestern fortgegangen wären, wie Vater es gewollt hat, würden er und Mutter jetzt noch leben. Wir wären zusammen. Ich hätte die Supernova im Transporter sehen können. Aber ich habe sie dazu gebracht, zu bleiben. Sie sind meinetwegen gestorben.*

Verwaist und trauernd sieht Spock sich mit einer grausamen Wahrheit konfrontiert: Bedauern kommt per Definition immer zu spät.

Burnham spürt immer noch das Adrenalin, nachdem sie dem größeren, älteren vulkanischen Jungen einen Schlag versetzt hat. Der Jugendliche fällt schwer zu Boden, betäubt von dem Schlag – nicht nur wegen der Kraft, mit der dieser erfolgt ist, sondern auch wegen des Eingeständnisses reiner Wildheit, das dahintersteht. Die kurzfristige Befriedigung, nachdem sie explodiert ist und den älteren Jungen zu Boden geschlagen hat, verschwindet auf der Stelle, als Burnham die Angst ... nein, den *Ekel* in den Augen ihres Opfers und all seiner Freunde sieht, während sie vor ihr zurückweichen.

Wenn Vater das hört, wird er dasselbe denken wie sie.

Er wird sagen, dass ich keine Vulkanierin bin.

Am ersten Unterrichtstag im Vulkanischen Lernzentrum in ShiKahr, der Hauptstadt des Planeten, macht Spock die offene Feindseligkeit, die er in den Gesichtern der vulkanischen Kinder sieht, betroffen. Sie starren ihn an, als sei er eine Infektion, die die Unantastbarkeit ihrer Schule schändet.

Am Rande seiner Wahrnehmung bemerkt er ihre Verachtung, während sie ihn beäugen und mit den Lippen das Wort »Mensch« formen, als sei es eine Obszönität. Nachdem seine erste Unterrichtsstunde im Lernzentrum beendet ist, glaubt er selbst, dass es so ist. Während der wenigen Ruhepausen, die den ganztägigen Unterrichtsplan am VLZ unterbrechen, lässt sich keiner der anderen Schüler herab, mit Spock zu sprechen, obwohl er denselben schmucklosen Talar trägt und seine Mutter dazu genötigt hat, seinen Pony im klassisch-vulkanischen Stil zu schneiden.

Vom ersten Tag an kennt er die Wahrheit, die niemand laut aussprechen will: Ganz egal wie sehr er versucht, sich auf Vulkan anzupassen, er wird niemals von seinen Mitschülern anerkannt werden. Für sie wird er immer eine Kuriosität bleiben, ein Sonderling, ein fremder Eindringling in ihre kulturelle Reinheit.

Er wird immer einsam sein.

Burnham ist ein Kind von annähernd acht Jahren, als sie den zitternden Körper von I-Chaya, ihrem *Sehlat*, in ihren Armen hält. Die Wunden, die er erlitten hat, als er sie vor einem *Lematya* im Llangon-Gebirge beschützte, sind schwerwiegend. Sie kennt ihren noblen Tiergefährten schon ihr ganzes Leben. Sie kann sich ein Zuhause nicht vorstellen, in dem sein grollendes Schnurren fehlt, seine plumpe, schwerfällige Masse nicht kleine Möbelstücke verrückt oder sein merkwürdig seidiges Fell sie nicht vor den eisigen Winterwinden schützt …

Doch in diesem Moment lässt sich die Realität nicht verleugnen. I-Chaya stirbt.

Ihr erwachsener Vetter Selek ist gerade mit einem Heiler aus einem nahe gelegenen Dorf zurückgekehrt. Der Heiler stellt seine Prognose. Seine Arzneien können jetzt nur noch das Leiden I-Chayas verlängern.

Es wäre unschicklich für Burnham, zu weinen. Sie ist eine Vulkanierin.

Selek und der Heiler beobachten, wie sie sich flüsternd bei I-Chaya für sein Opfer bedankt. Dann sagt sie zu dem Heiler:

»Erlösen Sie ihn von seinem Schmerz.«

Er lobt sie für ihre Reife. »Das ist die logische Entscheidung«, sagt er.

Burnhams Gesicht ist ausdruckslos und ihre Augen trocken, während der Heiler I-Chaya ein starkes Beruhigungsmittel injiziert. Sie sieht zu, wie der glasige Schimmer aus Schmerz und Verwirrung aus den Augen des *Sehlat* verschwindet. Und dann sieht sie zu, wie sein letzter Lebensfunke erlischt.

Ihr Vetter erinnert sie daran, dass sie die logische Entscheidung getroffen hat. Die gnädige Wahl. Sie weiß, dass diese Dinge wahr sind. Doch in diesem Moment will sie nur ihr geliebtes Haustier in den Armen halten und weinen, bis die Quelle ihrer Trauer versiegt ist – und das ist der eine Trost, den ein Vulkanier niemals zulassen wird.

Amanda packt Spock bei den Schultern und sieht ihm in die Augen. »Hör nicht auf die anderen Kinder. Nur, weil sie Vulkanier sind und du ein Mensch, gibt ihnen das nicht das Recht, über dich zu urteilen. Verstehst du, was ich dir sage?«

Spock nickt. Er ist so einsam, so verängstigt. Das Universum scheint unendlich viele Leute zu beherbergen, die ihm Schaden zufügen wollen, ihn ausgeschlossen sehen wollen, und er versteht nicht, weshalb. Er weiß nur, dass er fast alles verloren hat, was er liebt. Jetzt hat er nur noch diesen rauen Ort. Er darf nicht aufgeben, niemals. Er hat schon so viel geschafft. Jetzt aufzugeben würde heißen …

Eine feste Umarmung, fester, als er es je gespürt hat. Amanda umschlingt ihn mit ihren kräftigen Armen und dem hauchdünnen Stoff ihres Wüstengewands. Spock fühlt sich, als könnte er in dieser Umarmung und den federleichten Ärmeln von Amandas Gewand verschwinden und niemals zurückkehren. Versteckt in ihren Armen fühlt er sich endlich sicher und über alle Maßen geschätzt.

Zum ersten Mal seit Jahren fühlt er sich *geliebt.*

Burnham möchte am liebsten im Boden versinken, als Sarek sie finster ansieht. »Auf dich wartet ein Platz an der Vulkanischen Akademie der Wissenschaften. Warum willst du das wegwerfen, um dich an der Akademie der Sternenflotte zu bewerben?«

Sie weigert sich, ihre Antwort durch Angst beeinflussen zu lassen. »Ich wünsche, mehr über das Universum zu erfahren, als es mir als Mitglied der Vulkanischen Akademie möglich wäre.«

»Lächerlich«, tadelt Sarek. »Jeder Ort, den die Sternenflotte besucht, jedes Geheimnis der Wissenschaft oder Philosophie, das sie erforschen, ist auch der VAW bekannt.«

»Das mag sein«, erwidert Burnham. »Aber als Angehörige der VAW würden all meine Reisen und Entdeckungen in der Gesellschaft und aus dem Blickwinkel von Vulkaniern erfolgen. Als Mitglied der Sternenflotte werde ich Zugang zu den Sichtweisen und Philosophien vieler anderer Spezies haben. Nach dieser Bandbreite der Erfahrungen strebe ich.«

»Du würdest dein Geburtsrecht im Namen der Neuartigkeit opfern«, mahnt Sarek. »Höchst unlogisch.«

Burnham spricht, ohne nachzudenken: »Du würdest Tradition und gesellschaftliche Anerkennung über die Erweiterung von Wissen stellen. Wenn etwas verdient, als ›unlogisch‹ bezeichnet zu werden, dann das.«

Sareks Gesichtsausdruck verändert sich nicht, aber er hebt das Kinn.

Es ist ein subtiler Hinweis, aber die Reaktion reicht, um Burnham klarzumachen, dass sie ihren Vater schlimmer beleidigt hat, als sie es vorgehabt hatte. Jetzt ist es zu spät, um die voreilig gesprochenen Worte zurückzunehmen. Sie kann nur noch zusehen, wie ihr Vater ihr den Rücken zudreht und davongeht. Sie bleibt zurück und fragt sich, ob sie jemals wieder zivilisierte Worte miteinander wechseln werden.

Tage werden zu Wochen, die zu Monaten werden, die zu Jahren werden. Durch all diese Zeit schweben zwei Leben wie eins: Spocks und Burnhams Erinnerungen werden zu einem Strom, der beide von ihren ersten Augenblicken der Wahrnehmung an durch die Jahrzehnte trägt ...

Spock beobachtet die Fusion der Identitäten von einer psionischen Festung in seinem Metabewusstsein aus und ein Teil von ihm hat Mühe, nicht vor Neid zu kochen.

Sein ganzes Leben hatte er sich nach der geistigen Führung seines Vaters gesehnt und hat nichts außer schweigender Ablehnung von Sarek erfahren. Jetzt, da er Burnhams Erinnerungen durchlebt hatte, erkannte er, dass sie in ihrer Jugend von Sarek geschult und von seiner ruhigen Hand durch das vulkanische Leben und ihre Erziehung geleitet worden war.

Seit frühester Jugend hatte Spock sich gegen den gestelzten Umgang mit Emotionen, den die vulkanischen Sitten verlangten, auflehnen und seiner Mutter zeigen wollen, wie sehr er sie liebte. Doch jedes Mal, wenn er kurz davorstand, ihr seine Gefühle zu gestehen, hatte ihn etwas davon abgehalten. Als er jung war, waren es Sarek oder Gleichaltrige oder seine Lehrer, die ihn dazu gezwungen hatten, die Liebe zu seiner Mutter zu verleugnen. Doch ab dem Teenageralter erkannte er zu seinem ewigen Bedauern, dass er es nur sich selbst zuzuschreiben hatte. Spock hatte in früher Kindheit zum letzten Mal die tröstliche Umarmung seiner Mutter gespürt. Burnham, auf der anderen Seite, war zum einzigen Fokus von Amandas mütterlichen Instinkten geworden – und dennoch schien sie nicht zu wissen, wie wertvoll dieses Geschenk wirklich war. Das genügte, um die Feuer des Zorns in seinem vulkanischen Blut zu entfachen …

Ein Schatten von Burnhams Psyche lungerte außerhalb der telepathischen Trübung der Erinnerungen herum und fühlte, wie Mitleid für den jungen Spock tief in ihr aufwallte. Sie spürte seinen Neid und seinen Zorn. Diese Gefühle waren leicht nachzuvollziehen. Er hatte so viel Respekt vor seinem Vater – der schon fast an Verehrung grenzte.

Was die tiefe Liebe Spocks für seine Mutter anging, war Burnham davon überzeugt, dass sie unermesslich war. Dennoch war er dazu gezwungen worden – auf grausame Weise, wie Burnham fand –, diese Liebe für seine Mutter sein ganzes Leben lang zu unterdrücken. Wenn sie über die bedingungslose Liebe und Ergebenheit nachdachte, die sie von Amanda erfahren hatte, verstand sie, weshalb es Spock wehtun musste, das mitanzusehen.

Er verdient es, die Wahrheit zu erfahren. Die ganze Wahrheit.

Es gab einen Teil ihrer Erinnerungen, den sie vor vielen Jahren mit Sareks Hilfe eingemauert hatte. Es war eine dunkle und schreckliche Ecke in ihrem Geist, ein Ort, den sie lieber niemals wieder aufsuchen würde. Doch ohne dieses letzte Puzzleteil würde Spock unmöglich Sareks und Amandas Entscheidungen verstehen können. Ihre Handlungen würden ihn heimsuchen, wenn er nicht wusste, was die beiden mit ihr verband.

Den Rest ihrer mentalen Abwehr aufzugeben, den verwundbarsten Aspekt ihres Geists einem Fremden preiszugeben, verstieß gegen alles, was Sarek sie jemals gelehrt hatte.

Aber es war nicht irgendein Fremder, mit dem sie in Verbindung treten musste. Das hier war Spock, Sareks und Amandas geliebter Sohn – und alles, was sie über sein Leben in den wenigen Momenten ihrer Verbindung erfahren hatte, sagte ihr, wenn jemand es verstehen würde, dann er.

Sie nahm all ihr Vertrauen zusammen und ließ die letzten Verteidigungsmauern fallen.

Spock spürt nur Schmerz und Verwirrung. Er hat Mühe, sich zu erinnern.

Alles wurde gleißend hell, dann dunkel. Donner grollte ... nein, eine Explosion. Eine Bombe ist detoniert. Feuerwände haben die Langsamen und Ahnungslosen verschlungen und dann war da nichts mehr außer den gequälten Schreien der Verwundeten und dem Weinen der Trauernden.

Über Spocks Kopf blinkt eine holografische Anzeige voller Gleichungen. Vor wenigen Momenten waren die Lektionen darauf so wichtig gewesen. Jetzt ist sie nur eine weitere zerbrochene Maschine.

Spock sieht auf seine braune Hand hinunter. Sie ist mit rotem Blut bedeckt und zittert ... nein, zuckt. Seine Vision ist jetzt in dunkles Rot getaucht und der intensive Geschmack von eisenhaltigem Blut füllt seinen Mund. Verängstigt und trostbedürftig, erlösungsbedürftig sucht er die Dunkelheit um sich herum mit Blicken ab ... die Trümmer des Vulkanischen Lernzentrums. Die Körper toter Kinder liegen verstreut herum, einige sind trotz der heldenhaften Taten und Opfer der Aufsichtsführenden tot. Auch sie liegen überall in der Anlage verstreut tot herum. Rauch schwebt durch das zertrümmerte Gebäude.

Das Bewusstsein stottert. Die Wirklichkeit kommt in Schlaglichtern, bruchstückhaft und verblüffend.

Dann schwebt Spock über sich – sieht hinunter auf seinen Körper, doch es ist Burnhams zerbrechliche Gestalt, dünn und dunkel, ihr Haar im vulkanischen Stil geschnitten ... und ihr Gesicht blutüberströmt, ihr Fleisch verbrannt. Die Explosion hat einen Teil ihres Hinterkopfs eingedrückt.

Finsternis übermannt ihn. Eine kurzzeitige Lücke dehnt sich aus …

Eiskalte Schwärze umfängt Spock, ein Nichts, wie er es noch nie erlebt hat. Es ist eine Selbstauslöschung, ein völliges Ausradieren seiner selbst. Er weiß, dass er furchtbare Angst haben müsste, aber sie kam so schnell, dass er keine Zeit hatte, zu erkennen …

»Bitte«, fleht Amanda und ihre Stimme bricht vor Angst und Verzweiflung, »hol sie zurück. Es ist mir egal, was dafür nötig ist. Hol sie zurück.«

Ein Aufblitzen der Wirklichkeit, ein Blick von der Zimmerdecke. Sarek und Amanda knien neben Burnhams – neben Spocks – zerschmettertem Körper. Sarek drückt sanft die Fingerspitzen einer Hand auf ihr Gesicht. »Mein Geist zu deinem Geist«, intoniert er, »meine Gedanken zu deinen Gedanken …«

Spock sieht die Anstrengung auf Sareks Gesicht, den Schmerz, weil er seine außerordentlichen psionischen Talente für etwas einsetzt, das schwieriger ist als alles, was man bisher von ihm verlangt hat …

Und dann schießt Spock – nein, Burnham – kerzengerade hoch und ist lebendig – zurückgeholt ins Bewusstsein durch Sareks reine psychische Willenskraft, die ihre automatischen Funktionen wieder neu gestartet hat. Sie springt an Sarek vorbei in den sicheren Hafen von Amandas Umarmung. Spock ist fasziniert von der reglosen Maske erschöpfter Besorgnis und Amandas tränenüberströmter Miene voller Erleichterung und Dankbarkeit, bis er wieder in die Untiefen der Bewusstlosigkeit schlüpft.

Spock zog seinen Geist einen gewissen Grad aus der Verschmelzung zurück, um Burnhams Enthüllung zu verarbeiten. Als Junge hatte er von dem Bombardement gehört, das man auf Vulkan zu der Zeit nur »den Vorfall« nannte. Er hatte gewusst, dass viele Erwachsene und Kinder durch die Explosion verletzt worden waren und dass seine Eltern kurz danach dort gewesen waren. Doch bis zu diesem Moment hatte er nicht gewusst, dass Burnham selbst für mehr als eine Minute tot gewesen war und dass Sarek sie mit einer Gedankenverschmelzung wiederbelebt hatte.

Kein Wunder, dass sie die Verschmelzung verweigerte, erkannte er. *Diese ist in der Tat mit einem Trauma verbunden.*

Eine vertraute, doch unerwartete Stimme rief seinen Namen: »Spock.«

Er drehte sich um und sah eine Lichtflut – und darin eine Silhouette, eine geisterhafte Erscheinung von Sarek. Spock schützte seine Augen mit seiner Hand, aber das half nicht. »Vater?«

Sarek streckte Spock seine Hand entgegen.

»Komm, mein Sohn. Wir haben nur wenig Zeit und es gibt viel zu tun.«

Verwirrt, aber unfähig, abzulehnen, folgte Spock Sarek in das Licht.

Burnham wusste nicht, wohin der *katrische* Schatten von Sarek sie geführt hatte, aber sie ging durch einen Vorhang aus Licht. Dort begegnete sie einer mentalen Projektion von Spock. Sie zog eine Augenbraue hoch. »Sind wir jetzt in Ihrem Kopf oder in meinem?«

Sarek antwortete: »Weder noch. Beides. Ihr seid verschmolzen. Ihr seid eins.« Er betrachtete die beiden mit einem missbilligenden Blick. »Und dennoch liegt Vertrauen euch beiden fern.«

Spock streckte die Hand aus und ließ sie durch die geisterhafte Erscheinung von Sarek gleiten. »Dein Geist ist überhaupt nicht anwesend. Und dennoch bist du die wahre Essenz von Sarek.«

»Ein *katrisches* Echo«, erklärte Burnham. »Zurückgelassen, nachdem er mich vom Gehirntod erweckt hatte.« Sie ging um den *Katra*-Geist herum. »Ich glaube nicht, dass er diese Nebenwirkung meiner Rettung erwartet hat.«

»Faszinierend«, sagte Spock und musterte den Geist mit einer Mischung aus Neugier und Entsetzen. »Ein Teil seiner Essenz lebt jetzt in Ihrem Geist.« Er fragte das *Katra*-Echo von Sarek: »Warum hast du uns hierhergebracht?«

Das Sarek-Echo faltete seine Hände und schob dann die Ärmel seines Gewands ineinander, um beide Hände darin zu verbergen. »Um euch beide dringend zu mahnen, euren Neid und euer Misstrauen, die ihr füreinander wegen eurer jeweiligen Beziehungen zu mir empfindet, hinter euch zu lassen. Ihr braucht einander jetzt – und das nicht nur, um euer jetziges Martyrium zu überleben, sondern um mit dem, was euch als Individuen ausmacht, ins Reine zu kommen.«

»Aber ich habe Fragen«, sagte Spock.

»Ich ebenfalls«, fügte Burnham hinzu.

Sarek schüttelte seinen Kopf. »Dafür ist keine Zeit. Ihr müsst beenden, weshalb ihr hergekommen seid, solange ihr noch könnt. Aber ihr sollt wissen, dass ihr durch eure Verschmelzung vom jeweils anderen die Antworten auf Fragen gefunden habt, die euch quälen – auch wenn euch das noch nicht bewusst geworden ist. Wenn eure Geister bereit sind, wird die ganze Wahrheit enthüllt werden. Das verspreche ich euch.«

»Ich verstehe«, sagte Spock.

Burnham fragte sich, wie der Halbvulkanier so eine Versicherung unbesehen glauben konnte, selbst wenn sie vom *Katra*-Echo seines Vaters stammte. Doch als Sarek sie ansah, konnte sie nur wie ein Papagei Spocks Antwort nachplappern. »Ich verstehe, Sarek.«

»Dann ist es an der Zeit, nach vorne zu schauen«, sagte Sarek. »Erwacht.«

Spock und Burnham öffneten die Augen. Sie sahen den jeweils anderen und sich durch einen gemeinsamen Blickwinkel. Sie waren ein Geist in zwei Körpern, zwei Identitäten, die zu einer einzelnen Person fusioniert waren. Sie hoben beide gleichzeitig die rechte Hand, spielten mit den Fingern und trommelten synchron mit ihnen in der Luft.

»Die Verschmelzung hält«, sagten sie zueinander. »Aber wir müssen schnell handeln.«

Sie standen auf und wandten sich den getrennten Korridoren zu. Sie gingen weiter, trennten sich und blieben doch vereint. Beide waren sich dessen bewusst, was der andere sah und fühlte. Sie bewegten sich mit der Eleganz einer Choreografie und überquerten die Schwellen ihrer jeweiligen Portale. Und wie erwartet schlossen sich die Portale hinter ihnen. Sie waren jetzt voneinander abgeschnitten und es gab keinen anderen Weg mehr als vorwärts zu den ovalen Konsolen. Ihre Schritte und ihr Atem wurden schneller – die Zeit war nicht ihr Verbündeter. Je weiter sie sich voneinander entfernten, desto schwächer konnte ihre Verbindung werden.

Burnham-Spock erreichten die Enden ihrer Korridore. Sie handelten immer noch gleichzeitig und legten ihre rechte Hand auf das ovale Bedienfeld, das in die Wand neben dem geschlossenen Portal eingelassen war. Durch den Doppelkontakt erwachten die Bedienfelder zum Leben und wieder gab es eine haptische Oberfläche. Punkte, Linien und Formen manifestierten sich, zogen sich wieder zurück und hinterließen nur die Erinnerung an ihre Berührungen.

Unter Burnhams Hand schien es nur eine Mischung aus Formen zu geben, die zusammen ein kompliziertes Symbol bildeten – vielleicht ein Wort oder ein Konzept. Es hatte nichts mit den Glyphen gemeinsam, mit denen sie es zuvor zu tun gehabt hatten und die Zahlen und mathematische Konzepte ausgedrückt hatten. Was immer es war, es war eher symbolisch, abstrakt.

Unter Spocks Handfläche tauchten verschiedene dieser Formen auf, stiegen auf und senkten sich in bestimmten Abfolgen, die sich wiederholten. Jede Form unterschied sich von den anderen und blieb nur kurz. Das machte es schwierig, sie zu erkennen und mit der einzelnen Form zu vergleichen, auf die Burnham sich jetzt konzentrierte. Und dann spürte Spock es – das passende Symbol zu dem in Burnhams Gedanken. Er drückte darauf und wählte es aus, wie er es auch auf den anderen haptischen Feldern getan hatte.

Das ovale Feld wurde glatt und kalt.

Die Portale vor Spock-Burnham öffneten sich spiralförmig von innen heraus und gaben den Blick auf eine gewaltige, runde Kammer frei, in der viele ringförmige Ebenen eine strahlende Metallkugel umgaben, die von unsichtbaren Kräften in der Luft gehalten wurde. Das gedankenverbundene Paar ging gemeinsam in den hell erleuchteten Raum.

Ein elektrisches Prickeln auf der Haut richtete die Haare auf ihren Unterarmen und im Nacken auf. Dann hörten sie ein vertrautes rhythmisches Pulsieren – und Klopfer, ihr holografischer Führer, tauchte wieder auf. Er umrundete die Sphäre in der Mitte wie ein Roter Zwerg, der in der Umlaufbahn eines goldenen Riesen gefangen war. Die äußeren Wände des Raums waren voller zarter Kristallkonstruktionen und dünner, metallischer Fäden, über die gleißende Tentakel aus glühend heißem Plasma krochen. Energie und Bedrohung waren die spürbaren Eigenschaften in dieser Sphärenkammer.

Burnham und Spock standen mehrere Meter voneinander entfernt auf dem Äquatorialring – dem größten und breitesten. Drei Etagen befanden sich in regelmäßigen Abständen von etwa zwei Metern über ihnen und drei weitere unter ihnen. Alle waren durch dieselbe Distanz voneinander getrennt.

Über die schimmernde Oberfläche der großen Sphäre glitten langsam Bilder von der Hauptstadt der Kolonie, der *Shenzhou* und der *Enterprise.*

Spock-Burnham drehten sich um und sahen sich an. Als sie einen Gedanken teilten, zog Spock eine Augenbraue hoch und Burnham grinste schief.

Willkommen im Kern.

24

Pike registrierte den Blitz des einschlagenden Schusses, den Bruchteil einer Sekunde bevor dieser die *Enterprise* durchschüttelte. Er umklammerte die Armlehnen seines Kommandosessels, bis die Trägheitsdämpfer die Turbulenz abfingen. »Der Koloss hat es ganz schön in sich«, sagte er zu seiner Brückenbesatzung.

»Bereitmachen für weitere Treffer«, warnte Una. Sie packte die Ränder ihrer Konsole und klammerte sich fest, als eine erneute Salve durch die Atmosphäre des Planeten heranraste, um auf die Schilde der *Enterprise* einzuhämmern. »Diverse Treffer auf den unteren Schilden. Alle halten.«

Auf dem Hauptschirm schlugen drei rötliche Bolzen in die *Shenzhou* ein und brachten kurz ihre Schutzhülle aus Energieschilden zum Leuchten – und enthüllten die eingedrückten Stellen, die der Angriff des Kolosses dieser Blase versetzt hatte. Das Aufblitzen der Einschläge verblasste und die *Shenzhou* schien den Vorfall unbeschadet überstanden zu haben. Währenddessen zählten die letzten Minuten des

Countdowns in der unteren Ecke des Hauptbildschirms herunter und Pikes Hoffnung schwand mit jeder Sekunde.

Ohara sah über seine Schulter hinweg Pike an. »Sir? Die letzten Salven des Kolosses waren völlig chaotisch, was Frequenzen und Energiestufen angeht. Ich glaube, er stellt unsere Schilde auf die Probe und sucht nach dem besten Weg, sie zu durchdringen.«

»Das ist nur fair, schließlich tun wir dasselbe.«

Una verkündete: »Ein weiterer Angriff!«

Pike öffnete einen schiffsinternen Kanal. »Alle Decks. Auf Aufprall vorbereiten!«

Eine zinnoberrote Explosion erfüllte den Bildschirm. Das Schiff schwankte nach steuerbord und warf Pike beinahe aus seinem Sessel. Der Rest der Mannschaft wurde zu Boden geschleudert, während die Lichter über ihren Köpfen flackerten wie Stroboskoplichter. Als die *Enterprise* endlich wieder zur Ruhe kam, kräuselte Rauch aus den Schaltkreisen unter einer Konsolenbank auf der Backbordseite der oberen Brückenetage. »Mister Singh«, sagte Pike, »sehen Sie sich die Konsole an, und zwar schnell.«

»Aye, Sir«, antwortete der Ingenieur und stolperte zu seiner Station, um das Ventilationsgitter am Fuß der Konsole zu lösen und den Schaden dahinter zu begutachten.

Tyler und Ohara eilten zurück auf ihre Posten. Ohara überprüfte seine Anzeigen. »Captain, der letzte Treffer war beinahe perfekt eingestellt, um unsere Schilde zu durchschlagen. Der nächste könnte direkt durch die Untertasse gehen.«

»Dann sollten wir besser keinen weiteren Treffer kassieren«, erwiderte Pike. »Tyler, Ausweichmanöver einleiten. Ohara, passen Sie unsere Angriffsmuster an – wir müssen den Koloss im Visier behalten, während wir uns bewegen.«

»Aye, Captain«, sagte Ohara. »Aber wenn ich einen Vorschlag machen dürfte?«

»Ich höre.«

»Wir sollten jetzt feuern, bevor der Koloss in Bewegung kommt. Falls wir uns in einem Ausweichmanöver befinden, wenn er sich in Bewegung setzt, wird er sehr viel schwerer zu treffen sein.«

»Sie sind nicht für diesen Job ausgebildet worden, weil er einfach ist«, entgegnete Pike. »Abgesehen davon hat Ihr Vorschlag durchaus etwas für sich.«

Una sah von ihrer Sensoranzeige hoch und wirkte betrübt. »Captain, erlauben Sie mir, Sie daran zu erinnern, dass Mister Spock ...«

»... und Lieutenant Burnham sich immer noch in dem Koloss befinden«, sagte Pike. »Mir ist die Situation durchaus bewusst, Nummer Eins.« Er nickte in Richtung des Countdowns, der gerade von 03:00 auf 02:59 sprang. »So, wie mir auch bewusst ist, dass uns die Zeit ausgeht ... und die Optionen.«

Chief Garison schaltete einen Alarm auf der Kommunikationskonsole stumm und lauschte dann einer Botschaft, die durch den Empfänger in seinem Ohr hereinkam. »Captain, eine Nachricht von Commander Barry.«

»Legen Sie sie auf die Lautsprecher, Chief.«

Garison schaltete den schiffsinternen Kanal zu und die Stimme von Chefingenieur Caitlin Barry erklang aus den Lautsprechern über ihren Köpfen. *»Gute Nachrichten, Captain! Der Chefingenieur der* Shenzhou *und ich haben einen Durchbruch erzielt, was die Energiesignatur des Kolosses und seine Hüllenzusammensetzung betrifft.«*

»Wie sieht dieser Durchbruch aus?«

»Die Erklärung würde ungefähr eine Stunde dauern, aber es dauert nur zehn Minuten, um ihn zum Einsatz zu bringen, indem wir die Phaser rekalibrieren. Wenn wir recht haben, sollten wir in der Lage sein, ein paar Löcher in das Ding zu schießen, ohne Torpedos benutzen zu müssen.«

»Was bedeutet, wir müssen den Planeten nicht zerstören, um ihn zu retten«, sagte Pike, der die Bedeutung der Neuigkeiten zu schätzen wusste. »Gute Arbeit. Und jetzt bereiten Sie sich auf die schlechte Nachricht vor. Wir haben keine zehn Minuten. Wir haben vielleicht nicht einmal fünf. Also arbeiten Sie schneller.«

»Die Sache hat nur einen kleinen Haken«, erwiderte Barry. *»Wir müssen die Phaser abschalten, um sie zu rekalibrieren. Das bedeutet, Sie können nicht zurückschießen, bis die Arbeiten abgeschlossen sind.«*

»In dem Fall«, sagte Pike, »arbeiten Sie noch schneller. Brücke Ende.«

Auf dem Hauptschirm schlug noch eine Feuerspur in der *Shenzhou* ein. Als die Helligkeit abebbte, war das alte Arbeitstier von einem Raumschiff immer noch unversehrt, aber Pike hatte keinen Zweifel, dass seine Mannschaft vollkommen durchgeschüttelt war. Dann verließ die *Shenzhou* die Umlaufbahn und führte genau wie die *Enterprise* Ausweichmanöver aus.

Am unteren Ende des Hauptschirms zählte der Countdown herunter: 02:15 … 02:14 …

Ein rotes Signal blinkte auf Oharas Konsole auf. Der Navigator verkündete: »Phaser für Rekalibrierung abgeschaltet. Torpedos in Bereitschaft.«

Pike atmete tief durch und hoffte, dass er seine Mannschaft nicht gerade im Namen der Hoffnung zum Tode verurteilt hatte. »Nur noch etwas mehr als zwei Minuten bis Armageddon«, murmelte er, »und wir sitzen in der ersten Reihe … Haben wir ein Glück.«

Die Stimme des Kolosses erklang aus allen Richtungen. Sie hallte wie Donner und ließ Burnhams Zähne bei jedem Wort klappern. »Ich wurde geschickt, um diese Welt und ihre

Bevölkerung im Namen der Turanianischen Dynastie zu bewerten. Ihr habt bewiesen, dass ihr würdig seid, als unsere Untertanen und Soldaten zu dienen. Seid ihr bereit, eure Treue im Namen dieser Welt zu schwören?«

Gerade, als Burnham eine Erklärung der vulgären Art abgeben wollte, hörte sie, wie Spocks Gedanken die ihren unterbrachen. Das war immer noch eine Auswirkung der allmählich nachlassenden Gedankenverschmelzung. »*Antworten Sie nicht übereilt«*, warnte er sie. *»Ich habe einmal eine Abhandlung über die Turanianische Dynastie gelesen, die vom Daystrom-Institut veröffentlicht wurde. Diese Dynastie ist seit Millionen von Jahren ausgestorben.«*

Sein Gedächtnis half ihrem auf die Sprünge. *Ja, ich habe einen ähnlichen Bericht von der Raxan-Stiftung gelesen.* Sie betrachtete die geheimnisvolle, schillernde Sphäre, die vor ihnen schwebte. *Man verlangt von uns, etwas unsere Treue zu schwören, das längst nicht mehr existiert. Wie gehen wir damit um?*

»Ich bin mir nicht sicher. Der Versuch, die Umstände zu erklären, könnte alle möglichen vorprogrammierten Reaktionen auslösen, die womöglich noch gefährlicher sind als die, der wir im Moment ausgesetzt sind.«

»Ich erwarte eure Antwort«, sagte die Stimme. »Schwört ihr gemeinsam mit dieser Welt der unvergänglichen, glorreichen Turanianischen Dynastie eure Treue?«

Nicht ganz so unvergänglich, wie sich herausgestellt hat. Aber seine Wortwahl halte ich für ein schlechtes Zeichen.

»Ich stimme zu. Allerdings scheint er ungeduldig auf eine Antwort zu warten.«

Wir brauchen mehr Informationen, beschloss Burnham. »Wie sähen die Konsequenzen aus, wenn wir auf eure Forderung eingehen? Die Bedingungen unserer Unterwerfung sozusagen?«

»Es steht euch nicht zu, Fragen zu stellen. Schwört eure Treue oder tut es nicht. Entscheidet euch.«

Spock fragte: »Was geschieht, wenn wir einen solchen Schwur verweigern?«

»Die Zeit, um eure Entscheidung zu treffen, ist beinahe abgelaufen. Entscheidet euch.«

»Was geschieht, wenn wir gar keine Wahl treffen?«

Die Stimme donnerte noch lauter: »Entscheidet Euch.«

Burnham warf Spock einen entgeisterten Blick zu. *Nicht gerade auf Verhandlungen programmiert, oder?*

»Der Spielraum seiner Interaktionsfähigkeit erscheint äußerst begrenzt und sehr gebieterisch zu sein. Anscheinend müssen wir unsere Entscheidung anhand unvollständiger Informationen fällen.«

Die Stimme war weiterhin nur auf eins fixiert: »Entscheidet euch.«

Burnham seufzte und fühlte sich leer und erschöpft.

Wenn ich bedenke, dass der heutige Tag so gut anfing.

25

Ein Treffer nach dem anderen bestrafte die *Shenzhou.* Saru konnte sich auf der Brücke kaum auf den Füßen halten. Er umklammerte die Seiten seiner Konsole, aber seine Größe und der dadurch höher liegende Balanceschwerpunkt machten ihn für Schwankungen der künstlichen Schwerkraft und der Trägheitsdämpfer des Schiffs anfälliger als seine Schiffskameraden. »Die Intervalle zwischen den Salven werden kürzer«, rief er zu Georgiou hinüber.

Der Captain wirkte zerzaust – völlig untypisch für sie. Locken ihrer schwarzen Haare hatten sich gelöst und umrahmten ihr Gesicht, das vor Schweiß glänzte. »Ausweichmanöver fortsetzen«, sagte sie. »Auf halbe Impulskraft erhöhen. Energie von unwichtigen Systemen auf die Schilde umleiten und belassen Sie die Basisfrequenzen bei einem zufälligen Muster. Wenn wir für den Wechsel zu lange brauchen, wird der Koloss sich anpassen und Löcher in uns hineinblasen.«

Überall auf der Brücke waren die Sinne geschärft und die Reaktionen erfolgten schnell.

Gant war der Erste, der Meldung machte. »Ingenieurteams rekalibrieren immer noch die Phaser.«

Ein weiterer Treffer erschütterte das Schiff und verlieh Georgious Stimme neue Dringlichkeit. »Wie lange noch, bis wir das Feuer erwidern können?«

»Günstigstenfalls?«, erwiderte Gant. »Sechs Minuten.«

Detmer fuhr ihn an: »Sechs Minuten? Wie lange dauert es, neue Phaserdaten zu übertragen?«

Ihr Ausbruch veranlasste Narwani, sich von ihrer Konsole abzuwenden und durch den Lautsprecher ihres glänzenden VR-Helms mit voller Lautstärke zurückzuschießen: »Das ist kein verdammtes Softwareupdate! Die Ingenieure müssen die Kollimatorlinsen bei *jedem* Emitter per Hand einstellen, damit sie auf der neuen Frequenzbreite feuern. Wenn Sie glauben, Sie können es besser ...!«

»Genug!«, brüllte Georgiou. »Kümmern Sie sich um Ihre Posten!«

Die zurechtgewiesenen Brückenoffiziere der *Shenzhou* wandten sich wieder ihren Aufgaben zu. Ein weiteres Sperrfeuer des Kolosses ließ alle nach Backbord taumeln und die Lichter der Anzeigen flackern. Panische Stimmen erklangen aus den Lautsprechern auf der Kommunikationskonsole. Neue kamen so schnell hinzu, dass Ensign Fan sie nicht abstellen konnte.

»Bei jedem Angriff steigert sich die Energie«, sagte Saru.

Oliveira fügte von der Ops hinzu: »Die Schilde halten, aber wenn das so weitergeht, nicht mehr lange.«

»Saru, Oliveira: Koordinieren Sie die Lösch- und Schadenskontrollteams. Halten Sie uns so lange wie möglich in diesem Kampf. Opfern Sie unwichtige Bereiche und Personal, wenn nötig.«

Das war ein grausiger Befehl und Saru stockte. Es war nicht das erste Mal, dass Georgiou ihm in einer Kampfsituation befohlen hatte, bis zur Kaltblütigkeit pragmatisch zu handeln, doch es hatte nicht viele solcher Vorfälle gegeben. Sie tat das höchst ungern. Er wartete, bis er hörte, wie Oliveira den Befehl bestätigte, und wiederholte dann ihre Antwort: »Aye, Captain.«

»Bewegung!«, verkündete Narwani von der taktischen Station. »Der Koloss erhöht die Energie auf seine Schubdüsen und Navigationssysteme.«

Gant überprüfte seine Konsole und sah dann Georgiou an. »Bestätigt, Captain. Der Koloss hat seine Startsequenz eingeleitet. Er setzt sich in Bewegung.«

Saru sah zu dem holografischen Overlay auf dem Hauptaussichtsfenster. Der Countdown in der unteren rechten Ecke zählte die letzten Sekunden herunter: 00:02 ... 00:01 ... 00:00.

»Gerade rechtzeitig«, sagte Georgiou. »Ops, vergrößern Sie den Koloss.«

Oliveira tippte den Befehl ein. Das über das vordere Aussichtsfenster gelegte Bild zeigte, wie der Koloss sich aus dem Meer auf Sirsa III erhob. Meeresvegetation und Gischt ergossen sich von seiner glänzenden, insektenartigen Hülle, deren schwarze Konturen in allen Farben des Regenbogens schillerten, während er zum Himmel aufstieg und beschleunigte, um zu seinem Rendezvous mit der *Shenzhou* und der *Enterprise* zu fliegen.

Dunkelrote Impulse gingen vom Bug des Kolosses aus und teilten sich dann – zwei machten sich auf den Weg zur *Shenzhou* und zwei andere zielten auf die *Enterprise*.

»Auf Aufprall vorbereiten«, sagte Georgiou.

Die Zwillingsschüsse schlugen mit entsetzlicher Wucht ein. Die Deckenlichter der Brücke erloschen und Funken regneten herab auf die Brückenbesatzung. Saru schlug brennenden Phosphor von seiner Schulter und seinem Nacken. »Vordere Schilde geben nach, Captain.«

»Holen Sie sich Energie, wo immer Sie können«, befahl Georgiou, »aber halten Sie die Schilde oben!«

Maschinenoffizier Weeton schwitzte gewaltig hinten auf der Brücke und fragte: »Wie lange noch, bis wir zurückschießen können?«

Kühl und sachlich erwiderte Gant: »Vier Minuten und zehn Sekunden.«

Das schien Weetons Angst nicht zu dämpfen. »Dann lassen Sie uns Torpedos einsetzen!«

»Wir werden nicht die Atmosphäre dieses Planeten verkochen«, erklärte Georgiou, »nicht, solange es noch einen anderen Weg gibt.« Eine weitere Salve des Kolosses füllte die Brücke mit beißendem Rauch. Der Captain zuckte angesichts des neuen Schadens zusammen, aber sie blieb standhaft. »Unsere Aufgabe ist es, die Stellung zu halten. Komme, was da wolle – Blut, Feuer oder die Hölle selbst – unsere Stellung ist *hier*.«

Ihr Mut erwies sich als ansteckend. Überall auf der Brücke hoben die Offiziere entschlossen ihr Kinn und strafften die Schultern, um sich dem aufziehenden Sturm entgegenzustellen. Niemand kniff. Nicht heute.

An der hinteren Maschinenstation arbeitete Weeton wie ein wirbelnder Derwisch. »Schalte Reservebatterien auf die Schilde um«, sagte er und tippte die Befehle ein.

Georgiou lächelte. »So ist's recht. Macht schneller, Leute! Das ist der Grund, weshalb wir hier sind!«

Saru spürte, wie seine Brust vor Stolz und Kampfgeist anschwoll ... und dann fiel sein Blick auf die finstere Pracht des Kolosses – ein Monsterschiff, das mindestens viermal so groß war wie die *Shenzhou* und das aufstieg, um sich an ihnen zu rächen ... und er spürte, wie seine natürlichen Instinkte, zu fliehen und sich zu verstecken, sich regten.

Er atmete tief durch, biss die Zähne zusammen und rief sich seine Sternenflottenausbildung ins Gedächtnis.

Nein, sagte er zu sich. *Ich bin kein Sklave meiner Biologie. Ich bin keine Beute, wenn ich es nicht sein will.*

Jede Faser in seinem Kelpianerkörper rief ihm zu, das Schiff zu verlassen und sich irgendwo in der Ferne und der Dunkelheit zu verstecken, bis die Bedrohung vorüber war.

Das Einzige, das ihn von einer beschämenden Flucht abhielt, waren vier Jahre Ausbildung an der Akademie der Sternenflotte und die Liebe, die er inzwischen für dieses Schiff, seinen Captain und seine Besatzung empfand. Er umklammerte die Ränder seiner Konsole und wiederholte die Worte seines Captains immer wieder, bis er sie glaubte: *Komme, was da wolle – Blut, Feuer oder die Hölle selbst – unsere Stellung ist* hier.

Als seine Atmung langsamer wurde und er nicht länger befürchten musste, dass er davonlaufen würde, da wusste er, dass die nächsten Worte des Captains auch seine Wahrheit waren: *Deshalb bin ich hier.*

Dann erfolgten die nächsten Detonationen auf den Schilden der *Shenzhou* und Saru konnte sich nur noch festhalten und hoffen, dass sein Mut länger anhielt als der Kampf.

Es gab keine Zeit für Feinsinnigkeit, also ging Burnham zu direkter Konfrontation über. »Richter«, sagte sie zu der körperlosen Donnerstimme, die für den Koloss sprach, »die Dynastie, die du repräsentierst, existiert nicht länger. Sie ist vor fast neun Millionen Jahren untergegangen. Sie ist *ausgestorben.*«

»IHR MÜSST EUCH ENTSCHEIDEN.«

Burnham spürte, wie ihre Schultern nach vorne sackten und unfreiwillig ihre Niederlage eingestanden. Sie sah Spock an und suchte nach Ermunterung, entdeckte aber nur seine außergewöhnliche Ruhe und Neutralität. »Das muss wirklich die am schlechtesten programmierte künstliche Intelligenz aller Zeiten sein«, bemerkte sie.

»Seine Unnachgiebigkeit könnte beabsichtigt sein«, erwiderte Spock. »Frühere Kandidaten müssen sich aller möglichen rhetorischen Strategien bedient haben, um seine beabsichtigte Funktion zu überlisten. Was wir als verwirrende Einfältigkeit ansehen, könnte von den Erschaffern als zwingend notwendig erachtet worden sein.«

Flüchtige Bilder projizierten sich auf die Sphäre in der Mitte des Kerns. Sie zeigten die *Shenzhou* und die *Enterprise*, die sich immer stärker werdenden Angriffen des Kolosses ausgesetzt sahen. Burnham zuckte bei jedem Energieblitz zusammen, der die Schilde eines der Schiffe traf, denn sie wusste nur zu gut, was das für die Leute in diesen Raumschiffen bedeutete. »Wir müssen etwas tun«, sagte sie. »Und zwar bald, bevor dieses Ding unsere Schiffe pulverisiert.«

»Wir können ihm nur eine von zwei Antworten geben, die er für akzeptabel hält.« Spock betrachtete die Kampfszenen ohne sichtbare Gefühlsregung. »Wenn wir uns weigern, wird er uns wahrscheinlich zu Feinden der Dynastie erklären. Doch wenn wir seine Einladung akzeptieren ...«

Sie vervollständigte seinen Gedankengang laut: »... dann sieht er uns vielleicht als Verbündete an oder wenigstens als seine Untertanen. Das würde die Notwendigkeit, die Angriffe fortzusetzen, zunichtemachen.«

Spock nickte. »Vielleicht. Zumindest ist es einen Versuch wert.«

Burnham hob ihre Stimme. »Höre uns, Richter! Wir akzeptieren deine Einladung der Turanianischen Dynastie. Im Namen unseres Volks stimmen wir zu, eure Untertanen zu sein.«

Ihre Verkündung wurde durch verschiedene Farbwechsel um sie und Spock herum beantwortet. Die Reihen aus dünnem Metall und Kristall glänzten hellgrün, genau wie die Böden, die Wände und die Decken. Um den Kern herum öffneten sich weitere Portale spiralförmig und die wenigen holografischen Bilder, die die Hauptstadt Neu Astana und andere Siedlungen von Sirsa III gezeigt hatten, veränderten sich zu neuen Blickwinkeln auf die *Shenzhou* und die *Enterprise.*

»Eure Welt ist jetzt unter dem Banner der Turanianischen Dynastie und wird es für alle Zeiten bleiben. Als Untertanenwelt werden wir euch mitteilen, welche Abgaben ihr an die Dynastie zu entrichten habt. Im Gegenzug werdet ihr unseren Schutz geniessen – wie wir jetzt demonstrieren werden, indem wir die beiden Bedrohungsschiffe in der Umlaufbahn vernichten.«

»Das sind keine Bedrohungsschiffe«, sagte Burnham. »Sie ...«

»Die Schiffe sind unbekannten Ursprungs und haben feindliche Absichten demonstriert. Zum Wohle dieser Welt und ihrer Bevölkerung werden die feindlichen Schiffe zerstört.«

Verärgert und entnervt seufzte Burnham und rieb sich die Augen. »So viel zu Deeskalation durch Unterwerfung.« Als sie Spock ansah, blieb dieser unerträglich ruhig. »Es ist hoffnungslos«, sagte sie. »Man kann mit diesem Ding nicht vernünftig reden.«

»Im Gegenteil«, widersprach Spock. »Selbst wenn wir sonst nichts erreicht haben, so haben wir den Koloss doch davon überzeugt, dass die Koloniebewohner nicht seine Feinde sind. Da ihr Schutz eins der Hauptziele unserer gemeinsamen Mission war, könnte man argumentieren, dass wir Erfolg hatten.«

»Bis auf die Tatsache, dass der Koloss kurz davorsteht, unsere Schiffe zu zerstören.«

Spock nahm ihre Kritik mit einem Nicken zur Kenntnis. »Ja. Höchst bedauerlich.«

Sein Hang zur Untertreibung entsetzte sie. *»Bedauerlich?«*

Der Boden schwankte, während der Koloss durch die Atmosphäre des Planeten hindurch beschleunigte. Um die mittlere Etage der Kernkammer herum tauchten holografische Anzeigen mit Flugtelemetrie und taktischen Informationen auf. Alle aktualisierten sich mit beängstigender Geschwindigkeit.

Burnham konzentrierte sich und hoffte, dass ihre telepathische Verbindung zu Spock noch aktiv war, denn sie wollte nicht, dass der Koloss hörte, was sie zu sagen hatte.

Spock ... können Sie immer noch meine Gedanken hören? Bitte antworten Sie mir, wenn es so ist.

»Unser Kontakt besteht noch, aber nicht mehr lange.«

Wir müssen den Koloss aufhalten, bevor er unsere Schiffe zerstört. Auch wenn unser Tun bedeutet, dass wir mit dem Koloss sterben, haben wir die Pflicht, nicht nur zuzusehen, wie er unsere Schiffskameraden tötet.

»Ich stimme Ihnen zu. Unser erstes Ziel muss sein, die Kontrolle über die Bedienfelder um uns herum zu erlangen. Wenn das nicht möglich ist, muss unser nächstes Gebot Sabotage lauten. Egal wie.«

Dann lassen Sie uns anfangen. Ich nehme die Konsolen zur Linken. Sie die auf der rechten Seite.

Burnham und Spock teilten sich auf. Sie gingen durch die Reihen holografischer Anzeigen, bis sie jeweils vor einer standen, die einen taktischen Zweck zu haben schien. Burnham streckte die Hand aus, um zu sehen, ob sie irgendwelche Einstellungen verändern konnte – und ein schmerzhafter elektrischer Schock ließ sie ihre Hand zurückziehen.

Unbeirrt versuchte Spock, auf das Bedienfeld vor sich zuzugreifen. Auch er erhielt einen elektrischen Schlag für seine Bemühungen.

Die beiden kamen wieder zusammen und berührten sich mit der Stirn.

Vielleicht können wir meinen Trikorder verwenden, um die Kraftfelder zu unterbrechen.

»Vielleicht, obwohl ich es für unwahrscheinlich halte, dass er genug Energie erzeugt, um auch nur einen kleinen Teil des Kraftfelds für mehr als eine Sekunde auszuschalten. Er könnte uns aber vielleicht in die Lage versetzen, Schwachstellen in den Systemen im Kern zu identifizieren.«

Burnham hob ihren Trikorder und begann, die Kraftfelder zu scannen, die im Kern des Kolosses erzeugt wurden. Sie war bestürzt, als sie feststellte, dass diese – genau wie Spock es vorhergesagt hatte – so stark waren, dass ein Trikorder nicht in der Lage sein würde, sie auch nur für eine Sekunde zu neutralisieren. Schlimmer noch, das Bild, das er von den überlappenden, dichten Feldern in der Kernkammer zeigte, wies keine deutliche Schwäche aus, die sie hätten ausnutzen können. Sie schaltete den Trikorder wieder auf passiven Modus und schüttelte ihren Kopf. *Keine Schwächen, keine Chance, mit einem Trikorder durchzubrechen.*

»Könnten wir mit unseren Phasern hindurchschießen?«

Ich bezweifle es. Vielleicht dann, wenn wir beide mit voller Energie und verlängerter Schussdauer auf denselben Punkt zielen. Aber auf was sollen wir zielen? Wenn wir das Falsche zerstören, haben wir unsere letzte Option verschwendet.

»Unter idealen Bedingungen würde ich vorschlagen, dass wir darauf zielen.«

Burnham gesellte sich zu ihm ans Geländer und folgte seinem Blick. Unter der sich drehenden Sphäre war eine Lücke, in der weißes Licht leuchtete. *Eine Energiequelle*, erkannte sie. *Das genügt völlig. Und sie hätte den Bonus, uns einen schnellen und relativ schmerzlosen Tod zu bescheren. Aber es sind mindestens sechs Energieschichten zwischen uns und dort. Unsere Phaser werden leer sein, bevor wir sie treffen.*

»Wie ich befürchtet hatte. Dann sehen wir uns also einer weiteren Prüfung durch den Koloss gegenüber: Bekämpfen wir unsere Schuldgefühle, indem wir zwecklose Dinge tun ... oder tun wir nichts und werden stumme Zeugen des Todes unserer Mannschaftskameraden.«

Diese sinnlose Wahl erfüllte Burnham mit Frustration und Trauer. »Das nennt ihr Offiziere, die ihr an der Sternenflottenakademie ausgebildet wurdet, einen *Kobayashi Maru*, nicht wahr?«

Spock nickte langsam. »Dieses Szenario und unseres sind sich sehr ähnlich.«

26

Georgiou krümmte sich unter einem trockenen Husten. Dichter Rauch erfüllte die Brücke der *Shenzhou* und der Angriff des Kolosses übertönte den gleichmäßigen Strom aus Schadensberichten, die Fans und Oliveiras Konsolen überfluteten. Georgiou rang nach Luft und sprach lauter, damit man sie über den Lärm hinweg hörte. »Steuermann, volle Impulsgeschwindigkeit! Nach Steuerbord abfallen lassen!«

Detmer tat ihr Bestes, das jahrzehntealte Raumschiff der *Walker*-Klasse durch das brutale Manöver zu zwingen, aber nach einer halben Rolle wurden das Heulen der Impulstriebwerke und die erbarmungslosen Schüsse des Kolosses vom Stöhnen des Metallrahmens verschluckt.

»Hintere Schilde versagen«, rief Gant über den Kampflärm hinweg. »Ich kann ihre Energie auf andere Bereiche umleiten, aber wir können im Achterviertel keine Treffer mehr einstecken!«

»Tun Sie's«, sagte Georgiou und passte die Strategie spontan an. »Detmer, wenden Sie und durchqueren Sie das Schussfeld des Kolosses. Ganz gleich was Sie tun, sorgen Sie dafür, dass die Schüsse *vor* uns bleiben! Weeton, helfen Sie Gant, unsere restlichen Schilde so auszurichten, dass wir vorne größtmöglichen Schutz haben!«

»Bin dabei«, erwiderte Weeton. Seine Hände tanzten über seine Konsole.

Georgiou wollte gerade einen Sturzflug auf den Koloss befehlen, da meldete Saru: »Phaser wieder eingeschaltet! Alle Bänke laden!«

Ensign Fan sah von ihrer Kommunikationskonsole hoch. Hoffnung hellte ihre Miene auf. »Die *Enterprise* bestätigt, dass ihre Phaser feuerbereit sind! Sie erfassen den Koloss in diesem Moment!«

»Steuermann, nach Backbord schwenken!«, rief Georgiou. »Achten Sie auf Kreuzfeuer!«

In Gants Augen stand ein wilder Glanz, als er verkündete: »Ziel erfasst!«

»Feuer frei!«, sagte Georgiou. »Und feuern Sie, bis das Ding abstürzt.«

»Verstanden!« Gant drückte mit dem Zeigefinger auf den Feuerknopf. Vor dem vorderen Aussichtsfenster brach ein gewaltiger Energiesturm aus den zahlreichen Phaserbatterien der *Shenzhou* los. Das Sperrfeuer riss Löcher in die Schilde des Kolosses, die sichtbar wurden und wie eine zerfetzte Blase aus widerwärtig grünem Licht aussahen. Dann durchbohrten zwei blaue Strahlen von der *Enterprise* den grünen Kokon, schnitten in den Goliath hinein und schälten große Stücke aus seiner Hülle.

Die beängstigende Macht der hochmodernen Waffen des Raumschiffs der *Constitution*-Klasse ließ Oliveira nach Luft schnappen. »Meine Güte«, sagte sie. »Die neuen Phaser Typ 10 können *das* anrichten?«

»Und noch mehr«, entgegnete Georgiou und gestattete sich eine Spur von Neid.

Auf Narwanis taktischer Station blitzte es rot. Sie drehte sich zu Gant um, die sich ihren Bericht anhörte. Dann wurde sie aktiv und meldete: »Der Koloss beschleunigt für einen neuen Angriff. Seine Waffen erhöhen ihre Energie und erfassen ...«

Explosionen und Kollisionen warfen die Brückenbesatzung durcheinander und ließ die Hälfte von ihnen ausgestreckt auf dem Boden zurück. Dunkelheit verschluckte sie für eine halbe Sekunde. Notlampen schalteten sich ein. Ihr schwaches, oranges Leuchten warf pechschwarze Schatten und betonte die Rauchwolke, die über der Brücke schwebte. Georgiou kroch zu ihrem Kommandosessel. »Gant, Ziel erneut erfassen und weiter feuern. Steuermann, schützen Sie unseren Bauch. Steuern Sie auf das Ding zu, wenn es sein muss.«

Durch das Fenster sah Georgiou, wie eine Salve von dem Koloss an der Warpgondel und ihrer Befestigungsstrebe auf der Backbordseite vorbeischoss – und dann schlug die *Enterprise* mit einem Schuss aus ihrer hinteren Phaserbank zurück und schnitt eine lange, klaffende Wunde in die hintere Hülle des fremden Schiffs. Gase, entzündetes Plasma und Trümmer schossen heraus.

Georgiou sprang aus ihrem Sessel und zeigte auf die brennende Wunde im Rücken des Kolosses. »Zielen Sie darauf und dann Feuer!« Sie wirbelte zu Gant herum. »Brechen Sie ihm den Rücken!«

»Aye, Sir«, sagte Gant und zielte mit allen Phasern der *Shenzhou* auf die verwundbare Stelle.

Erneut keimte Hoffnung in Georgiou auf. Sie wandte sich wieder dem Aussichtsfenster zu. »Saru! Können unsere Sensoren jetzt in das Ding hineinsehen?«

»Nur in begrenzte Bereiche«, antwortete Saru. »Aber wenn wir noch mehr von der Hülle herunterschälen ...«

»Scannen Sie weiter!«, befahl Georgiou. »Suchen Sie nach Zeichen von Burnham oder Spock. Wenn wir ein Komm-Signal oder eine Transportererfassung finden, nutzen Sie sie!«

»Das wird äußerst schwierig ...« Er verkniff sich seinen Protest, als Georgiou einen strengen Blick in seine Richtung warf. Einsichtig nickte er. »Ich werde weiter scannen.«

Eine weitere Breitseite des Kolosses hämmerte auf die *Shenzhou* ein. Georgiou sah, wie das fremde Schlachtschiff ein brennendes Loch in die Untertasse der *Enterprise* schlug. Dieses Biest würde niemals aufgeben. Es gab nur einen Weg, diesen gnadenlosen Kampf zu beenden – einen Knock-out.

Wenn Michael und Spock doch nur an Bord wären. Ein Torpedo könnte ...

Die vorderen Phaserbänke der *Enterprise* schnitten scherenförmig über die Schwanzsektion des Kolosses. Ein gleißender Blitz zwang Georgiou, ihre Augen abzuschirmen. Als er verblasste, sah sie, dass die *Enterprise* dem Koloss mehrere Dutzend Meter seines Schwanzes abgeschnitten hatte.

Oliveira verkündete: »Die Schilde des Kolosses sind unten!«

Georgiou nutzte den Moment: »Zielen Sie auf seinen Sternenantrieb und feuern Sie!«

Gant löste die Phaserkanonen der *Shenzhou* aus, während Detmer unter dem Bauch des Kolosses hindurchtauchte. Von oben durchbohrte die *Enterprise* das Monsterschiff mit drei Phaserstrahlen. Georgiou wollte gerade aufgeregt frohlocken, da traf sie ein wilder Sturm aus grüner Energie von dem Koloss, ein tobender Wirbel, der die *Shenzhou* und die *Enterprise* umfing.

Konsolen wurden dunkel und sprühten Funken. Das hohe, angestrengte Heulen der Impulstriebwerke wurde zu immer tiefer werdendem Stöhnen. Die *Shenzhou* krängte nach Backbord, ihre Trägheitsdämpfer und die künstliche Schwerkraft versagten. Auf der Brücke wurde es dunkel. Sie sah, wie die Sterne sich vor dem vorderen Fenster schwindelerregend drehten: Die *Shenzhou* trieb steuerlos umher und überschlug sich.

Schlimmer noch – einen Moment lang war die *Enterprise* zu sehen und auch sie rollte und gierte um mehr als eine Achse. Ihre Positionslichter waren erloschen und genau wie die *Shenzhou* befand sie sich auf einer Flugbahn, die sie innerhalb weniger Minuten kreischend in Sirsa IIIs obere Atmosphäre eintauchen lassen würde.

Ein Schuss würde reichen, um uns beide zu erledigen, erkannte Georgiou. *Das bedeutet, wenn wir die Hauptenergie nicht wiederherstellen, bevor das Ding erneut feuert ... dann sind wir so gut wie tot.*

Es war ein Albtraum. Burnham fühlte sich, als säße sie in der Falle. Sie und Spock betrachteten holografische Darstellungen der *Shenzhou* und der *Enterprise*, in denen die Schiffe in ihrem Kampf gegen den Koloss böse zugerichtet wurden. Währenddessen standen sie im Nervenzentrum des fremden Schiffs und waren machtlos. Sie konnten nichts tun, um ihren Schiffen zu helfen. Schlimmer noch, sie konnte nicht einmal hoffen, dass die Schiffe der Sternenflotte gewannen, denn jeder Treffer, den der Koloss einsteckte, drohte, sie und Spock zu töten.

Spock seinerseits verstellte in aller Ruhe Frequenz und Verstärkungsfaktor seines Kommunikators, dessen Signal er durch den Subraumempfänger verstärkte, der in Burnhams Trikorder eingebaut war. »Immer noch keine Antwort auf mein automatisches Notrufsignal«, sagte er. Offenbar war er sich des Kampfs, der um sie herum entbrannt war, nicht bewusst. »Anscheinend sind Hülle und Schilde des Kolosses zwar beschädigt, können ein klares Kommunikationssignal aber immer noch verhindern.«

»Ich weiß nicht, ob ich mich gerade geschützt oder gefangen fühlen soll«, entgegnete Burnham.

»Ich sehe keinen Wert darin, eine subjektive ...«

Er verlor den Faden seiner pedantischen Zurechtweisung, als die *Shenzhou* und die *Enterprise* die Schilde und Hülle des Kolosses mit einem gewaltigen Gegenangriff durchbohrten. Dann schnitt die *Enterprise* einen Teil vom Schwanz des Kolosses ab und das ringförmige Deck unter ihr und Spock bebte, als das fremde Schiff von zahlreichen sekundären Explosionen erschüttert wurde. Alle Holovideos in der Sphärenkammer flackerten. Nachdem die Bilder sich wieder stabilisiert hatten, sah Burnham, dass sie einen Teil ihrer Auflösung eingebüßt hatten. *Endlich! Es wurde auch Zeit, dass unsere Seite mal einen richtigen ...*

Ihre Euphorie verschwand schlagartig, als sie die vernichtende Antwort des Kolosses sah: ein wildes Sperrfeuer, das beide Föderationsschiffe aus ihrer Bahn warf. Beide waren dunkel und überschlugen sich.

»Sie treiben«, sagte Spock. »Noch ein Treffer ...«

Burnhams Trikorder zirpte. Sie hob ihn hoch, warf einen Blick auf seine Anzeige und riss ihre Augen weit auf, als sie sah, welche Neuigkeiten er anzeigte. Seine passiven Sensoren hatten eine entscheidende Änderung in der Kammer, in der sie sich befanden, entdeckt. »Mister Spock«, sagte sie und verstaute den Trikorder wieder an ihrer Hüfte, »die Kraftfelder in diesem Raum sind abgeschaltet.«

Gleichzeitig sahen sie über das Geländer zu der leuchtenden Energiequelle unter sich. Dann wechselten sie einen Blick. Burnham zog ihren Phaser und Spock folgte ihrem Beispiel.

»Auf Überladung einstellen«, befahl sie und sabotierte seine Energiezelle, »zwanzig Sekunden bis zur kritischen Grenze.«

Spock schaltete die Sicherheitskomponenten seiner Waffe ab. »Eingestellt.«

»Und fallen lassen«, sagte Burnham.

Spock warf seine Waffe über das Geländer. Sie schleuderte ihre in die empfindliche – und jetzt schutzlose – Maschinerie, die um den Kern herum angeordnet war. Jetzt blieb nur noch der offensichtliche letzte Schritt.

»Los!«, rief Burnham und war bereits losgerannt.

Ob aus Zögern, Achtung vor ihrer längeren Dienstzeit oder einem Anflug von Ritterlichkeit – Spock ließ sie vorangehen. Sie rannten den Weg zurück, den sie gekommen waren, vorbei an leeren Nischen, wo sie noch vor wenigen Minuten tapfer mit tödlichen Rätseln gekämpft hatten ...

Dann erfolgte die Detonation.

Sie war lauter als alles, was Burnham je gehört hatte, und sie spürte sie in ihren Eingeweiden und ihren Knochen. Der Schalldruck warf sie und Spock nach vorn und beide landeten mit den Gesichtern nach unten auf dem Deck, das von den Nachbeben des kritischen Schlags zitterte, den das Gehirn des Kolosses gerade erhalten hatte.

Alle Farben verblassten in den Wänden des ovalen Durchgangs und die letzten Funken des schwachen, farblosen Lichts erloschen. Burnham und Spock blieben in der Dunkelheit zurück. Das Leuchten der Trikorderanzeige war ihre einzige Lichtquelle.

»Ist das das Ende?«, fragte Burnham sich laut. »Haben wir ihn getötet? Ist dieses Chaos endlich vorbei?«

Bevor Spock seine Meinung kundtun konnte, wurde der Durchgang zu beiden Seiten von etwas verschlossen, das wie Notfallschotten aussah. Das gigantische Schiff stöhnte wie ein sterbendes Tier. Als Nächstes schaltete die künstliche Schwerkraft ab und Spock und Burnham schwebten in der Schwerelosigkeit. Dann durchdrang ein gewaltiges Donnern das Schiff und die Schwerkraft stellte sich wieder ein. Dadurch prallten die beiden mit voller Wucht gegen eins der Notfallschotten.

»Ich mag mich irren«, presste Spock zwischen zusammengebissenen Zähnen hervor, »aber ich glaube nicht, dass das hier vorbei ist.«

Die zunehmende Geschwindigkeit nagelte die beiden fest. Burnham wusste, dass sie vielleicht ihre letzten Worte sprechen würde. Sie wählte sie sorgfältig ohne Sentimentalität oder Bedauern.

»Sie sind so *durch und durch* Vulkanier.«

»Danke«, sagte Spock. »Sie sind zu freundlich.«

»Es hat eine Explosion im Koloss gegeben«, meldete Una und las neue Daten ab, die auf der Sensoranzeige der *Enterprise* vorbei scrollten. »In der Nähe des Schiffskerns.«

Pike drehte sich mit seinem Sessel zu ihr um. »Sekundärer Schaden von unserem Angriff?«

»Negativ. Das Energieprofil stimmt mit der Entladung eines Phasers Typ 2 überein, der überladen war.« Sie stand auf, sah ihren Captain an und versuchte, ihre Euphorie zu verbergen. »Sir, ich glaube, Spock und Lieutenant Burnham sind immer noch da drin und am Leben!«

Pike warf einen Blick auf das Bild des fremden Schiffs auf dem Hauptschirm, der allmählich seinen Dienst versagte. »Er hat seit der letzten Wahnsinnssalve nicht mehr geschossen. Ohara, machen Sie einen Tiefenscan. Ist er tot oder *spielt* er nur tot?«

Ohara entlockte seiner verkohlten Hälfte der vorderen Konsole ein paar Daten. »Die Waffen sind nicht aufgeladen.

Schilde sind unten. Sternenantrieb und Hauptenergie sind abgeschaltet.« Er sah grinsend über seine Schulter. »Ich glaube, wir haben ihn, Sir.«

Der Captain lächelte. »Ich glaube, dass in diesem Fall Spock und Burnham das Lob gebührt.« Er wandte sich wieder an Una. »Nummer Eins, können wir einen von ihnen in dem Koloss erfassen?«

»Negativ«, antwortete Una. »Ich scanne nach …« Neue Daten ließen ihr Innerstes verkrampfen. »Captain, der Koloss befindet sich immer noch im Gravitationsfeld des Planeten – und er ist im freien Fall!«

Jeder auf der Brücke sah entsetzt aus. Ohara platzte heraus: »Aus dieser Höhe? Er wird auf dem Planeten aufschlagen wie eine Bombe von hundertfünfzig Gigatonnen!«

Tyler war an der Flugkontrolle und sah so aus, als sei ihm schlecht. »Er wird die Atmosphäre mit einem Schlag verdampfen lassen.« Er starrte schockiert auf den fallenden Koloss auf dem Bildschirm. »Das wird den ganzen Planeten zerstören.«

»Nicht heute«, sagte Pike. Er öffnete von seiner Armlehne aus mit seinem Daumen einen Kanal. »Maschinenraum! Ich brauche Energie und einen Traktorstrahl, und zwar in den nächsten dreißig Sekunden.«

Commander Barry wollte protestieren: *»Aber Sir, wir …«*

»Das war keine *Bitte.* Sorgen Sie dafür. Brücke Ende.« Pike stand auf und trat einen Schritt vor. »Mister Tyler: Kurs beibehalten. Benutzen Sie die Schubdüsen, wenn es sein muss.« Er zeigte auf den Koloss. »Wir fliegen hinterher. Und wir werden ihn aufhalten – und wenn es das Letzte ist, was wir tun.«

27

»Haben wir nun Impulskraft oder nicht?« Georgiou strengte sich an, um Chefingenieur Johars Antwort durch das statische Rauschen hindurch zu hören. »Johar, wiederholen Sie das Letzte!«

Nach einem lauten Knistern war Johars Stimme zu hören: *»Bestätigt, Brücke! Halbe Impulskraft wiederhergestellt. Arbeiten gerade an der anderen Hälfte.«*

»Gute Arbeit. Brücke Ende.« Georgiou schloss den Kanal, indem sie auf das Bedienfeld in der Armlehne ihres Sessels tippte. Dann sagte sie zu Gant: »Leiten Sie die gesamte Energie auf den Traktorstrahl um.«

»Lade Traktorstrahl«, bestätigte Gant. »Führe Zielerfassungsscan durch.«

Georgiou spannte sich an, als sie sah, wie sich eine Feuerkorona vor dem Koloss bildete, als er in die obere Atmosphäre von Sirsa III eintauchte. »Detmer, wie viel Zeit bis zum Abfangen?«

Der Offizier an der Flugkontrolle antwortete und steuerte gleichzeitig die *Shenzhou* in eine Position hinter dem abstürzenden fremden Schiff. »Zehn Sekunden bis zur optimalen Traktorstrahlreichweite.«

»Halten Sie sich bereit, volle Schubumkehr, sobald wir das Ding im Griff haben.«

Detmer behielt den Koloss draußen vor dem Fenster im Blick. »Aye, Captain.«

»Ops«, erkundigte sich Georgiou, »können wir Spock oder Burnham mit dem Transporter erfassen?«

Oliveira schüttelte ihren Kopf. »Negativ. Sie sind immer noch zu tief drinnen.«

»Dann müssen sie durchhalten, bis die Reise vorbei ist«, sagte Gant. »Captain, der Traktorstrahl ist aufgeladen und bereit – aber ich muss nachfragen: Wenn es doch vorher nicht funktioniert hat, warum sollte es jetzt funktionieren?«

Georgiou leitete die Frage mit einem Blick an Saru weiter, der antwortete: »Weil der Schaden, den wir und die *Enterprise* dem Koloss zugefügt haben, einen Teil seiner ableitenden Hülle weggerissen hat.« Er projizierte von seiner Konsole aus ein vergrößertes Bild des Kolosses auf das vordere Fenster, das auch computergenerierte Erläuterungen des Schadens enthielt. »Stützrahmen und Infrastruktur sind freigelegt und werden unserem Traktorstrahl Angriffsfläche bieten.« Er tippte auf sein Bedienfeld und hob bestimmte Punkte auf der Außenseite des Kolosses hervor. »Dies sind die besten Punkte für Traktion und Kontrolle.« An Georgiou gewandt fügte er hinzu: »Ich übertrage meine Daten jetzt an die *Enterprise*.«

»Gut gemacht, Saru«, sagte Georgiou. »Gant, schalten Sie den Traktorstrahl auf mein Zeichen ein!«

Ensign Fan berührte ihr Headset und meldete dann: »Captain, die *Enterprise* bestätigt, dass sie die Koordinaten für den Traktorstrahl haben. Wir sind bereit, auf Ihren Befehl hin einzuschalten.«

»Schalten Sie den Traktorstrahl ein!«, befahl Georgiou. »Volle Kraft zurück!«

Ein goldener Traktorstrahl sprang von der *Shenzhou* zum Koloss. Als er den Kontakt herstellte, machte die *Shenzhou* einen Satz und ihr Stützrahmen knarrte und heulte protestierend. Durch das Fenster sah Georgiou einen zweiten Strahl, der von der *Enterprise* ausging und sich an das fremde Schiff heftete. Doch auch, als beide Schiffe gleichzeitig zogen, setzte der Koloss seinen Sturz auf den Planeten fort. Seine tote Masse war jetzt eine potenzielle kinetische Bombe, die in Flammen gehüllt war.

Georgiou öffnete ihren Kanal zum Maschinenraum. »Johar! Wir brauchen mehr Energie!«

»Die Impulsreaktoren nähern sich der kritischen Grenze! Wir ...« Die nächsten Worte des Chefingenieurs gingen in einem Durcheinander aus einem Knall, Geschrei und Rufen unter. Johar hustete und fuhr dann fort: *»Das Integritätsfeld bricht zusammen und in der Aufhängung der Backbordwarpgondel bilden sich Risse. Hüllenbruch auf den unteren Etagen des Maschinenraums und ...«* Dann erklang das gedämpfte Geräusch einer Explosion und es wurde still auf dem Kanal.

Vor der *Shenzhou* vergrößerte sich die Feuerwolke, die den Koloss umgab, und wurde heller, bis das riesige Schiff beinahe nicht mehr zu sehen war. Auf taktischen Monitoren überall auf der Brücke sah Georgiou, wie die *Enterprise* ins Straucheln geriet und Plasma aus ihrer Backbordwarpgondel austrat. In wenigen Momenten würden sie und die *Shenzhou* gemeinsam mit dem Koloss in die Atmosphäre hinuntergezogen werden.

Es blieb nicht genug Zeit, um darauf zu warten, dass der Maschinenraum seine Katastrophen in den Griff bekam. »Ops«, sagte Georgiou, »schalten Sie unsere gesamten Reserven zu!«

»Ist bereits geschehen«, erwiderte Oliveira. »Ich habe alles angezapft, das nicht zu den Maschinen, den Integritätsfeldern oder dem Traktorstrahl gehört. Wir haben einfach nicht genug ...«

Dunkle Bereiche auf den Konsolen von Oliveira und Detmer erwachten wieder zum Leben. Detmer setzte sich kerzengerade hin und verkündete: »Volle Impulskraft wieder verfügbar! Erhöhe Rückwärtsschub auf Maximum!«

Ein weiteres Maschinenraumwunder dank Mister Johar, dachte Georgiou erleichtert.

»Hauptenergie teilweise wiederhergestellt«, fügte Oliveira hinzu. »Verstärke den Traktorstrahl und das System für strukturelle Integrität!«

Georgiou musste ihre gesamte Selbstbeherrschung zusammennehmen, um nicht aus ihrem Kommandosessel zu springen. »Geben Sie alles! Wenn es auch nur einen Funken Hauptenergie gibt, den wir in die Impulstriebwerke umleiten können ...«

»Ich bin dabei«, sagte Weeton. »Hauptimpulskern ist bei einhundertvier Prozent der Nennkapazität und stabil!«

Saru, der noch kein Wort gesagt hatte und sich darum bemühte, den Koloss mit dem Traktorstrahl festzuhalten, erklärte mit stolzer Stimme: »Der Sturz des Kolosses verlangsamt sich!« Durch das Fenster war zu sehen, wie der Feuerkegel, der den Koloss umfing, sich auflöste. Die beiden Traktorstrahlen, die immer noch die zerfetzte Hülle festhielten, kamen zum Vorschein. »Sinkflug gestoppt!« Angespannte Stille legte sich über die Brücke der *Shenzhou*, während sie auf Sarus nächste Worte warteten: »Umkehr eingeleitet!«

Jubelrufe und Applaus erfüllten die Brücke. An den vorderen Konsolen schüttelten Detmer und Oliveira sich die Hände, Proat und Fan verließen ihre Stationen, um sich zu umarmen, und als Georgiou einen Blick über ihre Schulter warf, war sie ziemlich sicher, dass sie sah, wie Weeton die Faust in die Luft reckte. Eigentlich hielt Georgiou nichts von emotionalen Ausbrüchen ihrer Offiziere auf der Brücke, doch in diesem Fall entschied sie, dass sie sich das redlich verdient hatten. Sie gestattete sich sogar selbst ein kurzes, schiefes Lächeln.

Der Koloss blieb fest im Griff der beiden Traktorstrahlen, während er aus der Atmosphäre des Planeten geschleppt und weit von dessen Gravitationsfeld weggebracht wurde. Nachdem Georgiou der Meinung war, dass er sich in sicherer Entfernung vom Planeten befand, wurden die Traktorstrahlen gelöst.

Nicht schlecht für ein Tagwerk, beschloss Georgiou. »Ensign Fan, rufen Sie die *Enterprise.*«

»Aye, Captain.« Eine Sekunde später fügte Fan hinzu: »Ich habe Captain Pike in der Leitung für Sie, Sir.«

»Stellen Sie ihn durch.« Georgiou wartete, bis Pikes holografisches Abbild vor dem vorderen Fenster erschien. »Gratulation, Captain. Verdammt gute Rettungsaktion.«

Pike sah erschöpft aus, war aber guter Dinge. *»Gleichfalls, Captain. Wir hätten das nicht ohne die Informationen von Ihrem Lieutenant Saru geschafft. Wie geht's Ihrem Schiff?«*

»Sie hat schon besser ausgesehen. Und Ihrem?«

»Nichts, das eine Woche in Sternenbasis 7 nicht wieder hinbekommen würde. Geben Sie uns eine halbe Stunde, um ein paar Feuer zu löschen, und wir sind bereit, zum Planeten zurückzukehren, damit wir uns um unser kleines Kolonialproblem kümmern können.«

»Das klingt nach einem Plan.«

Fan unterbrach sie. »Captain? Wir werden auf einem Notrufkanal gerufen. Es ist Lieutenant Burnham!«

»Stellen Sie sie durch, damit Captain Pike sie hören kann.« Georgiou wartete, bis Fan ihr zunickte, um anzuzeigen, dass die Übertragungen zusammengelegt worden waren. »Nummer Eins, können Sie mich hören?«

Burnhams Stimme klang sehr weit entfernt. *»Aye, Captain.«*

Pike fragte: *»Burnham? Ist Lieutenant Spock bei Ihnen?«*

Spock antwortete: *»Ja, Captain, ich bin hier.«*

Georgiou versuchte erst gar nicht, ihre Erleichterung zu verbergen. »Geht es Ihnen beiden gut? Brauchen Sie medizinische Versorgung?«

»Es geht uns gut, Captain«, sagte Burnham. *»Wir gehen näher an die nächste Lücke in der Hülle, damit Sie uns mit dem Transporter erfassen können.«*

Saru meldete sich zu Wort: »Ich habe ihr Signal, Captain. Wenn sie noch siebzehn Komma drei Meter in dieselbe Richtung weitergehen, können wir sie hinausbeamen.«

»Haben Sie das gehört, Nummer Eins?«

»Aye, Sir. Siebzehn Komma drei Meter.«

»Wir freuen uns auf Ihre Rückkehr. *Shenzhou* Ende.« Georgiou gab Fan ein Zeichen, den Kanal zu schließen. Pikes Bild verblasste und dann wandte Georgiou ihre Aufmerksamkeit Saru zu. »Sobald Sie ein klares Signal von Burnham und Spock haben, geben Sie ihre Koordinaten an den Transporterraum weiter.«

»Aye, Captain.«

Georgiou ließ sich auf ihrem Kommandosessel nieder und starrte erstaunt auf den besiegten Koloss. Sie empfand große Erleichterung, dass man ihn nicht nur daran gehindert hatte, die Kolonie auf Sirsa III zu vernichten, sondern auch einen Teil von ihm für wissenschaftliche Forschungen erhalten hatte. Trotz all des Ärgers, den er ihnen bereitet hatte, war er dennoch ein Artefakt einer alten Kultur, die seit neun Millionen Jahren ausgestorben war. Obwohl er schwer beschädigt war, konnte niemand vorhersagen, welche Einblicke durch forensische Analysen seines Inneren gewonnen werden konnten – ganz zu schweigen von der »aalglatten« Hüllenpanzerung.

Es wäre wirklich schade gewesen, ihn zu zerstören.

Es gab immer noch unangenehme Aufgaben zu erfüllen, nicht zuletzt mussten die Geiselnahme auf dem Planeten beendet und Gouverneurin Kolova und ihre Mitverschwörer verhaftet werden. Dann mussten Beweise für den Betrugsfall gegen die Trägerfirma der Kolonie gesammelt werden ... aber der Teil von Georgiou, der Wissenschaftler und Forscher war, überlegte jetzt schon, wie man die Geheimnisse dieses erstaunlichen, jahrtausendealten Schiffs, das aus einem untergegangenen Imperium stammte, ausloten konnte.

Sie öffnete einen Kanal zum Maschinenraum. »Brücke an Commander Johar.«

»Johar hier. Ich höre, Captain.«

»Wie lange würde es dauern, ein forensisches Ingenieurteam zusammenzustellen, um die Überreste des Kolosses zu erforschen?«

Etwas auf Johars Seite des Kanals machte *Bumm.* Danach folgten panische Rufe und Flüche in einer fremden Sprache. *»Gute Frage«*, sagte Johar. *»Kann ich mich diesbezüglich noch einmal bei Ihnen melden, wenn ich das Feuer auf Deck zehn gelöscht habe?«*

»Selbstverständlich. Lassen Sie sich Zeit.«

»Danke, Sir. Maschinenraum Ende.«

Der ovale Durchgang war dunkel und unheimlich still und endete an einem flachen Notfallschott. Burnham berührte es und erwartete, dass es kalt war, da sich auf der anderen Seite außer dem Vakuum des Alls nichts befand. Stattdessen hatte die Oberfläche unter ihrer Hand dieselbe Temperatur wie die Luft im Korridor. »Ich muss zugeben, dass ich eine gewisse Bewunderung für die Turanianer hege«, sagte sie zu Spock. »Ihre Ingenieurkunst und die Materialwissenschaft war außergewöhnlich.«

»In der Tat.« Spocks kantige Jochbeine und sein Stirnbein warfen tiefe Schatten, die seinem Gesicht ein teuflisches Aussehen verliehen. Das war eine bedauerliche Folge der Tatsache, dass Burnhams Trikorderanzeige ihre einzige Lichtquelle in dem angeschlagenen Koloss war. »Ich bin sehr gespannt darauf, was das Ingenieurkorps der Sternenflotte in den kommenden Jahren von diesem Schiff lernen kann.«

»Ich ebenfalls.« Burnham wusste nicht, was sie als Nächstes zu Spock sagen sollte. Innerhalb weniger Stunden waren sie von vollkommen Fremden zu telepathischen Intimpartnern geworden. Das Plötzliche dieses Übergangs verunsicherte sie immer noch und obwohl die letzten Spuren ihrer Gedankenverschmelzung verblasst waren, hatte sie das Gefühl, ihm mehr als nur eine oberflächliche Verabschiedung zu schulden. »Spock ... ich wollte nur ...«

Ihr Kommunikator piepte zweimal. Sie zog ihn von ihrer Hüfte und ließ sein Gitter aufschnappen. »Burnham hier.«

»Lieutenant, hier ist Chief Newitsky an Bord der Shenzhou. *Sind Sie bereit zum Transport?«*

»Warten Sie auf mein Zeichen, *Shenzhou.*« Sie schloss ihren Kommunikator mit einem Ruck ihres Handgelenks. »Tut mir leid«, sagte sie zu Spock. »Also, was ich sagen wollte, ich ...«

Spocks Kommunikator piepte. Er zog ihn von seiner Hüfte und öffnete das Gitter mit seinem Daumen. »Spock hier.«

»Lieutenant Spock! Hier ist Chief Pitcairn. Sind Sie ...«

»Warten Sie auf mein Zeichen, Chief.« Er schloss seinen Kommunikator und sah dann Burnham an. »Was wollten Sie sagen?«

Die Unterbrechungen hatten ihr Unbehagen nur verstärkt, aber es gab Dinge, die sie Spock mitteilen wollte, bevor sie getrennter Wege gingen. Aber wo sollte sie anfangen?

Mit der Wahrheit.

Ihr Geständnis erwies sich als schwieriger, als sie es erwartet hatte. »Ich glaube ... ich habe mich in gewissen Dingen in Ihnen getäuscht. Ich bin nicht sicher, wen oder was ich erwartet habe, aber ...«

»Ich verstehe.« Spocks tiefe Stimme nahm einen beruhigenden Tonfall an. »Jetzt, da wir die Verschmelzung vorgenommen haben, gibt es keine Geheimnisse mehr zwischen uns. Es wäre sinnlos, wenn wir weiterhin versuchten, uns etwas vorzumachen oder uns hinter leeren Höflichkeiten zu verstecken.« Etwas nüchterner fügte er hinzu: »Wir haben uns gegenseitig falsch beurteilt.«

Burnham fand es befreiend, die Wahrheit offenzulegen. »Es tut mir leid, dass ich meine Meinung über Sie durch Neid beeinflussen ließ. Als ich jung war und als Mündel Ihrer Eltern auf Vulkan lebte ... wurden Sie mir immer vorgehalten. *Ihre* Leistungen. *Ihre* Auszeichnungen. Nichts, was ich je tat, schien gut genug zu sein, um Sarek zufriedenzustellen.«

»Ein Gefühl, das ich nur allzu gut kenne.«

»*Jetzt* weiß ich das auch. Aber bis heute hätte ich gedacht, dass ich Sareks größte Enttäuschung war.«

»Unwahrscheinlich«, entgegnete Spock. »Ich bin ziemlich sicher, dass er dieses Prädikat für mich reserviert hat.«

Es war eine Empfindung, die er im Scherz ausgesprochen hatte, aber Burnham spürte den anhaltenden Schmerz hinter Spocks Worten – nicht nur aus Empathie, sondern aus Erfahrung. Weitaus größeren Kummer bereitete ihr, dass sie seinen Zorn spürte – ein Gefühl, das er verleugnen würde, das wusste sie. »Sie verabscheuen mich immer noch, nicht wahr?«

Als Reaktion auf ihre Frage senkte er beschämt seinen Kopf. »Ich finde es … schwierig … viele Aspekte Ihrer früheren Beziehung mit meinen Eltern zu akzeptieren.«

»Es stört Sie, dass Sarek mit mir eine Gedankenverschmelzung durchgeführt hat, um mein Leben zu retten.«

Spock legte seine Stirn in Falten und fühlte sich offensichtlich unbehaglich. »Sie wissen, wie persönlich eine Gedankenverschmelzung ist. Sie wird nur zwischen engsten Freunden und den meisten Intimpartnern praktiziert. Die meisten Eltern und Kinder teilen diese Erfahrung nie, genauso wenig wie Geschwister oder andere Angehörige. Und doch tragen Sie das *katrische* Echo meines Vaters in Ihrem Geist … Sie hatten das Privileg, den Geist meines Vaters in einer Weise zu kennen, die mir wohl für immer verwehrt bleiben wird.« Er drehte sich um und sah Burnham an. Jetzt sah sie ein noch tieferes Leid in seinem verstörten Blick. »Aber noch schlimmer als das ist die Tatsache, dass es meine *Mutter* war, die darauf bestand, dass Sarek die Verschmelzung durchführen sollte, um Ihr Leben zu retten. In meinem ganzen Leben habe ich niemals so eine leidenschaftliche Hingabe von ihr erfahren. Doch Sie beide scheinen ein intensives Band der Zuneigung geschaffen zu haben. Ich kann es mir nicht erklären.«

»Ich schon.« Burnham bemerkte Spocks Überraschung angesichts ihrer Feststellung. Es war ihr klar, dass er so lange brauchte, um seine emotionalen Barrieren wieder zu errichten, weil die Gedankenverschmelzung noch nachwirkte. *Ich sehe hier vielleicht eine Seite von ihm, die noch nie jemand gesehen hat – und vielleicht auch nie wieder jemand sehen wird.* Mit sanftem Tonfall tat sie ihr Bestes, um Mitgefühl zu vermitteln, ohne herablassend zu wirken. »Zunächst müssen Sie wissen, dass Sarek niemals das Risiko eingegangen wäre, mit mir zu verschmelzen, wenn Amanda nicht darauf beharrt hätte. Er hatte viel für mich übrig, ja. Er empfand sogar ein gewisses Verantwortungsbewusstsein mir gegenüber, nachdem meine Eltern gestorben waren. Aber eins weiß ich mit Sicherheit und zwar wegen meiner Verschmelzung mit ihm: Sarek hat mich nie geliebt und er wird mich nie so lieben, wie er *Sie* liebt. Er wird niemals so stolz auf das sein, was ich erreiche, niemals dieselbe Bewunderung für die Meilensteine meiner Karriere empfinden, wie das bei Ihnen der Fall ist. Und ich weiß, dass er all dies Ihnen gegenüber nie zum Ausdruck gebracht hat. Und vielleicht wird er das auch niemals tun. Wenn ich raten müsste, würde ich sagen, dass er irgendwann in ferner Zukunft bedauern wird, diese Zuneigung nicht gezeigt zu haben. Aber ich versichere Ihnen, ich *weiß*, dass es wahr ist. Und weil Sie sich mit mir verschmolzen haben, wissen Sie es jetzt auch.«

Sie nahm Spocks Hand in ihre. Die Geste schien ihn zu verwirren, aber er versuchte nicht, ihr seine Hand zu entziehen. Burnham machte einen Schritt auf ihn zu und sah hoch, bis sich ihre Blicke trafen. »Und was Amanda angeht ... Ich habe Ihre Liebe für sie gespürt und Ihre Entfremdung. Ich weiß, Sie hatten das Gefühl, sich von ihr entfremden zu müssen, weil das den vulkanischen Gebräuchen entsprach. Und Sie wollten doch so gerne der Sohn sein, den Ihr Vater erwartete ... Doch die Zuneigung, die Amanda mir gegenüber empfand, die Verbundenheit, die sie mit mir einging – da ging es niemals wirklich um mich. Als ich Kind war, dachte ich, es wäre so. Doch jetzt weiß ich es besser. Es war der klassische Fall von menschlicher emotioneller Übertragung, Spock. All die Liebe, Zuneigung und Aufmerksamkeit, mit der sie Sie so gerne überhäuft hätte, hat sie mir gegeben, denn ich konnte sie annehmen und Sie konnten es nicht. Nicht, weil ich sie verdiente, Spock, sondern weil die Liebe, die sie empfand, zu stark war, um sie für sich zu behalten. Jeder Moment der

Hingabe, den sie mir gegeben hat ... war in Wirklichkeit für Sie bestimmt, Spock. Sie war immer nur für Sie.«

Ihr Geständnis schien Spock eine Aura stiller Würde zu verleihen, als sei ein Leben voller Fragen, die seine Logik seit langer Zeit untergraben hatten, endlich zur Ruhe gebettet worden. Er hob seine rechte Hand zum klassischen vulkanischen Gruß. »Leben Sie lang und in Frieden, Michael Burnham.«

Sie erwiderte den Gruß und hatte für einen Moment das Gefühl, den Bruder gefunden zu haben, den sie nie gekannt, aber immer gewollt hatte. »Frieden und ein langes Leben, Spock.«

Sie traten voneinander zurück, hoben ihre Kommunikatoren und öffneten sie.

»Spock an *Enterprise.* Einer zum Hochbeamen. Energie.«

Burnham beobachtete, wie das goldene Licht eines Transporterstrahls Spock umfing und wie dieser ihn dann in einem Wirbel aus strahlendem Licht mit hellem Singen verschwinden ließ.

Sie öffnete ihren Kommunikator mit einer Handbewegung.

»Burnham an *Shenzhou.* Einer zum Hochbeamen. Energie.«

Zeit, nach Hause zu gehen.

28

Nachdem die echten Brandherde an Bord der *Shenzhou* gelöscht worden waren, schickte Georgiou mehr als vierzig Mann ihres Sicherheitspersonals hinunter auf die Oberfläche des Planeten. Sie trafen sich dort mit vierzig weiteren Leuten von der *Enterprise*, um sich vor Ort mit den sprichwörtlichen Brandherden auseinanderzusetzen. Sie hatte erwartet, dass ihre Leute sich auf einen längeren Kampf in den unterirdischen Tunneln von Neu Astana einlassen müssten. Stattdessen erwartete die vereinigte Streitmacht eine Überraschung: eine friedliche und ordentliche Kapitulation.

Weniger als zehn Minuten nachdem sie ihre Leute hinuntergebeamt hatte, meldete Lieutenant Kressel – der verantwortliche Sicherheitsoffizier –, dass Gouverneurin Kolova und ein paar Dutzend ihrer Komplizen in Gewahrsam seien. Ihre Forderungen seien in dem Moment erfüllt worden, hatte Gouverneurin Kolova gesagt, als der Koloss vernichtet worden sei.

Als die Neuigkeit auf der Brücke der *Shenzhou* eintraf, hatte Georgiou gehört, wie Gant Narwani zuraunte: »Also, *das* nenne ich mal enttäuschend.«

»Und Sie dachten schon, das Glück hätte uns verlassen«, hatte Narwani gesagt. Der Stimmfilter ihres VR-Helms ließ die Grenze zwischen Aufrichtigkeit und Sarkasmus verschwimmen.

Jetzt, ein paar Minuten später, stand Georgiou auf dem Zentralplatz in Neu Astana und beobachtete, wie Staub sich auf die Hauptstadt der Kolonie senkte. Um sie herum geleitete das Sicherheitspersonal ihres Schiffs und der *Enterprise* Zivilgefangene zu vorbestimmten Punkten, von denen aus sie hinausgebeamt wurden – oder zu kürzlich eingetroffenen Shuttles für diejenigen, die eine Abneigung gegen Materieübertragung hatten. Besatzungsmitglieder der medizinischen Abteilung der *Enterprise* in blauen Hemden trennten sich von ihren Kollegen der *Shenzhou*, die weiße Hemden trugen. Alle waren sichtlich erleichtert, ihre Freiheit wiederzuhaben.

Captain Pike löste sich aus der Menge. Er entdeckte Georgiou und überquerte den Platz, um sie mit ausgestreckter Hand und breitem Lächeln zu begrüßen. »Ist mir ein Vergnügen, Sie endlich persönlich kennenzulernen, Captain.«

Sie schüttelte seine Hand. »Gleichfalls, Captain.« Sie ließ seine Hand los und zeigte auf die Szene um sie herum. »So hätte ich das nicht erwartet.«

»Einem geschenkten Gaul schaut man nicht ins Maul«, sagte Pike. »Jede Krise, die man ohne Gewalt lösen kann, ist ...« Er verlor den Faden seines Gedankengangs, als zwei Krankenschwestern der *Enterprise* an ihnen vorbeigingen. Die beiden Frauen trugen eine Trage, auf der ein Zivilist ausgestreckt lag. Sein Gesicht war eine angeschwollene blaurote Masse über blutverschmierten, abgebrochenen Zähnen. »Auweia. Was ist denn mit *ihm* passiert?«

»Als die Koloniebewohner sich ergeben haben, ist eine der Geiseln auf ihn losgegangen.«

Pike sah entsetzt aus. »Einer unserer Mediziner hat das getan?«

»Ein Zahnarzt, um genau zu sein.«

»Oh. Das ergibt Sinn.« Verständnis wurde erneut zu Verwirrung. »Moment mal. Was hat ein Zahnarzt in einem Landetrupp zu suchen?«

Georgiou seufzte und schüttelte den Kopf. »Ich habe keine Ahnung.«

Der Captain der *Enterprise* ließ seinen Blick über die Stadt schweifen. »Admiral Anderson sagt, dass eine Gruppe großer Kolonietransporter von Marus III hierher unterwegs ist. Sie sollten in ein paar Tagen hier sein. Mit ein wenig Glück werden sie den Rest der Koloniebewohner innerhalb eines Monates hier weggeholt haben.«

»Schade, dass man sie umsiedeln muss«, sagte Georgiou.

»Das ist es«, stimmte Pike zu. »Aber wenn Kolova und ihre Leute die Köpfe hinhalten – und es sieht so aus, als ob sie das tun werden –, dann können die meisten dieser Leute wieder zurückkehren, nachdem eine vernünftige kulturelle Überprüfung stattgefunden hat.« Er runzelte die Stirn. »Die meisten werden niemals wissen, wie knapp sie davor waren, alles zu verlieren.«

»Das gilt wahrscheinlich für uns alle, irgendwann einmal«, erwiderte Georgiou.

Ihre Feststellung schien Pikes bedrückte Stimmung nur zu verstärken. »Vielleicht. Aber es ist eine Sache, die Zerbrechlichkeit eines Einzelnen oder auch einer Handvoll Leben hinzunehmen. Es ist etwas anderes, über den Verlust eines ganzen Planeten nachzudenken. Wir werden sorglos. Wir vergessen, wie leicht es sein kann, etwas so Schönes zu verlieren.«

»Noch schlimmer ist es«, sagte Georgiou, »zu sehen, wie Leute etwas so Wertvolles aus reiner Habgier aufs Spiel setzen. Schlimm genug, wenn man so einer Welt aus Unwissenheit Schaden zufügt. Aber es vorsätzlich zu tun, obwohl man die Wahrheit kennt ... das ist eine Selbstsüchtigkeit, die ich nicht nachvollziehen kann.«

Pikes Niedergeschlagenheit wurde zu Melancholie. »Wie kann es sein, dass nach all dem, was die Menschheit auf der Erde in den letzten Jahrhunderten durchgemacht hat, einige Leute immer noch nicht gelernt haben, dass es wichtigere Dinge im Leben gibt als finanziellen Gewinn?«

Georgiou erkannte, welcher Schmerz hinter Pikes zerschlagenem Idealismus lauerte. Er hatte die Seele eines Entdeckers, der viel zu oft dazu gezwungen worden war, Blut zu vergießen und Leute unter seinem Kommando zu verlieren. Sie vermutete, dass seine seelischen Wunden den ihren sehr ähnlich waren. Sie hoffte, er konnte mit ihr gemeinsam Trost in ihrem gutmütigen Zynismus finden.

»Wenn ich so auf mein Leben voller Reisen zurückblicke«, sagte sie zu ihm, »dann werde ich zu dem Schluss gezwungen, dass das Universum nur zwei wahre Konstanten birgt: Entropie und Egoismus.«

Wie sie gehofft hatte, entlockte ihre Bemerkung Pike ein Lächeln. »Nur nicht die Hoffnung aufgeben«, entgegnete er. »Der Egoismus wird verschwinden, sobald dem Universum die intelligenten Lebewesen ausgehen.«

»Da bin ich nicht so sicher.« Sie bemerkte die Skepsis in seinem Seitenblick und fügte hinzu: »Vertrauen Sie mir, Captain. Egoismus findet immer einen Weg.«

29

Keiner der anderen Speisenden in der Offiziersmesse der *Enterprise* schien bemerkt zu haben, dass Spock seine *Plomeek*-Suppe in der letzten Viertelstunde nicht angerührt hatte. Er saß allein an einem Tisch in der Ecke des Raums, hielt seinen Löffel in der Hand und hatte die Augen niedergeschlagen. Hätte irgendjemand ihm einen kurzen Moment Aufmerksamkeit gewidmet, wäre derjenige wohl zu dem Schluss gekommen, dass er seine Suppe anstarrte. In Wirklichkeit lag sein Fokus weit jenseits der weißen Suppenschüssel auf dem Tablett. Seine Gedanken waren Lichtjahre entfernt und Jahrzehnte in seiner Vergangenheit auf Vulkan und besannen sich auf eine Kindheit, die er bis jetzt nie vollkommen verstanden hatte.

Ich war nie so arrogant, zu glauben, dass ich meine Eltern verstehe, sinnierte er. *Aber festzustellen, dass ich sie auf so unfaire Weise falsch beurteilt habe ... ist verstörend. In welchen anderen Angelegenheiten habe ich zugelassen, dass meine persönlichen Erfahrungen meine Logik trüben? Wen habe ich sonst noch verurteilt und auf irgendeine Weise für unzulänglich gehalten, ohne mir die Zeit zu nehmen, ihn wirklich kennenzulernen?*

Er unterbrach seine Überlegungen, als er bemerkte, dass Commander Una sich näherte. Sie trug ein Tablett, auf dem ein Teller mit einem vegetarischen Eintopf stand sowie ein Becher mit dampfendem grünem Tee, dessen sanftes Aroma Spock bemerkte, als sie sich ihm gegenüber niederließ. Er legte seinen Löffel beiseite und begrüßte sie. »Guten Tag, Commander.«

»Mister Spock. Sie sehen gut aus.«

»Sehr freundlich.«

Una machte sich über ihr Mittagessen her und genoss den ersten Happen mit geschlossenen Augen. Nachdem sie mit einem Schluck Tee nachgespült hatte, bemerkte sie seine halbvolle Schüssel mit Suppe. »Doch nicht so hungrig, wie Sie dachten?«

Spock schob das Tablett zur Seite. »Offenbar nicht.«

»Geht es Ihnen gut?«

»Soweit ich das beurteilen kann, bin ich bei guter Gesundheit.«

Sie reagierte auf seine Antwort mit gespieltem Misstrauen, lächelte dann und aß weiter. Kauend sagte sie: »Ich habe Ihren Bericht über die Prüfungen in dem Koloss gelesen. Das klingt so, als hätten wir Glück, dass Sie noch unter uns weilen.«

Spock rief sich die Ereignisse des vorherigen Tags noch einmal ins Gedächtnis und teilte Unas Meinung nicht. »Ich glaube nicht, dass Glück eine maßgebliche Variante war. Wenn Sie meine nachträgliche Analyse der Mission lesen …«

»Ich habe sie gelesen«, schnitt Una ihm das Wort ab und nahm damit das Privileg des ranghöheren Offiziers in Anspruch. »Ziemlich packende Geschichte.« Sie sah ihn forschend an. Er fragte sich kurz, ob sie irgendwie herausgefunden hatte, dass er in seinem Bericht mit keinem Wort die letzte Herausforderung des Kolosses und die Gedankenverschmelzung, die nötig war, um diese zu bewältigen, erwähnt hatte. Dann lehnte Una sich zurück und lächelte ihn an. »Sie wirken anders, seit Sie zurückgekommen sind.«

Ihre Einschätzung weckte Spocks Neugier. »Inwiefern?«

»Sie wirken ... ich weiß nicht. Älter? Nein – ruhiger als zuvor.« Sie legte ihren Kopf schief, musterte ihn weiter und sammelte ihre Gedanken. »Sie scheinen Ihre Mitte gefunden zu haben. Sie wirken ausgeglichener.« Ihr Lächeln wurde zu einem breiten Grinsen. »Sie wirken gesetzt.«

Er zog eine Augenbraue hoch und dachte darüber nach, wie er ihre Bemerkungen interpretieren sollte. Er fand es akzeptabel, dass die meisten Begriffe durchaus positive Eindrücke vermittelten. Höflich senkte er sein Kinn und erwiderte: »Danke, Commander.«

»Also«, sagte Una, »muss ich mich bei Lieutenant Burnham für diese Veränderung bedanken?«

»Ich muss zugeben, dass unser Kennenlernen für mich ein Weg zur Selbsterkenntnis war.«

»Wie das?« Unas Frage klang eher nach freundlichem Interesse als nach einer Befragung.

Spock legte die Fingerspitzen beider Hände aneinander, während er über seine Antwort nachdachte. »Ich glaube, es liegt eine gewisse Ironie in der Weise, wie unser Leben spiegelbildlich verlaufen ist. Sie ist ein Mensch, der seit seiner Kindheit versuchte, nach den Gepflogenheiten des vulkanischen Stoizismus zu leben, wohingegen ich als Vulkanier ...«

»Halbvulkanier«, berichtigte Una.

Er sprach weiter, ohne ihre verbale Korrektur zu würdigen. »Ich habe mich lange an den Beschränkungen der vulkanischen Philosophie und den sozialen Gepflogenheiten aufgerieben. Alles, dem ich den Rücken kehrte, als ich Vulkan verließ, ergriff sie mit beiden Händen, indem sie mehr als ein Dutzend Jahre dort zur Schule ging. Und dennoch ... wir haben beide unseren Weg hierher zur Sternenflotte gefunden. Und für einen flüchtigen Moment auch zueinander.«

Vielleicht spürte Una die persönliche Wendung, die diese Unterhaltung nahm, denn sie beugte sich über den Tisch und senkte ihre Stimme. »Welche Verbindung haben Sie zu ihr gefunden?«

Er antwortete leise: »Wie ich dem Captain gestern schon sagte – sie ist eine Freundin meiner Familie. Ich erwähnte allerdings nicht, dass sie viele Jahre lang ein Mündel meiner Eltern war. Es ist mir zwar peinlich, das einzugestehen, aber es hat lange Zeit eine Art Geschwisterrivalität zwischen uns gegeben.« Er zögerte und erinnerte sich an die bitteren, einsamen Zeiten seiner Jugend. »Erst jetzt, nachdem ich sie besser kennengelernt habe, ist mir klar geworden, dass sie und ich – jeder auf seine Weise – Enttäuschungen für Sarek waren. Und dass wir wahrscheinlich niemals die Erwartungen erfüllen werden, die er an uns stellt.«

»Vielleicht ist das auch besser so«, sagte Una. »Kinder sollten danach streben, über ihre Eltern hinauszuwachsen und nicht nur ihre unvollendeten Aufgaben zu beenden.«

»Weise Worte, Commander.« Er stand auf und nahm sein Tablett. »Wenn Sie mich entschuldigen würden ...«

»Wollen Sie nicht bleiben und mit mir essen?«

»Ich bedaure, das geht nicht. Aber wir sehen uns morgen früh auf der Brücke.«

Ein verzeihendes Lächeln. »Bis dann.«

Er nickte in Anerkennung der Tatsache, dass sie ihn so freundlich entließ. Dann brachte er sein Tablett und seine halb gegessene Suppe zur Materie-Rückgewinnungseinheit, die in der Wand der Messe eingelassen war. Niemand bemerkte ihn, als er auf dem Weg nach draußen vorüberging, genauso, wie niemand ihn beachtete, als er allein durch die Flure der *Enterprise* lief.

Er kehrte in sein Quartier zurück und verschloss die Tür von innen. Hinter seiner neuen und verbesserten Maske der Logik wurde er von seinem unruhigen Geist gequält. Er hatte Una die merkwürdige Verbindung gestanden, die er und Burnham durch Sarek teilten ... aber er war nicht in der Lage gewesen, das schmerzliche Thema seiner Mutter und der lange verschütteten Gefühle, die die Gedankenverschmelzung mit Burnham wieder hochgekocht und entzündet hatte, anzusprechen.

Ich habe niemals bedauert, meinen Vater enttäuscht zu haben, grübelte Spock. *Aber zu wissen, dass ich meiner Mutter so viel Schmerz bereitet habe, indem ich sie ausschloss und meinem Vater gehorchte, als dieser mir beibrachte, sogar vor mir selbst die grenzenlose Liebe zu ihr zu verleugnen ... das kann ich ihm nicht verzeihen. Wie auch?*

Er rief sich die Gedankenverschmelzung ins Gedächtnis, Burnhams Erinnerungen daran, sich in Amandas schützende Umarmung zu schmiegen – und in dem Moment erkannte er den Stachel von Neid.

Was hätte ich darum gegeben, erkannte er, *was würde ich sogar jetzt noch darum geben, den Mut in der Liebe meiner Mutter zu spüren, den Michael so lange erleben durfte ...*

Seine vulkanische Indoktrination behauptete sich mit kalter, unnachgiebiger Rachsucht. *Das ist nicht unsere Art*, tadelte er sich selbst. *Ein Vulkanier versinkt nicht in Emotionen oder Nostalgie. Sich auf die Vergangenheit zu fixieren ist weder produktiv noch logisch.*

Er musste seine ganze mentale Ausbildung zusammennehmen, all seine Disziplin, um die Wahrheit zu verleugnen, die man ihm gezeigt hatte. Mit gewaltiger Anstrengung, aber ohne sich Bedauern einzugestehen, tat er, was er schon seit sehr langer Zeit gewöhnt war zu tun – und begrub alle Erinnerungen Burnhams an Amanda.

Weil es getan werden muss.

Weil das unsere Art ist.

Weil ich … Vulkanier bin.

30

Kürze und Bedrohung. Das las Burnham zwischen den Zeilen, als sie zum Captain gerufen wurde. Der Befehl war in Schriftform erfolgt: *Melden Sie sich in meinem Bereitschaftsraum um 14:30.* Keine Erklärung. Keine Tagesordnung. Nur ein einfacher Befehl, ein Ort und eine Zeit. Den Rest hatte Georgiou Burnhams Fantasie überlassen.

Nichts vorwegnehmen, sagte Burnham zu sich, als der Turbolift sie zur Brücke der *Shenzhou* brachte. *Erwarte nichts. Verankere dich im Jetzt. Verpflichte dich der Wahrheit.*

Ihr Versuch, sich mit vulkanischen Mantras zu trösten, die sie in ihrer Kindheit gelernt hatte, erwies sich als wenig erfolgreich. Als die Liftkabine sich der Brücke näherte, fühlte Burnham, wie sich ihr Bauch verkrampfte, als könnte er sich durch die Kraft der Angst verknoten.

Sie wird mich degradieren. Burnham versuchte, die quälende Stimme ihrer Unsicherheiten zu ignorieren. Sie tat ihr Bestes, ihren Kopf hochzuhalten und Zuversicht und Bereitschaft auszustrahlen. Doch ihr Geist war zu einem Meer der Zweifel geworden, in dem sie jetzt haltlos trieb.

Die Aufzugtür öffnete sich. Burnham ging hinaus auf die Brücke der *Shenzhou*. Vor dem Hauptaussichtsfenster wölbte sich die Nordhalbkugel von Sirsa III. In dem weitläufigen, unterbauten Kommandodeck arbeiteten Ingenieurteams und Computertechniker in kleinen Gruppen und reparierten die Konsolen, die während des Kampfs gegen den Koloss beschädigt oder zerstört worden waren.

Ensign Weeton, der Verbindungsoffizier der Brücke zum Maschinenraum, überwachte die Reparaturarbeiten. Lieutenant Saru bemannte die Flugkontrolle. Der kelpianische zweite Offizier sah hoch und bemerkte Burnhams Ankunft. Wie immer war Sarus ledriges Gesicht verschlossen und gab nichts davon preis, wie es in ihm aussah. Ohne ein Wort an Burnham oder jemand anderen zu richten, wandte er seine Aufmerksamkeit einem Bericht auf einer Tafel zu, die Ensign Connor ihm reichte. Burnham drehte sich nach rechts und ging auf der oberen, hinteren Etage der Brücke entlang zum Eingang des Bereitschaftsraums. Der Captain war ein Pünktlichkeitsfanatiker. Wenn man für eine angesetzte Besprechung zu früh erschien, war ein Verweis genauso wahrscheinlich, wie wenn man zu spät kam. Burnham zählte die letzten Sekunden herunter und versuchte, den bitteren Geschmack, der in ihrer Kehle aufstieg, und die Übelkeit in ihrem Bauch zu unterdrücken.

Das Chrono sprang auf 14:30 und Burnham drückte den Besucherknopf. Sofort erfolgte die Antwort des Captains über den Lautsprecher an der Tür: *»Herein.«*

Nach Georgious Aufforderung glitt die Tür vor Burnham auseinander. Burnham betrat den Bereitschaftsraum und wandte sich dann nach rechts. Sie hörte, wie die Tür sich hinter ihr schloss, und ging bis zum Schreibtisch des Captains. Einen Schritt davor blieb sie stehen. »Sie wollten mich sehen, Captain.«

»Das wollte ich.« Georgiou legte ihre Fingerspitzen aneinander und lehnte sich ein paar Grad in ihrem Schreibtischsessel zurück. »Computer: Privatsphäre.« Sofort überzogen die durchsichtigen Scheiben der Tür zu ihrem Bereitschaftsraum sich mit milchigem, undurchsichtigem Weiß – eine Veränderung, die Burnhams wachsende Sorge in Bezug auf diese Besprechung nur noch verstärkte.

Der Captain musterte Burnham, sagte aber einige Sekunden lang nichts. Dann warf sie einen Blick auf die holografische Darstellung, die über einen Teil ihres Schreibtischs projiziert wurde. »Ich habe Ihren Abschlussbericht gelesen. Ich muss sagen, das ist beeindruckend. Fremde Rätsel und Todesfallen, während man ständig gegen die Zeit kämpft. Hätte ich Ihren Bericht nicht durch Mister Spocks Bericht untermauern können, hätte ich ihn vielleicht als Eigenlob empfunden. Doch seine Darstellung unterstützt Ihre – und in einigen Fällen hat er Ihnen Verdienste zugeschrieben, die Sie sich selbst nicht zugestanden haben.« Sie beugte sich vor und schaltete den Holovideoterminal aus. »Aber ich glaube, Sie wissen so gut wie ich, dass ich Sie nicht hergebeten habe, um mit Ihnen eine Nachbesprechung über Ihre Mission auf dem Koloss zu halten.«

Nichts vorwegnehmen. Nichts voraussetzen. Nichts preisgeben.

»Darf ich fragen, Captain, was genau Sie mit mir besprechen wollen?«

»Die Abfolge der Ereignisse, die zu Ihrer Mission auf dem Koloss geführt haben«, sagte Georgiou. »Insbesondere den Moment, als Sie beschlossen, aus der Kommandokette auszubrechen und einen Nebenkanal zu Mister Spock auf der *Enterprise* zu öffnen.«

»Ich dachte, darüber hätten wir bereits gesprochen.«

»Das haben wir. Wir werden noch einmal darüber sprechen. Was haben Sie sich dabei gedacht, als Sie diese

Entscheidung trafen? Und waren Sie sich der Tatsache bewusst, dass Sie die Kommandokette umgehen?«

Diese feindselige Kehrtwendung in der Unterhaltung war Burnham ganz recht, wenigstens wusste sie jetzt, warum sie hier war und was sie zu erwarten hatte. »Ich habe die Situation auf der Brücke eingeschätzt und fand sie zu der Zeit übermäßig emotional«, erklärte sie. »So, wie Sie und Captain Pike sich verhielten, fürchtete ich eine gewalttätige Eskalation, die womöglich dazu geführt hätte, dass ein Schiff der Sternenflotte auf ein anderes schoss. Kontakt mit einem Offizier mit ruhigerem Gemüt auf der *Enterprise* aufzunehmen, schien mir angebracht. Angesichts der möglichen Auswirkungen, die so ein Konflikt nach sich gezogen hätte, war ich der Meinung, dass mein Übergriff tatsächlich der geringste Zusammenbruch militärischer Ordnung und Moral war.«

»Interessant«, sagte Georgiou. »Jetzt lassen Sie mich Folgendes fragen: Warum Spock? War das reine Bequemlichkeit, wie Sie sagten, weil der Unterkanal zu seiner Station noch aktiv war? Hätten Sie nicht denselben Kanal verwenden können, um Commander Una zu rufen? Sie ist bekannt dafür, ruhig und vernünftig zu sein.«

Das war eine berechtigte Frage, auf die Burnham nur ein schwaches Gegenargument vorbringen konnte. »Meine Entscheidung, mit Spock Verbindung aufzunehmen, beruhte zum Teil auf Zeitmangel. Abgesehen davon muss ich zugeben, dass ich auch deswegen geneigt war, Verbindung mit Spock aufzunehmen, weil wir eine lose familiäre Bindung haben. Es wäre sicherlich ein Fehler, diese als ›eng‹ zu bezeichnen, aber ich hatte gehofft, dass die gemeinsamen Elemente unseres persönlichen Hintergrunds schnell dazu führen würden, Vertrauen aufzubauen.«

Der Captain nickte langsam. »Eine vernünftige Begründung, glaube ich.« Sie kniff die Augen zusammen. »Aber es wäre ziemlich weit hergeholt, Ihre Handlungen als vorschriftsmäßig zu bezeichnen.«

»Das ist wahr.« Sie spürte, dass es nicht mehr lange dauern würde, bis Georgiou die Unterhaltung auf die schlechte Nachricht lenken würde, die Burnhams Überzeugung nach auf sie wartete. Also beschloss sie, den Stier bei den Hörnern zu packen.

»Erbitte Erlaubnis, offen sprechen zu dürfen, Captain.«

»Ich habe Sie noch nie davon abhalten können«, sagte Georgiou. »Warum sollte ich jetzt damit anfangen?«

Burnham ignorierte den Sarkasmus des Captains aus Zweckmäßigkeitsgründen. »Sarek hat mich zu einer Zeit dazu überredet, ein Offizierspatent der Sternenflotte anzunehmen, als ich bereit war, einfach aufzugeben, zur Erde zurückzukehren und zu verschwinden. Ich möchte darauf wetten, dass er seinen Einfluss geltend gemacht hat, damit Sie mich an Bord der *Shenzhou* aufnehmen.«

»Die Wette würden Sie gewinnen. Worauf wollen Sie hinaus?«

Es war gefährlich, ihre Gefühle zu offenbaren, aber Burnham wusste, dass sie schon zu weit gegangen war, um einen Rückzieher zu machen. »Sarek glaubte, dass es nach all den Jahren, die ich auf Vulkan eingebunden in ihre Kultur und Gebräuche gelebt hatte, zu meinem Vorteil sei, wenn ich unter Menschen und anderen Spezies leben und arbeiten würde. Ich war, um es vorsichtig auszudrücken, nicht dieser Meinung. Mehr als einmal – auch noch in letzter Zeit – habe ich mich gefragt, ob ich mich nicht wohler fühlen würde, wenn ich auf einem Schiff wie der *Intrepid* meinen Dienst versehen könnte.«

»Einem mit ausschließlich vulkanischer Besatzung«, sagte Georgiou. »Sie glauben, die würden Sie nehmen?«

Es war sinnlos, zu lügen, wenn es doch offensichtlich war, dass Georgiou die Antwort bereits kannte. »Nein«, erwiderte

Burnham. »So gerne ich unter ihnen wäre ... die Wahrheit ist, dass ich dort nicht willkommen bin. Nicht so, wie es hier der Fall ist.« Sie stellte sich der Wahrheit, die sie geplagt hatte. »Ich habe inzwischen verstanden, dass Sarek recht hatte. Oder zumindest nicht unrecht. Ich gehöre hierher. Aber ich verstehe, wenn Sie nicht der Meinung sind, dass ich Ihr Erster Offizier sein sollte. Ich weiß, dass ich gegen die Kommandokette verstoßen habe, indem ich eine nicht autorisierte Kommunikation initiiert habe. Ich bin bereit, die disziplinarischen Konsequenzen meiner Handlungen zu akzeptieren. Zu meiner Verteidigung möchte ich allerdings anführen, dass ich nur versucht habe, Gewalt, Verletzungen und Verlust von Leben zu vermeiden. Obwohl, wenn man mich unter Eid befragt, würde ich wohl gestehen müssen, dass ich unter ähnlichen Umständen dasselbe wieder tun würde.«

»Das will ich aber auch hoffen«, sagte Georgiou. »Um genau zu sein, ich baue darauf.«

Verblüfft von der Reaktion des Captains runzelte Burnham die Stirn. »Captain?«

»Ich will einen starken Ersten Offizier, der mich auf dem Boden der Tatsachen hält und der eine Konfrontation aus den richtigen Gründen mit mir nicht scheut.« Georgiou stand auf, ging um ihren Schreibtisch herum und stellte sich zu Burnham. »Michael, ich weiß schon seit einer ganzen Weile, dass Sie hier auf die *Shenzhou* gehören. Ich weiß auch, dass die Sternenflotte Offiziere wie Sie braucht – und dass Sie, auf Ihre eigene Weise, die Sternenflotte brauchen. Ihre vulkanische Erziehung, gestählt durch einen Auffrischungskurs ihrer eigenen Menschlichkeit, hat Sie zu einem erstaunlichen Offizier gemacht. Sie haben immer noch viel zu lernen ... aber es gibt niemanden, den ich lieber als meine Nummer Eins hätte.«

Der Schock über die gute Nachricht führte dazu, dass Burnham kurz sprachlos war.

»Ich werde nicht degradiert?«

»Nicht heute, Nummer Eins. Ich habe das Sternenflottenkommando bereits über Ihre Beförderung informiert.« Sie schüttelte Burnhams Hand und lächelte. »Glückwunsch, Lieutenant Commander Burnham.«

»Ich danke Ihnen, Captain«, sagte Burnham und genoss sowohl ihren Erfolg als auch die gehässige Erkenntnis, dass diese Beförderung einen Vorteil am Rande bot:

Das wird Saru wahnsinnig machen.

DANK-SAGUNGEN

Mein Dank gilt meiner Frau Kara für ihre Unterstützung während der Monate, die ich damit verbracht habe, dieses Buch zu schreiben. Dieser Job erwies sich als länger und komplizierter, als ich es erwartet hatte. Meine geschätzten Lektoren, Margaret Clark und Ed Schlesinger, verdienen ebenfalls meinen Dank, genau wie mein guter Freund und Lizenzguru von CBS Television, John Van Citters.

Ganz besonderer Dank gilt meiner Schwester im Geiste, Kirsten Beyer, die sich Anfang 2016 eine Position im Stab der TV-Serie Star Trek – Discovery gesichert hat und deren Unterstützung ursächlich dafür verantwortlich war, dass ich diesen Glückstreffer gelandet habe. Es war mir eine Ehre und ein Vergnügen, während der Entwicklung und Verfeinerung dieser Geschichte mit ihr zusammenzuarbeiten. Du bist die Beste, Miss K.

Diese Geschichte ist aufgrund einer Bitte von Star Trek – Discovery-Mitschöpfer Bryan Fuller entstanden, der mich darum gebeten hat, eine Geschichte zu schreiben, in der sowohl die *Shenzhou* als auch die *Enterprise* unter dem

Kommando von Captain Pike vorkommen – und die Michael Burnham und Spock zusammenbringt. Danke für die Idee, Bryan!

Ich möchte außerdem einigen meiner Autorenkollegen von STAR TREK danken. John Jackson Miller half mir, zu einer Zeit ein Gefühl für diese Geschichte zu bekommen, als ich nicht wusste, wie sie funktionieren sollte. Dayton Ward und James Swallow halfen mir, viel von dem Material zu entwickeln, das nötig war, um die Mannschaften und Hintergründe dieser neuen Ecke von Gene Roddenberrys Universum auszugestalten. Ich hätte mir keine besseren, enthusiastischeren und fantasievolleren Kreativpartner wünschen können.

Ich hoffe, dass Sie, lieber Leser, nicht der Meinung sind, dass unsere Bemühungen vergeblich waren.

Bis zum nächsten Mal, leben Sie lange und in Frieden.

Übersicht der *STAR TREK*-Romane

STAR TREK – VANGUARD

1 *Der Vorbote*
2 *Rufe den Donner*
3 *Ernte den Sturm*
4 *Offene Geheimnisse*
5 *Vor dem Fall*
6 *Enthüllungen*
7 *Das jüngste Gericht*
8 *Sturm auf den Himmel*
E-Book *Spuren des Sturms*

STAR TREK – TITAN

1 *Eine neue Ära*
2 *Der Rote König*
3 *Die Hunde des Orion*
4 *Schwert des Damokles*
5 *Stürmische See*
6 *Synthese*
7 *Gefallene Götter*
E-Book *Abwesende Feinde*

STAR TREK – THE NEXT GENERATION

1 *Tod im Winter*
2 *Widerstand*
3 *Quintessenz*
4 *Heldentod*
5 *Mehr als die Summe*
6 *Den Frieden verlieren*
7 *Von Magie nicht zu unterscheiden*
8 *Kalte Berechnung 1 – Die Beständigkeit der Erinnerung*
9 *Kalte Berechnung 2 – Lautlose Waffen*
10 *Kalte Berechnung 3 – Diabolus ex Machina*
11 *Das Licht der Fantasie*
12 *Jagd*
13 Der Pfeil des Schicksals
E-Book *Der Stoff, aus dem die Träume sind*
E-Book *Q sind herzlich ausgeladen*

Doppelhelix

1 Infektion
2 Überträger
3 Roter Sektor
4 Quarantäne
5 Doppelt oder nichts
6 Die oberste Tugend

STAR TREK – DEEP SPACE NINE

Ein Stich zur rechten Zeit
8.01 *Offenbarung, Buch I*
8.02 *Offenbarung, Buch II*
8.03 *Sektion 31: Der Abgrund*
8.04 *Portale: Dämonen der Luft und Finsternis*
8.05 *Mission Gamma I: Zwielicht*
8.06 *Mission Gamma II: Dieser graue Geist*
8.07 *Mission Gamma III: Kathedrale*
8.08 *Mission Gamma IV: Das kleinere Übel*
8.09 *So der Sohn*
8.10 *Einheit*

Die Welten von Deep Space Nine

1 *Cardassia: Die Lotusblume*
2 *Andor: Paradigma*
3 *Trill: Unvereinigt*
4 *Bajor: Fragmente und Omen*
5 *Ferenginar: Zufriedenheit wird nicht garantiert*
6 *Das Dominion: Fall der Götter*
9.01 *Kriegspfad*
9.02 *Fürchterliche Symmetrie*

9.03 *Der Seelenschlüssel*
Misstrauen
Sakramente des Feuers

STAR TREK – DESTINY

1 *Götter der Nacht*
2 *Gewöhnliche Sterbliche*
3 *Verlorene Seelen*
Hardcover-Gesamtausgabe

STAR TREK – NEW FRONTIER

1 *Kartenhaus*
2 *Zweifrontenkrieg*
3 *Märtyrer*
4 *Die Waffe*
The Captain's Table: Gebranntes Kind
Doppelhelix *5 Doppelt oder nichts*
5 *Ort der Stille*
6 *Finstere Verbündete*
7 *Excalibur: Requiem*
8 *Excalibur: Renaissance*
9 *Excalibur: Restauration*
10 *Portale: Kalte Kriege*
11 *Menschsein*
12 *Mehr als Götter*
13 *Stein und Amboss*
- *Grenzenlos*
14 *Neue Zeiten*
15 *Vermisst*

STAR TREK – ENTERPRISE

1 *Das höchste Maß an Hingabe*
2 *Was Menschen Gutes tun*
3 *Kobayashi Maru*
4 *Der Romulanische Krieg: Unter den Schwingen des Raubvogels I*
5 *Der Romulanische Krieg: Unter den Schwingen des Raubvogels II*
6 *Der Romulanische Krieg: Die dem Sturm trotzen*

STAR TREK – STARFLEET ACADEMY

1 *Die Delta-Anomalie*
2 *Die Grenze*
3 *Der Gemini-Agent*
4 *Das Attentatsspiel*

STAR TREK – ORIGINALSERIE

Feuertaufe
1 *McCoy: Die Herkunft der Schatten*
2 *Spock: Das Feuer und die Rose*
3 *Kirk: Der Leitstern des Verirrten*
4 *Der Friedensstifter*
5 *Das Ende der Dämmerung*
6 *Die Glücksmaschine*
7 *Früher war alles besser*
Die Eugenischen Kriege
Der Aufstieg und Fall des Khan Noonien Singh I & II
- *Die Stürme der Widrigkeiten*
E-Book *Miasma*

STAR TREK – TYPHON PACT

1 *Nullsummenspiel*
2 *Feuer*
3 *Bestien*
4 *Zwietracht*
E-Book *Kampf*
5 *Heimsuchung*
6 *Schatten*
7 *Risiko*

STAR TREK – VOYAGER

1 *Heimkehr*
2 *Ferne Ufer*
3 *Geistreise I: Alte Wunden*
4 *Geistreise II: Der Feind meines Feindes*
5 *Projekt Full Circle*
6 *Unwürdig*
7 *Kinder des Sturms*
8 *Ewige Gezeiten*

9 *Bewahrer*
10 *Erbsünde*

STAR TREK – THE FALL

1 *Erkenntnisse aus Ruinen*
2 *Der karminrote Schatten*
3 *Auf verlorenem Posten*
4 *Der Giftbecher*
5 *Königreiche des Friedens*

STAR TREK – CORPS OF ENGINEERS

EINZELNE EPISODEN ALS E-BOOKS

1 *In der Höhle des Löwen*
2 *Schwerer Fehler*
3 *Bruchlandung*
4+5 *Interphase I+II*
6 *Kalte Fusion*
7+8 *Unbesiegbar I+II*
9 *Der Außenposten*
10 *Achtung, Monster!*
11 *Der Hinterhalt*
12 *Schritt für Schritt*
13 *Niemals aufgeben!*
14 *Gewährleistungsausschluss*
15 *Vergangenes Leben*
16 *Der hippokratische Eid*
17-19 *Fundamente I-III*
20 *Rätselhaftes Schiff*
21+22 *Kriegsgeschichten I -II*
23+24 *Feuersturm I–II*
25 *Die Hinterlassenschaft des Feuers*
26 *Zeitalter der Unvernunft*
27 *Natürliches Gleichgewicht*
28 *Zusammenbrüche*

GEDRUCKTE SAMMELBÄNDE

1 *Die Ingenieure der Sternenflotte* (1–4)
2 *Heimliche Helden* (5–8)
3 *Wunder dauern etwas länger* (9-12)

STAR TREK – PROMETHEUS

1 *Feuer gegen Feuer*
2 *Der Ursprung allen Zorns*
3 *Im Herz des Chaos*

STAR TREK – RISE OF THE FEDERATION

1 *Am Scheideweg*
2 *Turmbau zu Babel*

Star Trek (Roman zum Film)
Star Trek Into Darkness (Roman zum Film)
Star Trek – Die Gesetze der Föderation
Star Trek – Einzelschicksale
Sektion 31 – Verleugnet
Der klingonische Hamlet

SACHBÜCHER ZU STAR TREK

Klingonische Weihnacht
Die klingonische Kunst des Krieges

Dies ist eine *bibliografische* Auflistung der erschienenen Romane, keine Liste verfügbarer Titel.

Stets aktuelle Informationen auch unter: STARTREKROMANE.DE

* in Vorbereitung